현대시의 허무와 시간

세월은 가는 것인가 가는 것인가.
내 혼자서 누워 있구나.

한 모금 담배 연기도 부끄럽게 지우는
이 晩春의 病…

현대시의 허무와 시간

허무주의란 세계의 가치를 판단하는 일종의 태도이자 세계인식의 방법이다.

이인영 지음

한국학술정보(주)

서 문

　이 책은 허무의식과 시간의식을 통해 일단의 우리 근현대시인들의 작품세계를 살펴보고자 하는 시도이다. 이 책은 2부로 구성되어 있는데 제1부는 필자의 박사학위 논문을 수정 보완한 것이고 제2부는 박사학위 논문 주제인 '허무의식' 및 '죽음의식'에 관련된 소논문들이다.

　일반적으로 체념이나 포기의 정서를 포함하는 정신적 태도로 간주되어 온 허무주의를 니체적 관점에 입각하여 새로운 삶의 질서를 요청하는 역사적 과정으로 파악한다면, 허무주의는 근본적으로 인간 삶에 대한 규정과 인식이 변화되었음을 알려주는 표상이자 새로운 시대를 향한 자각이라 할 수 있다. 허무주의는 변화된 가치판단을 표방하면서 새로운 시대를 지향하는 의식으로서의 인간적 태도인 것이다. 이 책 제1부에서는 이 같은 허무주의에 대한 이해를 바탕으로 하여 극단적으로 상이한 시적 활동과 경향을 보여준 김춘수와 고은의 시세계를 고찰하고 있는데, 이를 통하여 두 시인의 시세계는 허무의식을 토대로 한 '유토피아충동'과 '반유토피아충동'의 산물이며 현실 시간의 무화나 전복을 꾀함으로써 부정적 현실을 극복하고자 한 시간적 사유의 결과임을 확인할 수 있다.

　이 글에서 필자는 두 가지의 주된 목표를 수행하고자 하였다. 하나는 허무주의 혹은 허무의식을 시간 의식으로 사유함으로써 그 범주를 새로이 규정하고 접근 방식을 확장하고자 하는 목표이다. 시간적 사유로서의 허무주의 혹은 허무의식은 그동안 지향성의 상실이나 무에의 추구라는 일방향적 측면에서 다루어져 온 그것에의 이해를 다각화할 수 있는 계기를 제공한다. 더불어 소극적이며 부정적인 견지에서 논의되어 왔던 허무주의 혹은 허무의식을 긍정적이며 적극적인 삶에의 의지라는 국면에서 조망할 수 있다. 다른 하나는 개별 시인들이 보여주는 시적 경향이나 특성이 그 차이에도 불구하고 당대적 현실에 대한 반응과 대응이라는 측면에서 동일한 시적 지평 안에서 검토될 수 있는지의 가능성 여부이다. 이른바 순수문학과 참여문학이라는 거칠고도 단순한 구분을 허용해 왔던 비평적 관점은 그것의 숱한 장점에도 불구하고 의식의 동시대성을 간과하게 만든다는 점에서 한계로 작용한다. 문제는 외견상의 구분점에 있기보다 그것을 가능하게 하는 심급판단에 있다.

이 책은 학부시절부터 지속되어 온 공부의 중간 결산의 의미를 갖는다. 인문학의 위기니 하는 말들이 더 이상 경청조차 되지 않는 시대에 문학을 그 중에서도 시를 공부한다는 것은 자괴감을 떨쳐버리기 힘든 일이다. 쿤데라는 시는 존재의 한순간을 잊혀지지 않는 순간으로 또 견딜 수 없는 그리움의 순간으로 만든다고 말하였지만 과연 이 시대에 존재에의 의미를 시에서 확인할 수 있을 것인가 자문해보기도 한다. 그럼에도 시 읽기는 필자에게 여전히 세상읽기의 또 다른 방법이다. 순간 순간을 반성하고 뒤돌아보게 하면서 그러면서도 늘 미숙할 수밖에 없는 현재의 의미를 확인하게 하는 것은 시이다.

발랄한 재주도 예리한 통찰력도 갖추지 못해 그저 우둔하게 먼 길을 돌아갈 뿐인 연구자를 엄마로 둔 현, 욱 두 딸에게 진 얼마간의 마음의 빚을 이 책이 다소나마 갚을 수 있었으면 한다. 더불어 이 책의 출판이 어떤 매듭과 새로운 계기 마련의 출발점이 되었으면 하는 바람이다.

2007년 5월
이인영

목 차

제1부 김춘수와 고은 시의 허무의식 연구

제 1 부

김춘수와 고은 시의 허무의식 연구

1. 연구사 검토와 문제제기

　김춘수와 고은은 끊임없는 시적 갱신으로 독보적인 자기 시세계를 구축해 온 우리 현대시사를 대표하는 시인들이다. '의미에서 무의미로', '탐미주의에서 역사주의로'라는 이들의 시세계의 특성을 규정짓는 언사들에서도 알 수 있듯이, 김춘수와 고은은 부단한 자기 노력으로 획기적인 시적 변모를 거듭하면서 우리 현대시사 발전에 있어 중요 획을 그어왔다.

　하지만 두 시인이 보여주는 이러한 시적 갱신의 노력들은 찬사와 비난이라는 지극히 상충하는 평가를 받아왔다. 김춘수의 내면 탐구 작업이나 일련의 시적 실험들은 우리 현대시의 새로운 지평을 연 것으로 간주되기도 하지만, 자기 체험만에 기반을 둔 단순하고 안이한 현실인식을 보여준다는 혹독한 비판 역시 공존한다. 고은 또한 마찬가지로, 그의 민족 현실에 대한 자각과 실천 의지들은 발전적 계승의 대상으로 상찬되기도 하지만, 그의 시적 변모과정의 진정성 여부에 관한 회의적인 시각은 불식되지 않고 있는 형편이다. 그러나 이는 역설적으로 우리 현대시사에서 대표 시인으로 자리매김 되고 있는 두 시인의 시세계가 수용자적 측면에서 일면성을 극복하지 못하고 있다는 점을 암시해 주며 나아가 이들의 시세계가 좀 더 새롭게 조명되어야 한다는 점을 시사하는 일이라 하겠다.

이제까지 이루어진 김춘수 시에 관한 연구 성과는 크게 두 가지로 나누어 고찰할 수 있다. 하나는 시인의 내면의식이나 정신 등에 주목하거나, 형식적·기법적인 측면에서 시작 원리 등을 밝히려는 논의들이다. 다른 하나는 그의 예술적 혁신 추구의 노력을 중시하면서 시작 방법이나 문학관 등을 규명하려는 연구들이다.

김춘수의 내면의식이나 정신세계 탐색에 집중하고 있는 연구들은 이승훈의 작업[1]에 많은 빚을 지고 있다. 이승훈은 김춘수의 시작과정에 지속적인 관심을 표명해 왔는바, 이는 자신의 시세계 역시 김춘수로부터 크게 영향받고 있다는 데에 연유하고 있다. 이승훈은 김춘수 시의 특성을 존재 탐구 및 사물과 언어의 관계에 대한 천착으로 파악하면서, 초기의 이데아의 세계를 확인하려는 노력이 중기에 이르러 언어의 한계에 부딪히자 언어의 의미를 해체하는 무의미시에 도달하였다고 본다. 또 김춘수 시를 포스트모더니즘적 실험의 일환으로 이해하기도 한다. 이승훈의 연구 작업들은 비록 방법론 우위의 연구가 갖는 한계를 지니기는 하지만 김춘수 시의 일관된 면모를 확인할 수 있는 계기를 제공한다는 점에서 의의가 있다.

---

1) 이승훈의 김춘수 연구로는 「김춘수의 바다와 처용」(≪현대시학≫, 1971. 5.), 「시의 존재론적 해석 시고」(≪춘천교대 논문집≫ 11집, 1972), 「존재의 해명」(≪현대시학≫, 1974. 5.), 「김춘수론－시적 인식의 문제」(≪현대시학≫, 1977. 11.), 「비대상시」(≪시문학≫, 1981. 11.), 「김춘수의 시와 시론」(≪현대시학≫, 1982. 11.), 「존재의 기호학」(≪문학사상≫, 1984. 8.), 「해체시와 포스트모더니즘」(≪현대시사상≫, 1990년 가을), 「반시와 무의미시」(≪현대시≫, 1991. 3.), 「처용의 수난과 통사의 해체」(≪현대시사상≫, 1992년 봄), 「포스트모더니즘의 시적 기법」(『모더니즘 시론』, 문예출판사, 1995) 등이 있다.

 김춘수를 언어와 대상에 집착하는 '언어파'로 규정하면서 그의 시를
일종의 콤플렉스가 빚어낸 내성의 시로 파악하고 있는 김주연의 연구
들이나[2] 김춘수 시의 요체를 분열된 인간 조건 아래서 자기 정체를 모
색해 가는 거듭된 회의와 좌절로 평가하고 있는 김현의 글들도[3] 정신
적인 측면에서 시인의 시세계에 접근해 가고자 시도하는 연구들이다.
이들 연구 작업들은 시인이 지향하고 있는 대상의 무화는 실재하는 대
상을 거부한 채 자신의 내부에 그것을 구축하려는 노력일 뿐만 아니라
삶의 무상감을 순간적인 '텅 빔'으로 표출해 내려는 의도임을 밝혀냄으
로써 시인의 내면의식의 형성을 조망하는 데 일조하고 있다. 한편, 김
춘수 시가 노정하고 있는 지나친 감상의 방임을 지적하면서 시인의 절
망이나 허무의식을 치열한 의식이 뒷받침되지 못한 사치스런 절망과
허무로 규정하고 있는 황동규의 글[4] 역시 평가에 있어서는 엇갈리지만
시인의 시정신에 주목하고 있다는 점에서 참고할 만하다.
 그 밖에도 개인적인 체험이나 전기적인 사실 등을 통하여 시인의 원
체험에 접근해 가거나 색채 분석이나 이미지 연구, 현상학적 탐구 등을
통하여 시의식을 규명하고 있는 글들도[5] 여기에 해당한다. 이러한 연

---

 2) 김주연의 김춘수 연구로는 「시적 인식의 문제」(『상황과 인간』, 박우사, 1969),
    「시적 무의미의 의미」(『나의 칼은 나의 작품』, 민음사, 1975), 「김춘수와 고은
    의 변모」(『변동사회와 작가』, 문학과지성사, 1979), 「명상적 집중과 추억」(『김
    춘수 연구』, 학문사, 1982), 「기쁜 노래 부르던 눈물 한 방울」(≪현대문학≫, 1992
    년 봄) 등이 있다.
 3) 김현의 논의로는 「존재의 탐구로서의 언어」(≪세대≫, 1964. 7.), 「꽃의 이미지
    분석」(≪문학춘추≫, 1965. 2.), 「식물적 상상력의 개발」(≪현대시학≫, 1970. 4.), 「김
    춘수의 시적 변용」(≪문학과 지성≫, 1970년 여름), 「신화적 인물의 시적 변용」
    (≪문학과 지성≫, 1970년 겨울), 「김춘수와 유년시절의 시」(『문학과 유토피아』,
    문학과지성사, 1980), 「김춘수에 대한 두 개의 글」(『책읽기의 어려움』, 민음사, 1984)
    등이 있다.
 4) 황동규, 「감상의 제어와 방임」, ≪창작과 비평≫, 1977년 가을.
 5) 최하림, 「원초 경험의 변용」, ≪문학과 지성≫, 1976년 여름.
    최원식, 「김춘수의 의미와 무의미」, 『한국 현대시사 연구』, 일지사, 1983.
    조명제, 「김춘수 시의 현상학적 연구」, 중앙대 석사, 1983.
    이경철, 「김춘수시의 변모 양상」, ≪동악어문논집≫, 1988. 12.

구 성과들은 김춘수 시의 해석상의 어려움을 어느 정도 덜어줄 뿐만 아니라 시작 태도나 시작 원리 고찰에 있어 토대를 마련해 준다. 아울러 시인의 고유한 시적 인식에 대한 해명은 김춘수 시의 현대적인 의의를 밝히는 지침이 되기도 한다.

　김춘수 연구에서 이제까지 가장 많은 주목되어 온 부분은 무의미시와 무의미시론이라 할 수 있다. 그 가운데서도 형식 및 언어 실험의 의의를 중심으로 하여 시인의 시세계를 고찰하고 있는 글들은6) 대부분은 김춘수의 무의미시의 추구가 현대시의 특성과 관련이 깊다는 점을 중시하면서 시인의 노력이 우리 현대시의 새로운 장을 여는 데 큰 몫을 하였다는 점을 강조하려 한다. 이 연구들은 시인의 언어 사용법이나 시행 또는 연의 관계, 기호체계, 주요 표상들의 결합방식 등을 분석함으로써 김춘수 시를 형식적이고 구조적으로 파악할 수 있도록 도와준다. 그러나 이들 연구들은 김춘수 시를 통어하고 있는 구체적인 기법 이해에는 도움을 주지만, 이론적인 방법론만을 과도하게 적용함으로써 전체 시세계의 의의를 과대평가하거나 개별 작품의 미적 성취도에는 주의를 기울이지 않는 한계를 보여주기도 한다.7)

　　김준오, 「김춘수의 의미시와 소외현상학」, 『도시시와 해체시』, 문학과비평사, 1992.
　　임수만, 「김춘수 시의 기호학적 연구」, 서울대 석사, 1996.
　　이은정, 「김춘수와 김수영 시학의 대비적 연구」, 이화여대 박사, 1992.
　6) 김종길, 「실험과 재능」, 《문학춘추》, 1964. 6.
　　김영태, 「처용단장에 관한 노우트」, 《현대시학》, 1970. 7.
　　이기철, 「의미시와 무의미시」, 《시문학》, 1981. 11.
　　김인환, 「김춘수의 장르의식」, 『한국현대시문학대계25』, 지식산업사, 1984.
　　김종길, 「시의 곡예사」, 《문학사상》, 1985. 10.
　　박윤우, 「김춘수의 시론과 현대적 서정시학의 형성」, 『한국현대시론사』, 모음사, 1992.
　　노 철, 「김수영과 김춘수의 시작과정 연구」, 고려대 박사, 1998.
　　이은정, 위의 논문 등.
　7) 그 외 김춘수 시에 대한 연구는 다음과 같다. 문덕수, 「김춘수론」(《현대문학》, 1982. 9.), 김용태, 「무의미시와 시간성」(《어문학교육》, 1986. 12.), 김용태, 「김춘수시의 존재론과 Heidegger와의 거리(1)」(《어문학교육》, 1990. 7.), 「김춘수 시의 존재론과 Heidegger와의 거리(2)」(《수련어문논집》, 1990. 12.), 문혜원, 「절대 순수세계와 인간적인 울림의 조화」(《문학사상》, 1990. 8.), 강상대, 「김

고은 시에 대한 연구의 경우, 지금까지 이루어진 논의들이 다양한 시각과 심도 있는 이해를 보여준다고 하기는 어렵다. 대략 고은 시의 급격한 변모과정에 중점을 두어 상대적으로 중·후반기 시세계의 의의를 밝히려는 데 치중하고 있다. 시기구분 면에서도 시세계 변화의 내적 동기를 면밀히 검토하기보다는 전적으로 시인의 말에 의존하거나 10년 간격으로 시기를 가르는 편의적인 방식에 의한 경우가 많다.

고은 시에 대한 선행 연구 성과는 대략 시기별 시세계에 대한 고찰을 중심으로 살펴볼 수 있다. 먼저 고은의 초기 시 연구에 있어 주목할 만한 것은 김현의 연구들이다.8) 김현은 고은의 초기 시는 누이의 죽음에 대한 콤플렉스가 시인의 원초적 경험을 형성하고 있다고 보면서 그 경험이 죽음을 동반한 바다 이미지로 이어지는 과정을 세밀히 분석함으로써 후속 연구들의 토대를 마련하였다. 시인의 주된 관심이 소멸해 가는 대상들에 기울어져 있다는 점 그리고 시인이 즐겨 사용하고 있는 잠언 투의 표현이나 비문법어가 고은 시에 대한 접근을 어렵게 하고 있는 점 등에 관한 지적은 지금에도 유효하다.

그 외에도 오규원9)은 고은 초기 시의 시적 대상은 언제나 시인 자신이며 그의 시세계는 자존의 정당성을 확인하려는 노력의 결과라는 점을 강조하면서, 이 때문에 항상 어떤 행위로의 자세가 부여되어 있다고 본다. 염무웅10)은 존재의 근거를 위협하는 허무와의 싸움이라는 관점에 입

춘수론-공동체의 삶과 무의미시」(《현대문학》, 1990. 12.), 김두한, 「김춘수 시 연구」(효성여대 박사, 1991), 이혜원, 「시적 해탈의 도정」(『1950년대 시인들』, 나남, 1994), 권혁웅, 「김춘수 시의 연구」(고려대 석사, 1995), 문혜원, 「김춘수의 시와 시론에 나타난 이미지 연구」(『한국 현대시와 모더니즘』, 신구문화사, 1996), 허윤회, 「모더니티의 개인적 자각과 실현」(《반교어문연구》, 1996) 등이 있다. 이상의 글들은 김춘수 시의 전반적인 이해에 있어서 매우 도움을 주지만, 이 글의 문제의식과는 거리가 있으므로 자세히 다루지 않았다.
8) 김 현, 「시인의 상상적 세계」, 『현대한국문학의 이론』, 민음사, 1972.
9) 오규원, 「시적 변용과 그 의미」, 《문학과 지성》, 1972년 봄,
10) 염무웅, 「고은의 시세계」, 『부활』, 민음사, 1974.

각하여 고은의 초기 시를 소멸, 상실되어 가는 세계에 대한 비극적 인식과 그것을 언어로 정착시키고자 하는 노력 사이의 시적 긴장이 빚어내는 시로 이해한다.

이상의 논의들은 고은의 초기 시세계의 핵심을 유한자의 필멸의 과정에서 비롯하는 허무의식으로 제시하고 있다는 점에서 공통적이며, 고은의 초기 시 연구에 있어 길잡이 노릇을 한다는 점에서 의의가 있다. 하지만 상대적으로 변모과정의 근본 동인을 무시하면서 그것을 시인의 시적 갱신의 노력 등으로 단순화시키는 한계를 갖는다.

이에 비해 본격적인 고은 초기 시 연구라 할 수 있는 박정희의 논문은11) 이러한 문제를 어느 정도는 해결하고 있다고 여겨진다. 박정희는 고은 시세계 연구는 시기구분부터 다시 이루어져야 한다는 입장에서 원체험적 상흔인 죽음이 그의 시와 삶에 내면화되어 나타나는 『入山』까지를 전반기로 간주한다. 그리고 폐쇄된 자아의 비극적 죽음의 인식이 삶과 죽음을 동시에 통찰하는 태도로 나아가는 것에서 시적 변모의 계기를 찾는다. 이 논문은 고은이 70년대에도 지속적으로 죽음에의 지향을 보여주는 측면을 분석해냄으로써 허무의식이 중기 시세계 역시 아우르고 있다는 점을 밝혀내고 있다는 점에서 주목할 만하다.

고은의 중기 시에 대한 논의들 가운데 가장 돋보이는 것은 시인의 정신주의적 측면을 간파하고 있는 정과리의 글이다.12) 정과리는 고은의 중기 시에 두드러지게 나타나는 부사어의 남용은 정신에 의한 물리적 현실의 지배를 뜻하며, 이는 물리적 현실을 성실히 추적함으로써 올바른 현실변혁의 가능성을 구체적으로 발견해 내려 하기보다는 정신에 의해 물리적 현실의 무화를 성급하게 기도하는 태도에 다름 아니라고 지적한다. 따라서 고은에게는 이념에 대한 진지한 성찰보다 이념과의 합치 여부가 더 중요하며, 새로운 세계에 대한 비전은 결여되어 있다고

11) 박정희, 「고은의 전반기 시세계 연구」, 연세대 석사, 1996.
12) 정과리, 「부사성의 시학」, ≪예술과 비평≫, 1984년 가을.

평가한다. 정과리의 연구는 고은 중기 시의 과도한 이념에의 경도가 내
포하고 있는 문제점들을 제시하면서 시적 변모의 원인이 구체적 현실
에 대한 자각이기에 앞서 시인이 초기부터 견지해 온 정신주의에 있음
을 암시한다는 점에서 의의가 있다.

그 밖의 고은의 중기 시에 대한 언급들은 원래의 허무주의적 감수성
과 현실 체험이 병존하고 있다는[13] 결론에 있어 거의 일치하고 있다. 허
무와 무상에서 비롯하는 아름다움을 느껴오다가 그 아름다움 뒤에 자리
잡고 있는 생동하는 삶의 충격, 삶의 감동에 눈뜨게 된다는[14] 식의 평
가가 대부분으로 중기를 절충의 시기로 간주하는 측면이 강하다. 이는
시인의 허무의식이나 일관된 창작 원리 등이 제대로 밝혀지지 않은 상
태에서 다분히 편의주의적 태도를 보여준다는 점에서 한계가 있다.[15]

이상에서 살펴본 바와 같이, 이제까지 이루어진 선행 연구 작업들은
두 시인을 시사적으로 자리매김 하는 데에는 큰 기여를 하고 있다. 하
지만 김춘수 시 연구의 경우, 초기 시 연구는 주로 내면의식 분석에,
중기 시 연구는 주로 형식 원리 분석에 초점이 맞추어져 왔으며 시세
계 전체를 관류하는 시의식 규명은 미흡한 편이다. 김춘수 시의 현대적
특질을 확인하고 가치를 부여하려는 노력도 형식 구조적 측면에 편중
되어 왔다. 고은 시 연구의 경우, 역사적 현실의 맥락과 과도하게 결부

13) 김주연, 「죽음과 행복한 잠-고은 70년대」, 『고은 문학의 세계』, 창작과비평사,
1993.
14) 홍기삼, 「시정신과 유랑」, ≪창작과 비평≫, 1974년 가을.
15) 그 밖의 고은 시에 대한 연구는 다음과 같다. 김종철, 「시와 긴장」(≪문학과
지성≫, 1974년 가을), 「시와 역사적 상상력」(≪창작과 비평≫, 1978년 봄), 백
낙청, 「한 시인의 변모와 성숙」(≪세계의 문학≫, 1984년 여름), 김영무, 「자기
탐닉에서 공감의 세계로」(『한국문학의 현단계4』, 창작과비평사, 1985), 장석주,
「허무주의 그 이후-고은론」(『한 완전주의자의 책읽기』, 청하, 1986), 임우기,
「이야기꾼으로서의 시인」(『살림의 문학』, 문학과지성사, 1987), 이광호, 「죽음
의 구체성을 향한 시적 갱신」(≪현대시세계≫, 1988년 겨울) 등. 위의 연구들
은 고은의 시세계를 이해하는 데 있어 유효하지만 이 글의 문제의식은 다른
지점에 있으므로 자세히 다루지 않았다.

시켜 시세계 전체의 의의를 섣불리 예단하기도 한다. 따라서 위에서 지적한 이원화된 연구와 단선적인 접근이 갖는 한계를 극복하기 위해서는 두 시인의 일관된 시의식에 대한 면밀한 고찰이 선행되어야 한다.

위와 같은 문제의식에 따라 이 글에서는 허무의식을 통하여 두 시인의 시세계를 검토하고자 한다.

김춘수와 고은은 우리 현대시사상 가장 극단적인 허무의식을 보여준 시인들이다. 물론 실존의 자각으로서의 고립감이나 존재의 정당성을 확인하기 위한 치열한 노력, 그리고 순간적 실재와 상반하는 영원하고 참된 의미에의 추구나 모든 현실적 가치의 부정이나 회의에 기반한 죽음에의 지향 등은 두 시인의 경우만이 아니더라도 많은 작가들에게서 더러 드러나는 양상이라고 할 수 있다. 하지만 김춘수와 고은과 같이 시적 태도나 지향점 등을 전적으로 허무의식에 두고 있는 이들은 찾아보기 어렵다. 김춘수와 고은은 시론이나 수필 등을 통하여 자신들의 시의식이 허무에 기초하고 있거나 그것에 귀결됨을 분명히 밝혀 왔을 뿐만 아니라 끊임없는 회의와 거부는 이들 시세계 전개과정의 주된 동력으로 작용한다. 김춘수와 고은에게서 허무의식은 시작행위의 내적 동기이며 이른바 '꽃에서 처용까지의 거리', '탐미주의에서 역사주의까지의 거리'를 해명할 수 있는 실마리인 것이다.

그런데도 이들의 허무의식은 거의 주목받지 못하거나 단선적으로만 이해되어 왔다.16) 이는 우리 문학의 특성상 허무의식에 대한 이해가 전통적 '한'이나 운명론의 갈래 안에서 다루어지면서 그것을 체념의 정서나 달관의 삶의 자세를 산출해 내는 동양적 정신의 범주 안에만 국한시켜 온 것에 기인한다. 이른바 '동양적 무'는 현실초탈이나 무소유 혹은 인종

---

16) 특히 김춘수 시세계에 대한 논의에서 두드러진다. 고정희(「김춘수의 무의미론 소고」, 『김춘수 연구』, 학문사, 1982)나 구모룡(「완전주의적 시정신」, 앞과 동일) 등은 시인의 허무의식을 '동양적 허무', '동양적 무에의 경도'라는 식으로 단편적으로만 언급한다.

의 삶을 수락하게 하면서 '절대무'에의 경지를 지향하는 정신적 태도를 빚어낸다고 할 때 이 같은 '절대무'에의 지향성과는 구별되는 허무의식의 경우에는 해명할 길이 없었기 때문이다.

김춘수와 고은의 허무의식은 현상하는 순간적 생을 거부하면서 영원하고 본질적인 생의 의미에 구경적으로 몰두해 가는 태도라 보기는 어렵다. 결론부터 앞질러 말하자면 김춘수와 고은의 허무의식은 동양적 허무곧 절대무에의 의지라기보다는 치열한 현실인식이 낳은 삶의 역설적 태도라 할 수 있다. 이들 두 시인의 허무의식이 당대 역사적 현실과의 맥락 속에서 좀 더 확고히 밝혀질 수 있으며 극단의 정치성마저 내포하고 있는 이유는 바로 이 때문이다.

따라서 이 글은 두 시인의 시세계의 특성인 허무의식이 두 시인에게서 각각 어떤 정신적인 지형도를 형성하며 변모되어 가는가를 밝히는 것을 첫 번째 목적으로 삼으면서 이들의 허무의식이 노정하게 될 극단의 상반하는 정치적 성향에 주목하고자 한다. 이는 궁극적으로 허무의식이 시인의 현실인식과 불가분의 관계를 형성하고 있으면서 일반적으로 인정되어 온 현실초탈이나 현실초월과는 다른 범주에서 논의되어야 하는 것임을 밝힐 수 있을 것이다. 그리고 이 같은 연구 목적과 연구 과정은 결과적으로 순수시의 본령으로 문학사에 자리매김 되어 온 김춘수의 경우에 있어서는 '순수'가 정치적 현실에 대한 환멸의 다른 이름임을, 민족문학의 태두로 인정받아 온 고은의 경우에 있어서는 '문학적 실천과 참여'가 죽음의식 및 종말의식의 변주임을 확인하는 계기를 제공할 것이다. 결국 두 시인에게서 허무의식이 집중적으로 표출되는 시기는 1960년대부터 1970년대 초반까지로 시기상 공통되지만 시적 출발로서의 허무의식이 서로 상이한 시적 지향으로 귀결된다는 점에 논의를 집중시켜, 허무의식이 작가 개인의 현실적 안목과 비전에 따라 서로 변별될 수 있음을 드러내고자 하는 것이 이 글이 갖고 있는 최종적인 목적이라 할 수 있다.

또한 앞서 지적하였듯이, 이제까지 우리 문학연구에서는 허무의식에 관하여 큰 관심을 기울여 오지 않았는데, 이는 우리 문학에 나타나는 허무의식을 부정적인 측면에서만 파악해 온 때문이라 할 수 있는바 허무의식 나아가 허무주의에 대한 새로운 이해의 토대를 마련하려는 것이 이 글의 또 다른 목적이다.

2. 우리 문학과 허무주의

문학의 영역에서 허무 또는 허무의식의 발견은 보편적이다. 허무의식은 삶의 지향점을 찾을 수 없거나 이상 실현이 회의적일 때, 자기 정체성에 대한 확신을 얻을 수 없거나 사회적 진리의 정당성이 훼손되었다고 느낄 때, 변화하는 세계에 대응해 나갈 이념이나 사상의 빈곤과 부재를 경험할 때, 존재론적 본질로서 고립과 유폐의 불안이 엄습할 때, 인간 이성이 위기에 직면하였을 때, 그리하여 현실적인 모든 가치가 전복되어 갈 때에는 언제든지 발생하는 일종의 정서이며, 정신적인 태도[17]이기 때문이다. 그러므로 허무 또는 허무의식은 특정한 시기 특정한 작가만의 독점물은 아니다.

우리 문학에서도 허무 또는 허무의식은 그리 낯설지 않다. '애수'나 '체념' 그리고 '한(恨)' 등은 곧잘 허무의식의 범주 안에서 이해되어 왔

---

17) 이 글에서는 '정신'을, 신의 존재 방식으로서 자기 스스로를 생각하는 생각이라는 근대 이전의 믿음과는 구별하여 사용하였다. 이 글에서 '정신'은 이러한 비역사적이며 신적인 관점에서 규정할 수 있는 개념이기보다 인격의 통일 속에서 삶의 역사성과 관계 짓는 일이며, 인간의 인식과 의지를 서로 연관짓는 일이라는 관점에서 사용되었다.

다. 그러나 그것의 근본 개념이나 의의 등에 관해서는 많은 관심을 기울여왔다고 보기 어렵다. 문학과의 연관 아래 그 사상적 기조나 이론 자체 등을 고찰하는 글은 제쳐두고라도, 그나마 개별 작가나 작품을 조망하고 있는 글들도 심정적인 분석과 판단에 그치고 있는 경우가 많다. 여기에는 여러 가지 이유가 있겠지만, 가장 큰 이유는 우리 문학에 나타나는 허무의식을 어느 정도 부정적인 측면에서만 평가해 온 데 있다.

우리 근대문학은 다른 민족에 의한 지배라는 부침의 역사 속에 성장해왔다. 일본 식민통치가 가져온 출구 없는 현실 상황에 대한 좌절은 자연스레 우수와 한숨의 미학을 낳았다. 김소월 시에 엿보이는 부재하는 임을 향한 그리움이나 백석 시의 주조음인 고독과 절망의 정서는 다른 민족에게 강점당한 채 실의와 비탄의 나날을 지내야 했던 당시 지식인들의 절망의 깊이를 잘 보여준다. 또 일본의 앞선 문물을 경험한 후 상대적인 열패감에 시달렸던 1920년대 초반 시인들이 주어진 조선 현실을 극단적으로 부정하면서 그들만의 신세계를 꿈꾸었던 것도 식민지 상황과 무관하지 않다. 그들은 현실을 딛고 일어설 만한 구체적인 삶의 지표를 설정하지도 못하였고 끝없는 나락에서 헤어나지도 못하였다.[18]

때문에 소월이나 백석 등의 허무는 현실에 적극적으로 대응해 나가기를 포기한 이들의 실의와 망연자실의 몸짓일 뿐이라는 비판을 받고 있다. 20년대 초반 시인들의 '푸슈킨적 부정'[19] 역시 역사의 능동적 주체

---

18) 이와 관련하여 김윤식은 ≪폐허≫ 동인들이 보여준 허무의식의 원인을 '파괴 대상의 추상성'에서 찾는다. ≪폐허≫가 결성 초기에 표방하였던 '새로운 창조'는 창조에 이르기 위한 파괴가 선행되지 못함으로써 공허함에 그치며, 때문에 필연적으로 허무를 낳을 수밖에 없었다는 것이다. 또한 김윤식은 20년대 초반의 문학이 현저하게 시 중심으로 편향되어 있다는 점 역시 문학 양식으로서의 장르 선택이 사회적 현상과 대응관계에 놓여 있다는 점을 감안할 때 당시 지식인들에게 팽배해 있던 허무의식과 관련이 깊다고 말한다.(「허무에서 해바라기」, 『시인 공초 오상순』, 자유문학사, 1988, 179~184쪽 참조)

19) 도스토예프스키는 1880년 강연에서 푸슈킨이 "민중보다 훨씬 뛰어났다고 스스로 자부하면서도 이 나라의 대지로부터 분리되어 있는 지식인 사회 내의 심각한 병적 현상" 발견해 내고 이러한 "부정적인 인간유형, 항상 불안해하고 기존

로서의 소임을 자발적으로 거부한 데에서 산출된 것으로 평가된다. 일제 강점에 이은 전쟁과 분단의 소용돌이 속에서 시대 현실에 대한 자각과 현실극복을 당면 과제로 삼아 온 우리에게 이 같은 식민지 시대 시인들이 보여주는 절망과 우수는 마땅히 타개해야만 할 것일 따름이었다. 우리 역사의 특수한 사정은 그들의 문학 정신이 가 닿는 침체와 체념에 바탕을 제공하면서도 그것들을 극복과 지양의 대상으로 치부하는 근본 요인으로 작용하였던 것이다.

식민지 시대 시인들의 경우와 마찬가지로, 우리 전통시가의 특성이라 할 수 있는 체념과 애수도 역사적, 생활적 조건에서 비롯한다는 것이 일반적인 견해이다. 이른바 현세적인 생활에 대한 불안이나 고뇌, 나아가 운명을 수락하고 달관하는 정조는 "우리의 운명을 스스로의 의사와 결단에 의해서 결정짓지 못하고 역사적 객관적 여건에 의해서 다가오는 운명을 피동적으로 받아들여야 했던"[20) 삶의 과정에 원인이 있으며, 잦은 외침과 위정자들의 가렴주구 또한 생의 공포를 심화시켜 인종의 삶을 살아가게 한 동인이라는 것이다.

따라서 고려속요나 조선시조, 민요 등을 관류하고 있는 '강호지락(江湖之樂)사상'이나 소박한 '자연귀의(自然歸依)사상'도 '단순히 자연미를 완상하고 그것에 몰입하는 것이 아니라, 인간계와의 교섭을 꺼리며 자연 가운데로 도피하려는'[21) 허무의식으로 간주되기도 한다. 요컨대 전통시가에 나타나는 비관적 운명의 수락과 체념적 달관의 정조는 현

의 어떠한 것에도 만족할 수 없으며, 그의 향토와 향토의 힘을 믿지 않는 인간, 러시아와 자기 자신을 궁극적으로 부정하고 그의 동포에 대해서 어떠한 유대감도 갖지 않으려 하면서도 이 모든 것 때문에 성실하게 괴로워하는 인간"을 그려냈다고 지적한 바 있다.(하이데거, 박찬국 옮김, 『니체와 니힐리즘』, 지성의 샘, 1996, 23~24쪽 참조) 푸슈킨의 작품에 나타난 부정적 인간 유형은 바로 현실에 대한 낭만적 회의와 동경 속에서 고뇌하는 인간형이라고 볼 수 있다. 이 점이 바로 1920년대 시인들과의 유사점이다.

20) 정창범, 「한국적 허무성의 구조─니힐리즘과의 비교」, 《현대문학》, 1960. 8, 81쪽.
21) 정재완, 「한국시와 니힐의 극복」, 《현대문학》, 1969. 6, 310쪽.

실에 대한 건강한 성찰을 가로막고 미래를 향한 진취적인 인식과 판단을 저해해 왔을 뿐만 아니라, 향락적이며 퇴폐적인 경향을 야기하는 주요인이라는 것이다. 한편, 이 자연귀의를 통한 삶의 달관은 청마에게도 드러나는바, '허무주의는 언제나 무위한 자연 속으로 도피하는 것을 지향으로 삼는다.'[22]라는 그의 말은 전통적 의미에서 자연은 우리에게 과연 어떠한 존재인가를 압축적으로 시사한다.

아울러 간과할 수 없는 것은 허무의식은 종교적인 특성과도 무관하지 않다는 점이다. 불교나 도교는 각각 다른 맥락에서 '무위(無爲)'를 추구한다. 불교에서는 모든 현상의 참다운 체성(體性), 최종 진리를 무위로 본다. 이때 무위는 생멸하지 않고 인과도 없는 영구불변의 절대 존재로, '온갖 만들어진 것은 무상하고 생겨서는 멸하는 성질의 것이라서 생겼다가 멸하니 그것들이 조용해지는 것이 안락(諸行無常 是生滅法 生滅滅已 寂滅爲樂)'인 까닭이다. 그러므로 불교에서 말하는 무위란 유무(有無)의 무가 아닌 철저한 '절대무(絶代無)', 모든 긍정과 부정을 초월하면서 작위와 조작을 갖지 않는 열반과도 같은 상태를 가리킨다.[23]

만물의 근원이나 본원을 '무'로 간주하는 노장사상에서 무위는 인간이 추구하여야 할 행위규범이다. 이때 무위는 인위(人爲), 작위(作爲)와 상반하는 것으로 '도는 언제나 무위하다(道常無爲)'는 노자의 말에서도 짐작할 수 있듯이 어떤 의지나 목적이 없는 상태를 뜻한다. 따라서 '무위자연(無爲自然)'이란 만물이 스스로 생겨 변화해 가는 것에 어떤 인위나 조작도 가하지 않는 것이며 아울러 만물을 소유하려 하지 않고 그 보답을 바라거나 주재하려고도 하지 않는 그야말로 물 흐르는 것과 같은 유유자적함의 경지라 할 수 있다.[24]

이 모든 유무관계를 초월한 '절대무'에 철저하고자 하는 세계관과 자

---

22) 유치환, 『구름에 그린다』, 신흥출판사, 1959, 150쪽 참조.
23) 석진오 해석, 『금강경 연구』, 신흥출판사, 1959, 150쪽 참조.
24) 이강수, 『노자와 장자-무위와 소요의 철학』, 길, 1998 참조

연적 변화에 순응하면서 사심으로 세상 만물을 대하지 않는 삶의 자세를 지향하는 사상은 현세에 대한 관심이나 명리에 연연해하지 않는 생활 태도를 낳기도 하였다. 스스로 고답을 추구하는 '은일(隱逸)', '초세(超世)'의 삶에서는 그 삶을 유지하는 공간은 문제가 되지 않는다. 그곳이 속세이건 선경이건 간에 '초세적 은일(超世的 隱逸)'에서는 현세란 처음부터 관심 밖의 것이기 때문이다.25)

이러한 역사적 종교적 배경은 궁극적으로 운명 순응과 현실 체념을 삶의 이상으로 삼도록 이끌었다. 그럼으로써 삶의 절망 끝에 낙관이 싹트고 이를 통하여 절망적 현실을 소극적으로나마 살아나갈 수 있게 하는, 우리만의 특유한 '운명론' 형성에 토대를 제공하였다.

운명론이란, 간단히 말해, 삶은 어떤 법칙에 의해 이미 제약되어 있으며, 인간 의지도 언제나 예정된 방향으로 움직이도록 미리 정해져 있다는 식의 '결정론적 사고(deterministic thought)'이다. 세계 전체는 고정 불변의 인과관계를 형성하고 있는 것으로 이해되며 모든 것은 필연으로 해석된다.26) 이처럼 삶의 모든 것이 이미 마련되어 있다고 믿는 사고방식에서는 인간의 의지나 자유는 있을 수 없으며 생에 대한 무력감이나 비관만이 팽배해질 뿐이다. 우리 문학의 많은 부분이 이 '허무적 비관과 표리일체 관계'를 이루고 있는 운명론에 발상을 두고 있다는 지적은27) 우리 삶에 내린 운명론의 뿌리가 얼마나 깊은가를 가늠할 수 있는 좋은 본보기이다.

---

25) 이종은에 의하면 '은둔'과 '은일'은 서로 구별된다. 은둔이 현실에 대한 패배적 도피의 성격이 강하다면, 은일은 도피적인 것이 아니라 현 사회의 문화 즉 예악과 경세에 뜻이 없어 공리와 현달에 눈을 돌리지 않는 태도이다.(「시조문학에 나타난 은일사상」, 『한국의 도교문학』, 태학사, 1999 참조)

26) 이러한 결정론은 궁극적으로 인간의 자유의지의 무효화라는 문제를 제기한다. 결정론적 세계에서는 인간은 자유의지를 가지지 못하는데, 객관적 실재의 변화 및 발전은 객관적 법칙에 의해 규정된다고 믿어지기 때문이다. 결정론과 자유의지의 양립불가능성에 관한 더 자세한 논의는 게리 왓슨이 엮은 『자유의지와 결정론』(최용철 옮김, 서광사, 1990)의 서론을 참조 바람.

27) 유종호, 「한국의 페시미즘-운명론의 계보」, 『비순수의 선언』, 민음사, 1995, 132쪽 참조.

문제는 오랫동안 역사적 상황과 생리적 조건과 종교적 영향 아래 점 철되어 온 그것이 어떤 치밀한 이론이나 논리로도 접근이 어려우며 명 확하게 규정짓기가 까다롭다는 점이다. 특히 생이란 속절없으므로 인간 이 구해야 할 것은 오로지 완전한 무욕, 무심, 무념일 따름이라는 결론 에 이르면, 그 도저한 허무의식의 깊이는 감히 잴 수 없는 것에 도달 하고야 만다.28) 이제까지 허무의식을 수동적이며 정서적인 것으로 파악 해 온 이유가 여기에 있다.

허무의식에 대한 이러한 일면적 이해는 그것을 서구의 니힐리즘과는 다 른 층위에 위치시키려는 입장에 뒷받침되어 더욱 강화되었다. 역사적으로 허무의식에 대한 논의가 비교적 활발하게 이루어진 시기는 한국전쟁을 계 기로 하여 서구의 니힐리즘이 본격적으로 유입되었던 1950~1960년대이 다. 전쟁으로 인한 충격과 폐허의 소용돌이에서 헤어나지 못하고 있던 50 년대 지식인들에게 니힐리즘은 실존주의와 더불어 시대 상황을 분석하고 수용할 수 있는 적절한 현실인식의 도구로 작용하였다.29) 개략적이나마 이론이 소개되고 용어나 주요 개념에 대한 해석이 제공된 것도 이 시기이 다.30) 다만 19세기 유럽에서 발생한 니힐리즘에 대한 치밀한 고구라기보

---

28) 김동리의 「황토기」가 대표적이라고 할 수 있다. 김윤식은 「황토기」에 등장하는 득보와 억쇠의 이유 없는 싸움은 여의주를 빼앗긴 영웅의 운명이 아니라, 모든 것이 공허하고 무의미한 삶을 살아야 하는 인간의 본래적인 모습이라고 본다. 그러므로 이유 없이 지속하는 이들의 싸움은 변화 없이 지속하는 자연이며, 이 것이 또한 「황토기」의 운명관이라는 것이다.(「니힐리즘과 한국근대문학」, ≪문 학과 비평≫, 1991년 여름 참조)

29) 50년대 지식인들에게 허무주의와 실존주의는 동시적으로 수용되었을 뿐만 아 니라 사실상 크게 구별되지도 않았는데, 서구 문학이론에서도 허무주의와 실존 주의를 구별하려 하지 않는 입장이 존재한다. 허무란 기본적으로 인간 실존의 한계와 밀접한 관련을 맺고 있으며 또한 실존주의 문학과 허무주의 문학은 발 생 연대가 비슷하고 작품의 내용이나 주제 면에서도 큰 변별사항이 없다고 보 기 때문이다. 이를테면, 글릭크스버그는 키에르케고르, 니체, 카프카 등을 니힐 리즘의 선구자로서 이해하며, 흔히 실존주의 문학의 범주 안에 편입시키는 말 로, 오닐, 까뮈, 사르트르, 베케트 등의 작품을 심연과 허무의 극복을 통한 무 의미한 인생의 적극적인 의미 부여라는 관점에서 분석한다.(이경식 옮김, 『20 세기 문학에 나타난 비극적 인간상』, 종로서적, 1983 참조)

다는 실존주의의 적극적 수용 분위기에 가려져 상대적으로 저급한 현실의
식으로 폄하되거나[31] 존재론적 본질로서의 불안과 부조리 등과 관련하여
수박하게 언급하는 수준이 주종을 이룬다. 예외적으로 허무의식을 역사적
으로 형성된 시대적 특질로 간주하려는 관점도 찾아볼 수 있지만[32], 이러
한 논의가 당시에 큰 반향을 일으킨 것으로 보이지는 않는다.

　60년대에 접어들면서부터는 이론적 천착보다는 서구적 니힐리즘의 수
용 가능성에 대한 탐색이 두드러진다.[33] 당시 논의들에서는 '서구적 니
힐리즘'과 '한국적 허무성'을 엄격히 구별하려는 추세를 확인할 수 있다.
전자는 '능동적, 논리적, 의지적 자세'요, '부정의 니힐이며, 참가를 위한
것'이지만 후자는 '정서적, 식물적 자세'요, '절망의 니힐이며, 도피를 위
한 기술'이라고 규정하는 시각이 그것이다.[34] 이와 같이 용어 면에서나
함축적 의미 면에서 둘을 분별하려는 이유는 발생 배경의 차이에 기초한
다. 이를테면, 동양에는 절대적 가치를 대변하는 서구적 의미에서의 신이
존재한 적이 없으므로 서구처럼 신의 죽음이라는 엄청난 재앙으로 말미
암아 모든 절대적 선과 진리, 가치가 절멸하는 상황에 직면한 경우가 없

---

30) 전쟁 직후 허무주의 이론을 번역하거나 소개하고 있는 글들 및 책은 다음과 같
　　다. 조연현, 「현대문학과 니힐리즘」(《현대공론》, 1954. 8.), 김병철, 「헤밍웨이
　　의 니힐리즘」(《서울신문》, 1955. 2. 11~12.), 안병욱, 「허무주의」(《사상계》,
　　1956. 2.), 가브리엘 마르셀, 「니힐리즘의 초극」(《새벽》, 1958. 3~4.), 포드 호
　　즈, 한승호 옮김, 「신허무주의와 문학」(《세계》, 1959. 4.), 모략, 「신이 있는
　　문학과 없는 문학」(《기독교사상》, 1959. 7~9.) 등
31) 대표적으로 조연현의 견해가 여기에 해당된다.
32) 최일수, 위의 글 참조.
33) 1960년대에 이루어진 허무주의에 대한 논의는 다음과 같다.: 김운학, 「니힐리즘」
　　(《문예》, 1960. 2.), 박철석, 「한국 현대시의 퇴폐적 현상」(《자유문학》, 1960.
　　3~4.), 유종호, 위의 글, 전봉건, 「환상과 상처」(《세대》, 1964. 11.), 박철석,
　　「한국의 허무주의」(《문학춘추》, 1965. 12.), 이건영, 「부정과 체념의 니힐리즘」
　　(《현대문학》, 1966. 8.), 임헌영, 「윤리의 사보타지」(《세대》, 1967. 9.), 김현,
　　「허무주의의 극복」(《사상계》, 1968. 2.), 김주연, 「시에서의 한국적 허무주의」
　　(《사상계》, 1968. 12.), 이선영, 「한국문학과 허무의식」(『언어와 문학』, 1969.
　　6.), 정재완, 위의 글 등.
34) 정창범과 임헌영(1966)의 위의 글 참조.

다는 것이다.35) 따라서 '한국적 허무성'은 엄격한 신적 질서 아래 놓여 있던 서구에서와는 다른 범주에서 이해되어야 한다는 것이다.

60년대에 와서 이 같은 견해가 성립하게 된 데에는 앞선 시기에 팽배하였던 허무의식이 현저한 내면 편향으로 치달으면서 탈역사주의의 위험성을 노정하고 있던 것과도 관련이 깊다.36) 그러므로 우리 문학의 허무주의의 접맥 가능성을 살펴보면서 이론에 대한 진지한 고찰 없이 마구잡이식으로 허무주의를 자처하는 행태를 경계하고자 한다는 측면에서 이는 허무주의에 대한 궁극적인 관심보다는 세계사적 보편성이라는 미망으로부터의 탈출을 촉구하려는 의도가 더 강하게 작동하고 있는 것으로 여겨진다. 50년대에 주로 유입된 사상이나 사조들이 구체적인 역사적 상황이나 현실성에 대한 고려 없이 수용되었다는 점을 감안할 때 이러한 태도는 어느 정도 가치를 지닌다.

하지만 '서구적 니힐리즘'과 '한국적 허무성' 구분은 이른바 '한국적 허무성'에 관한 충분한 검토도 이루어지지 못한 상태에서 현상적으로 드러난 양태를 서구의 경우와 거칠게 대조하고 차이점만을 부각시킴으로써 독자성의 여지를 무시하는 한계가 있다. 허무주의가 특수한 사회적, 지적 요소와 관련을 맺고 있는, 일종의 진리의 정당성을 확보하기 위한 욕구이자 행동이라고 할 때37) '한국적 허무성'도 부정적 현실에 대한 일종의 대응 방법임에 틀림없다. 중시하여야 할 바는 그것과 서구 이론과의 정합성 여부가 아니라, 그것이 개인의 행동과 경험을 형성하는 양식으로서 어떻게 특화되고 있는가이다. 단지 차이 강조에 기울어진 관심이 발전적 이해의 가능성을 몰각시키면서 근거가 부족한 수용 회의론이나 낙관론에 봉착하게 되는 것은 당연하다.

---

35) 정창범, 위의 글 참조.
36) 이는 당시 신세대 시인들에게 허무와 절망이 만연해 있던 이유를 시대의 불모성에서 찾으면서 새로운 질서 구축을 위하여 현실에 관심을 가져줄 것을 촉구하고 있는 이봉래의 「신세대론」(≪문학예술≫, 1956. 4.)에서 역으로 확인할 수 있다.
37) 고드스블롬, 천형균 옮김, 『니힐리즘과 문화』, 문학과지성사, 1992, 11~13쪽 참조.

더욱이 간과할 수 없는 것은 이러한 관점이 이제까지의 우리 문학에서의 허무의식에 대한 이해를 대표하고 있다는 점이다. 이후 논의들은 서구 이론과는 무관하게 개진되지만, '동양적'이나 '한국적'이라는 관형어 아래 정서적이며, 소극적이며, 현실도피적이라는 피상적인 분석 틀에서 더 이상 진전된 면모를 보여주지 않는다.

그러므로 허무의식에 대한 단선적인 파악에서 벗어나기 위해서는 그 이론적 토대를 검토하면서 그것이 특수한 역사적 상황 안에서 어떻게 적용되어 나타나는가에 주의를 기울여야 한다. 게다가 현대의 허무의식은, 허무주의의 요체인 '부정과 비판의 정신'이 현대의 핵심적인 성격임을 염두에 둘 때, 근본적으로 파편화된 현대의 무질서와 혼돈의 소용돌이에 직면한 인간들이 갖는 '새로운 삶의 질서에 대한 의지'임에 주목할 필요가 있다. 허무주의는 인간의 존재론적 본질에서 연유하는 인간 정신의 밑바탕에 놓여 있는 사유의 한 형태이기도 하지만, '당대'를 해석하고 수용하기 위한 '인간적 수단'이다. 허무주의는 자연발생적인 개인적 불만이기보다는 '시대'를 조감하면서 현실성을 확보하려는 '방법적 태도'인 것이다. 그러므로 허무의식은, 일종의 인간을 시간적 존재로 파악하면서 현실의 시간적 국면에 대한 회의와 부정을 표출하는 것으로 해석될 수 있다. 이를 위하여 다음에서는 허무의식을 시간과의 연관관계 아래 살펴보고자 한다.

3. 허무의식과 시간

이 절에서는 허무의식의 이론적 토대로서 허무주의 사상을 고찰하고자

한다. 이는 앞서 지적한 바와 같이 허무의식을 인간 본연의 존재론적 속
성에서 기인하는 고독감이나 무상감이 아니라, 역사적 현실을 부정적으로
사유하면서 새로운 삶의 질서를 모색하려는 계기로 파악하고자 하는 데
에서 비롯한다. 이를 바탕으로 하여 허무의식(the Sense of Nihil)이 시간
의식(time-consciousness)으로 해명될 수 있는 여지를 검토하고자 한다.

'의식'을 어떤 것에 대한 이미 성립되어 있는 의식상태뿐만 아니라,
그것이 형성되어 가고 있는 과정 또는 움직임으로 이해한다면, 의식이
란 필연적으로 시간의식이며 의식의 구조는 시간적 구조에 따라 분석
될 수 있다.[38] 따라서 허무의식이 어떠한 시간적 배경 아래 생성되며
시간의식으로 정립되어 가는가를 주안점으로 삼아 허무의식과 역사적
전망의 관련성을 구체화시키고자 한다.

허무주의(nihilism)는 어원상 '없음', '무'를 의미하는 라틴어 '니힐(nihil)'
에서 유래하였으며, 프랑스의 동양 연구가인 부루누(Burnouf)가 '니르바
나(nirvana)'라는 철학적 개념을 "어떤 식의 평가도 하지 않고" 번역하는
과정에서 만들어졌다고 전해진다.[39] 하지만 이 용어는 시간의 지배를 받
는 모든 낱말들이 그러하듯이 시기적 특성에 따라 극단의 상반하는 의미
를 함축하며 변모하여 왔다. 일반적으로 지고의 가치의 무화, "가치와 의
미를 지닌 것은 아무것도 없다고 여기는 정신상태"[40]를 뜻하는 허무주의
란 낱말은 오늘날 정도를 가늠하기 어려울 만큼 그 의미의 진폭이 넓다
고 할 수 있다.

서구에서 허무주의는 19세기 유럽에서 발생한 사상적, 철학적 경향
외에도 시대마다 긍정적 혹은 부정적 가치평가를 수반하며 다양한 사
회적, 정치적, 철학적 사상과 입장을 가리키는 용어로 사용되어 왔다.[41]

---

38) 쾜멜의 『시간의 구조와 개념』(권의무 옮김, 계명대출판부, 1986)의 제8장 참조
　　바람.
39) 포지올리, 박상진 옮김, 『아방가르드 예술론』, 문예출판사, 1996, 99쪽 참조.
40) 고드스블롬, 천형균 옮김, 『니힐리즘과 문화』, 문학과지성사, 1988, 11쪽.
41) 현대 사회에서 인간의 감수성 및 정신 그리고 사회정치적 입장 등을 뜻하는 낱

더군다나 허무주의는 'ism'이라는 어미로 말미암아 여러 가지 '오해'를 받아 왔다. 일반적으로 'ism'은 삶의 절대적이거나 적확한 원리의 수립, 모든 생의 현상들을 어느 정도 포괄할 수 있고 그 질서 안에서 조정할 수 있는 삶의 체계 확립을 표시한다.42) 이에 비해 허무주의는 어떤 삶의 목표가 아니라 선언적 신념이며 삶의 프로그램이기보다는 가치판단을 표방한다는 점에서 독특하다.43) 따라서 어원 탐색방식이나 통시적 고찰방식은 용어의 근본 개념이나 사적인 전개과정 등을 살피는 데에는 도움을 줄 수 있지만, 정작 허무주의가 무엇인가를 파악하는 데 있어서는 더 큰 혼선을 가져올 수 있다.

문제는 위에서 지적한 사항들이야말로 역설적으로 허무주의에 대한 올바른 접근방식에 중요한 실마리를 제공해 줄 수 있다는 점이다. 특히 새로움을 표 나게 내세우는 사상이나 이념에서는 언제나 허무주의적 사유가 내포되어 있다는 점은 그것이 인간 정신의 보편적인 특성이면서 시대 상황이나 사회 변동과 밀접한 관련을 맺고 있음을 함축한다.

세계에 대한 인식의 진보는 필연적으로 세계에 대한 기존의 이해방식에 의문을 제기하며, 이제까지의 고유한 가치에 대한 부정을 수반하게 마련이다. 이때 이는 커다란 범주에서 허무주의적 부정의 요소를 지닌다고 할 수 있다. 허무주의는 기존의 것에 대한 부정과 비판을 바탕으로 하면서 새로운 인식과 가치체계를 표방하는 사상이나 이데올로기

말 중에서 허무주의만큼 다양하며 상이한 현상과 경향을 가리키는 데 사용된 어휘는 드물 것이다. 허무주의는 18세기 이후로 무신론, 에고이즘, 유아론, 회의주의, 유물론, 페시미즘 등 새로운 가치를 담고 있는 운동에 의해 아주 구체적으로 주장되거나, 반대자들에 의해 그 운동을 비난하기 위한 목적으로 사용되었다. 이 변천사에 관한 논의는 프랑소와 에왈의 「니힐리즘이란 낱말의 역사」(윤학로 옮김, 《문학과 비평》, 1991년 여름)를 참조 바람.

42) H. Thielicke, Translated by John W. Dobersteir, 『Nihilism, its origin and nature, with a Christian answer』, Green Press, 1981, pp.17 참조.

43) H. Thielicke, 위의 책, 28쪽 참조. 그런 점에서 Thielicke는 허무주의를 "a unique 'ism'", "the lonely 'ism'"이라고 규정한다.

안에서는 언제나 찾아질 수 있는 것이라 하여도 지나치지 않은 것이다. 지금까지 인류가 구축해 온 문명이나 정신사적 흐름 등을 더듬어 볼 때 이는 쉽게 이해된다.

따라서 허무주의에 대한 해명은 두 가지 방향에서 이루어질 수 있다. 그 하나는 부정이나 거부, 비판이나 반항의 태도 일체와 아름다움이나 진실, 선이라는 전통적인 규범에서 벗어나려는 창조 의지까지 포함하는 인간의 보편적인 부정 정신으로 의미를 확장시킨 허무주의이다.[44] 다른 하나는 니체(Niche)가 정식으로 사유하고 사상체계로 확립함으로써 주체성의 형이상학인 근대 형이상학의 정점을 이룬 역사적인 견지에서의 허무주의이다.

허무주의는 정서로서의 비애나 우울 등과는 구별된다. 허무주의란 세계의 가치를 판단하는 일종의 태도이자 세계인식의 방법이다. 비애나 우울 등이 이상과 현실이 어긋나는 사태에서 야기되는 슬픔이나 설움, 시름이나 근심 그리고 실망감이라고 한다면, 허무주의는 그와 같은 삶을 의심하고 부정하는 방법인 것이다. 그러므로 허무주의는 특수한 정서로 표현되거나 표현될 수는 있지만, 이들 정서가 허무주의 자체와 등가를 이루지는 않는다. 정서적 반응에서 출발하여 정신적인 태도로 고양되었을 때 비로소 허무주의라고 규정할 수 있다.

한편, 환멸이나 절망, 체념이나 비관은 단순한 감정에 국한되지 않는다는 점에서 비애나 우울들의 정서와는 다르다. 체념이나 비관은 포기와 단념의 정서를 포함하면서 체계화된 나름대로의 견해를 표출하고, 인간을 삶의 '객체'로 간주하는[45] 일종의 정신적인 태도라는 점에서 허무주의의 선행형식이라 할 '염세주의'[46]에 가깝다. 특히 우리 문학에서

---

44) 프랑소와 에왈, 위의 글, 182쪽 참조.

45) H. Thielicke, Translated by John W. Dobersteir, 『Nihilism, its origin and nature, with a Christian answer』, Green Press, 1981, pp.29 참조. Thielicke는 허무주의의 특성 중의 하나로 인간을 객체화시킨다는 점을 꼽고 있으나, 이는 오히려 염세주의에 가깝다고 할 수 있다.

허무의식이 드러나는 양상은 세계는 오로지 어두우며 인생은 고달파 아무런 희망도 가질 수 없다는 식의 단념과 포기라 할 수 있다. 그러나 허무주의는 환멸과 비관 등을 넘어서는 '결과'요, '발견'이다.

허무주의를 '결과'와 '발견'으로 간주할 경우, 허무주의는 특정한 사회의 특정한 정신적 경향에 한정되지 않으며, 인간 사회 문명의 형성과 발달을 총괄적으로 함축해 낸다고 할 수 있다. 틸리케(Thielicke)는 모든 'ism'을 어미로 하는 이념과 사상의 궁극적인 귀결은 허무주의라고 말한다. 그에 따르면, 인간 사회를 지배하는 모든 사회, 정치, 경제적 현상으로서의 'ism'은 필연적으로 그 강령 및 지표와는 상반하는 새로운 'ism'의 등장으로 쇠퇴해 갈 수밖에 없으므로 불가피하게 모든 것을 의심하는 '결과'와 '발견'의 의미로서 허무주의에 이른다고 한다.[47] 결국 그의 논지는 'ism'이라는 어미가 붙은 개념들이 표명하는 어떤 실용적인 목적과 계획이 허무주의적 사유에 의해 무화되고 전복됨으로써 새로운 'ism'의 출현을 야기한다는 의미를 내포하고 있다. 틸리케는 자신의 논의 안에서 직접적으로 허무주의를 인간의 부정과 비판 정신의 한 측면으로 다루지는 않는다. 하지만 그의 입장은 결과적으로 부정과 비판의 사유, 곧 허무주의적 사유가 인간 사회를 형성해 왔음을 축약적으로 제시하고 있다.

인간이 사회적인 삶의 과정에서 획득하면서도 독자성이 강한 욕구인 '진리에의 충동(urge of truth)'이 충족되지 않거나 그 확실성이 훼손당했다고 느낄 때 허무주의가 발생한다고 보는 경우 역시 이와 크게 다

---

46) 염세주의를 허무주의의 선행형식으로 보는 관점은 니체에게서 빌려 온 것이다. 니체는 허무주의를 '역사'와 '과정'과 '완성'의 개념을 통하여 사유하는바, 그것이 완성에 이르기 전 중간 단계로서 염세주의가 존재한다고 본다. 이 염세주의는 '강함으로서의 염세주의'와 '쇠퇴로서의 염세주의'로 나누어지며, 전자가 허무주의로 발전해 간다고 한다. 니체에 의하면 이 염세주의는 문제가 아니라 '증후'에 불과하다.(강수남 옮김, 『권력에의 의지』, 청하, 1988, 33, 48쪽 참조)

47) Thielicke, 위의 책, 25쪽 참조.

르지 않다. 고드스블롬(Godsblom)은 사회학적인 관점에서 허무주의의 기원에 접근해 가고 있다. 그는 허무주의의 근간이라 할 수 있는 '진리에의 명령(truth imperative)'을 문화의 고유한 요소로 파악한다. 인간이란 어떤 정당화되는 질서 안에서 살아가는 존재로 그 정당성에 관하여 항상 물음을 던지는데, 이것이 바로 '진리에의 욕구', '진리에의 명령'이다.48) 확실성 있는 진리에 대한 인간의 끊임없는 욕구 발생근거를 문명화 과정 속에서 찾으면서 이를 인간 문명의 주춧돌로 간주하고 있는 그의 견해에서도 허무주의는 사회적 삶에서 비롯하는 인간의 보편적인 정신의 한 양상에 다름 아닌 것이다.

틸리케와 고드스블롬의 주장은 허무주의를 인간 본연의 속성이나 영원한 특성으로 삼지 않으면서 인간이 구축한 문명 및 문화를 중심으로 고찰하고 있다는 점에서 유사하다. 그들이 관심 갖는 바는 기원이나 본질 개념이기보다 허무주의는 필요 여건에 따라 생기는 보편적인 인간 정신이라는 점이다.

하지만 이처럼 허무주의를 인간 사회 안에서는 언제든지 나타날 수 있는 보편적인 부정 정신으로 규정할 경우, 지금에 이르러 허무주의에 이목이 집중되고 있는 현상을 납득하기 어렵다.49) 어떠한 용도와 목적을 갖건 간에 실제로 허무주의란 낱말이 적극적으로 사용되었던 시기는 19세기를 전후한 시점부터로 여겨진다. 앞선 시기에도 그 용어가 사용되었다는 기록을 찾아볼 수 있지만,50) 약 두 세기에 걸쳐 성행한 정도를 따르지 못한다. 게다가 허무주의는 오늘날의 시대정신 및 문화를 짚

---

48) 고드스블롬, 위의 책, 133~151쪽 참조.
49) 인간의 부정과 비판의 정신이 가장 적극적으로 나타나는 시기가 근대라는 점은 의문의 여지가 없다. 이때, 허무주의는 근대정신의 하나로 간주될 수 있다. 문제는 보편적인 정신으로서의 그것과의 차이점인바, 근대정신으로서의 부정과 비판의 정신은, 인간을 진리를 규정하고 정립하기 위한 근거로써 자리매김 시킨다는 의미에서 앞의 것의 국면과 다르다.
50) 프랑소와 에왈은 용어 사용의 기원을 성 아우구스티누스까지 거슬러 올라갈 수 있다고 말하지만, 고드스블롬은 그것을 확인할 수 없었다고 말한다.

어볼 수 있는 주요 사상으로 인정받고 있다. 종교적 가치의 하락과 전체성의 상실, 두 차례에 걸친 세계대전의 발발과 과학기술의 폭발적인 발전, 그로 인한 극단적인 불확실성과 소원화 현상은 인간으로 하여금 삶의 공허와 위태로움에 직면하도록 만들었다. 방향타를 잃은 현대 문명에 대한 위기의식은 지금을 허무주의의 시대로 부르기를 주저하지 않는다. 이른바 세기말 풍조와 어우러진 현대 문화의 조류는 모든 가치에 대한 회의와 부정을 확산시키고 있는 것이다. 따라서 허무주의가 인간의 부정과 비판 정신임에는 분명하지만, 그것이 우리 시대 현상들을 설명하고 조감할 수 있는 핵심요인이라는 것 또한 무시될 수 없다.

이에 타당한 답을 얻기 위해서는 허무주의를 역사주의적 관점으로 파악하고 있는 사유들에 논의의 초점을 두어야 한다. 19세기 말 서구의 이성중심주의에 반발하며 허무주의를 사유하고 체계화한 니체는 그것을 '역사적 과정'이며 '의지'로 규정한다. 니체는 진리나 가치의 무화상태는 하나의 '중간상태(Zwischenzustand)'일 따름이며, 인간 스스로 그것들의 가치를 박탈하여 가는 허무주의는 새롭고 고양된 자각으로부터 발원하는 가치정립을 과제로서 부여받는다고 보는바,51) 이는 그것이 아직은 그 의미가 결정되지 않은 역사적 흐름이며,52) '완성(Vollendung)'53)되어

---

51) 이는 다음과 같은 니체의 말을 통해 알 수 있다. "우리는 참세계를 폐기하자. 하지만 이렇게 하려면 우리는 지금까지의 지고의 가치를, 도덕을 폐기하지 않으면 안 된다. ⋯⋯도덕도 역시 비도덕적인 것이 지금까지 단죄되어 온 것과 같은 의미로 비도덕적인 것이라는 것을 입증한다면 그것으로 충분하다. 이러한 방식으로 지금까지의 도덕의 압제가 타파되어버리면, 우리가 '참세계'를 폐기해 버리면, 가치의 새로운 질서가 자연히 계속해서 발생할 것임에 틀림없다." (니체, 위의 책, 290쪽) 니체는 이와 같이 허무주의를 인간의 자발적인 의지의 결과로 파악한다. 그는 허무주의의 완성을 인간이 근원적으로 갖고 있는 지속적이며, 활동적인 생명의 힘이라 할 수 있는 '권력에의 의지'로 이해하는 것이다. 이로써 허무주의는 인간적 삶은 공허할 따름이라는 식의 통상적인 부정적 의미로부터 벗어날 수 있다.

52) 김재인은 들뢰즈가 정리한 니체 의미론에 입각하여 '허무주의의 의미는 언제나 아직 결정되지 않았다'는 것이야말로 니체의 가장 깊은 통찰이었다고 말한다. 니체는 앞으로 2세기에 걸쳐 일어날 사건, 필연성으로 진행되고 있던 사건으로

야 할 것임을 시사한 것에 진배없다.

니체가 이해한 '신의 죽음'은 단지 기독교의 쇠퇴만을 의미하는 것이 아니라 이제까지 유럽 사회를 지탱해 온 '초감성적인 것에 기반을 둔 모든 해석들'의 절멸을 뜻한다. 그러므로 허무주의는 믿어 의심치 않던 총체적인 진리가 본질적으로 변화하거나 불신되는 상황에서 발생한다. 이는, 현실은 가변적인 거짓된 세계이므로 인간 삶은 영원하고 절대적인 참된 세계 구현을 목적으로 하여야 한다는 믿음을 유포시켜 왔던 기존 형이상학에 대한 불신을 낳는다. 기존 형이상학이 축조하여 왔던 참된 세계, 진리의 세계는 그것을 입증할 방도가 없음으로 하여 고안 또는 날조된 허구임이 드러나는 것이다.

따라서 인간은 이제까지 삶의 '외부로부터' 부여받았던 가치와 목표를 잃고 지금까지의 작업은 '헛수고(das Umsonst)'54)에 불과하다는 정황을 인식하게 된다. 절대 불변의 참된 세계를 향한 일념은 단지 인간적 소망일 뿐이며 허상 그 자체를 믿어온 데 지나지 않는 것이다. 이러한 사태에 인간들은 당황하며 절망할 수밖에 없다. 인간은 이제 생에 관해서가 아니라 '이상(Ideal)'에 관하여 조소적 분노를 품은 채 바라보아야 하기55) 때문이다.

서 허무주의를 이야기했던 것이며 허무주의를 지배하는 힘을 파악하는 것이 그의 과제였다는 것이다. 이때 니체와 들뢰즈는 의미를 힘의 견지에서 이해하는데, 의미 파악이란 고정 불변의 대상에 대한 인식이 아니라 의미 해석이며, 해석은 대상을 지배하는 기존 힘의 변형을 필연적으로 내포하기 때문이다.(「문제는 니힐리즘이다」, 『세계의 문학』, 1999년 가을, 191~196쪽 참조)

53) 이는 하이데거가 니체의 사유를 분석하며 사용한 용어이다. 하이데거에 따르면, 형이상학은 존재자로서 존재 전체의 진리를 사상적으로 파악한 것이다. 그런데 니체 철학의 근본어인 '힘에의 의지'도 존재자 전체의 근본 성격을 가리킨다는 점에서 형이상학의 범주 안에서 이해할 수 있다고 본다. 그러므로 니체는 전통 형이상학과 허무주의를 극복하고자 했지만 오히려 그것들을 '완성'시킴으로써 서구 형이상학의 전통인 플라톤주의를 계승하였다는 것이다.(위의 책, 103, 287쪽 참조)

54) 니체, 강수남 옮김, 『권력에의 의지』, 청하, 1988, 33쪽.

55) 니체, 위의 책, 37쪽.

그러나 이러한 최고의 진리나 가치의 무화상태는 하나의 '중간상태'에 지나지 않는다는 것이 니체의 주된 견해이다. 인간 스스로에 의한 가치박탈은 새로운 가치정립을 통해 비로소 '완성'의 단계에 이르기 때문이다. 허무주의는 기존 가치가 새로운 가치와 그것의 준비 단계를 통하여 필연적으로 대치되는 과정의 내적 논리인 것이다.[56]

이와 같이 니체는 허무주의를 '역사'와 '과정'과 '완성'의 원리를 통하여 사유한다. 그가 허무주의를 '능동적 허무주의'와 '수동적 허무주의', '불완전한 허무주의' 등으로 나누고 그것들을 독특한 연관관계 아래 설명하는 이유가 여기에 있다. 따라서 니체에게서 허무주의는 '유일한 세계 긍정으로서의 새로운 가치정립의 과정'이며 이는 인간의 근원적이며 지속적이며 활동적인 '힘의 의지(der Wille Zur Macht)'에 의해서만 가능하다. 가치붕괴상의 직시도 '힘의 의지'를 통해서만 이루어질 수 있으며, 자기 자신으로부터의 적극적인 새로운 가치정립도 그것에서 비롯한다. '힘'은 그때그때의 힘의 단계를 초월하고 고양함으로써만이 진정한 힘으로 작용한다. 힘은 강하고 창조적인 것이며, 가치전환과 가치정립에 정당성을 부여하는 것도 바로 힘이다.[57]

한편, 니체의 허무주의 사상의 기저라 할 수 있는 계몽주의 및 낙관적 합리성에 대한 비판적 사유가 등장하기 시작한 시기가 낭만주의 시대라는 점에 주목할 필요가 있다. 낭만주의를 제한된 시대에 발생한 역사적인 운동으로 간주할 경우[58], 그것은 최근 유럽 역사 가운데 가장 광범위하

---

56) 하이데거, 위의 책, 167쪽.

57) 여기서 니체가 예술을 '거짓말 하려는 의지', '진리를 부정하려는 의지'로 간주하는 까닭이 해명된다. 니체에 의하면, 예술은 생명감정을 고양시키는 자극제로, 합목적적이며 가치를 전환시킨다. 또한 예술은 꿈과 도취로 삶의 고통과 불안, 모순을 감추어 주며, 예술가는 자유정신으로 자신의 역량을 모두 발휘하려는 현실세계의 유일한 '주인'이다.(위의 책, 468~505쪽 참조) 그러므로 예술이 거짓말하려는 의지라는 것은 그 창조성으로 인해 새로운 생의 의지를 획득한다는 의미를 함축한다.

58) 낭만주의에 접근하는 방식은 크게 두 가지로 나누어질 수 있다. 하나는 그것을

면서도 큰 변화를 가져온 운동으로 여겨진다.[59] 불합리한 무의식적인 충동을 중시하고 미래에 대한 공포와 절망 아래 죽음과 무한을 동경하였던 낭만주의는 계몽주의에 대한 강한 도전을 표방하면서 궁극적으로 의식상의 획기적인 변화를 가져왔다. 그리고 이 의식상의 변화는 기독교 신앙의 쇠퇴를 역설적으로 확인할 수 있는 중세에 대한 향수와 진보에 대한 실망, 그럼으로써 야기되는 객관적 진리에 대한 불신 등으로 드러난다.[60]

따라서 허무주의를 역사적 과정으로 파악하고자 할 때 이는 낭만주의 시대부터 이미 그 전조가 형성되고 있었다고 할 수 있다. 역사적 과정으로서의 허무주의는 낭만주의 시대에 움트기 시작한 신의 거부, 몰락이 임박하였다는 위기의식, 진보에 대한 회의, 개성의 강조 등을 계승하였다. 낭만주의 시대가 앓고 있던 인생에 대한 공허함과 회의는 니체에 이르러 영원회귀의 실존형식으로 규정되었던 것이다.

이제까지의 논의를 통하여 허무주의에 대한 몇 가지 시사점을 추론해 낼 수 있다.

먼저, 허무주의는 '자유롭고 창조적인 인간'을 가치척도의 중심에 둔다. 새로운 가치정립의 원리인 강한 것으로서 '힘의 의지'는 존재자 외부의 어떤 다른 목표도 용인하지 않는다. '새로운 가치정립', 곧 '새로운 삶의 질서'란 오로지 스스로를 고양시킴으로써 자기의 모든 역량을 발휘하는 인간 자신에게서만이 비롯한다.[61] 자유롭고 창조적인 인간으로부터 발원하는 강한 것으로서의 힘의 의지는 무의 영원회귀의 소용

인간 정신의 보편적이면서도 영구한 상태로 보는 경우이며, 다른 하나는 그것을 역사주의적 관점에서 파악하려는 경우이다. 이 글은 후자의 입장에 입각해 있다.
59) 이러한 견해에 관해서는 I. Berlin의 『The Roots Of Romanticism』(Princeton University Press, 1965)의 1장을 참조 바람.
60) 낭만주의가 유럽 사회에 끼친 영향에 관한 더 자세한 논의는 쉔크의 『유럽 낭만주의의 정신』(이영석 옮김, 대광문화사, 1991) 1부와 2부를 참조 바람.
61) 니체가 규정한바 이를 가능하게 하는 인간 유형은 새로운 가치척도로 자신을 창조할 수 있는 '초인(Übermensch)'이다.

돌이에서 생을 견딜 수 있도록 하는 것이다.

또한 허무주의는 하나의 시대 개념으로 기능할 수 있다. 인간을 가치척도의 중심에 둔다는 것부터가 시대 이해 방식 중의 하나일뿐더러 니체가 주장하는 가치전환 또는 새로운 가치정립이란 다른 시대와는 전적으로 구별되는 다음 시대에 대한 예견으로 읽힐 수 있다. 하이데거(Heidegger)가 니체의 사상을 플라톤 이후의 서구 철학 전반과 비교하면서 니체에 이르러 근대 형이상학이 정점에 도달하였다고 주장하는 것이나,62) 주된 니체 해석자들이 니체의 예언들 속에서 한 시대를 가름하는 관점을 찾아내면서 '니체의 허무주의는 근(현)대의 존재를 위한 올바른 태도이며 진단이다.'라고 말하는 것도63) 이와 무관하지 않다. 신이 죽었다는 선언이야말로 지고의 경지를 누려왔던 초감성적 세계의 지위를 박탈하고 감성적 세계, 곧 인간 고유의 세계를 단 하나의 세계로 끌어올림으로써 미학의 출발을 가져왔다고 보는 입장도64) 마찬가지

---

62) 하이데거, 위의 책, 287~292쪽 참조. 하이데거가 니체의 사유체계를 근대 형이상학의 정점으로 파악하고 있는 까닭은 니체의 사상이 서구의 전통 형이상학과 근본적으로 다르지 않다는 판단에서 연유한다. 하이데거에 따르면, 니체의 사상은 존재의 진리―그것에 의해 존재가 지탱되는― 에 대한 사유라는 것이다.

63) 엘런 메길의 『극단의 예언자들: 니체, 하이데거, 푸코, 데리다』(정일준·조형준 옮김, 새물결, 1996)의 82~83쪽 참조 바람. 한편 니체의 사상은 관점에 따라 근대성 혹은 탈근대성의 이론적 준거로 유효하게 작용한다. 이는 니체의 철학적 예술적 입장이 일관적이라기보다는 모순적인 측면이 많기 때문이다. 이를테면, 니체의 초기 예술관과 후기 예술관은 상당한 차이를 보여주는데, 예술을 계몽주의의 비판적이며 분석적인 전통에 기대 바라보고 있는 초기에 비해 후기에 갈수록 예술의 진리인식 가능성을 배제하고 미학주의적 입장에 다가서려는 태도를 확인할 수 있다. 메길은 이러한 그의 후기 예술관에 강조점을 두어 니체가 주장하는 '능동적 허무주의'를 '미학적 허무주의'로 니체를 '미학주의자'로 규정한다.

64) 뤽 페리의 『미학적 인간』(방미경 옮김, 고려원, 1994) 31~32쪽 참조 바람. 니체에 따르면, 이제까지 참의 세계로 간주되어 왔던 초감성적 세계, 진리의 세계의 몰락은 역설적으로 현실세계, 생성의 세계, 감성적 세계만을 유일한 참의 세계, 진리의 세계로 남게 한다. 이 '전도된 실재성'에 승리를 거두기 위해서는 유일한 세계 긍정으로서 새로운 가치를 창출해야 하는바, 여기에는 기존 가치체계에 의한 종속성에서 벗어나게 해 주는 예술의 창조성이 요구된다. 지금까지 인간의 완전한 정신성의 확립이 인간의 미적 감각을 경멸하도록 이끌었다면, 이

이다.

니체는 허무주의를 역사 자체의 하나의 현상으로 간주하였고 이 필연적인 사건을 맞아 인류가 어떻게 삶을 살아가야 하는가를 숙고한 것이다. 그는 이른바 새로운 시대, 곧 근대(현대)[65]의 태동과 형성을 직시하고 있었으며, 그것의 징후이며 과정 및 결과가 허무주의임을 정확히 간파하고 있었던 것이다. 따라서 허무주의를 근대(현대) 혹은 근대성(현대성)과 동일한 의미로 사용하려는 경향은 전혀 무리가 아니다. 최근 들어 논자들은 허무주의를 "근대의 영향을 받은 사람들의 보편적인 움직임"[66]으로 이해하거나, 현재도 계속 진행 발전 중인 것[67]으로 풀이한다.

이러한 논거에 기초할 때 다른 시대와는 전적으로 구별되는 다음 시대의 징후로서 허무주의는 시간의식의 개념 안에서 이해될 수 있다. 근대 자체가 고대나 중세와는 다른 시간이해에 바탕을 둔 시대구분 용어일 뿐만 아니라, 니체가 강조하듯이 허무주의란 새로운 시대를 지향하며 새로운 삶의 질서를 정립하려는 '인간적 태도'이기 때문이다. 근대에 두드러지는 서로 상반하는 '유토피아 충동'과 '반유토피아 충동', 곧 근대의 시간에 대한 모순적인 반응을 허무주의 다양성 안에서 파악하는 견해는[68] 이를 해명하는 데 있어 유효하다.

제는 예술의 창조성을 통하여 새로운 대타적 가치를 창조해 내야만 하는 것이다.

65) 니체의 사상은 근대적 경향과 탈근대적 경향을 모두 지니고 있기 때문에 용어 사용상 혼돈을 가져올 수 있다. 이 글에서 사용하는 근대 또는 근대성의 의미는 특별한 경우를 제외하고는 근대의 합리성과 이성의 도구화를 비판하는 미적 모더니티의 개념이다.

66) 프랑소와 에왈, 위의 글, 182쪽.

67) G. Vattimo, Translated and with an Introduction by J. R. Snyder, 『The end of modernity』, Polity Press, 1988, 19쪽.

68) 칼리니스쿠, 이영욱 외 옮김, 『모더니티의 다섯 얼굴』, 시각과 언어, 1993, 71~81쪽 참조. 칼리니스쿠는 근대(현대)를 신과의 분리가 완결된 시기로 간주하며, 기독교의 역할 붕괴로 말미암은 서구 근대 지성사의 가장 중요한 사건으로 '유토피아주의'의 강력한 출현을 들고 있다.

근대의 특징을 신과의 분리 또는 단절의 완결이라고 할 때, 신의 죽음에서 비롯한 모든 이상과 지향의 절멸은 일종의 종말론적 시간의식을 낳는다. 물론 이는 근대의 시간의식이 종말론적 시간의식이라는 뜻은 아니다. 넓은 의미에서 종말론적 시간의식은 고대 및 중세에도 존재했다. 앞선 시대의 그것들은, 종말을 주기적 재생의 필수조건으로 여김으로써 기억의 의의와 시간의 가치를 거부하려는 의지이거나,[69] 메시야의 재림을 통한 단 한 번의 최종적인 재생을 확신하는 반역사적인 태도를 견지하고 있었다.[70] 이에 비해 근대에 등장한 종말론적 시간의식은 현재를 비판하면서 미래성을 강조한다는 측면에서는 중세의 그것과 유사하지만, 오로지 인간들만이 실현할 수 있는 비전을 지니고 있다는 점에서 다르다. 이 휴머니즘에 기초한 '유토피아적 비전'[71]이 직선적 발전사관인 근대의 역사철학적 시간의식과도 깊은 관련이 있음은 두말할 여지가 없다.[72]

하지만 이러한 '유토피아 충동' 혹은 '유토피아 비전'은 본질적으로 낙관적 미래에 대한 맹신을 낳음으로써 시간의 완전성을 회의하는 근대의 부정 정신과 불가피하게 충돌하게 된다. 근대의 역사철학적 시간의식이 가져온 시간의 가속화는 역설적으로 근대를 덧없고 일시적인 것이며 영원한 것은 존재하지 않는 것으로 인식하게 만들었다. 따라서 상상적으로 미래를 현재에 불러들이고자 하는 '유토피아 충동'은 시간의 직선적 발전과 미래성을 비판하는 '순간의 유토피아', 곧 '반유토피

---

69) 엘리아데, 정진홍 옮김, 『우주와 역사』, 현대사상사, 1976, 123쪽 참조.
70) 앞의 책, 157~158쪽 참조.
71) 임철규, 「왜 유토피아인가」, 『왜 유토피아인가』, 민음사, 1994 참조.
72) 근대의 역사철학은 시간의 직선적인 전개와 발전을 확신하였다. 현재는 위기이며 미래는 종말이며 유토피아라는 판단 안에는 현재를 중심축으로 삼아 과거와 미래를 순차적이고도 합목적인 발전의 총체적인 역사 속으로 끌어들이려는 시간적 인식이 내재해 있다. 한편 이 유토피아적 미래를 상상력을 통하여 급진적으로 현재에 불러오려 한 근대의 역사철학은 과정과 가속화, 진화와 혁명이라는 이중적인 모습을 지니게 된다.(최문규, 「역사철학적 현대성과 그 이념적 맥락」, 위의 책, 25~30쪽 참조)

아 충동'과 양립하게 된다.[73] 근대의 진보 이데올로기가 표방하는 역사의 필연성을 거부하면서 그 허구적 시간관에 역시 허구적이며 상상적인 시간형식으로 맞서려 한 것이 '순간의 유토피아'인 것이다. 이 '순간의 유토피아'는 근대의 심미적 예술적 특징으로 간주되기도 하는바, 비록 주관적이며 심리적인 측면으로 표출되지만 객관적인 시간경험과 기대를 파헤치면서 시간화된 이념이 유포하는 정치적 함의를 거부하고자 한다는 점에서 오히려 더 강한 정치적인 의도를 함축하고 있는 것으로 해석될 수 있다.[74] 결국 상충하는 두 충동, '유토피아 충동'과 '반유토피아 충동'이 드러내는 현재 및 미래에 대한 부정과 비판의식은 바로 근대에 이르러 새로운 삶의 질서를 구축하려 한 허무주의적 사유가 산출해 낸 시간적 반응인 것이다.

지금까지의 논의를 종합해 볼 때, '역사적 과정'으로서의 허무주의는 낭만주의 시대에서 그 징후를 찾을 수 있으며, 인간을 가치척도로 하면서 강하고 상승하는 생명의 힘에 의해서만 가능한 '새로운 삶의 질서 수립에 대한 의지'라 할 수 있다. 그러므로 허무주의는 인간 삶에 대한 인식과 규정이 본질적으로 변화하였음을 알려주는 표상이라 할 수 있다. 허무주의는 새로운 삶의 질서가 전개될 새로운 시대에 대한 자각이

---

73) '반유토피아(Distopia, Antiutopia) 충동'은 절대화된 기술이나 공학적 또는 정치적, 이성적 성과에 경종을 울리려는 의도에서 미래에 경고하려는 목적을 수행하는 20세기 초 일련의 소설들에 의해 형성되었다. '유토피아 충동'이 인류의 이성을 바탕으로 하여 실현 가능한 이상적이며 낙관적인 미래를 꿈꾸는 것이라고 한다면, '반유토피아 충동'은 미래 발전을 야만성으로, 자치나 자유를 인위와 통제로 그려낸다는 점에서 인간 이성의 도구성을 견제하려는 의도가 명백하다. 하지만, '반유토피아 충동'도 이성의 윤곽을 어느 정도 보여준다는 점에서는 유토피아의 전통을 계승한 것이라 할 수 있다. 즉 이 역시 커다란 범주에서 유토피아 의식의 산물인 것이다.(츠메가치, 류종영 외 옮김, 『현대문학의 근본개념 사전』, 솔, 1996, 365~371쪽 참조) 한편, '순간의 유토피아'는 반유토피아 충동이 근대의 시간을 제압하기 위해 발전해 간 것으로 볼 수 있다. 순간의 유토피아에서는 미래는 부정적으로 사유되며 극단적으로 미래는 존재하지 않는 것으로 여겨지기도 하기 때문이다.

74) 최문규, 「역사성＋심미성으로서의 <순간>」, 위의 책, 166~176쪽 참조.

며 표명인 것이다. 그리고 이러한 허무주의는 하나의 시간의식으로 기능하는데 이는 각각 '유토피아 충동'과 '반유토피아 충동', '현재의 비판'과 '미래의 비판'이라는 상반하는 경향으로 분화되어 나타난다.

　이상에서 살펴본 허무주의 사상에 대한 이론적 고찰을 바탕으로 하여 이 글에서는 김춘수와 고은 시의 허무의식에 관하여 검토하고자 한다.

　이 글에서 허무주의 대신에 '허무의식'이라는 용어를 사용하는 이유는 두 시인의 작품세계를 허무주의 사상과의 정합성이라는 측면에서 탐색하려는 의도이기보다는 두 시인의 내면의식이나 정신이 기반을 두고 있는 지적인 태도로서 허무의식이 두 시인의 시작행위를 통해 어떻게 구체화되어 나타나는지 그 양상을 포괄적으로 살펴보려 하기 때문이다. 또 '허무의식'이 두 시인에게서 드러나는 허무주의적 사유의 다기한 측면들을 수용해내는 데 있어 더 유효하다고 보기 때문이다. 그러므로 이 글에서는 허무의식이라는 범주 안에서 허무주의적 사유가 어떻게 나타나며 그것이 두 시인의 정신적 지향을 형성하는 데 있어 어떠한 작용을 하는가에 주안점을 두고자 한다.

　특히 이 글에 주목하고자 하는 바는 두 시인이 시간적 존재 양상에 대한 탐구를 통하여 존재 의미를 확인하고자 하였다는 점이다. 우리 현대시사에 있어 김춘수와 고은은 가장 극단적인 허무의식을 보여준 시인들이다. 김춘수의 '탈시간성'의 시적 전략 및 자족적 세계의 구축이나 고은이 주력한 '죽음의 시간성'에 대한 탐구는 이들이 새로운 삶의 질서를 위한 시간구현에 매진하였다는 점을 시사한다. 하지만 이들의 허무의식은, 김춘수가 개인과 사회는 분열되어 있다는 판단 아래 역사의 시간과 조화를 이루기를 거부하는 '순간'의 시간, 곧 '내적 시간'을 구축하면서 점차 계기적 시간질서로부터 이탈하는 '탈시간성'의 방향으로 나아갔다고 한다면, 고은은 죽음의 이중적이며 적극적인 의미 속에서 '시초의 시간'으로의 복귀에 대한 열망을 품고 있었으며 궁극적으로

'미래를 향한 기대'를 통해 현재의 가치를 확보하고자 하였다는 점에서 차이가 있다. 이는 두 시인이 우리 시단에서는 드물게 허무의식의 극단을 추구하였음에도 불구하고 그들의 시세계 자체가 서로 다른 영역과 관점에서 이해되어 온 이유이기도 하다.

따라서 이 글은 김춘수와 고은 시의 허무의식의 단순한 비교를 목적으로 하지 않는다. 두 시인의 시간의식으로서의 허무의식의 한계와 의의를 총괄해내려 시도하기 때문이다. 그러므로 이 글은 미시적인 관점에서는 두 시인의 작가론 형태를 취하지만, 거시적 관점에서는 그 특성들을 통일적으로 조망해 가는 방식을 취한다.

이 글은 다음과 같은 순서로 진행된다.

먼저 Ⅱ장에서는 김춘수 시의 허무의식에 관하여 살펴보고자 한다. 김춘수는 초기 시부터 현실의 모든 가치를 무화시키고자 하는 허무주의적 사유를 보여준다. 이러한 그의 허무의식은 현실과 격리된 자기만의 세계 지향에서 잘 드러난다. 김춘수가 지향하는 이 내적이며 자족적인 세계는 「處容斷章」에 이르러 완성되는데 이를 뒷받침하는 것이 그의 기존의 미적 규범에 대한 변형 의지인 '시와 산문분리론'과 '놀이의 시학'이다. 따라서 Ⅱ장에서는 김춘수가 구축해 가는 자족적인 세계의 특성을 시간적인 측면과 새로운 미적 질서의 추구라는 측면에 중점을 두어 고찰하고자 한다.

Ⅲ장에서는 고은 시의 허무의식에 관하여 검토하고자 한다. 고은의 허무의식을 대표하는 것은 이른바 죽음에 대한 사유, 죽음의식이라 할 수 있다. 그런데 고은의 죽음의식은 삶에 대한 무상감이나 존재의 한계에 대한 인식에서 연유한다기보다는 생의 열망이 역설적으로 표출된 것으로 여겨진다. 따라서 고은의 죽음의식에 대한 분석과 이해는 오히려 단절적으로 평가되어 온 그의 시세계의 일관된 면모를 파악하는 데 있어 핵심으로 작용한다. 따라서 Ⅲ장에서는 고은의 죽음의식이 점차

'세속화'되어 갔음에 주목하면서 그의 전체 시세계를 통어하는 시의식이 허무의식임을 밝히고자 한다. 이를 통해 이제까지의 고은 시 연구의 한계로서 지적되어 왔던 이원화된 관점도 극복될 수 있을 것이다.

　마지막으로 Ⅳ장에서는 김춘수와 고은 시의 허무의식이 갖는 의의와 한계를 종합해 내며 글을 마무리하고자 한다.

Ⅱ. 탈시간성과 시적 구원의 도정 - 김춘수

1. 허무의식의 형성

김춘수는 '무의미시'를 의욕적으로 창작하던 시기인 70년대 초 여러 차례 자신의 시적 실험이 '허무'의 소산임을 밝히고 있다.[1] 관념을 제거하고 대상 자체를 무화시키고자 하는 것은 궁극적으로 '무(無)'나 '공(空)'일 수밖에 없는 자기 물음에 대한 자기 해명의 방식이라는 것이다.[2] 이 글은 이와 같은 시인의 자기 고백에 주목하면서 출발한다.

김춘수는 우리 시단에서는 보기 드문 존재에 대한 형이상학적인 탐

---

[1] 김춘수의 '무의미시론' 가운데 허무의식을 강조하고 있다고 여겨지는 글들의 원 발표순서는 다음과 같다. 「한국 현대시의 계보」(≪시문학≫, 1973. 2.), 「대상·자 유·무의미」(≪심상≫, 1973. 4.), 「도피의 결백성」(≪심상≫, 1973. 11.), 「대상의 붕괴」(≪심상≫, 1975. 7.).

[2] 김춘수, 「고통에 대한 콤플렉스」, 『金春洙全集1』, 문장사, 1986, 355쪽 참조. 이 글에서 인용하는 김춘수의 작품이나 시론, 산문 등은 모두 이 문장사판 전집을 이용하였다. 따라서 특별한 표시를 하지 않았다. 또한 시론이나 산문 등을 전 집에서 인용할 때에는 마지막에 권수와 쪽수를 밝혀 각주를 대신하였다.

구로 시사적인 위치를 확고히 다져 온 시인이다. 그의 시세계에 대한 이제까지의 연구 성과가 입증하듯이, 김춘수의 시적 관심은 대부분 자기 존재에 대한 물음과 회의 및 부정에 기울어져 있으며, 그의 시세계는 매우 완강하고 견고한 자족적인 세계를 지향한다. 이 과정에 수반되어 나타나는 것이 바로 허무의식이다. 시인이 구축하고자 한 내적이며 자족적인 세계는 허무의 '결과'이며 '완성'인 것이다.

1절에서는 김춘수의 시의식의 본령은 기존 가치를 거부하고 새로운 삶의 질서를 정립하려는 허무주의적 사유라는 관점에 입각하여 시인의 허무의식의 형성과정을 존재론적인 회의에 기초한 실존적 허무와 사물 및 세계인식에 대한 불가지론적 허무, 역사에 대한 혐오 및 부정적 사유에 토대를 둔 허무의식 등으로 나누어 고찰하고자 한다.

1) 절대 고독과 현실시간의 몰가치성

김춘수가 그의 초기 시세계[3]에서 표 나게 드러내고자 하는 것은 삶의 '애상성' 또는 '무상성'이라 할 수 있다. 1948년에 펴낸 첫 시집인 『구름과 薔薇』를 비롯하여 『늪』, 『旗』 등은 철저히 슬픔에서 헤어나지 못하는 인간적 존재 혹은 필연적으로 울음을 보듬어 안고 있는 삶에

---

[3] 지금까지의 김춘수 시 연구에서는 정확한 시기구분은 생략되어 온 것이 보통이다. 이는 김춘수가 생존 작가였기 때문에 가급적 확정된 시기구분을 피해온 것에 원인이 있다. 또 그간의 김춘수 시 연구에서는 1950년대 이전 작품들은 그의 전체 작품세계에서 비중이 약한 것으로 간주되어 소홀히 다루어져 온 감이 없지 않아 있다. 따라서 대략 김춘수 시를 시기 구분하려는 의도하에 쓰인 글들은 이른바 '꽃'의 시기를 초기로 잡는다.(대표적인 논자로 이승훈을 들 수 있다.) 이 글에서는 김춘수의 시세계의 전모를 밝히는 것이 목적이 아니므로 세세한 시기구분은 하지 않기로 한다. 다만, 시적 출발기부터 시인의 전체 시세계의 특성이 드러난다는 점에서 제1시집인 『구름과 薔薇』 출간 시기부터 제4시집인 『隣人』 시기까지를 초기 시로 간주하여 다루고자 한다. 따라서 이 글에서 초기 시라는 것은 '꽃' 연작 이전까지를 가리킨다.

대한 시인의 집요한 천착을 보여준다.

> 너도 아니고 그도 아니고, 아무 것도 아니고 아무 것도 아니라는데……꽃
> 인 듯 눈물인 듯 어쩌면 이야기인 듯 누가 그런 얼굴을 하고,
> 간다 지나간다. 환한 햇빛 속을 손을 흔들며……
> 아무것도 아니고, 아무것도 아니고 아무것도 아니라는데, 온통 풀냄새를
> 널어놓고, 복사꽃을 울려놓고 복사꽃을 울려만 놓고,
> 환한 햇빛 속을 꽃인 듯 눈물인 듯 어쩌면 이야기인 듯 누가 그런 얼
> 굴을 하고……
>
> －「西風賦」4) 전문

작품의 주된 정조는 슬픔이다. 시적 자아는 화사한 봄날 바람 부는 꽃밭에 앉아 울고 있다. 시적 자아의 울음은 사위를 밝게 비추어 주는 "햇빛"으로 말미암아 서러움과 안타까움이 배가된다. 그가 울고 있는 이유는 작품 안에서는 분명치 않은 편이다. 대략 '누구'로 변주되고 있는 "西風"이 원인을 제공하고 있음을 추측할 수 있다. 미당의 영향이 다분한5) 위의 작품은 모호한 시적 자아의 독백과 태도로 독특한 시적

---

4) 이 글에서 인용하는 김춘수의 작품은 모두 1986년 문장사에서 출간된 『金春洙全集1』을 이용하였다. 따라서 특별히 인용 표시를 하지 않았다. 다만 1994년 민음사판 전집을 이용할 때에는 따로 표시를 하였다.

5) 초기의 김춘수가 미당의 시적 경향에 크게 힘입고 있다는 점은 그의 두 번째 시집인 『늪』의 발문을 서정주가 쓰고 있다는 사실에서뿐만 아니라 "나의 無意識에는 베르렌느와 未堂이 있었는 듯하다"(김춘수, 「의미에서 무의미까지」, 『金春洙全集2』, 383쪽)라는 그의 고백에서도 잘 나타난다. 또한 김춘수의 초기 작품 면면에서 미당의 자취는 쉽게 발견되는데, 특히 위의 작품은 미당의 같은 제목 작품인 「西風賦」와 시의식 면에서 비교될 수 있다. 미당의 작품에서의 서풍은 시적 자아에게 "현실에서 자아성찰을 위한 내적 동기"를 제공해 주며, 이를 통해 시적 자아는 "속악한 현실 속에서 갈등과 고통을 초월"할 수 없는 존재임을 인식하게 된다.(최현식, 「서정주 초기 시의 미적 특성 연구」, 1995, 연세대 석논, 58쪽 참조) 서정주의 초기 시의식은 현실을 초월할 수 없는 자기 한계 또는 운명적 굴레를 직시하는 지점에 놓여 있다고 할 수 있는데, 이는 다음에서 살펴보게 될, 김춘수가 자신의 삶의 필연적 여건을 울음으로 규정하고 있는 태도와 유사한 측면이 있다고 생각된다.

묘미를 얻는데, 시어의 배후 의미 작용에 따라 두 가지의 다른 해석이
가능하다. 먼저 그 하나를 살펴보자.

"너"인지 "그"인지 '누구'인지 구분할 수 없는 대상은 "꽃"인지 "눈
물"인지 "이야기"인지 확인할 수 없는 "얼굴"로 다만 "손을 흔들며"
"지나간다." 대상의 이러한 행위는 "아무 것도 아니라"는 변명에도 불
구하고 시적 자아로 하여금 울음을 자아내게 만든다. 여기서 주목되는
것은 "아니라는데", "~인 듯", "어쩌면" 등의 시어나 어미이다. 이는
확실한 대상을 분간할 수 없다는, 혹은 확인할 의도를 배제시키겠다는
시적 자아의 판단 유보의 태도를 암시한다. 따라서 되풀이되고 있는
'아니'라는 시어는 오히려 강한 긍정의 의미로 전이되어 "너"가 "그"요,
"그"가 "너"인 '모두'라는 점이 역설적으로 강조된다. 결국 너이자 그
가, 꽃이면서 눈물이 되는 이야기로 시적 자아를 울린다는 의미로 해석
할 수 있다.

하지만 "누가"를 특정하지 않은 개인으로 본다면 시 전체의 의미 맥
락은 달라진다. 너도 아니요, 그도 아니요, 더더욱 아무도 아닌 '누구'
에 의해 울음은 발생한다. 이때 '누구'는 정체를 정확히 파악할 수 없
는 대상을 가리킨다기보다는 특정한 친분관계나 상관성을 지니지 않는
그야말로 어느 누구여도 괜찮은 사람으로 풀이할 수 있다. 특별한 의미
를 갖지 않는 이에 의하여 울음이 야기된다는 점은 울음의 궁극적인
발생 원인이 생래적인 것에 지나지 않음을 함축한다. 그러므로 "아니
고", "아니라는데"는 강한 부정의 진술의미로 풀이되어 시적 자아 자신
조차도 울음의 원인을 객관적으로 규명할 수 없게 된다. "너도 아니고
그도 아니고 아무 것도 아니고"라는 시행에서는 '그런데 나는 어찌하여
울고 있는가'라는 시적 자아의 회의 섞인 한탄을 읽을 수 있다. 울음이
란 인간의 삶과 세계에 본질적으로 내재되어 있어서 시적 자아의 의지
의 범주 밖의 '숙명적' 행위인 것이다.

위의 두 가지의 해석은 모두 시적 자아가 처해 있는 상황을 이해하

는 데 도움을 준다. 두 가지 해석의 차이는 울음의 제공 원인을 자기 안에서 찾느냐, 아니면 자기 밖에서 구하느냐로 구분될 수 있지만, 어느 하나를 강조한다고 해도 시적 자아는 자신을 울리는 상황으로부터 완전히 자유로울 수 없다. 외적 요인을 취한다 해도 관계자로서 삶을 영위해 가는 시적 자아에게 울음은 살아가면서 피할 수 없는 일이다. 내적 요인을 강조한다 해도 울음이 시적 자아 자신의 삶에 본질적으로 이미 내재되어 있어서 운다는 행위는 바로 생의 근원적인 표현이 될 수밖에 없다. 시적 자아에게 울음은 생을 살아가면서 무시하거나 피할 수 없는 주어진 소명이 되는 셈이다.

생을 지속하는 한 시적 자아는 자신을 울게 만드는 상황에서 벗어날 수 없다. 이것이 시적 자아에게 부여된 삶의 몫이다. 다음 작품에서도 삶의 필연적 여건으로서의 뿌리칠 수 없는 슬픔은 발견된다.

> 이것이 무엇인가? 할아버지의 할아버지의 그 또 할아버지의 千年 아니 萬年, 눈시울에 눈시울에 실낱같이 돌던 것. 지금은 무덤가에 다소곳이 돋아나는 이것은 무엇인가?
> 내가 잠든 머리맡에 실낱 같은 실낱 같은 것. 바람 속에 구름 속에 실낱 같은 것. 千年 아니 萬年, 아버지의 아저씨의 눈시울에 눈시울에 어느 아침 스며든 실낱 같은 것. 네가 커서 바라보면, 내가 누운 무덤가에 실낱 같은 것. 죽어서는 무덤가에 다소곳이 돋아나는 몇 포기 들꽃……
> 이것이 무엇인가? 이것이 무엇인가?
>
> ─「눈물」 전문

지금 시적 자아가 흘리는 "눈물"의 처음은 먼 조상에게까지 거슬러 올라간다. "千年 아니 萬年" 전 "할아버지", "아버지", "아저씨"가 흘렸던 눈물은 시적 자아가 죽은 다음에도 그의 "무덤가"에서 "들꽃"처럼 "돋아"날 것이다. 시적 자아에게는 오로지 눈물만이 먼 할아버지와 아버지 그리고 '나'와 '너'가 혈연적·운명적 공동체임을 확인시켜 주는

단 하나의 표징으로 감지된다. 아울러 눈물은 "어느 아침" 미처 깨닫지
도 못했던 순간에 "스며"들어 생의 끝자리까지 말없이 동행하는 존재
이다. 눈물은 갑작스런 사건이나 피할 수 없는 사태로 말미암아 발생하
는 결과물이 아니라, "잠든" 사이에 "바람"처럼 "구름"처럼 삶 속에 그
야말로 자연스럽게 "스며든"다. 따라서 눈물은 "실낱" 같지만 그 뿌리
를 깊고 오랜 곳에까지 내리고 있어서 시적 자아를 비롯한 혈족 모두
의 삶은 슬픔으로 단단히 결박당하여 있다.

눈물 발생의 근본적인 까닭을 정확히 인지해 낼 수 없으며 어느 결인
가 그것이 자신의 삶 속 깊은 곳에 자리 잡고 있음을 발견한다는 사실
은 단지 시간의 경과에 따른 원인의 희석이라고 보기 어렵다. 위의 작
품에서 주목되는 바는 눈물을 흘리는 이유가 아니라 과거의 조상들로
부터 현재의 나 그리고 미래의 후손들에게까지 눈물이 그치지 않고
'지속'할 것이라고 인식하는 시적 자아의 태도이다. 따라서 「눈물」에서
취한 물음의 형식은6) 시적 자아의 자신의 숙명에 대한 자탄을 더욱 실
감 있게 전달해 주는 역할을 한다.

이와 같이 김춘수 초기 시에 나타나는 생래적이며 숙명적인 슬픔은
시적 자아의 삶을 규정하는 모든 것이라 할 수 있다. 이 원천적으로
주어져 있는 애상적 비애의 확인은 어느 무엇에도 견주어질 수 없는
자기 실존에 대한 자각으로 작용한다. 한편 이러한 원천적 비애에 대한
자각은 어떤 '외로움'이나 '불안'과도 깊은 관련을 맺고 있다.

山은 모른다고 한다.
물은

---

6) 김춘수는 초기 시에서 물음의 방식을 즐겨 사용하고 있는 편인데, 이는 무상과
회의를 표출하기 위한 시적 장치의 하나라고 생각된다. 물음의 방식 사용이 두
드러지는 작품으로는 「죽어가는 것들」, 「革命」, 「갈대 섰는 風景」, 「부다페스트
에서의 少女의 죽음」, 「噴水」, 「白梅」, 「집2」, 「無垢한 그들의 죽음과 나의 孤
獨」 등이 있다.

모른다 모른다고 한다.
속잎 파릇파릇 돋아나는 날
모른다고 한다.
내가 기다리고 있는 것을
내가 이처럼 너를 기다리고 있는 것을

山은 모른다고 한다.
물은
모른다 모른다고 한다.
　　　　　　　　　　─「모른다고 한다」 전문

「모른다고 한다」에서는 생에 대한 무력감이 두드러지면서 자기 존재 여건에 대한 비극적 인식이 강조되고 있는데, 이는 자아와 세계의 친화할 수 없는 관계에서 기인한다. '나'는 무엇인가를 "기다리고" 있다. 나의 이 기다림을 더욱 더 안타깝고 간절하게 만드는 것은 철저히 외면과 무관심으로 일관하고 있는 "산"과 "물"이다. 이 외부세계가 취하는 외면과 무관심은 시적 자아의 지금까지의 모든 행위와 소망 그리고 존재 가치에 대한 회의까지도 불러일으킨다. 자아의 끼어듦을 허용하지 않으려는 외부세계의 완강한 거부의 태도는 시적 자아로 하여금 어떤 삶에 대한 기대도 획득할 수 없다는 절망감을 증폭시킬 뿐이다. 작품의 계절적 배경이 되고 있는 봄도 이를 부각시키는 한 요인이다. 더군다나 생에 대한 절망과 무력감을 한층 더 고조시키는 것은 나의 "기다리고 있는" 상황이 언제라도 지속할 것이라는 암담함이다. 작품에서 사용된 현재진행형의 시제가 이를 뒷받침한다. 이와 같이 자아와 세계가 소통적 관계에 있지 못하다는 사실은 궁극적으로 시적 자아의 세계에 대한 이해와 판단을 비자발적이면서도 수동적인 상태에 머물게 하므로 시적 자아는 세계로부터 어떠한 전망도 얻을 수 없음을 시사한다.

세계는 자아가 참여하여 화해와 성취를 얻을 수 있는 공간이 아니다.

자아와 세계는 근원적으로 소통할 수 있는 관계가 아닌 것이다. 따라서
자아는 '절대적인 고립' 속에 놓여 있으며 진정한 존재 의미를 갈구하
며 던지는 물음들은 공허한 메아리처럼 맴돌 따름이다.

> 왜 저것들은 소리가 없는가
> 집이며 나무며 山이며 바다며
> 왜 저것들은
> 罪 지은 듯 소리가 없는가
> 바람이 죽고
> 물소리가 가고
> 별이 못박힌 뒤에는
> 나뿐이다. 어디를 봐도
> 廣大無邊한 이 天地間에 숨쉬는 것은
> 나 혼자뿐이다.
>
> 나는 목 메인 듯
> 누를 불러볼 수도 없다
> 부르면 눈물이
> 작은 湖水만큼은 쏟아질 것만 같다
> -----이 時間
> 집과 나무와 山과 바다와 나는
> 왜 이렇게도 弱하고 가난한가
> 밤이여
> 나보다도 외로운 눈을 가진 밤이여
>   -「밤의 詩」전문

　위의 작품에서도 세계는 안정성 있는 생활공간으로 작용하지 않는다.
절대적인 침묵만을 보여주는 세계 안에서 시적 자아는 오로지 어떤 외
로움과 불안감만을 선취한다. "왜 저것들은 소리가 없는가"라는 탄식과
"나는 목 메인 듯 / 누를 불러볼 수도 없다"는 고백은 진정한 생의 의미

에 대해 집요한 물음을 던지면서도 끝내 답을 얻지 못하는 이의 절박함을 전달해 준다. 나아가 자아와 세계 모두 "가난"한 존재일 따름이라는 표현에서는 세계와의 소통을 포기한 이의 좌절감마저 배태되어 있다. 자아는 세계와 친화할 수 없는 상태 속에서 삶과 행위의 참된 방향을 얻지 못한 채 원천적인 외로움과 고립을 감수해야만 하는 존재인 것이다.

삶에 대한 절망적인 회의와 불안 그리고 외로움은 김춘수 초기 시에 나타나는 실존적 허무의 본령이라 할 수 있다. 세계와의 불화 및 소통 불가능성은 자기의 현 존재를 '절대 고립'의 존재로 인식하게 만들면서 "알 수 없는 일이다 / 바다보다 고요하던 저 들판이 / 어찌하여 이 한밤에 / 서러운 짐승처럼 울고 있는가"(「갈대 섰는 풍경」)에서처럼 적극적으로 주어진 운명에 참여하여 그것을 극복하거나 전망할 수 없다는 판단을 낳는다. 이 시행에서 '알 수 없다'는 모든 사물과 세계에 대한 이해와 판단은 인간 자신의 차원이 아니며 궁극적으로 인간은 세계로부터 밑받침되어 있지 못하다는 의미를 함축하고 있다.[7] 인간행위와 삶의 방향들은 부재하는 것이다.

이 김춘수의 절대적인 고립과 불안에 기반을 둔 실존적 허무는 전쟁 이후에 수용된 실존사상이 싸르트르나 까뮈적인 것이기보다는 릴케적인 것의 영향권 아래 놓여 있었다는 점과도 무관하지 않다. 50년대에 풍미하였던 실존의식은 철학으로서보다는 감수성이나 문학 방법으로 이해된 측면이 강한데[8] 김춘수가 견지하는 허무, 곧 실존적 불안 속에서 자신을 단독화하는 태도는 이를 대표한다고 볼 수 있다. 당시 실존적 허무주의의 경향이 역사적 현실의 역동성을 외면한 채 현저한 내면 편향을 보여주면서 공동의 관심사보다는 개인적 존재의 문제에만 치중하였던 양상은 고립적인 자아의 허무적 심정을 드러내고 있는 김춘수

---

7) 블로브, 최동희 옮김, 『실존철학이란 무엇인가』, 서문당, 1996, 74~75쪽 참조.
8) 전기철, 「한국 전후 문예비평의 전개 양성에 관한 고찰」, 서울대 박사, 1992, 37쪽 참조.

의 시세계에서도 포착된다. 따라서 그의 허무의식의 추상화나 관념화는
이미 마련되어 있었다고 여겨진다.

　한편, 시인의 자기 존재 여건에 대한 실존적 허무는 시간에 대한 독
특한 감각을 통하여 표출된다는 점에서 특기할 만하다. 김춘수의 초기
시에 나타나는 시적 자아는 그 연원을 정확하게 파악하기 어려운 슬픔
과 철저한 고립 속에 내던져 있다는 절망감에 함몰되어 있다. 어떤 행
위나 전망을 시도할 수 없다는 인식은 삶은 무상하며 덧없을 뿐이라는
사유로 발전해 가는데 이는 현실시간을 몰가치한 것으로 파악하는 태
도에서도 엿볼 수 있다.

> 어쩌다 바람이라도 와 흔들면
> 울타리는
> 슬픈 소리로 울었다.
>
> 맨드라미, 나팔꽃, 봉숭아 같은 것
> 철마다 피곤
> 소리없이 져 버렸다
>
> 차운 한 겨울에도
> 외롭게 햇살은
> 靑石 섬돌 위에서
> 낮잠을 졸다 갔다.
>
> 할 일없이 歲月은 흘러만 가고
> 꿈결같이 사람들은
> 살다 죽었다.
> 　　　　　　　－「不在」 전문

　두 번째 작품집인 『늪』에 실려 있는 것으로, 『늪』의 시들은 고독하

고 무가치한 존재자들의 슬픔으로 미만해 있다고 해도 지나치지 않다. 그 가운데에서도 「不在」는 지금 여기의 '덧없음'과 '의미 없음'을 잘 보여준다.

위에서 두드러지는 바는 어떤 쓸쓸함의 정경이다. 울타리에 와 닿는 바람 소리의 적막함, 일년초들의 피고 짐, 겨울 햇살의 가느다란 기운, 그리고 사람들의 유한한 삶 등은 모두 무상감을 환기시킨다.

그런데 이러한 무상성은 '현실시간의 의미 없음'에 의하여 좀 더 확고해진다. 4연의 내용에서 이를 잘 알 수 있다. 삶과 죽음은 "꿈결"이라는 표현에서 적나라하게 드러나듯이 더 이상 의지의 소산이 아니며, 인간들의 삶에서 소망하는 지향은 발견되지 않는다. 이처럼 사람들로 하여금 생의 의욕을 품을 수 없도록 만드는 것은 바로 "歲月"이다. 4연에서 "할 일없이"의 주체는 "사람들"이어야 한다. 인간의 개인적인 시간경험은 객관적이라고 하기 어렵다. 심리적이며 환경적인 요인은 인간의 경험적인 시간에 큰 편차를 가져오기도 한다. 따라서 일상생활에서 시간측정에 사용하는, 객관적이며 과학적이라고 믿어 의심치 않는 단위는 순전히 자의적인 관습이며 가정에 지나지 않는다.9) 더군다나 시간은 인간과 세계와의 관계를 표상해 주는 중요한 지표이기도 하다. 파스(Paz)가 '시간은 우리 밖에 있지 않으며, 우리가 바로 시간이요, 지나가는 것은 우리 자신이다'10)라고 말하는 이유가 여기에 있다.

하지만 위의 시행에서 "할 일없이"의 행위 주체는 "歲月"로 읽히는데, 이는 '세월은 흘러만 가고 할 일없이 사람들은 살다 죽었다'라고 표현

---

9) 시간 철학자들은 인간이 경험하는 시간은 주관적이며 상대적이라고 말한다. 주어진 상황에 따라 시간은 그 흐름이 거의 감각되지 않을 정도로 급속하게 흘러가거나 반대로 지루하게 느껴지기도 한다. 따라서 시간측정에 사용되는 통일적인 측정 단위는 이러한 시간경험의 주관적 불규칙성, 착각, 오판 등으로 인한 객관적 기준의 필요성 때문에 고안된 것이다.(한스 마이어호프, 김준오 옮김, 『문학과 시간 현상학』, 삼영사, 1987, 26~29쪽 참조)
10) 파스, 김홍근·김은중 옮김, 『활과 리라』, 솔, 1998, 72쪽 참조.

하지 않고, "할 일없이"를 "歲月" 앞에 자리매김 시킴으로써 세월 자체가 흐름과 경과의 주체로 풀이되게 하는 효과에 기인한다. 구문상으로도 대등절로 이어져 있는 두 문장은 각각 동일한 문장성분들로 구성되어 있어서 "歲月"은 "할 일없이"에 그리고 "사람들"은 "꿈결같이"에 연결되어 읽힌다. 이는 세월의 무력함을 강하게 부각시키고자 하는 시인의 의도로 보인다. 현실시간 자체가 인간이 추구해야 할 열망을 담아내지 못하므로 사람들은 "꿈결같이" 시간만 흘려보낼 수밖에 없는 것이다.

현실시간이 무가치하다는 판단은 자아의 실존적인 허무를 더욱 심화시키는 요인이다. 시간이 인간의 의식을 떠나서는 고려될 수 없는 존재의 표상이라고 할 때 시간을 인식한다는 것은 곧 자아의 과거와 현재 그리고 미래를 인식한다는 것을 의미하기 때문이다. 그러므로 현실시간의 무가치함은 궁극적으로 고독한 인간 존재가 추구해야 할 현실적인 삶의 지표를 무화시켜 버린다. 지금을 살아가는 이들에게 그것이 내적 발전의 향상을 주지 못하는 것은 당연한 귀결이다.11) 그러므로 현실시간이란 겉으로는 시적 자아를 위무하며 용기와 희망을 북돋아 주기 위해 애쓰는 것처럼 보이지만, 그래서 "언제나" "거기 있는 듯"이 보이지만 실은 항상 "흘러가" 버리는 "하늘"과도 같은 것이다.

언제나 하늘은 거기 있는 듯
언제나 하늘은 흘러가던 것

아쉬운 그대로
저 봄풀처럼 살자고

---

11) 이는 「갈대」에서도 잘 드러난다. 「갈대」에서 시간은 '태어나던 순간의 시간'과 '진행하는 현실시간'으로 이원화되어 있다. 앞의 것이 "하늘의 無限"을 느끼고 "大地의 豊饒"를 굽어볼 수 있었던 시간이라고 한다면, 뒤의 것은 오로지 "끝없는 浪費"의 시간이다. 현실시간이 소모요, 낭비되는 것이라면 비상을 향한 미래의 꿈은 한낱 망상에 지나지 않는다.

밤에도 낮에도 나를 달래던
그 너희들의 모양도
풀잎에 바람이 닿듯이
고요히 소리도 내지 않고
나의 가슴을 어루만지던
그 너희들의 모양도

구름이 가듯이
노을이 가듯이
언제나 저렇게 흘러가던 것
　　　－「하늘」 전문

　"하늘"은 현재에 마냥 존재하고 있는 듯이 보이지만 이미 "흘러가"
버린 것에 불과하다. 순응과 체념으로나마 현실에서의 삶을 권유해 주
던 하늘은 지금 여기에는 '없다.' 그런데 "~던"은 지나간 일을 회상할
경우 사용하는 어미로, 이를 감안한다면 시적 자아는 옛날의 '언젠가'
동일한 사건을 경험했었다는 뜻으로 풀이할 수 있다. 하늘이 "저렇게"
흘러가고 있는 광경의 발견은 굳이 '오늘'만의 사태라 할 수 없는 것이
다. 예전에도 흘러가 버렸듯이 지금도 하늘이 흘러가고 있다는 사실은
다가올 나날들 역시 그러할 것이라는 의미를 함축한다. 남는 것은 상실
감과 잔잔한 허무감이다.
　현실을 지배하는 시간 또한 시적 자아에게 배반감을 주기는 매한가지
이다. 하늘이 흘러가는 '광경'은 그것을 지켜보는 시적 자아의 존재를
전제로 하며,[12] 시간상의 변화와 아울러 지각될 수 있다는 점에서 시적
자아의 시간경험을 이해하는 데 도움을 준다. 시간 역시 이 순간 삶 속
에 머물러 있는 것처럼 비치지만 순간과 더불어 '현존하지 않는다.'

---

12) 랭어, 서우석·임양혁 옮김, 『메를로 퐁티의 지각의 현상학』, 청하, 1992, 196~197
　　쪽 참조.

그런데 시적 자아는 현재의 순간을 '언젠가' 경험했던 과거의 '그때'로 파악한다. 시간은 현재에서 미래로, 계기적으로 연속해 가는 것이 아니라 오직 과거의 그때로서 지금 현현한다. 오늘은 단지 어제 경험의 되풀이이며 머지않아 다가올 내일도 그것의 재생산일 따름이다. 오로지 동일한 시간경험의 범주 안에 머무름으로써 시간은 '지속'하는 것이다.13)

그러므로 분명 '지각하는 시간'과 '경험했던 시간'이 동일할 수 없음에도 불구하고 시간은 현재에 지각됨으로써 과거임을 입증하는 모순적인 존재가 된다. 시간은 전적으로 '없음' 그 자체로 변해 버리기 때문이다. 이러한 시간감각은 마침내 시적 자아의 오늘에서의 향상 의지를 거세해 버리며, 내일을 향한 기대를 막아 버린다. 물론 엄밀히 말해서 고정되어 있는 시간이란 있을 수 없다. 시간은 나눌 수 없는 연속된 덩어리로 인간에게 지각된다. 하지만 이 계기적 질서로서의 시간이 과거로서 현현함으로 말미암아 시적 자아에게는 진정한 의미에서의 현재와 미래는 의식되지 않고 시간은 실재할 수 없게 되는 것이다.14)

---

13) 이때의 '지속'을 베르그송적인 지속으로 이해할 수도 있다. 베르그송에 따르면, 시간과 지속은 구분되어야 한다. 시간은 수치로 환산할 수 있으며 계산할 수 있어야 하지만, 지속은 계산할 수 없는 그 무엇으로 인간 의식의 흐름이다. 그러므로 이 지속은 내적 자아와 필연적인 관계를 맺고 있어서 '직관에 의하여 내적으로 인식할 수 있는 최소한의 유일한 실재가 바로 이 지속하는 자아'인 것이다. 이렇게 볼 때, 물리적 시간의 변화와는 무관하게 동일한 시간의 되풀이만을 지각하는 시인의 태도는 시간을 동일한 것으로 파악하고자 하는 시인의 내적 자아, 지속하는 자아에 기인한다고 볼 수 있다. 또한 시인이 물리적 시간의 변화하는 흐름을 인정하지 않는 것은 시간의 성격이나 특성 등을 무화시키려는 의도와 관련이 깊다는 점에 주목할 필요가 있다. 시인의 의식 안에서 연속적인 시간감각은 부정되며, 실재적 의미에서 시간은 존재할 수 없는 것이다.

14) 한편 시간이란 변화와 더불어 보다 쉽게 지각될 수 있다. 주어진 상황의 변화가 거의 없는 경우, 특히 밀폐된 공간에 오랫동안 혼자 방치되어 있는 경우 시간이 흐르는 것을 깨닫기는 어렵다. 곧 감각 가능한 변화가 수반되지 않을 때 시간의 진행이란 지각되기 어려우며 마치 시간이 정지해 있는 것처럼 느껴진다.(이푸 투안, 정영철 옮김, 『공간과 장소』, 태림문화사, 1995 참조) 이에 따른다면 현재의 시간을 과거와 동일한 시간으로 인식하고 현재는 끊임없이 과거로 소급한다고 여기는 태도는 엄밀히 말해 시간상의 변화에 무감한 태도라 할 수 있다. 또 이는 일상생활 속에서 변화로써 시간의 실재를 파악하는 관습

이처럼 김춘수의 초기 시는 매우 고립적이며 회의적인 색채를 띠고 있다. 이는 세계와의 소통 불가능성에서 연유한 불안과 현실시간의 몰가치성이 촉발시킨 것으로 그의 초기 시세계에 노정되어 있는 실존적 허무를 이해하는 데 있어 도움을 준다. 이러한 현실시간의 몰가치성은 나아가 미래를 향한 의지나 기대를 박탈하며 모든 의미 있다고 여겨지던 것들 역시 가상에 불과하다는 의심을 낳는다.

그리고 이 허위와 가상성에 대한 시인의 자각은 인간이 신뢰할 수 있는 고정되어 변치 않는 가치란 존재하지 않는다는 사유를 동반하면서, 이후 세계에 대한 새로운 판단과 지각을 확립해 나가기 위한 노력의 기초가 된다. 이른바 존재 탐구로 일컬어지는 작품들의 대부분은 믿을 만한 가치가 사라진 다음 사물과 세계에 대한 새로운 인식과 판단을 정립하려는 의지에 힘입어 탄생한 작품들이라 할 수 있다. 그가 보여준 집요한 사물에 대한 탐구는 무가치한 현실시간 속에서 새로운 가치를 통해 삶의 가능성을 확보하기 위한 도정인 것이다.

또한 현실시간이 무의미함의 되풀이라고 할 때 시인이 발전적이며 진취적인 시간감각을 지니지 못함은 피할 수 없는 일이다. 김춘수가 초기 이후 줄곧 비현실적인 시간감각을 보여주게 되는 계기를 여기서 확인할 수 있다. 나아가 「處容斷章」에 이르러 구축하려 하는 '순간', 순차적이며 연대기적인 시간을 거부하고 어느 한 순간에 정지해 있음으로써 실제의 의미가 지워진 시간, 주관적이며 상상적인 시간의 징후 역시 발견할 수 있다.

2) 사물의 새로움 탐구와 세계와의 불화

김춘수는 실존적 사유를 통하여 세계와 자아는 절대적인 불화의 관

에 비추어 볼 때, 시간의 실재를 인식할 수 없는 태도라 할 수 있다.

계에 놓여 있으며 세계는 적극적인 전망을 허용하지 않으므로 자아는 절대 고독의 처지에 내던져 있음을 확인한다. 그러한 자기 존재에 대한 자각의 일환으로 시인은 세계와의 화해로운 의사소통적 관계를 확보하기 위한 노력을 보여준다. '사물의 새로운 탐구'를 통하여 '새로운 삶의 질서'를 모색하고자 하는 것이다.

하지만 시인에게 있어 '새로운 삶의 질서'를 구현하고자 하는 노력은 절대 고독의 무상성에서 벗어나 공동의 체험의 장으로 뛰어들고자 하는 태도로 드러나지는 않는다. 세계와의 의사소통적 관계 확보의 노력 역시 단지 개별화된 인식의 범주 안에 머물러 있다. 세계를 구체적인 삶의 공간으로 인식하는 것이 아니라 철저한 내부 시선만을 통하여 '절대 순수 공간'을 구축하려 하기 때문이다. 그 예가 될 수 있는 작품이 「딸기」이다. 「딸기」는 특히 타자의 시선을 거부하고 주체의 응시만을 고집하는 태도를 견지하고 있다는 점에서 초기 시에 두드러지는 고독감 혹은 고립감과 아울러 자신만의 자족적인 세계를 소망하는 의식을 배태하고 있다.

午前 열 한 시의 茶房에는 아무도 없었다.

칠한 지 얼마 안 된 말끔한 엷은 연둣빛 壁面에 햇발이 부딪쳐 이따금 거기서 銀魚의 비늘 같은 것이 반짝이곤 하였다. 나는 눈을 가늘게 감아 보았다.
점점점 포실한 가슴 속에 안기어 가는 듯한 그러한 느낌인데, 나의 귓전에는 찌, 찌, 찌……무슨 벌레 같은 것이 우는 소리가 선연히 들려왔다.
그것은 靜寂의 소린지도 몰랐다.
나는 어디 밝은 그늘 밑에서 졸고 있는 듯도 하였다.
내가 눈을 다시 떴을 때, 그때 나는 나의 왼쪽 뺨에 불같이 달은 視線을 느꼈다. 나는 처음에 그것이 꽃인가 하였다.
그것은 딸기였다. 쟁반에 담긴 一群의 딸기는 곱게 피어오른 숯불같이 그 벌겋게 달은 體溫이 그대로 나에게까지 스며올 듯, 진열장의 유리를 뚫고 그것은 연신 풋풋한 향기를 발하고 있는 것만 같았다. 손님이라고는 나 한 사람뿐인 茶房의 午前의 解弛해진 空氣를 그것들이 혼자서만 빨아들이고 吐하고 있는 상 보였다. 진열장 近處의 空氣는 그만큼 緊張해 보였다.

조금 前의 벌레 우는 것 같은 소리는 어쩌면 그것들이 쉬는 숨소리인지도 모를 일이었다.

나는 딸기를 딸기밭에서 본 일이 있다. 가늘고 키가 작은 줄기에 어울리지 않는 보기 흉한 큰 이파리를 달고, 그 위에 더 무거운 열매가 고개도 들지 못하고 있었다. 뿐 아니라 보오얗게 먼지를 쓰고 있는 양이 몹시 더러워 보였다. 그렇던 것이 어찌 또 그리 싱싱하고 풋풋하였을까?

나는 熱心히 딸기를 보았다. 그 솜솜이 얽은 구멍이 구멍마다 숨을 쉬고 있는 듯 쟁반 위의 딸기는 生動하고 있었을 뿐 아니라, 그 近處를 完全히 制壓하고 있었다. 온 방 안의 空氣가 유리 안의 한 개 쟁반 위에 모조리 吸收되었다.

딸기는 그날 누구보다도 悲壯하였다.

－「딸기」 전문

'사물의 새로움'을 통하여 '새로운 삶의 질서'를 확보하고자 하는 시인에게 있어 지금 여기는 이제까지의 앎의 세계에서와는 다른 혹은 구별되는 형태와 가치를 지니고 있어야만 한다. 자아의 시야와 의식은 무한한 새로움을 향해 열려지고, 이는 지금 여기에 실재하는 사물에 대한 지각과 판단 자체를 유보시키거나 거역하는 행위로 나아가게 만든다. 「딸기」는 그러한 측면에서 김춘수의 초기 시작과정이 필연적으로 산출해 낼 수밖에 없는 '사물에 대한 새로운 인식' 또는 '사물의 새로움 탐색'의 도정을 뚜렷하게 보여준다. 이 작품은 "나는 나의 눈에 새로운 것을 담기 위하여 나의 눈을 버렸다."는 아라공의 말을 떠올리게 하는바, 관념과 형상을 분리시키고 형상 속에서 그 형상 자체와는 다른 현실을 참조하기를 일절 거부하는 태도를 엿볼 수 있다.[15] 산문시의 형태를 띠고 있음에도 연이나 행의 구분에 있어서 치밀하고 호흡과 리듬 면에서도 상당히 안정되어 있다.

"나는" "아무도 없"는 "午前" 한 "茶房"에 앉아서 "딸기"를 보고 있다. 오전인 탓에 다방 안은 한산하다. 생동감과 붐빔으로 활력이 넘쳐야 할 '오전' 시간임에도 불구하고 외부로부터 독립하여 있는 다방은 무료함이 팽배하다. 시공간의 무료함과 무인지경의 상황에 시적 자아마저도 나른한 기운을 느끼는데, 이 주변 정황과 달리 싱싱한 생명력을 발산해 내는 것은 오로지 "진열장" 안의 "쟁반" 위에 담긴 딸기뿐이다. 이 딸기는 시적 자아가 이제까지 어떠한 사물에서도 경험해 보지 못한 왕성한 생명력으로 온 다방 안의 "解弛해진 空氣"를 "혼자서만 빨아들이고 토하고 있는" 듯이 느껴지며, 따라서 시적 자아는 '혼자'만의 처절하고 외로운 생을 지닌 딸기가 "悲壯하"다고까지 생각한다.

다방 안 진열장에 들어 있는 딸기는 필시 진품을 본뜬 모조품일 것이다. 진짜의 생물인 양 보이기 위하여 품을 들여 놓은 흔적마저도 역력한 조악한 색채며 모양은 누가 보더라도 그것이 진짜가 아닌 가짜임을 금방 알아차리게 할 것이다. 그런데 시적 자아는 그것을 통하여 생명이 진동하는 활력을 직감하는데, 한낱 모조품에서 생명력을 발견하게 되는 계기는 나의 "눈"을 감는 행위이다.

시적 자아가 눈을 감는 작품의 표면상의 이유는 새로 칠한 듯한 "壁面"에 비치는 '햇살'의 눈부심 때문이지만, 실제로 그가 진열장 속 딸기가 뿜어내는 생명력을 지각해 낼 수 있기 위해서는 '눈 감음'의 행위란 절대적이다. 외계의 사물을 인지해 내는 데 있어 가장 주요한 수단이라 할 수 있는 '눈'의 기능을 거부함으로써 이제까지의 '눈'으로는 감각할 수 없었던 사물의 새로운 국면이 열리는 까닭이다. '눈을 감음'

---

15) 포지올리, 위의 책, 280~281쪽 참조.

으로써 "벌레"의 '울음소리'와도 같은 모조 딸기의 "숨소리"를 들을 수 있는 것이다.

물론 사물에 대한 가장 직접적이며 명확한 판단을 제공해 주는 시각을 포기하고 청각에 의지하여 그것을 지각해 낸다는 점은16) 모든 감각을 동원하여 대상을 형상화하고자 하는 시인들에게서는 흔한 일이라고 할 수 있다. 하지만 「딸기」에서 '눈 감음'의 행위를 통하여 진열장 속 모조품이 토해 내는 생명의 숨쉼을 듣게 된다는 사실은, 이미 알고 있고 인지할 수 있는 감각방식을 통해서는 사물이 전개하는 새로움을 발견해 내기 어렵다는 의미를 함축하고 있다.

이렇게 '눈을 감음'으로써 나는 "점점점 포실한 가슴"과도 같은 사물의 새로움으로 빨려 들어간다. 시적 자아가 인지해 내는 그것은 기존 세계에서와는 다른 감각을 요구하며, 역설과 모순이 상존하는 새로운 시공간을 연출한다. 따라서 그곳은 "밝은 그늘"과도 같으며, 벌레의 울음소리와 흡사한 기괴한 "靜寂"의 소리를 듣고 있는 자신은 마치 "졸고 있는" 상태로 느껴진다.

사물의 새로움은 새롭기 때문에 미지의 시공간이라 할 수 있다. 본디 그늘이란 밝음을 지탱할 수 없는 곳이다. 하지만 미지의 시공간인 까닭에 아직 개명되지는 않았으되 그 본질은 '깨임'이라는 측면에서 밝음과 어두움이 결합되어 있다. 그러므로 태초의 시작을 준비하는 정적 그 자체의 소리를 들을 수 있으며, 그런 미명의 순간으로의 진입은 시적 자아로 하여금 현실과는 다른 환상적인 분위기에 젖게 하여 자신이 현실 속에 존재하는 것이 아니라 '꿈을 꾸고 있다'는 착각을 불러일으키게 하는 것이다. 그리하여 시적 자아가 감았던 '눈을 다시 뜨는 순

16) 사물의 새로움을 지각하기 위한 수단으로서의 '청각에의 호소'는 이미 김춘수의 초기 시의 곳곳에서 확인된다. 죽음과 소멸의 실체는 소리의 상실에서 드러나며(「밤의 詩」), 영원으로 통하는 길은 소리로 현현된다.(「湖水」) 따라서 '소리'는 진정한 생명에 이르는 도정이요, 통로이다.

간' 그곳은 현실세계, 곧 현실에서의 '눈'에 의해 '보이던 세계'가 아니
라 새로움을 지각할 수 있는 감각을 얻은 후에 획득되는 '새로운 시공
간'이 된다.

그런데 진열장 속 쟁반 위의 딸기가 지닌 생명력은 "딸기밭"의 '살
아 있는' 딸기보다도 오히려 더욱 "싱싱하고" "풋풋한 향기"와 "體溫"
을 지니고 있다. 그것은 다방 안의 모든 공기를 저 '혼자' 호흡할 듯이
생명의 기운으로 충만해 있고 다방 안의 '살아 있는' 나를 "緊張"시킬
정도로 맹렬하다. 삶과 죽음, 정과 동, 진짜와 가짜, 참과 거짓은 여지
없이 전복되고 따라서 상식적인 가치판단을 일소해 버린 모조 딸기는
비장함마저 지닌 사물로서 현현한다.

이와 같이 시적 자아가 지각코자 하는 것은 기존 시각으로 바라본 사
물들에게서는 얻어질 수 없었던 비의가 새겨진 '사물의 새로움'이다. 이
는 참신함과 신선함을 동반하고 있으며 이제까지의 인식 판단과 기준을
깨뜨림으로써 생성된다. 시적 자아는 현실세계의 무력함과 안일함과는
다른 생명의 기세로 진동하는 '사물의 새로움'을 발견하는 것이다.

김춘수가 이처럼 사물의 새로움을 발견하기 위한 노력을 보여주는
이유는 세계인식에 대한 회의에 기초한다. 위의 작품에 전제되어 있는
것도 세계의 보편적인 인식 판단에 의지할 수 없다는 시인의 의식이며
기존의 사물인식은 허상이며 허위일 따름이라는 부정적 사유이다.

따라서 김춘수가 성취하고자 하는 인식의 새로움은 희고 가벼운 눈
을 "희다고만 할 수는 없다. / 눈은 / 羽毛처럼 가벼운 것도 아니다. / 눈
은 보기보다는 무겁고, / 우리들의 靈魂에 묻어 있는 / 어떤 사나이의 검
은 손때처럼 / 눈은 검을 수도 있다"(「눈에 對하여」)라고 바라보기도 한
다. 이제까지 규정되어 온 눈은 당연히 희고 가벼운 것이다. 그렇지만
그것은 "우리들의 末梢神經에 바래고 바래져서" "오히려 病的"이 되어
버린 허상일는지도 모른다. 우리는 현재 지각할 수 있는 모든 것들의
진위 여부를 확신할 수 없다. 사물에 대한 판단에 앞서 오히려 의심하

여야 할 것은 우리의 지각능력과 사유능력 자체이다.

이처럼 사물을 바라보는 시인의 눈은 새로움으로 향하여 있으며, 이는 사물에 대한 기존의 인식이나 지식 그리고 상식에 대한 반란과 도전을 가져온다. 상식의 파기는 그 그늘 밑에 감추어져 있던 사물의 새로움을 드러냄으로써 그것이 지니고 있는 진면목을 보여준다. 하지만 시인의 이러한 탐구 노력은 본질적으로 어느 정도 한계를 안고 있다.

> 촛불을 켜면 面鏡의 유리알, 衣籠의 螺鈿, 어린것들의 눈망울과 입 언저리, 이런 것들이 하나씩 살아난다.
> 차차 燭心이 서고 불이 제자리를 定하게 되면, 불빛은 房 안에 그득히 圓을 그리며 輪廓을 鮮明히 한다. 그러나 아직도 이 輪廓 안에 들어오지 않는 것이 있다. 들여다보면 한바다의 水深과 같다. 고요하다. 너무 고요할 따름이다.
>
> ─「어둠」 전문

조금씩 환하게 밝아오는 "촛불"은 "어둠" 속에 묻혀 있던 거울, 장롱의 무늬, 사랑하는 이들의 사소한 생김새 등을 "하나씩" "살아"나게 한다. 어둠 속의 사물들이 마치 죽어 있는 물체처럼 딱딱하고 차가운 형상을 하고 있었다면 "불빛"은 그들에게 '다시' 생명을 준다. 이처럼 불빛으로부터 생명을 얻어 되살아나는 사물들은 점점 "房 안"의 밝고 "鮮明"한 "輪廓" 안에 자리 잡으며 방 안 전체에 활기를 가져온다.

하지만 불빛의 뚜렷한 윤곽 안에서 살아나는 사물들의 형상과는 대조적으로 윤곽 바깥에는 "아직도" '살아날 줄 모르는 것들'이 있다. 환한 불빛 안으로 "들어오지 않는" 그것들의 음험한 속은 "한바다의 水深"처럼 깊고 아득해서 들여다 볼 수 없으며 지극한 "고요"에 잠겨만 있다.

어둠을 밝히는 촛불은 사물들에게 빛을 나누어 줌으로써 그것들을 '있게' 한다. 사물들은 촛불로 인하여 비로소 존재할 수 있는 근거를

확보하는 것이다. 하지만 빛이 미치지 못하는 곳은 여전히 어둡고, '살
아나지 못하는 사물'들이 존재한다. 위에서 '촛불'을 시인의 사물의 새
로움을 얻기 위한 '새롭게 바라봄'의 은유라고 한다면, 촛불이 완전히
어둠을 몰아낼 수 없다는 사실은 시인의 사물의 새로움 탐구 노력이
어느 정도 차단당하고 있음을 암시한다. '바라봄'이란 바라볼 수 있는
대상에게만 적용되는 소박성의 차원에 머무르고, 미처 자아에게 개시
(開示)되지 않는 사물들은 그저 아득하고 고요한 존재로 남는다. 시인
은 자신의 불을 밝히려는 의지, 사물의 새로움에 대한 탐색 노력이 본
질적으로 가두리 지워진 한계를 안고 있음을 자각하는 것이다.

  김춘수의 사물의 새로움을 지각해 내기 위한 작업은 세계의 허위를
직시하고 그로부터 벗어나고자 하는 노력의 일환이지만, 한편으로는 이
미 한계가 부여되어 있기 때문에 완전한 성취가 불가능하다. 시인은 이
자신의 노력이 결코 행복한 결말에 이르지 못하리라는 불길한 예감을
미리부터 마련해 두고 있었다. 이즈음을 전후하여 시인은 다음과 같은
견해를 밝히고 있다.

  나의 눈에 비치는 森羅萬象은 다란텔라의 춤을 추고 있었다. 나의 視
神經은 몹시 어지러웠다. 森羅萬象은 고－ㄹ 공의 面이 되어 버리지나
않을까?
  나는 나의 눈이 化石이 되기 전에 있는 힘을 다하여 將次 내것이 될
상싶은 것은 어떤 形式으로든지 이것을 적어두어야만 했다.
  나는 스스로도 벅찬 나의 呼吸을 素描했다. 素描는 물론 나의 文學의
最良의 形式은 아니다. 지금의 나에게 알맞은 形式일 따름이다. 나는 앞
으로도 이런 것을 더 쓸 게다. 내가 이 世上에서 무엇인가를 要求할 수
있는 동안은. (1:102)

  이 시기의 시인에게 모든 사물은 변화하는 가치와 의미를 확인할 수
있는 발판이었던 것으로 여겨진다. 눈에 비치는 "森羅萬象"은 마치 어

지러운 춤을 추고 있어서 그 명확한 윤곽을 짐작하기 어려운 것과 같이 단 하나의 명백한 의미를 지닌 대상으로는 존재하지 않는다.

그런데 시인은 이 가변적인 가치를 담아내는 사물들이 "고－ㄹ 공의 面"이 되지는 않을까라고 염려한다. '고르곤(Gorgon)'이란 그리스 신화에 등장하는 머리털이 뱀이며 엄청난 괴력을 지니고 있어서 그의 눈을 본 사람은 무서운 나머지 돌로 변했다라고 전해지는 상상 속의 메두사이다. 그렇다면 단 하나의 분명한 의미를 지니지 않는, 가치의 전도와 무화의 소용돌이 속에 자리하고 있는 사물들은 그것의 새로운 면모 또는 본질의 특성을 꿰뚫어 보고자 하는 시인을 돌로 만들어 버릴 수도 있는 무서운 힘을 발휘하는 것이 된다. 그래서 자신이 살아가는 동안 모든 힘을 기울여 최선의 형식은 아니더라도 자신의 것이 될 듯한 것을 적어두려는 행위는 그러한 위험을 감수하는 일이다.

왜 시인은 사물들의 변화하는 가치의 탐색과정을 위험한 일로 간주하는가. 사물의 새로움, 사물의 비의를 깨닫기 위한 노력은 상식과 기준의 파기를 가져오므로 그만큼 삶을 한층 고통스럽게 만들기 때문은 아닌가. 현란함 가운데 새로움을 현시해 내는 사물들의 가치를 파악한다고 해도 현재의 무의미함을 극복할 수 없으리라는 막연한 두려움은 아닌가. '꽃' 연작은 이러한 시인의 잠재된 두려움과 그 두려움에 다가가고야 마는 시인의 절박성을 드러내 주는 작품들이다. 구체적인 작품 분석을 통하여 이를 확인해 보도록 하자.

> 그는 웃고 있다. 개인 하늘에 그의 微笑는 잔잔한 물살을 이룬다. 그 물살의 무늬 위에 나는 나를 가만히 띄워 본다. 그러나 나는 이미 한 마리의 黃나비는 아니다. 물살을 흔들며 바닥으로 바닥으로 나는 가라앉는다.
> 한나절, 나는 그의 언덕에서 울고 있는데, 陶然히 눈을 감고 그는 다만 웃고 있다.
>
> －「꽃 I」 전문

인용한 작품은 철저히 이원적인 구조 아래 전개되고 있다. "나"와 "그", "울음"과 "웃음", "언덕(땅)과 하늘"의 서로 상반하는 표상들은 '나는 언덕(땅)에서 울고 있다'와 '그의 미소는 하늘까지 이른다'로 두 존재자를 위치시킨다.

위의 작품의 주요 내용을 구성해 보면 다음과 같다. "그"는 "물살"을 이루며 웃고 있고, "나"는 그와 나의 행복한 융화를 꿈꾸며 나를 "띄워" 그에게로 다가간다. 하지만 나는 "이미" "黃나비"가 "아니"기 때문에 이내 "바닥으로" 떨어지고, 그는 "陶然히 눈을 감"은 채 웃고만 있을 뿐 나의 울음을 달래주지는 않는다.

주목할 만한 것은 나의 울음에도 불구하고 "陶然히" 웃고 있는 그의 태도이다. '도연히'란 무엇인가 흥에 취해 있는 상태를 가리키는데, 내가 하락의 슬픔에 젖어 있는 상태와는 다르게 그는 어떤 무엇인가로 흥에 도취하여 웃고 있다. 그의 도연한 웃음은 작품 해석에 중요한 실마리를 제공하는바, 인과관계로 미루어 그것은 나의 추락과 깊은 연관을 맺고 있는 것으로 보인다.

내가 바닥으로 떨어지는 표면적인 이유는 내가 이미 황나비가 아니기 때문이지만, 오히려 직접적이며 근원적인 원인 제공자는 바로 '그'인 것으로 판단된다. 이는 "물살을 흔들며 바닥으로 바닥으로 나는 가라앉는다"라는 시행에서 물살을 흔드는 주체가 과연 누구인가에 따라 밝혀질 수 있다. 이 시행의 진술구조는 '나는 물살을 흔들며 바닥으로 가라앉는다'의 어순이 도치된 것으로 여겨진다. 하지만 나는 다만 그의 미소가 이루는 "잔잔한" "물살의 무늬"에 나를 "가만히" 띄워 보았을 뿐이며, '띄우다'라는 조심스런 행위에서는 물살의 미동은 발생할 수 있어도 "흔들며"라는 어감이 전달해 주는 어느 정도 강한 느낌의 움직임은 일어나지 않는다. 아울러 '물살'이란 그 자체가 흐름의 속도감이나 움직임을 내포하고 있는 낱말이라서 비록 "잔잔한" 것이라 해도 완전히 정적인 상태는 아니다.

　그러므로 "물살을 흔들며"의 본래적인 주체는 내가 아닌 그이며, 나를 가라앉게 만드는 제일 큰 원인은 물살의 움직임이라고 보아야 한다. 이 시행의 진술구조는 마치 나의 다가감으로 인하여 물살이 일렁이는 것처럼 보이기 위한 시인의 의도이다. 이에 비추어 볼 때 "黃나비"가 아니라는 나의 고백은 더욱 의미심장해진다. 황나비가 아닌 나의 현재적인 정황은 꽃으로부터 접근을 허용받지 못하고 바닥으로 떨어지는 근본 이유는 아니지만, 만약 황나비라면 꽃의 거부에도 불구하고 나는 "가라앉을" 까닭이 없다. 이미 황나비가 아닌 탓에 꽃으로부터 접근을 거부당하고 난 다음 나는 '스스로' 날아오르지도 못하는 것이다.

　나는 황나비가 아니기 때문에 바닥으로 가라앉는 것이 아니라 본디부터 나의 '띄움'을 용인하지 않으려는 그의 웃음으로 말미암아 하락하는 것이다. 그의 "微笑"는 근본적으로 나의 다가감을 허락하지 않으려는 움직임을 지니고 있어서 나는 나를 띄워 보려는 노력에도 불구하고 가라앉을 수밖에 없다. 나의 하락의 원인을 그에게 둘 때 "陶然히 눈을 감고" 웃고 있는 그의 태도를 이해할 수 있다. 사물에 다가가고자 하는 시적 자아의 시도는 사물에 의하여 원천적으로 저지당하며, 그 노력이 마침내 좌절되리라는 점을 이미 알고 있던 사물은 자신의 침해당하지 않는 완벽한 존재성을 즐기며 웃고 있는 것이다. 그리고 이는 시적 자아와 사물과의 이원화된 관계에서 이미 예견된 바이다.

　자아는 어떠한 노력에도 사물의 세계에 접근할 수 없다는 절망감에서 벗어날 길이 없다. 사물의 세계는 자아가 닿을 수 없는, 인간적 의지로는 도달할 수 없는 곳에 자족적이며 완벽한 상태로 존재한다. 이 사물의 완전하고 자족적인 성격에 의하여 자신의 의지를 패배당하는 것이 또한 자아의 '주어진' 본연성이다. 다음 작품 역시 자아와 사물 사이의 근원적인 이원성과 사물에 닿고자 하는 노력의 원천적인 좌절을 형상화하고 있다.

나는 시방 危險한 짐승이다.
나의 손이 닿으면 너는
未知의 까마득한 어둠이 된다.

存在의 흔들리는 가지 끝에서
너는 이름도 없이 피었다 진다.
눈시울에 젖어드는 이 無名의 어둠에
追憶의 한 접시 불을 밝히고
나는 한밤내 운다.

나의 울음은 차츰 아닌 밤 돌개바람이 되어
塔을 흔들다가
돌에까지 스미면 金이 될 것이다.

······얼굴을 가리운 나의 新婦여,
　　　　　　　　　－「꽃을 위한 序詩」전문

　이 작품에서도 "나"와 "너"는 서로 이원화되어 있어서 나와 너의 행
복한 합일 혹은 융화란 불가능하다. "나의 손이 닿으면" "꽃"은 "未知
의 까마득한 어둠이 된다." 너를 인식하려는 의지와 열망은 그것을 표
출하는 순간 무위가 되어 버리므로 결코 나는 소망을 실현할 수 없다.
때문에 나는 "無名의 어둠" 속에서 나와 대상의 행복한 합일이 구현되
었던 "追憶의 한 접시 불을 밝"힌 채 운다. 그리고 이 "울음"은 "돌개
바람이 되어 / 塔을 흔들다가 / 돌에까지 스미면 金이" 된다.
　여기서 "金"은 인간의 현실적이며 물질적인 욕망의 상관물은 아니다.
금이란 오랜 세월의 흐름에도 변치 않는 것이며, 인간의 지고의 정신적
인 지향을 나타내는 대상이라고 보아야 한다. 따라서 나의 울음이 오랜
세월의 흐름에도 변하지 않는 '금'이 된다는 것은 울고 있는 현재의 상
황 자체가 언제까지나 지속한다는 함의를 지니고 있다. '울음'은 영원

한 자아의 존재 양태로 남는 것이다. 그러므로 마지막 행은 자아의 사물인식 불가능성에 대한 안타까움이 극대화되어 표현된 것으로 보인다. 사물은 자아에게 침해당하지 않는 완전하고 자족적인 성격으로 존재를 실현하며, 자아는 사물에 다가가고자 하나 이를 성취하지 못함으로써 존재성을 규정당하는 것이다.

이를 통하여 '꽃' 연작 가운데 맨 마지막에 발표한 작품에 '序詩'라는 제목을 붙인 시인의 의중을 가늠해 볼 수 있다. 「꽃을 위한 序詩」에서 시적 자아는 꽃을 열망하며 괴로워하지만, 자아와 사물은 영원히 동화될 수 없는 하나의 '공허한 계시'임을 암시한다. 자아의 노력은 영원한 불가능의 차원으로 떨어지고, 도저히 맞닿을 수 없는 평행의 관계는 서로의 존재가 서로에게 공허함을 드러내 주는 셈이다. 자아의 의미는 사물을 확인함으로써 얻어지지 않는다. 스스로의 본래성은 철저히 주어진 상황 안에서 추구될 수밖에 없다.[17] 이러한 '불가지론적 허무'가 일련의 '꽃' 연작을 통하여 얻은 결과일 것이며, 시인이 그 맨 마지막 발표 작품에 '서시'라는 제목을 붙인 이유일 것이다.

김춘수의 자아와 세계의 관계를 회복하기 위한 노력들은 오히려 절

---

[17] 자아와 사물의 관계가 공허한 계시에 불과하다는 점은 「꽃」에서도 확인할 수 있다. 월터 J. 옹에 의하면 명명 작업이란 사물에 생명을 불어넣는 일이며, 사물에 대한 명명자의 지배조건을 확립하는 행위이다.(이기우·임명진 옮김, 『구술문화와 문자문화』, 문예출판사, 1995, 54~55쪽 참조) 따라서 '꽃'이라고 부르는 순간 꽃은 자아에게 생명을 지닌 존재, 즉 개념으로서의 존재가 아니라 생명을 지닌 개개의 대상으로서 현시되어야 한다. 그런데 자아와 사물 간의 관계는 "눈짓"으로 표현되고 있는데, 이때 "눈짓"은 이들의 관계가 구체적으로 명시되지 않으며 이름을 부여함으로써는 사물의 실재를 드러낼 수 없다는 것을 의미한다. 눈짓이란 인간의 언어로는 구현될 수 없는 경지로 이는 본질적으로 신적인 관계에서만이 해명이 가능하기 때문이다. 신적인 관계란, 김춘수의 다른 작품에서 알 수 있듯이 자아와 사물의 이원화된 관계에서는 도달할 수 없으며, 소망적인 환상일 따름인 것이다. 고정희가 「꽃」에서는 감상적인 의미 부여 외에는 꽃으로의 환원된 실체는 잡히지 않는다고 말한 이유가 여기에 있다.(고정희의 「김춘수의 무의미론 소고」(『김춘수 연구』, 학문사, 1982, 376쪽)와 이승훈의 「존재의 기호학」(≪문학사상≫, 1984. 8, 92~96쪽) 참조)

대 불화의 상황만을 고착화시키는 계기가 된다. 자아의 내면적 응시를 통한 사물의 새로움에 대한 확인 노력들 역시 한계에 부딪힐 따름이다. 이는 시인의 시세계가 이후에 자기 인식마저 추상화시키거나 배제시키게 되는 동인으로 작용한다.

3) 역사허무주의와 무한(無限)의 추구

사물의 새로움에 대한 탐구 노력과 더불어 중시하여야 할 것은 시인의 역사에 대한 혐오로 이는 역사적 현재에 대한 시인의 반응을 엿볼 수 있다는 점에서 간과하여서는 안 된다. 또한 김춘수의 역사에 대한 혐오는 60년대에 이르러 '處容'이라는 자족적 세계를 구축함으로써 계기적 시간질서로부터 이탈하려는 의도의 적극적인 원인이 된다.

1960년을 전후로 한 시기는, 나라 밖으로는 냉전체제의 고착화에 따른 두 진영 사이의 힘겨룸이 치열하였으며, 나라 안에서도 전쟁이 남긴 이데올로기의 암투와 대립이 팽배하였다. 김춘수는 이와 같은 안팎의 사정에 '무관심'과 '관조'의 태도를 보여주는데, 이는 시인이 역사를 '폭력'으로 규정하면서 인간의 자존적 가치와 그것과의 충돌을 불가피한 것으로 간주하는 데에 연유한다.

김춘수의 역사에 대한 부정적 사유가 잘 나타나 있는 작품들은 그의 전쟁을 소재로 한 시들이다. 김춘수의 전쟁을 소재로 한 작품들은 그 실상이나 비참함 등의 폭로를 목적으로 하지 않는다. 「歸鄕」과 같은 작품에서는 그저 전쟁의 포화가 휩쓸고 간 자리에 남겨진 이들의 균열된 의식의 무심한 편린들만이 '관찰'되고 있다. 김춘수에게 전쟁은 극히 개별화된 인간에 대한 구속과 억압으로 인식되며, 그것이 인간 생존을 위협하는 절대적인 규정력을 지닌 것으로 다가오지는 않는다. 따라

서 김춘수는 전쟁을 개인 대 전체의 관계 속에서 후자가 전자에게 일
방적으로 강요하는 희생으로 파악한다.

　다음 작품은 김춘수의 전쟁을 소재로 한 작품들 가운데 예외적으로
현실적인 맥락에서 전쟁의 허구성에 접근해 가려는 태도가 엿보인다는
점에서 주목할 만하다. 하지만 여기에서도 시인의 궁극적인 관심은 개
별적 인간 대 전체의 관계이다.

　　仁川에서
　　아가야,
　　웃음짓는 네 眉間을 바라고
　　異國의 한 아저씨는 방아쇠를 당겼다.
　　어느 詩人은
　　한 마리의 나비가 나는 데에도
　　全宇宙가 필요하다고 하였지만,
　　아가야,
　　네가 저승으로 나는 데에는
　　異國 아저씨의 한 발의 銃알만으로 충분하였다.
　　　　(……)
　　가슴의 뜨거운 눈물 외에
　　무엇 하나 가진 것이 없는 우리는
　　죽어가는 어린이들의 눈을 감겨 줄 꽃 한 송이
　　비둘기 한 마리를 날리지 못했다는
　　그 이야기를 전하여 다오.
　　가서
　　라케다이몬의 兄弟들에 傳하여 다오.
　　그날 우리가 든 弔旗가
　　硝煙에 덮인 鉛灰色의 하늘에서
　　다만 嗚咽하더라는 이야기를
　　傳하여 다오.
　　　　　　　　　　　－「그 이야기를……」부분

극적인 대비 효과를 통하여 죄 없는 죽음의 억울함을 부각시키고자 한다는 점에서 강한 인상을 준다. "나비"와 "아가"의 대비가 그러한데, 앞의 것의 탄생이 "全宇宙"의 힘을 필요로 하는 데 반해 뒤의 존재는 단지 "異國 아저씨의 한 발의 銃알만으로"도 죽음에 떨어진다. '나비'가 생명의 신비와 존엄성을 구현하고 있다고 한다면 '아가'는 그 엄숙함도 얻지 못한, 한낱 미물보다도 못한 존재이다. "어느 詩人"은 보잘 것없는 생물에게조차 생의 우주적 의의를 부여하였지만, 현실을 살아가는 나약하고 의지할 곳 없는 이들에게 그것은 허용되지 않는다. 까닭도 모르는 채 생을 송두리째 빼앗겨야 하는 이들에게 생명의 존엄성과 엄숙함이란 공허한 미사여구에 지나지 않는 것이다. 따라서 나비만도 못하게 죽어가는 아가의 존재는 인간 생명의 가치를 극단의 처절함으로 몰고 간다.

아울러 이러한 나비의 생과 아가의 죽음의 대비는 "아가야"라는 시어에 녹아들어 있는 상대에 대한 친숙함과 따스함으로 인해 둘만의 대비에 그치지 않는다. '아가'는 매우 가까운 대상을 사랑스럽게 부르는 낱말이다. 하지만 이처럼 친숙하고 밀접한 대상인 "아가"의 죽음 앞에 "우리"는 "꽃 한 송이 / 비둘기 한 마리를 날리지 못"한 채 고작 "鉛灰色 하늘"에 "弔旗"만을 드리울 따름이다. 생의 엄숙함을 얻지 못하기는 "우리" 역시 마찬가지인 셈이다. 존재의 비참한 지경은 억울하게 죽어간 아이들에서 그들의 죽음을 표 나게 슬퍼하지도 못하는 '우리 모두'에게로 확대된다. 전쟁으로 말미암아 생의 극한적인 나락으로 떨어지는 것은 비단 죽어간 어린이들만이 아니라 살아 있는 인간 모두인 것이다.

따라서 전쟁은 개인의 삶을 억압하고 피폐하게 만들며 그것의 발생 원인은 정의 실현이나 진리 구현과 같은 거창한 이념과는 거리가 멀다. 시인은 무고하게 죽어간 아이들에게 당부한다. 그들의 호소할 데 없는 죽음과 그로 인해 비참해진 우리 모두의 "이야기"를 "라케다이몬의 兄

弟들"에게 전해달라고 부탁한다. '라케다이몬(Lacedaemon)'은 고대 스파르타의 다른 이름으로, 스파르타 제국은 개인의 안일보다는 전체의 대의, 국가의 개인에 대한 엄격한 통제와 관리 등을 표방했던 도시 국가이다. 그렇다면 '라케다이몬의 형제들'이란 고대 국가의 전체주의 이념을 이어받아 현대적 의미에서 '개인'의 행복과는 상관없이 '전체'만을 강조하고 이성적 합리와 명분만을 중시하는 현대의 모든 전쟁 수행자들을 가리킨다고 볼 수 있다. 그러므로 죄 없이 죽어간 아이들이 그들에게 전해야 할 내용은 전체의 대의와 명분, 국가정의라는 표면상의 핑계 아래 치러지는 전쟁의 허구성과 폭력성의 고발이 된다. 시인은 전체와 국가의 이익이라는 거룩한 목적으로 수행되는 전쟁이 과연 그 국가의 구성원인 개인들에게 어떠한 일상의 안위와 평화를 가져다주었는지를 따져 묻고자 하는 것이다.

현대 사회에서 전쟁은 정의와 평화의 탈을 쓴 이데올로기의 충돌에 다름 아니며 다수와 전체의 공리 및 평화 실현이라는 명목은 개인의 일상적 안위와 안녕은 아랑곳하지 않은 채 오히려 희생을 정당화한다. 이렇게 볼 때 현대 사회는 그야말로 마지막까지 지켜야 할 양심과 존엄성마저 거세당한 불모의 것에 지나지 않는다. 기본적인 자유와 평등을 갈구하는 이들에게 가해진 처참한 죽음이나, 이념적 갈등과 전쟁의 소용돌이를 낳는 문명의 폭력성으로 갈팡질팡하는 인간 군상 모두 당면한 현대의 불모성의 적자인 것이다.

하지만 김춘수가 보여주는 현대 사회 문명에 대한 비판적 의식이나 전쟁의 폭력성이 강요하는 희생이나 영혼 훼손에 대한 분노는 휴머니즘적인 관심에 기초하는 것이라기보다는 일종의 피해의식에서 연유한다. 전쟁의 허구성과 이데올로기의 폭력성을 암시적으로 드러내고 있음에도 시인이 이 작품에서 부각시키고자 하는 것은 개인과 전체가 맺는 관계이기 때문이다. 궁극적으로 「그 이야기를……」에서는 '우리'는 '전체'라는 대의명분에 짓눌린 개별적인 인간에 불과하며 억울하고 부당한 폭력 앞에 무력한 희생자의 처지일 뿐이라는 점이 두드러진다. 전쟁의 광기와 폭력을 철저히 개인적인 억울함의 범주 안에서만 인식하려는 태도 속에서도 그것이 어떤 외적인 긴장관계로 확장 고양될 수 있는 계기를 찾아보기는 어렵다. 어떤 휴머니즘적 관심 표명 외에는 큰 의미를 추출해 내기도 쉽지 않다. 이러한 김춘수의 전쟁에 대한 반응은 나아가 역사 자체를 '폭력'으로 규정하게 하는데 그것의 궁극적인 원인은 동시대적 상황을 '나만의 고통'으로만 간주하던 그의 일종의 피해의식에서 연유한다.

김춘수가 전쟁 체험을 철저히 개인의 문제로 국한시키게 된 데에는 식민지 청년으로서 그가 겪었던 일제 말의 경험이 자리 잡고 있다. 김춘수는 해방 직전 동경 유학시절 불령선인으로 체포되어 육 개월 가량의 영어 생활을 체험한 바 있다. 당시의 체험은 개인에게 가해오는 부당한 억압을 '역사의 폭력'으로 규정하게 되는 동인으로 작용한다. 김춘수는 자신의 역사에 대한 부정적 사유의 원인을 다음 글들에서 가감없이 밝히고 있다.

> 헌병대와 경찰서 고등계의 지휘 하에서 몇 달의 영어 생활을 하게 되었지만 나는 참으로 억울했다. (……) **누구에게 이 억울함을 호소할 수 있었던가?** 동포들도 외면하고 몇 안 되는 벗들도 그저 그러고만 있었다. 일제말 이런 바람이 한 번 스쳐간 뒤로 한참 동안 나는 내 자신을 가누지 못하고 있었다. 20대의 말에 6.25가 왔지만, 끝없이 쫓겨다닌 나는 왜 내가 그래야만 했는지 명분을 찾아낼 수가 없었다. 폭력은 나에게 그런 모양으로 왔다. 당한 사람은 실신할 정도로 억울하지만, 폭력은 그 자체 어떤 명분을 세워 놓고 있었는지도 모른다. (……) **나는 이때 역사의 相對性과 역사가 쓰고 있는 탈이 이데올로기라는 것을 똑똑히 본 듯했다.** 역사가 絶對的이라고, 그리고 그것은 탈이 아니라 진짜 자기 자신의 얼굴인 것처럼(자기의 진짜 얼굴이 있는 것처럼) 억지 떼를 쓰는 그 꼴이 내 눈에는 바로 폭력 그것으로 비쳤다. 그렇다. **한동안 나에게 있어 역사는**

그대로 폭력이었다. 역사의 이름으로 지금 짓밟히고 있는 것은 누구냐?

(2:573~574, 강조는 인용자)

나는 역사의 의지라는 것을 생각하게 되었다. 역사는 선한 의지도 가지고 있을는지는 모르나, **나에게는 악한 의지만을 보여 주었다.** 나는 역사를 악으로 보게 되고 그 악이 어디서 나오게 되었는가를 생각하게 되자 이데올로기를 연상하게 되고, 그 연상대(連想帶)는 마침내 폭력으로 이어져갔다. 나는 폭력·이데올로기·역사의 삼각 관계를 도식화하게 되고, 차츰 역사 허무주의로, 드디어 역사 그것을 부정하는 지경에 이르게 되었다. **역사는 누군가가 그 자신의 필요에 의해서 만들어 내는 것이고, 그것은 또한 남을 겁주기 위한 수단으로 쓰인다는 외곬의 결론에 부닥치게 되었다.**[18]

(강조는 인용자)

인용한 글들은 20년에 가까운 시간적 거리를 두고 발표되었지만 모두 시인의 역사에 대한 강한 혐오감과 부정적 시각을 잘 드러내 준다. 시인은 "역사의 이름"으로 가해지는 폭력과 압력은 어떠한 경우에도 정당성을 지니지 못하며, 역사는 '이데올로기의 탈'을 쓴 채 "악한 의지"만을 보여준다고 판단한다. 거대 논리의 관점에서 보자면 폭력은 언제나 확실한 명분을 얻으면서 미화되지만, 당하는 입장에 서면 그저 억울한 희생일 따름이다. 그것은 '전체를 위하여'라는 그럴듯한 핑계에서는 어떠할지 모르지만 개인에게는 "선한 의지"라고는 없이 "악"만을 행사한다. 그러므로 역사는 개인을 압도하고 위압함으로써 개인들에게 억울한 희생만을 강요한다. 더군다나 그러한 역사가 휘두르는 폭력에 의한 개인적 희생은 전혀 공유되지 않으며 보상받지도 못한다. "누구에게"도 그 "억울함을 호소할 수" 없었다는 생각이야말로 자신은 "누군가" "필요에 의해서 만들어" 낸 역사의 일방적인 피해자일 뿐이라는 결론의 기초라 할 수 있다. 역사는 언제나 그 "누군가"의 것이며 '상대

---

18) 김춘수, 「장편 연작시 <처용단장> 시말서」, ≪현대시사상≫, 1991년 가을, 58쪽.

적인 것'인 셈이다.

　그러므로 역사 안에서 개인의 삶이란 무력하기 짝이 없으며 참된 인간 가치를 회복하기 위해서는 단연코 역사로부터 스스로를 제외시켜 나가야 한다. 김춘수가 이 '우리'의 역사를 배제하고 철저히 '나'만의 세계를 고집하면서 "完全을 꿈꾸고 永遠을 꿈꾸고, 不完全과 歷史를 무시"(2:355)하는 것만이 자신이 '구원'될 수 있는 길이라고 말하는 이유를 여기서 찾을 수 있다.[19] 김춘수는 일상의 삶을 억압하고 파괴하며 인간을 그것의 완성의 도구가 되게 하는 역사와의 충돌 및 대립은 불가피하다고 판단한다.[20] 가장 기본적인 정신적 자유와 권리를 억압하는 부당한 역사 안에서는 자존적 의미를 확인할 수 없으며, 자신의 절대 가치를 구하기 위해서는 역사로부터의 격리를 필연적이다. 역사는 무(無)이며, 비존재이며, 허황된 위대성이어서 진정한 실존은 역사 속에서 실현될 수 없는 것이다.[21]

　이처럼 역사를 자기의 존재의 본질적인 문제의식 안에 편입시키기를 거부하는 태도는 역사에 대한 '피동성'과 '무관심'만을 낳게 될 뿐이다. 시인에게 역사는 구체적인 삶의 공간으로 다가오지 못한 채 관념과 폭력과 이데올로기의 대결장으로 전락하게 된다. 결국 김춘수는 역사를 추상화시키면서 그것과 무관한 자신만의 세계를 모색해가기 시작한다.

---

19) 시인의 이러한 판단은 어느 정도 현실에 적응하지 못한 채 자기 고통을 끌어안고 살아왔던 그의 행적과도 관련이 깊다. 김춘수의 자전적 소설인 『꽃과 여우』에 따르면, 시인은 스스로를 소외당하는 국외자로 간주하는 측면이 강하다. 특히 시인은 자신이 오랜 시간 동안 지방대학에서 시간 강사 노릇을 해 온 것도 식민시절 체험이 외면당해 왔기 때문이라고 생각한다.

20) 시인의 역사에 대한 규정은 어느 정도 베르쟈예프의 영향 아래 성립된 것으로 보인다. 시인은 동경 유학시절 베르쟈예프의 책을 읽고 그의 사상과 역사의식에 동감하였음을 술회한 바 있다.(『꽃과 여우』 참조) 베르쟈예프에 따르면, 역사는 인간을 유혹하고 노예화하며, 나아가 신격화되며, 신성시되는 경향이 있다. 그러므로 정신적 자유를 갈구하는 인간은 그것과 불가피하게 충돌할 수밖에 없다고 한다.(『노예냐 자유냐』, 인간, 1979, 320~322쪽 참조)

21) 베르쟈예프, 위의 책, 321쪽.

그러나
그들의 몸짓과 그들의 음성과
그들의 모든 無垢의 거짓이 떠난 다음의
나의 외로움을
나는 알고 있습니다
水晶알처럼 透明한
純粹해진 나에게의 恐怖를
나는 알고 있습니다

내가 죽어가는 그들을 위하여
무수한 宇宙 곁에
또 하나의 宇宙를 세우는 까닭이
여기에 있습니다.
　　　　　－「無垢한 그들의 죽음과 나의 孤獨」부분

　　김춘수의 전쟁을 소재로 한 작품들 가운데 시인의 전쟁에 대한 태도를 가장 잘 드러내 주는 작품이라 할 수 있다. 위에서 시인은 더불어 존재하던 이들의 죽음이 가져온 결과를 "외로움"으로 표현한다. 이때의 외로움은 앞서 살펴본 인간 존재의 불안정성에서 연유하는 존재의 불안이나 세상에 홀로 남겨짐에 따른 인간적 감정과는 거리가 있다. 이 외로움은 "恐怖"이기는 하지만 "나"를 "水晶알처럼 透明한 / 純粹"함의 상태로 이끄는 외로움이다. 죽음은 생존의 근거를 위협하며 육박해 오는 것이 아니라 오히려 시적 자아를 죽어간 이들의 무구함보다도 더 순수하게 만든다. 외로움은 스스로가 선택한 외로움이며 역사에서의 이탈을 기도하는 외로움인 것이다. 그러므로 전쟁이라는 구체적인 경험은 시인에게 '투명해진 자아'22)의 "宇宙"를 세우게 한다. 그리고 이 우주

───────────────

22) 김춘수는 유난히 '투명함'에 대한 강한 집착을 보여주는데, 여기서의 투명함이 역사를 소거시킨 자아의 투명함을 의미한다면, '處容' 시절의 투명함은 모든 시간기대로부터 자유로워진 시간의 투명함을 뜻한다. 후자에 관해서는 다음 장

는 바로 궁극적으로 역사의 시간이 부재하는 '자아만의 우주', 시간의
계기성이 탈각된 '순간'의 우주이다.

역사는 개인에게 억울한 희생만을 강요하는 폭력이라는 인식, 역사
안에서는 실존의 가치를 획득할 수 없다는 판단, 따라서 자아의 존재의
본질적인 문제의식 안에 역사를 포함시키지 않으려는 태도는 결국 시
인으로 하여금 역사의 시간을 무화시킨 '순간'의 시간만이 존재하는
'탈시간성'의 세계를 추구하도록 이끈다. 시간이 과거로 흘러감에 따라
역설적으로 미래에 이를 수 있다고 한다면, '순간'만을 의식하려는 태
도는 시간의 과거화와 미래화 모두를 거부하는 자세라 할 수 있다. 시
간의 미래화를 거부함으로써 '순간'은 미래를 향해 연속하는 시간의 성
격을 거세하여 역사가 지니고 있다고 판단되는 '악한 의지'를 봉쇄할
수 있으며, 이 고립된 시간 안에서 참된 절대 가치, 자기 실존을 성취
할 수 있는 것이다. 다음 작품을 통하여 시인의 '순간'에 대한 지향을
읽을 수 있다.

> 겨울하늘은 어떤 不可思議의 깊이에로 사라져 가고,
> 있는 듯 없는 듯 無限은
> 茂盛하던 잎과 열매를 떨어뜨리고
> 無花果나무를 裸體로 서게 하였는데,
> 그 銳敏한 가지 끝에
> 닿을 듯 닿을 듯 하는 것이
> 詩일까,
> 言語는 말을 잃고
> 잠자는 瞬間,
> 無限은 微笑하며 오는데
> 茂盛하던 잎과 열매는 歷史의 事件으로 떨어져 가고,
> 그 銳敏한 기지 끝에

에서 다시 자세히 설명하였다.

明滅하는 그것이
詩일까,
 ―「裸木과 詩 序章」 전문

시작에 관한 견해를 보여준다는 점에서 「裸木과 詩 序章」는 김춘수의 시작과정의 변모 양상을 가늠할 수 있는 매우 중요한 작품이다. 여기서 무화과나무는 매우 상징적으로23), 그의 시의식의 변화를 확인할 수 있는 단서를 제공해 준다.

"詩"는 꽃과 잎이 전부 떨어져 나간 "겨울" 나무의 "銳敏한 가지 끝에" 닿고자 한다. '꽃'은 이미 사라져 버린 지 오래며 오롯이 남아 있는 것이라고는 세찬 바람에 앙상하게 드러난 "가지"이다. 이제 "詩"는 의미와 가치를 일구어내고자 했던 '여름'을 보낸 이후의 매서운 겨울바람을 참아내야 할 지경에 놓여 있다.

그런데 그 나무의 가지 끝에 남아 있고자 하는 시는 "닿을 듯 닿을 듯", '보일 듯 말 듯'하며 있다. 이는 시가 가지 끝에 완전히 맞닿아 있다는 의미는 아니라고 보아야 한다. 시는 단지 닿고자 할 따름이지 현재로서는 닿아 있지 못하다. 시가 혹독한 겨울의 바람을 이기고 스스로 '꽃'이 되어 자신을 '개화'해 낼 수 있을지에 관해서는 아직은 회의적이며, 때문에 지금 이 "瞬間" 시의 "言語"는 "잠자"고 있다. 언제 시의 언어가 침묵에서 깨어날지도 짐작하기 어렵다. 다만 멀리서 언뜻언뜻 내비치며 다가오는 "無限"만이 그것을 잠에서 깨워줄 것이다.

이때 "無限"에 의해 시의 "言語"가 깨어난다는 것은 그것이 이제 "歷史"의 언어이기를 포기하고 "無限"의 언어가 되기를 소망한다는 점을 함축한다. 시는 더 이상 현실에 실재하는 사물들의 본질을 꿰뚫어

23) 신범순은 "無花果나무"가 '꽃'이나 '잎', "열매" 등이 모두 떨어져 나간 상태로 풀이될 수 있다는 점에서 시인이 의도적으로 한자어 표기를 함으로써 '꽃' 연작에 대한 스스로의 평가를 시사한다고 본다.(「무화과나무의 언어」, 『한국 현대시의 퇴폐와 작은 주체』, 신구문화사, 1998, 241쪽 참조)

보기 위해 애쓰지 않는다. "詩는 解說이라서 / 心象의 가장 은은한 가지 끝에 / 빛나는 金屬性의 音響"(「裸木과 詩」)을 듣고자 할 따름이다. "無限"으로 잠 깨인 시의 언어는 오직 '찰나'에만 관심을 두고 있는 것이다.

시인의 '순간'에 대한 지향은 '無限'이라는 시어의 사용에서도 역설적으로 드러난다. 무한은 보통 영원, 영원성으로 해석되곤 하는데, 여기서는 그러한 초월적이며 종교적인 의미와는 거리가 멀다. 이를 뒷받침해 주는 것이 1행의 의미이다. "어떤 不可思議의 깊이"에서도 시간감보다는 공간감이 두드러지는 것을 알 수 있는데 이 공간감은 무한이 시간의 흐름이나 진행과는 무관한 것임을 암시해 준다. 또한 작품 전반부와 후반부의 의미상 유사한 시행구조로 말미암아 "어떤 不可思議의 깊이"와 "잠자는 瞬間"은 동일한 맥락으로 풀이될 수 있다. "잠자는 瞬間" 역시 찰나적인 성격을 강조함으로 해서 흐름이나 경과보다는 정지하여 있는 시간의 공간적 특성을 더욱 심화시킨다. 게다가 '잠'이란 일시적이나마 현실시간과의 단절을 핵심으로 한다. 겨울 하늘이 사라져 간 곳은 시간상 과거가 아니며 어떤 공간으로의 함몰과도 같은 인상을 주는 것이다.

그러므로 김춘수의 '무한'은 시간적 의미가 비워져 버린 공간성, 곧 현실시간의 질서로부터 벗어나 어느 한 순간에 단절되어 있거나 정지하여 있는 상태를 함축한다고 보아야 타당하다. 이 시간의 순차성 및 계기성으로부터 이탈하여 있는 상태, 무시간성의 무한이 시인이 지향하는 '순간', '내적이며 자율적인 시간'24)인 것이다. 시인의 '순간'에 대한 지향은 다음 작품에서도 공통적으로 발견된다.

놓칠 듯 놓칠 듯 숨 가쁘게

---

24) 여기서 '자율적 시간'의 의미는 자기 규준을 통하여 세계를 파악한다는 의미에서 사용하였다.

> 그의 꽃다운 微笑를 따라가며는
> 歲月도 알 수 없는 거기
> 푸르게만 고인
> 깊고 넓은 感情의 바다가 있다.
> 우리들 두 눈에
> 그득히 물결치는
> 시작도 끝도 없는 바다가 있다.
> 　　　　　　　　　－「능금」 부분

위에서 시간감각은 "歲月도 알 수 없는 거기"와 "시작도 끝도 없는 바다"에 압축되어 있다. 순차적으로 진행하는 시간의 지배를 받지 않으며 그것과의 단절의식을 표방한다는 측면에서 주목할 수 있다. '세월도 알 수 없다'는 것은 일상적이며 세속적인 시간의 흐름을 지각할 수 없음을 뜻한다. '시작도 끝도 없다'는 표현도 '시작'과 '끝'이 구체적인 시간 준거가 아니라서 시간이 차이로 인식될 수 없다는 점을 의미한다. 즉 시간은 계기적 발전 국면이 아니며, 동일한 '순간'만이 영원히 지속하고 있어서 시간의 연속적인 질서는 거의 의식되지 못하는 상태라고 보아야 한다. 그러므로 위의 두 시행에 나타나는 시간성은 사실상 '순간으로서 정지하여 있는 시간' 혹은 과거도 미래도 아닌 '현재만이 영원히 지속하고 있는 시간'이라고 풀이할 수 있다. "세월", "시작", "끝"과 같은 시간 낱말을 구사하고 있음에도 불구하고 시간감보다는 공간감이 더욱 강하게 느껴지는 까닭이 여기에 있다.

"고인"과 "感情"이라는 시어 또한 현재의 순간으로서 정지하여 있는 시간의 특성을 뒷받침한다. 시적 자아가 오랜 추구 끝에 마침내 도달한 "바다"는 흐름도 없이 단지 '푸른 빛'만을 띤 채 '고여 있는' "감정"의 바다이며 "우리들 두 눈에 / 그득히 물결치"고 있다. '바다'란 일반적으로 흐름이라는 속성을 지니기 때문에 시간을 상징하는 것으로 이해할 수 있다. 그런데 이런 '바다'가 '고여 있는' 상태라는 것은 본질적으로

시간이 흐르지 않는, 정지해 있는 순간을 뜻한다고 볼 수 있다. 뿐만
아니라 이 바다는 "깊고 넓은 感情의 바다"이다. '깊고 넓음'도 기본적
으로 공간표상이지 시간표상은 아니다. "감정" 역시 시적 자아가 현실
적으로 진행하는 시간과 단절되어 있음을 유추해 냄에 있어 유효하다.
어떤 감정이 고조에 달하거나 특별한 감정에 빠져 있는 경우 시간을
의식하기는 쉽지 않다. 무엇에 열중한다거나 어떤 사태에 흥분하여 있
을 때 시간이 어떻게 흘러가는지에 관해서는 매우 무감각해진다. 시적
자아에게 바다가 "두 눈"에 "그득"한 것으로 감지되는 이유는 바로 이
런 순차적인 시간의 흐름과는 무관한 어떤 감정의 깊이에 몰입하여 있
기 때문이다. 따라서 위의 작품에 나타난 시간은 정지하여 있거나 고여
있는 상태의 '공간성'으로 표상된다.

이렇게 현재만이 영원히 지속하는 시간 혹은 정지하여 있는 시간은
엄밀히 말해 과거도 미래도 아닌 '순간적 현재'를 의미한다. 이때의 현
재는 그 성질상 변화나 움직임 또는 경과와 같은 성질은 어느 것도 포
함하지 않으며,[25] 사실상 시간적 의미가 비워져 버린 현재이다. 시간의
실재성이 거세된 시간인 것이다.

한편, '순간적 현재'를 구축하고자 하는 시인의 태도는 현재를 만족
스럽게 여기기 때문에 현재의 무한한 지속만을 희구하는 경우와는 본
질적으로 구별된다. '순간적 현재'란 표면상 현재라는 성격을 띠고 있
지만 시간질서 속의 현재와는 무관하다. 후자가 현재에 의의와 가치를
부여함으로써 현재의 지속을 통해 그것들의 가치를 영원화하려는 의도
이라고 본다면, 이때 현재는 끊임없이 가치와 의의를 생산해 내기 위하
여 시간성 자체를 유지하여야 한다. 하지만 '순간적 현재'는 시간의 실
재성이 사라짐으로 하여 현실적 의미가 지워져 버린 시간, 곧 현재가
소유하고 있는 가치 자체가 소멸해 버린 시간이다. 시인이 추구하는

---

25) 마이어호프, 위의 책, 18쪽 참조.

'순간적 현재'에서는 일상적인 의미에서의 시간이란 존재하지 않는 것이다. 위에서 시간감이 공간감으로 환치되는 현상도 이로써 설명할 수 있다.

이처럼 김춘수는 현실시간의 계기적 질서로부터 격리되어 있는, 자기준거로서의 내적이며 자족적인 세계를 구현해 가는데, 그 밑바탕에는 역사는 실존의 장이 되지 못한다는 판단과 진행하는 시간과 인류 문명의 모든 계획 및 이념에 대한 파산선고가 함축되어 있다. 시간이 순차적으로 진행하지 않으며 '순간'만이 지속하리라는 것은 역사가 변화하고 진보함으로써 발전적인 미래를 가져오리라는, 한마디로 말해 낙관적인 시간기대에 대한 부정이며 조소인 것이다.

인간은 이상을 품으며 그 이상을 시간 안에서 실현하고자 한다. 이 이상 실현의 의지로 인간은 미래의 어떤 기점에서 시간이 현재 쪽으로 흘러드는 사실을 체험할 수 있다. 미래에 대해 어떤 기대감을 갖는 행위는 미래가 현재를 향하여 흘러드는 것을 감지하는 태도를 의미하기 때문이다.26)

하지만 김춘수는 역사 안의 능동적 주체가 될 것을 거부하고 미래에 대한 기대 자체를 봉쇄함으로써 그러한 이상과 의지를 부정하고 있다는 점에서 '반유토피아'적이다. 그가 지각하는 '순간' 속에서는 과거도 미래도 없으며 객관적인 시간계산이나 시간구분도 존재하지 않는다. 이러한 '반유토피아 충동'은 김춘수가 얼마나 이념과 사상이라는 명분 아래 자행되는 역사적 현재에 대하여 심한 굴욕과 반발을 느끼고 있었는

---

26) 시간구조의 출현은 자아의 능동적 태도와 관련이 깊다. 미래는 주로 의지적 체험에, 현재는 주로 지적 체험 및 감정적 체험에, 과거는 반은 의지적 반은 지적 태도에 관계한다. 이때 의지적 체험의 시간은 먼저 현재에서 출발하는 것으로 보아야 하지만 그럼에도 의지적인 것은 늘 미래의 어떤 사실을 기점으로 하여 현재에로 흘러든다. 가령 이상을 갖는다는 것이 그러하다. 하이데거가 미래적 시간은 항상 미래로부터 시숙(時熟)한다고 말한 까닭이 여기에 있다.(김윤식, 「시에 있어서의 시간의식」, 《현대시학》, 1969. 7, 91쪽 참조)

가를 잘 설명해 준다. 역사의 '악한 의지'는 인간 이성이 인간에게 가하는 비극이며, 시간은 이를 허용함으로써 인간 삶을 더욱 극한적인 비극에 빠지게 한다. 역사로 표방되는 낙관적이며 발전적인 시간도식이야말로 인간을 객체화시키고 도구화시키는 것이다. 그러므로 시인에게 있어 역사라는 이름의 시간은 인간을 '구원'할 수 없다.

> 사람에게는 제각기 자기 시간이 따로 또 있읍니다. 역사의 시간만을 우리가 사는 것이 아니라 **역사와는 직접의 관계가 없는 나만의 주관적 비물리적 시간을 우리는 또한 살고 있읍니다.** 나는 분명히 그렇게 말할 수 있읍니다. 내가 평생을 두고 잊을 수 없는 하늘과 바다는 어느 누구의 하늘과 바다도 아닌 듯 합니다. 문득 뜻 아니한 때 갈매기의 울음 소리를 듣게 되고 그럴 때 선명하게 떠오르는 하늘과 바다의 빛깔은 나 혼자만의 것입니다. 어떤 사람들은 아마 그것을 환각이라고 할 것입니다만 **나에게는 그것은 환각이 아니라 하나의 계시같기만 합니다.**(3:392, 강조는 인용자)

역사에 대한 혐오와 부정이 "나 혼자만의" 시간에 대한 갈구로 변모하여 가는 것은 자연스런 귀결일 것이다. 시인이 지향하는 시간 즉 객관적이며 물리적이며 표면적인 시간이 아닌 주관적이며 비물리적인 내적 시간에는 편재하는 역사의 시간과의 치명적인 부조화가 자리하고 있기 때문이다.[27] 게다가 이 내적인 '나 혼자만의 시간'은 시인에게 "하나의 계시"로 작용한다. 시인은 자족적인 세계 구현을 통해서만이 현실시간의 부정성으로부터 해방될 수 있으며, 이념이나 사상의 파괴적

---

27) 보어는 리쾨르의 논의를 빌려 내적 시간의 소유자들은 기념비적인 역사에 대해 역겨운 혐오감을 갖으며, 역사의 대표자나 권위적인 인물들에 대해서도 전율스런 감정을 갖는다고 말한다. 즉 내면적 시간의식은 삶의 순간 현상은 지각하지만, 기념비적인 시간 차원에 속하는 이념이나 미래에 대해서는 관심을 가지려 하지 않는다는 것이다. 보어는 이 부조화를 통하여 모든 역사적 시간과 그 특성을 넘어서는 심미적 상상력의 고유한 시공간이 창출되는 것에 주목하고 있다.(최문규 옮김, 「시간과 상상력 - 문학의 절대적 현존」, 『절대적 현존』, 문학동네, 1998, 244~245쪽 참조)

힘에 구애받지 않는 시적 구원을 얻을 수 있다고 판단했음을 알 수 있다. 김춘수에게 있어서 '시적 구원'은 현실과의 길항관계에서 얻어지는 것이 아니다. 현실이란 무가치하고 보잘것없으므로, 또 역사는 '악한 의지'만을 보여주므로 시인과 현실과의 길항관계란 있을 수 없다. 그러므로 시인은 스스로를 역사로부터 격리시킨 '내적 시간'을 구축하고 그 안에 몰입함으로써 현실과 무관하며 객관적인 역사의 시간과도 다른 차원의 세계를 창출하고자 하는 것이다.

한편, 이 김춘수의 내적이며 자족적인 세계 추구에는 이른바 '변형 (deformazione)'의 원리[28]가 깃들어 있다. 시간의 흐름에서 해방된다는 것은 일상적 시간과의 상호 작용을 제거하여 사물에 대한 이해에 있어서도 일상적인 방식과는 전혀 다른 방식을 요구하는 일이다. 이때 이를 이끄는 것은 심미적인 감정이라고 할 수 있는바[29] 김춘수가 현실시간의 계기적 질서로부터 벗어나고자 소망하는 것은 바로 심미적 감정에 의한 사물과의 교섭을 소망하는 것인 셈이다. 김춘수는 우리 시단에서는 보기 드물게 확고한 자기 시론을 펼치면서 시작에 임해 왔다. 그의 시론을 관류하고 있는 것은 이 '심미성'으로, 그가 주장해 온 '시와 생활의 분리'나 '놀이의 시학' 등은 모두 이와 무관하지 않다.

지금까지 살펴본 바와 같이 김춘수는 '내적이며 자족적인 세계'를 모색해 가는바, 그 근본 동인으로 작용하는 것은 사물 탐구에 대한 불가지론적 한계인식과 역사에 대한 혐오 및 부정적 사유이다. 따라서 그가 몰입하려는 '탈시간성'의 자신만의 세계, '순간'은 역사를 상대적인 것으로 파악하고 스스로를 역사의 바깥에 격리시키려는 의도의 결과이다.

---

28) 이는 포지올리가 이른바 '비인간화'를 재해석한 개념이다. 포지올리는 예술의 비인간화가 추상주의에만 적용 가능한 개념이므로 조형적 역동주의나 미래파와의 기계의 미학 등도 포괄해 내기 위해서는 더욱 폭넓으면서도 치밀한 양식적 개념인 '변형'으로 대치되어야 한다고 본다.(위의 책, 251~253쪽 참조)

29) 오르테가 이 가세트, 박상규 옮김, 『예술의 비인간화』, 미진사, 1988, 69쪽 참조.

게다가 이는 과거도 미래도 없는 현재의 '순간'만을 의식함으로써 역사
는 진보하며 낙관적인 미래만이 다가올 것이라는 이상 및 기대를 파기
하려는 '반유토피아 충동'이라 할 수 있다. 김춘수가 1960년대 허무주
의의 극치라 할 수 있는 「處容斷章」을 창작하게 되는 이유를 여기서
발견할 수 있다.

아울러 그가 '반유토피아 충동'에 의거하여 내적이며 자족적인 세계
를 지탱하는 것이 '심미적 관점'임을 확인하기는 어렵지 않다. 김춘수
에게 있어 '순간'의 시, 즉 현실시간과 무관하고 객관적인 역사의 시간
과도 다른 차원의 세계, 생활의 유용성과 분리된 '놀이의 시'는 극한의
허무로부터 시인을 구원할 수 있는 유일한 방식이 된다. 이로써 김춘수
는 그가 평생 동안 화두로 삼아온 허무를 완성하려 한 것이다. 다음
장에서 살펴볼 「處容斷章 第一部」와 「處容斷章 第二部」는 '순간'과
'놀이'만이 인간을 구원할 수 있다는 의식이 구체적인 작품으로 드러나
는 것이라고 할 수 있다.

2. '반유토피아 충동'으로서의 '순간'과 심미성

김춘수의 전체 작품세계에서 '處容'은 매우 문제적이라 할 수 있다.
60년대 초부터 창작되기 시작한 「處容斷章」은 최근에 이르러서야 완성
을 본 장편 연작시이다.[30] 시인이 정치에 입문하였던 80년대 초반 공
백기를 고려하여야 하겠지만, 대략 30년에 걸친 집필 기간만 보더라도

---

30) 「處容斷章」 제3, 4부는 1991년에야 완성되었다. 3, 4부는 1, 2부와 20여년의
   시차가 있을 뿐만 아니라, 이 글에서는 60년대를 전후로 한 시기에 나타나는
   시인의 허무의식을 살펴보는 것이 목적이므로 다루지 않는다.

'處容'은 김춘수의 중·후반기 작품세계를 해명하는 데 있어 중요한 위치를 차지한다. 자유연상 기법을 통하여 이미지들 간의 돌연한 결합을 시도하고 있는 「處容斷章 第一部」와 의미를 버리고 리듬의 음영만을 취하려는 형식 실험으로 일관한 「處容斷章 第二部」 등은 시인의 허무의식의 절정을 보여준다는 점에서 이 글에서도 중요하게 다루어져야 할 필요가 있다. 이를 통해 그의 '순간' 지향의 자족적 세계와 허무의식이 완성에 이름을 확인할 수 있다. 또한 「處容斷章」은 김춘수의 시론의 요체라 할 심미성의 결정체라는 점에서 주목할 수 있다. 그가 줄곧 견지해 온 '시와 생활의 분리', '놀이의 시학'의 의의가 집대성되고 있는 것이 바로 이 작품이다. 본 절에서는 이 두 가지를 중점적으로 검토하고자 한다.

1) '處容', '투명한 시간'의 현현

'處容'은 단장형식의 연작을 창작하기 이전부터 김춘수의 시적 관심사였다고 할 수 있는데, 그의 말을 빌리자면, 그 동기는 "역사의 相對性과 역사가 쓰고 있는 탈이 이데올로기"라는 것을 인식한 데에서 비롯한다. 이데올로기의 허울을 쓰고 폭력적으로 다가오는 역사 앞에 내동댕이쳐진 개인적 존재의 무력함과 억울함이 시인으로 하여금 용서와 관용으로 주어진 현실, 곧 힘과 횡포의 현실을 초탈한 신화적 인물 '處容'을 끌어들이도록 한 것이다. 이처럼 '處容'은 역사에 대한 혐오 및 부정성이 배태시킨 시인의 허무의식의 결정체이다.

이 "하나의 처용과는 이별하고 하나의 또 다른 처용을 만"(2:574)남으로써 창작된 「處容斷章 第一部」에서는 시인의 유년시절의 감각 체험이 돋보이는 편이다.[31] 그런데 어두움과 밝음, 무거움과 가벼움 등의 서로 상반하는 이미지들이 착종되어 있어서 일관된 맥락을 파악해 내기가 쉽지 않다. 모두 13편으로 구성되어 있는 「第一部」는 단상들의 무작위적 배치로 인해 시간적 인과율이나 통일성 등도 분명치 않다. 그나마 일관성을 유지하고 있는 것은 시인의 성장과정을 대변해 주는 '바다' 이미지와 독특한 시간감각이다. 여기서는 먼저 시인의 유년 체험이 등장하게 된 원인들을 살펴본 후, 다음으로 「處容斷章」 시편에 나타나는 시간감각을 중심으로 하여 시인의 허무의식이 빚어낸 시간의식의 의미를 짚어보고자 한다.

(1) 유년 기억과 생의 '주의(主意)의 전화(轉化)'

「第一部」는 두 방향으로 나누어 고찰할 수 있는데, 그 하나는 유년 시절을 '바다'이미지를 통해 회상하고 있는 작품이며 다른 하나는 유년을 완결된 기억의 방식으로 현재화함으로써 일상적 시간으로부터 이탈하려는 의도를 보여주는 작품이다. 먼저 전자를 살펴보도록 하자.

바다가 왼종일
새앙쥐 같은 눈을 뜨고 있었다.
이따금
바람은 閑麗水道에서 불어오고

31) '처용'과의 만남 및 변용과정은 다음과 같은 그의 말을 통해서 짐작할 수 있다. "처용설화를 나는 폭력 이데올로기 역사의 삼각관계 도식의 틀 속으로 끼워 맞추었다. 안성맞춤이었다. 처용은 역사에 희생된(짓눌린) 개인이고 역신은 역사이다. 이때의 역사는 역사의 악한 의지, 즉 악을 대변한다."(김춘수, 「장편연작시 처용단장 시말서」 참조) "이 무렵(현대를 暴力과 性行爲의 애너키즘으로 규정하던 시기: 인용자)의 處容은 나에게는 윤리적 존재였다. (……) 나는 나 혼자만의 탈출을 우선 생각했다. (……) 그때 또 다른 모양을 하고 處容이 나에게로 왔다. 處容은 나의 幼年의 모습이었다."(2:574) 이로써 시인은 「第一部」를 창작하는 동안 처용과 화해하였다고 술회하고 있다. 그런데 이때의 화해는 역사에 대한 혐오로부터 벗어났다는 의미를 갖지는 않는다. 그가 벗어난 것은 역사의 시간이 가하는 중압감이다. 오히려 일상적 시간에서 이탈하여 '순간'에 몰입하는 것이 그의 화해의 방식인 셈이다.

느릅나무 어린 잎들이
가늘게 몸을 흔들고 있었다.
                    ―「Ⅰ의 Ⅰ」부분

「第一部」에서 '바다'는 시인의 유년과 불가분의 관계를 맺고 있다. '바다'는 태어나서 성장하고 사실상 그 시절을 마감하는 시기까지의 시인의 체험과 의식을 드러내 주는 표상이다. 바다는 세계에 대한 경이로움의 눈을 뜨고 그것과 충돌하며 갈등하지만 결과적으로는 그것에 함몰하여 가는 시인의 '유년의 자아'가 투사된 대상이기도 하다. 따라서 유년의 자아가 성장해 가듯이 그것 또한 나서 자라고 죽는 존재이다.

인용한 작품에서 "바다"는 시인의 유년과 동일시되어 있다. 바다는 하루 종일 "눈을 뜨고" 있으며, 그 눈은 "새앙쥐"처럼 작고 동그랗다. '온종일 눈을 뜨고 있는 바다' 이미지는 "바람"에 흔들리는 "느릅나무"의 "어린 잎" 이미지와 결합하면서 매우 작고 여린 존재로 부각된다. 이때 생쥐같이 '작은' 눈을 "온종일" 뜨고 있는 '바다'는 사물이나 세계에 대한 인식 판단이 미처 정립되지 않은 상태인 유년의 한때를 의미한다. 바다가 내내 작지만 동그랗게 눈을 뜨고 있는 모양과 마찬가지로 '유년의 자아'도 비로소 세계를 감각하고 지각해 나가기 시작하는 것이다. 아이들은 눈에 비치는 사물 그리고 사소한 체험들을 통하여 점차 자신의 시야를 확보해 간다. 마치 스펀지가 물을 빨아들이듯이 아이들은 눈에 보이는 모든 것들을 흡수해 낸다. 그러므로 '하루 종일 새앙쥐 같은 눈을 뜨고 있는 바다'는 세계를 호기심과 동경어린 눈으로 바라보는 시인의 유년의 모습이다.

내 손바닥에 고인 바다,
그때의 어리디 어린 바다는 밤이었다.
새끼 무수리가 처음의 깃을 치고 있었다.

봄이 가고 여름이 오는 동안
바다는 많이 자라서
허리까지 가슴까지 내 살을 적시고
내 살에 테 굵은 얼룩을 지우곤 하였다.
바다에 젖은
바다의 새하얀 모래톱을 달릴 때
즐겁고도 슬픈 빛나는 노래를
나는 혼자서만 부르고 있었다.
여름이 다한 어느 날이던가 나는
커다란 해바라기가 한 송이
다 자란 바다의 가장 살찐 곳에 떨어져
점점점 바다를 덮는 것을 보았다.
　　　　　　　　　－「Ⅰ의 Ⅷ」 전문

　“바다”는 시간의 경과나 계절의 변화와 더불어 “자라”간다. 1∼3행에
서 바다는 “새끼”, “처음”이라는 시어와 아울러 ‘손바닥에 고일만큼 작
다’는 표현이 환기해 주듯이 인생의 첫 단계임을 암시한다. 이 “처음”의
바다는 “어리디 어”려서 사물에 대한 지각과 판단이 분명하지 않은
“밤”과 같다. 모든 것이 어둠에 휩싸여 있는 상황에서는 아무리 눈을
크게 뜬다고 하더라도 주변 사물의 윤곽이나 실체를 명확히 파악해 내
기 어렵다. 또한 ‘어리디 어리다’에서는 삶의 모든 여건이 아직 성숙하
지 못하여 인식력과 판단력 역시 무르익지 않았음을 유추해 낼 수 있
다. 그러므로 사물의 실체나 윤곽이 뚜렷하지 않아 단지 어렴풋하게만
그것들을 감지해 낼 수 있는 “밤”은 경험과 판단이 미성숙한 상태인
‘어리디 어림’과 조화를 이루며, “바다”는 그런 상황적 조건에 따라 아
직 넓은 시야를 확보하지 못한 상태에 머물러 있다.
　이후 4∼7행에서 “봄”과 “여름”이 지나는 동안 바다는 “내 살을 적”실
만큼 자라난다. 바다가 “허리”에서 “가슴”까지 “테 굵은 얼룩”을 남겼다

는 표현에서는 마치 해를 거듭할수록 나이테가 하나씩 늘어가는 나무를 연상할 수 있다. 바다는 자신도 자라나지만 유년의 자아를 성장하도록 돕는 존재이기도 한 것이다. 그 바다에서 "나는" '즐겁고도 슬픈 빛나는 노래'를 부르고 있다. 유년의 자아가 부르던 노래가 '즐거움'과 '슬픔'을 함께 배태하고 있으며, 그것을 '혼자서만' 부르고 있다는 점은 성장과정이 지니는 이율배반적인 속성에 따른 것이다. 성장이란 때로는 즐겁기도 하지만 때로는 아픔과 설움을 낳기도 한다. 미지의 세계를 향한 설렘과 동경에 가득 찬 걸음을 내딛는 과정이라는 점에서 성장은 '즐거운 경험'일 수 있다. 새로운 세계를 향해 줄달음치는 어린이의 눈은 언제나 들뜬 흥분과 억누를 수 없는 호기심이 넘쳐난다. 하지만 성장이란 성인이 되어 돌이켜 보면 어린 시절 간직하고 있던 순수함과 무구함을 잃어가는 과정이라는 점에서 그리고 다시는 그 나날들로 돌아갈 수 없다는 점에서 피할 수 없는 '슬픈 경험'이다. 때 묻지 않았던 유년의 한때, 천진난만했던 그 시절로 회귀할 수 없다는 엄연한 사실은 성장이 가진 또 하나의 비밀이다. 그러므로 유년의 자아가 바닷가를 뛰놀며 부르던 노래가 즐거움과 슬픔의 이중의 속성을 지니고 있는 것은 당연하다.

12~15행에서 여름이 끝날 무렵, "다 자라"서 "살찐" 바다는 "커다란 해바라기"에 "덮"여 버린다. "가장 살찐" 곳을 짓눌려 버린 바다는 더 이상 바다가 아니며 사실상 이미 죽어버린 존재이다. 해바라기로 뒤덮인 바다는 본연의 푸르름과 생명력을 내비칠 수 없기 때문이다.

위의 작품들에서 '바다'는 시인의 유년과 동일시되거나 성장과정을 대변해 준다. 유년의 자아가 세계를 향하여 눈을 뜨듯이 바다도 눈을 뜨며, 유년의 자아가 성장하여 청장년이 되듯이 바다도 자라서 죽어간다. 따라서 '바다의 죽음'은 그 시기를 마감하고 성인이 되는 '유년의 자아의 죽음'을 뜻한다고 볼 수 있다. 「Ⅰ의 Ⅷ」에서 바다가 죽음에 이르는 시기가 여름의 끝, 왕성함과 풍성함의 계절이면서 낭만과 절정의 계절인 여름의 끝이라는 점을 통해 이를 보다 분명히 알 수 있다.

눈보다도 먼저
겨울에 비가 오고 있었다.
바다는 가라앉고
바다가 있던 자리에
軍艦이 한 척 닻을 내리고 있었다.
여름에 본 물새는
죽어 있었다.
물새는 죽은 다음에도 울고 있었다.
한결 어른이 된 소리로 울고 있었다.
눈보다도 먼저
겨울에 비가 오고 있었다.
바다는 가라앉고
바다가 없는 海岸線을
한 사나이가 이리로 오고 있었다.
한쪽 손에 죽은 바다를 들고 있었다.

-「I의 IV」 전문

　가장 주목되는 바는 작품 전체가 하강적 이미지로 통일되어 있다는
점이다. 이는 죽음의 연상 작용에 따른 것으로 보인다. '겨울에 내리는
비', '닻을 내린 군함', '죽은 물새', '바다가 없는 해안선', '죽은 바다
를 손에 들고 있는 사나이' 등은 모두 어둡고 무거운 인상을 빚어냄으
로써 작품을 죽음과 연관지어 이해하는 데 도움을 준다. 이 낱낱의 이
미지들은 작품의 내용 및 분위기 조성에 절대적인 기여를 하며 이를
통해 시인은 궁극적으로 '바다의 부재'와 '죽은 바다를 손에 들고 있는
사나이'를 표 나게 드러내고자 하는 것으로 여겨진다. 결국 '가라앉은
바다'와 '바다가 없는 해안선'에서는 바다가 존재하지 않는 상태를 강
하게 전달받을 수 있다.
　이 바다의 없음, 바다의 부재가 「I의 VIII」에서 살펴본 '바다의 죽음',
'유년의 자아의 죽음'과 등가를 이룬다는 것은 두말할 나위가 없다. '여

름 물새의 죽음' 역시 유년의 종말을 함축한다. 물새가 "죽은 다음" "한결 어른이 된 소리로 울고 있었다"는 표현은 이미 성장해 버린 지금의 상황을 환기한다. 죽은 물새는 순수함과 천진함을 잃어버린 자아의 투영태인 것이다. 이렇게 바다는 부재하며 그것이 상징하는 유년을 상실한 자아는 "사나이"가 된다. 그러므로 '죽은 바다를 손에 들고 있는 사나이'는 '성인의 자아'이며, 그 사나이는 "죽은 바다"를 들고 있는 것이다.

이와 같이 '바다'는 시인의 유년시절의 체험과 감각적 인상 등을 드러내기 위한 시적 장치라 할 수 있다. 문제는 이러한 과거 기억을 갑자기 늘어놓기 시작한 작가의 의중이다. 유년시절은 현실의 이기와 목적 등으로부터 자유로운 시기라서 그때의 순수한 동심은 인간의 현존을 반성하며 치유할 수 있는 바탕을 제공한다. 그 시절에는 논리적 판단이나 합리적 사유, 경험에 대한 명료한 해석 등은 결여되어 있지만, 그렇기 때문에 오히려 자기 정체성과 동질성을 확인할 수 있는 근원이기도 하다. 그것은 "인간 실존의 심리적이며 시간적인 배후"를 구축하며, "의식의 과거지평"을 형성함으로써 인간 정신의 원초적 토대를 이룬다.[32] 유년을 '근원적인 고향'이나 '원초적 과거'로 간주하는 까닭은 이 때문이다.

따라서 유년에 대한 기억은 그것의 내포적 성격으로 말미암아 목적성과 유용성에 기반을 두고 있는 '자발적 기억'이나 '의식적인 기억'과는 구별되는 일종의 '무의식적인 기억', '순수 기억'이라 할 수 있다. 그리고 그것의 느닷없는 등장 원인은 실용적인 것에 대한 무관심이나 비유효한 행위에 대한 관심과 불가분의 관련을 맺고 있는 이 '무의식적 기억', '순수 기억'의 성격을 통해 해명될 수 있다.

베르그송(Bergson)은 인간의 기억의 형태에는 두 가지가 있다고 본다. 그 하나는 "기계적인 운동"에 따른 '습득된 회상', '의지적인 기억'

---

32) 전광식, 『고향』, 문학과지성사, 1999, 40~47쪽 참조.

으로 암기에 의해 습득되거나 동일한 노력의 반복에 의존함으로써 얻어진다. 다른 하나는 '독립적인 회상' 방식으로 이루어지는 '이미지 회상', '순수 기억'으로, 개개인의 역사의 "환원 불가능한 순간"을 형성하는 기억이다. 전자가 동일한 질서 속에 계속되면서 동일한 시간을 차지함으로써 '체험'되거나 '행위'되는데 반해, 후자는 각각의 사실과 행동에 의하여 그것의 위치와 기원을 남김으로써 '표상'되며, 결과적으로 반복할 수 없다. 이 '이미지 회상' 또는 '순수 기억'은 "실용적인 적용이라는 저의 없이 자연적인 필연성이라는 유일한 효과에 의해 과거를 쌓게 된다." 그러므로 베르그송은 이미지의 형태하에서 과거를 환기하기 위해서는 현재 행위로부터 초연하거나, 무익한 것을 중요시하고, 꿈을 꾸고자 해야 한다고 말한다.33)

　베르그송이 구분한 두 기억의 형태 중에서 인간의 참된 과거사를 기록하며 진실한 실재성을 구성하는 것은 당연히 '이미지 회상', '순수 기억'이다.34) 하지만 그것은 평소에는 일상생활에 도움을 주는 습관 회상의 힘에 의해 거의 의식의 전면으로 떠오르지 못하는데, 현재의 생에 주의하면 할수록 현재의 의식이 '순수 기억'을 억제하기 때문이다. 따라서 의식이 생에 무관심해졌을 때 그것은 되살아날 수 있다. 즉 우리의 '무의식적인 과거'는 평상시에는 잘 드러나지 않지만 모두 우리의 내부에 보존되어 있다가 어떤 순간, 유효한 행위에 무관심해진 순간, 의식의 문지방을 넘어온다는 것이다.35)

---

33) 베르그송은 기억이 나누어질 수 있는 근거를 학습과정에서 찾고 있다. 그에 따르면 어떤 과목을 반복해서 암기함으로써 갖게 되는 기억과 그것을 되풀이해서 읽고 학습했던 개별적인 암기행위에 대한 기억은 서로 다르다. 전자가 "기억에 의해 해명되는 습관"일 뿐이라면, 후자는 하나의 이미지의 형태로 표상됨으로써 되풀이할 수 없는 과거를 형성한다.(홍경실 옮김, 『물질과 기억』, 1991, 교보문고, 87~101쪽 참조)

34) 김진성, 「베르그송과 프루스트」, 『베르그송 연구』, 문학과지성사, 1985, 131~135쪽 참조.

35) 베르그송은 두 가지의 기억의 관계를 다음과 같은 그림을 이용하여 설명하고 있다.

베르그송의 견해를 염두에 둔다면, 김춘수가 유년의 기억을 시적 대
상으로 삼은 근본 이유는 허무로 인한 생의 '주의의 전화'[36] 즉 생의
다르고 새로운 면에의 관심 집중에 기초한다. 현실시간의 몰가치성에
기반을 둔 삶의 무상성은 자아로 하여금 현실적인 노력과 기대로부터
해방되게 하는 효과를 낳는다. 게다가 역사에 대한 환멸과 혐오로 미래
에의 향상 의지를 거세시킨 자아는 스스로를 역사적 현재로부터 격리
시켜 비현실적이며 상상적인 '순간'만을 의식하게 한다. 따라서 모든
가치 있다고 간주되던 일상의 것들로부터 거리를 두기 시작함으로써
현실적이며 생활적이고 유효한 것들로부터 '무관심'[37]해짐으로써 어린

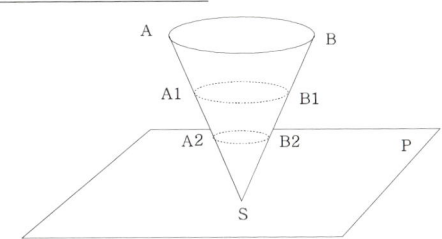

원뿔 SAB는 기억 속에 축적된 회상의 총체이다. 항상 나의 현재를 드러내는
꼭지점 S는 세계에 관한 나의 현재 표상인 P에 끊임없이 접촉하는 반면에 과
거 속에 놓인 밑면 AB는 부동적으로 머문다. 우리가 현재에 집중하면 할수록
의식은 기억의 최대의 집중과 최소의 공간을 점유하는 S라는 현재의 일점을
향하게 된다. 반면에 의식이 현재의 생에서 부주의할수록 A'B', AB에로 향하
게 된다. 즉 행위에 밀착해 있을 경우 현재의 의식은 기억의 총량에 관하여 거
의 무관심하며, 유용한 기억이 되어 의식에 떠오르기를 원하는 순수기억을 억
제하는 것이다.(베르그송, 위의 책, 참조) 이와 같이 의식이 현실에 유용한 기
억만을 선별하여 떠올릴 수 있는 이유를 베르그송은 '생에 대한 주의'에서 찾
고 있다. 생에 주의하고 있는 의식은 우리의 본질적이고 실재적인 기억을 거의
전적으로 무시하기 때문이다. 그러므로 현실적인 생에 무관심해질 때 비로소
의식은 이제까지 감추어져 있던 과거의 모든 기억, 참된 자아를 대면할 수 있
다는 것이다.(김진성, 「베르그송에 있어서 무관심의 개념에 관한 고찰」, 위의
책, 100~101쪽 참조)
36) 김진성, 위의 글, 11쪽.
37) 이때 '생에 대한 무관심'은 단지 부정적인 의미에서 생으로부터의 도피를 의미
하는 것은 아니다. '생에 대한 무관심'은 '주의의 전화' 즉 생의 다르고 새로
운 관심에의 집중이라 할 수 있다.(김진성, 「베르그송과 프루스트」, 위의 책,

시절은 필연적으로 의식의 전면에 등장한 것이다.

앞서 검토하였듯이 진행해 가는 시간의 의의를 거절하는 '순간' 추구를 보여준 시인으로서 일상의 욕구를 끊고 실용성이나 유효성과는 무관한 유년의 기억을 탐닉하고자 하는 것은 당연한 이치이다. "처용은 나와 화해하고 있었다. 그런 처용에게는 윤리도 심리의 음영도 없었다. 그는 다만 환한 빛이었다."(2:575)라는 그의 진술도 시에서 실재적이거나 역사적이며 현실시간과 결합한 모든 것들을 배제하고 생의 다르고 새로운 측면에 관심을 집중시켜 나가겠다는 맥락으로 이해할 수 있다. 시인은 일상과는 다른 유년의 기억을 통하여 내적이며 자족적인 세계를 구축하고자 한 것이다.

(2) 절대적 시간의 '현현(顯顯)'과 시적 구원

한편, 「第一部」는 독특한 시간성 및 시간감각을 보여준다는 점에서 주목할 수 있다. 「Ⅰ의 Ⅷ」과 「Ⅰ의 Ⅳ」에서 바다의 죽음은 유년시기의 종말을 함축한다. 특히 「Ⅰ의 Ⅷ」에서 유년은 탄생-성장-죽음이라는 처음과 끝의 시간구조를 갖고 있다. 회상된 유년이 하나의 완결된 시간구조를 지닌다는 점은 그것이 현재와 관련 없이 독립적으로 존재하는, "현재가 소유하지 않는 하나의 완전성", "완성된 산물의 미덕"[38]을 획득함을 시사한다. 사실 과거는 이미 형성되고 고정된 것이기 때문에 지금 여기와는 괴리되어 있는 편이다. 더군다나 과거를 기억한다는 것은 이미 완료된 사건이나 사태, 행위 등을 이미 경험한 바와는 다른 방식으로 떠올리는 일에 다름 아니다. 그러므로 완결된 세계로서의 유년 회상은 그 회상하는 방식이 과거진행의 형태를 취함으로써 특이한 시간감각을 불러일으킨다.

참조)

38) 멜리스, 『과거의 미적 문제』, 랑거의 책(이승훈 옮김, 『예술이란 무엇인가』, 고려원, 1982) 238쪽에서 재인용.

「Ⅰ의 Ⅷ」에서 "밤이었다"와 "치고 있었다", "적시곤 하였다", "부르고 있었다" 등은 각각 과거의 정황이나 행위에 대한 지시내용을 담고 있지만, 의미 맥락상 분명한 차이를 지니고 있다. "밤이었다"와 "보았다"는 과거시제를 사용함으로 하여 이전에 발생했던 사건의 시간제한을 표시한다.

하지만 "치고 있었다" 등은 모두 '과거진행상'39)으로 과거 시점에 사건이 진행되고 있었음을 나타낸다. 전자가 '밤'이라는 상황과 '보았던' 경험 그 자체를 드러내는 데 기여하고 있다면, 후자는 진행 순간에 대한 서술이라는 점에서 진술하는 사건에 대한 느낌을 보다 현장감 있게 전달할 수 있다. '~고 있었다'의 서술방식에서는 그것이 과거에 발생하였던 것임에도 불구하고 사태나 행위의 생생함이나 사실성이 배어 나온다. 이러한 생생함이나 사실성의 느낌은 유년 체험, 하나의 완성된 산물로서의 기억을 마치 지금 경험하고 있는 듯한 효과를 낳는다.40) 독립적으로 완결된 시간구조인 유년시절이 현재에 '현현(Ephiphanei)'41)하는 환상을 체험할 수 있는 것이다.

---

39) 국어문법에서는 '시제'와 '상'을 구분한다. '시제'가 발화의 시간을 중심으로 사건의 시간 등을 지시해 낸다고 한다면, '상'은 동작 등의 상태를 지시하는 것으로 '완료상', '진행상', '예측상' 등이 있다.(남기심·고영근, 『표준국어문법론』, 탑출판사, 1993, 12장 참조)

40) 랑거는 시에서 운용되는 기억은 시인이 상상력을 이용하여 허구적으로 창조해낸 것이며, 이 허구 안에서 기억은 완결된 형식과 구조를 획득함으로써 존립하게 된다는 입장을 견지한다. 랑거는 설화(narrative)를 기억을 다루는 시들의 새로운 중심요소로 간주한다. 게다가 그녀는 이른바 설화시의 본질시제는 과거시제라고 본다. 과거시제는 서사적 표현에서 익숙한바, 서사란 가상적으로 이미 있었던 인생의 사건을 줄거리를 가진 완결된 형태로 진술하기 때문이다. 그러므로 서정시에서도 과거시제나 과거완료시제 등의 사용은 마치 어떤 특정한 이야기나 줄거리를 제시해 주는 듯한 느낌을 주며, 이러한 시제적 특성은 기억을 일정한 형태와 성격을 지닌 통일적인 완결된 것으로 구성하는 데 도움을 준다고 말한다.(위의 책, 231~242쪽 참조)

41) 최문규는 보어의 논의를 빌려 '현현'을 시간의 연속성을 파괴함으로써 '순간'의 시간을 상상적으로 음미하는 행위를 규정하는 문학 개념이라고 말한다.(「예술지상주의의 비판적 심미적 현대성」, 위의 책, 69쪽 참조)

이처럼 현재가 소유하지 않은 하나의 완결된 시간을 상상적으로 회상할 때에는 일상적 시간이나 현실시간은 끼어들 수 있는 여지를 상실한다. 완결된 시간의 현현이 지니는 구조적 폐쇄성은 그것들의 개입을 더욱 불가능하게 만든다. 완결된 시간의 현현에서는 오로지 그것이 제공하는 시간감에의 '도취'만이 존재할 따름이다. 시간의 연속성을 파괴하는 이 '현현'에의 몰입이야말로 '순간'의 시간감을 극대화시키기 때문이다.

「Ⅰ의 Ⅷ」의 시간성이 현실시간으로부터 독립적이며 완결성을 지니고 있다는 점은 나아가 그것이 비현실적인 시간임을 축어적으로 환기한다. "즐겁고도 슬픈 빛나는 노래"라는 구절은 앞서 설명하였듯이 양가적이며 모순적인 성장의 의미를 담고 있다. 이 서로 상반하는 정서는 어떤 단일하고 한정된 시간제한 속에서는 파악되기 어렵다. 즐거움은 어린 시절의 경험이며, 슬픔은 전적으로 성인으로서의 가치판단에 해당한다. 따라서 양가적이며 모순적인 의의를 지니는 노래는 본질적으로 일상적 시간질서의 밖에 존재한다. 과거와 미래의 상반된 가치와 의의를 결합시킴으로써 노래는 시간의 질서 자체를 파괴하는 것이다. 즐거움과 슬픔에 부여되는 각각의 시간적 의미의 껍질은 벗겨지고 노래는 시간으로부터 이탈하여 어떠한 시간적 의미도 지니지 않는 상태, 그저 '투명한 상태'로 남는다. 노래는 시간을 투과시키고 통과시켜 버리는 것이다. 그리고 이 시간질서 밖의 존재야말로 비현실적이며, 비일상적인 시간성의 표징인 셈이다.

노래에 특이한 시간성을 부여함으로써 시간질서에 교란을 가져오고 궁극적으로 현실시간이 끼어들 틈이 전혀 없는 기억의 완결된 형식과 구조를 통하여 자신만의 세계를 이끌어내는 것은 바로 '현재적 자아'이다.42) 현재적 자아는 과거 경험들의 인과관계와 선후관계 등을 조직해

---

42) 후설에 따르면, 과거 회상 체험은 회상 주체에 따라 두 가지로 나누어진다. 하나는 현재적인 자아에 의한 '현금적인 회상 체험'으로, 회상된 것을 지금 체험

내면서 기억 속에 낱낱으로 산재해 있는 경험들을 특수한 시간적 틀 안으로 끌어오며 회상내용을 '지금' 체험하게 한다.

> 은종이의 천사는
> 울고 있었다.
> 누가 코밑수염을 달아 주었기 때문이다.
> 제가 우는 눈물의 무게로
> 한쪽 어깨가 조금 기울고 있었다.
> 조금 기운 천사의
> 어깨 너머로
> 얼룩암소가 아이를 낳고 있었다.
> 아이를 낳으면서
> 얼룩암소도 새벽까지 울고 있었다.
> 그 해 겨울은 눈이
> 그 언저리에만 오고 있었다.
> —「I 의 X」 전문

함으로써 회상 위에다 반조(返照)하는 반성인 '회상 위로의 반성'이다. 다른 하나는 과거적 자아에 의한 '과거의 대상지각작용'으로, 회상 속으로 침투하여 대상을 지각하는 과거의 지각작용에까지 반조하는 반성인 '회상 안으로의 반성'이다.(신오현 옮김, 『현상학적 심리학 강의』, 민음사, 386~387쪽 참조) 이때 전자는 과거에 진행되었던 체험 자체를 대상화하여 그것을 현재적 자아의 의식 위로 불러올 수 있다. 이는 회상의 의의를 중요시하면서 그 시절에 대한 판단이나 느낌 등은 배제하는 '과거의 대상지각작용'과는 구별된다. '현금적인 회상 체험'은 과거를 다시 체험한다는 점에서는 '과거의 대상지각작용'과 유사하지만, 그것을 현재의 시점에서 다시 구성함으로써, 즉 이미 발생한 사건에 대한 특수한 기억들을 다시 조직하고 완결시킴으로써 과거를 지금 여기에 재창조해 낸다는 점에서 다르다. 백석의 작품에서 그 예를 찾아볼 수 있다. 「古夜」나 「大山洞」 등 어린 시절 밤의 정경을 아득한 옛이야기처럼 그려내거나 대화체를 이용하여 마치 동화적인 상상의 세계에 있는 듯한 느낌을 주는 작품들에서 유년의 공간은 상식과 논리는 끼어들기 어려운 아이들만의 세계로 체험된다. 특히 이들 작품에서 운용되고 있는 감각적인 이미지는 어린이들만의 정서를 표현해 내는 데 있어 유효하다. 이러한 과거 회상 체험에서는 현재적 자아의 시각은 유보된다.

'운다'의 공통 요소로 인한 서로 이질적인 두 장면의 결합이 특징이다. "은종이 天使"와 "얼룩암소"의 '울고 있던' 행위는 동시관계로 병치되어 있다. 이때 병치를 가능하게 하는 조건은 '울음' 외에도 '부조화'를 들 수 있다. 은종이 천사는 누군가 달아준 "코밑수염" 때문에 울고 있는데, 은종이 천사와 수염이란 전혀 어울리지 않는다. 이런 조화롭지 못한 관계가 울음의 직접적인 원인이라 할 수 있다. 또 얼룩암소의 울음은 "아이를 낳는" 것에서 비롯한다. 얼룩암소와 아이의 관계 또한 어색하기 짝이 없는데, 얼룩암소가 낳는 것은 '아이'가 아니라 '새끼'라고 해야 합당한 까닭이다.

그런데 이 두 장면은 설사 실제로 경험했던 사건이라 할지라도 동시에 발생했다고 보기 어렵다. 따로따로 체험하였던 사건들을 기억의 구조 안에서 같은 시간대로 자리매김 하였을 것이다. 현재적 자아는 이 선후관계의 사건들을 '상호간의 관점'에 따라 동시관계로 조직해 낸다. 울음과 부조화라는 '개별적이며 순수한 기억의 외양'을 소유하고 있는 두 사건을 기억의 특수한 구조 안에서 종합시켜 하나의 순수 기억의 형태로 창조해 내는 것이다.

현재적 자아에게 어린 시절 축제의 기억은 슬픈 인상으로 각인되어 있었을 것이다. 그 울음을 배태하고 있던 축제의 이미지는 언젠가 경험했던 얼룩암소의 출산 장면과 자연스럽게 연결된다. 둘의 공통분모는 각기 다른 시간대의 경험 양상을 동시적 관계로 배열하고 '지적인 시간질서'를 부여하는 주요 기틀이 된다. 의식 위에 떠올릴 수 있는 모든 경험들이 모두 각각의 시간적 질서를 지니고 있는 것은 아니다. 그것은 특수하고 기이한 경험일수록 시간적 틀의 구성 안으로 들어올 수 있다. 현재적 자아는 모든 경험들을 걸러내고 분별될 수 있는 사태들의 형식으로 재현함으로써 다양한 기억이 하나의 '지적인 체계'를 형성하도록 만드는 것이다.[43]

이와 같이 현재적 자아에 의한 경험의 재구성은 '기억의 재인식'을 가져온다. 낱낱의 특수한 기억들은 그것들의 연관관계에 의해 다시 조직됨에 따라 '완결된 상상적 구조'로 현재화되고 이미 경험했던 방식과는 다른 방식으로 의식에 떠오른다. 앞서 지적하였듯이, 이러한 기억의 재인식은 일상적인 시간질서, 현실시간과는 전혀 무관하다. 현재적 자아에 의해 회상되는 기억들은 현재로부터 독립해 있음으로써 완결되고 완성된 것이라 할 수 있다. 이 자기 준거에 따른 내적이며 자족적인 세계는 시간의 계기성으로부터 이탈하여 있으며, 독립적인 시간의 틀을 가지고 있음으로 하여 시인 의식 내부에만 '절대적으로 현존하는 시간'44)이 된다. 김춘수는 현실과 무관한 상상적 시간인 '순간'에 몰입함으로써 시간기대를 무효화시킨 '나만의' 유토피아를 선취하고자 한 것이다. 이 현실시간의 침입을 중지시키고 어떠한 시간지평도 소유하지 않으려는 '무시간성', '탈시간성'이야말로 「處容斷章」에서 시인이 추구하고자 한 절대 세계의 시간성인 것이다.

이처럼 김춘수는 현실시간이 개입할 여지가 전혀 없는 '탈시간성'의 구조 안에서 과거를 꿈꾼다. 과거 유년시절은 시인의 비자발적인 의지의 표출이며 무의식적인 기억의 편린들인바, 이 시간 안에서 시인은 모든 일상적 삶의 긴장을 배제하고 과거의 '순간'을 즐겁게 현재화함으로써 '구원'에 이를 수 있다.

> 시는 뭣하러 쓰나? 가만히 눈을 감고 시간을 거꾸로 더듬어 가면 인생은 마냥 즐거운 것을……시란 결국은 돌이킬 수 없는 잃어버린 시간을 일깨워주는 그런 것일까? 몸으로 돌아갈 수 없는 것을 시는 마음으로 데려다 준다. 그러니까 어떤 즉물적인 시에도 육체는 없다. **육체를 벗어 버리**

---

43) 앞의 책, 238~239쪽 참조.
44) 보어는 현대 문학에 나타나는 시간적 특성을 과거와 미래 관점의 연속체로부터 고립되어 있는 순간적인 시간이라는 측면에서 '절대적으로 현존하는 시간'이라고 규정한다. 이 무시간성은 역사철학적인 관점의 유토피아와 결별하려는, 역사의 책임 있는 시간으로부터 이탈하려는 예술의 상상적 상태라는 것이다.(위의 글, 위의 책 참조)

고 보면 시간은 한없이 투명해진다. 멀리까지 들여다 보인다. **시를 쓴다는 것은 결국 육체를 영영 벗어 버릴 연습을 한다는 것이 되지나 않을는지?**(3:367~368, 강조는 인용자)

　시인이 추구하는 세계가 궁극적으로 탈시간적인 면모를 지니고 있음을 잘 보여준다. 이는 대개의 작가들이 유년시절을 회상함으로써 그 안에서 자신의 정체성을 발견하거나 그것을 복원함으로써 동질성을 회복하려는 경우와는 구별된다. 시인에게 회상된 과거는 현실시간으로부터 벗어나 시간과 결합하여 있는 인간의 모든 기대나 염려, 욕구로부터 씻겨진 시간, 그야말로 "투명해진" 시간이다. 시를 쓴다는 것은 육체를 벗는 일이요, 육체를 벗음으로써 시간이 투명해진다는 말은 바로 이러한 모든 시간표상, 시간기대로부터 이탈하여 '순간'에 몰입함을 의미할 것이다.

　그러므로 과거 회상으로 떠올려지는 잃어버린 시간, '순간'은 과거로서 의의를 지니고 있는 것이 아니라 지금 여기에 생생한 것이기에 가치가 있다. 그것은 과거의 현실성마저도 갖추고 있지 않으며, 단지 지금 여기에 순간적으로 현재화될 수 있기 때문에 의의를 획득한다. 이러한 '투명한 시간'에 대한 의지, 시간표상으로부터 이탈한 세계 구축의 의지야말로 김춘수가 견지해 온 허무, 세계의 무가치함과 그 가치를 회복할 수 없는 세계에 내던져진 자신의 실존적인 한계를 극복할 수 있는 길이며, 그 허무로부터 자신을 '구원'할 수 있는 길인 것이다. 이러한 탈시간화에 대한 의지는 「處容斷章 第二部」에서 더욱 극명하게 나타난다.

　돌려다오.
　불이 앗아간 것, 하늘이 앗아간 것, 개미와 말똥이 앗아간 것,
　女子가 앗아가고, 男子가 앗아간 것,

앗아간 것을 돌려다오.

불을 돌려다오. 하늘을 돌려다오. 개미와 말똥을 돌려다오,

女子를 돌려주고 男子를 돌려다오.

쟁반 위에 별을 돌려다오.

돌려다오.

-「Ⅰ」전문

「第二部」의 가쁘게 반복되는 리듬 역시 시간의 연속성 기대를 파괴함으로써 '탈시간성'을 구축한다. 위에서는 "돌려다오"와 "앗아간 것"의 반복이 야기하는 리듬감 외에는 어떤 의미도 발생하지 않는다. "한 행이나 두 행이 어울려 이미지로 응고되려는 순간, 소리(리듬)로 그것을 처단하"고 "소리가 또 이미지로 응고하려는 순간, 하나의 장면으로 처단"(2:389)한다. 따라서 위에서 "불"과 "하늘"과 "개미와 말똥" 등은 어떤 특정한 시적인 이미지나 내용을 환기하기 위한 소재가 아니다. 시어들은 일상적인 의미도 품지 않는다. "意味라고 하는 안경을 끼고는" 보이지 않으며, 말이 부수어지고 "의미의 粉末"이 어디론가 날아간 버린 다음의 "허무의 빛깔"(2:388)만이 남는다. 연속성 기대에 대한 파괴로 하여 '순간'의 시간만이 존재하며, 그것만이 영원화되는 것이다.

「第二部」를 두고 시인은 잭슨 폴록의 액션 페인팅의 기법을 이용하였다고 말한 바 있다. 폴록(Pollock)은 예술을 "자기 지시적 구성물로 변전"시킴으로써 "새로운 약호나 기호, 은유적 암시"를 만들어내는 데 몰두한 모더니즘 예술가이다. 그는 현대의 "일시적이고 순간적이며 혼돈 투성이"에 대항하여 "즉석효과로써 영원함"을 표현하고자 하였다. 즉 "쇼킹한 기법과 짐작 가능한 연속에 대한 위배"를 메시지의 근간으로 삼은 것이다.45) 이 연속성 기대에 대한 배반은 일시적이고 순간적인 '즉석효과'야말로 '영원한 것'임을 강조함으로써 시간질서나 계기성을 무화시

---

45) 하비, 구동회·박영민 옮김, 『포스트 모더니즘의 조건』, 한울, 1994, 40쪽 참조.

키는 '탈시간성'의 미학을 제시한다.

폴록의 미학이 지니는 시간적 특성을 시인은 꿰뚫고 있었다. 김춘수는 "잭슨 폴록의 그림에서처럼 가로세로 얽힌 궤적들이 보여주는 생생한 단면-현재, 즉 영원이 나의 詩에도 있어주기를 바란다."(2:389)라고 적고 있는바, 이는 바로 현실의 시간질서나 계기적 연속성으로부터 벗어나 있는 '순간'을 드러냄으로써 '탈시간성'을 구현해 내려는 의도였던 것이다.

그러므로 이미지를 지워가는 과정, 되풀이하는 리듬만을 남기는 과정, 즉 탈시간화의 과정은 시인을 '구원'에 다다르게 하는 유일한 길이다. 시가 이미지에 머물고 있는 동안에는 시인은 '구원'에 이를 수 없다. 이미지를 지니고 있다는 것은 관념을 배제하였다고 할지라도 불가피하게 대상이나 생활 그리고 역사의 긴장에 얽매여 있는 것이라는 그의 진술은 바로 시간과 결합하여 있는 모든 긴장관계로부터 자유롭고자 하는 의지표출인 셈이다.

요컨대 시인에게 있어서 허무의 완성은 '탈시간화의 영원'을 추구하는 일이다. 이때 영원은 초월적이며 종교적인 의미에서의 현세적 시간의 지양을 뜻하지 않는다. 그의 영원은, 김춘수식으로 말하자면, 어떠한 관념도 이상도 목적도 끼어들지 않는 시간, 모든 시간기대로부터 이탈하여 오로지 '투명해진 탈시간성의 세계'이다. 그리하여 궁극적으로 시간이 지니고 있는 폭력성을 소거함으로써 시간이 지워주는 짐을 벗어버릴 수 있는 시간인 것이다.46)

---

46) 이때 김춘수가 신화적 인물인 처용을 통하여 '투명한 시간'을 구축하고자 한 사실을 해명할 수 있다. 김혜순은 「處容斷章」을 신화적인 인물을 차용한 신화적인 시간의 구축으로 이해한다.(「시와 시간의식」, 《언어의 세계》3집, 1983. 11 참조) 신화적인 시간을 순환적으로 인식하는 것이라 한다면, 이러한 시간의식 아래에서도 현재가 과거화되거나 미래화되는 것을 용인하지 않음으로써 역사의 소거를 가져오려는 의도가 필연적으로 제기될 수밖에 없다. 하지만 김혜순은 현실을 벗어나려는 종교적이고 초월적인 의미에서의 영원지향으로 「處容斷章」을 이해함으로써 이 역사의 소거 의지를 간과하고 있다. 문제는 그의 시간의식

역사에 대한 혐오에 기초하여 일상적이며 실용적인 모든 것으로부터 벗어나고자 하는 '순간'에서는 어느 정도 당대의 시간 이데올로기를 거부하면서 그것이 지니고 있는 허구성을 역시 상상적이며 허구적인 시간형식으로 대결하려 한 의도를 엿볼 수 있다.47) 5·16 이후 부상한 정치세력은 새로운 비전과 국가건설의 구호를 선전하면서 경제성장의 신화를 유포시켰다. 이 경제성장의 신화는 당연히 자본의 논리와 결합하면서 남한 사회 전체를 또 다른 '이상'의 전시장으로 탈바꿈시켰다.48) 60년대에 불어 닥친 선진조국 창조, 근대화 열풍, 경제 만능의 논리는 당시의 정치적인 민주화의 좌절에 따른 절망감들을 달래기 위한 미봉책으로 이용되면서 관변 측뿐만 아니라 민간 측에서도 미래에 대한 막연한 기대와 확신을 품게 만들었다. 김춘수가 추구한 '순간'의 시간은 이와 같은 당대에 만연해 있던 시간에 대한 기대를 비웃으면서 그것이 내포하고 있는 허구성을 거부하려는 일종의 역사적 반응이라고도 풀이될 수 있는 것이다.

한편, 김춘수가 구현하고자 하는 이 '투명한 시간'은 일상의 현실시간과 단절되어 있음으로 해서 어떤 금지되고 고립된 신성화된 세계를 연상하게 만든다. '투명한 시간'은 그 자체만의 질서가 지배하는 장이며 어떤 미적인 힘에 의해 조직된다. 이러한 독자적인 질서가 존재하며 미적 요소들을 생산해 내는 세계는 김춘수가 역설하는 '놀이의 시'의 세계와 불가피하게 연관지어진다. 놀이의 세계 역시 내적 질서의 완벽성과 미적 요소를 갖추고 있다. 놀이의 아름다워지려는 경향은 그것을 활

을 순환적인 것으로 간주하느냐 직선적인 것으로 간주하느냐에 있는 것이 아니라 현실시간으로부터 이탈함으로써 모든 시간기대를 무화시키고자 하는 시인의 의도이다. 그러므로 시인은 현실의 모든 힘과 횡포 즉 시간의 모든 횡포로부터 벗어나기 위해 처용이라는 인물을 끌어온 것이며, 이로써 '탈시간성'을 구축하려 한 것이라고 보아야 마땅하다.

47) 최문규, 위의 글, 위의 책, 170쪽 참조.
48) 박태순·김동춘, 「60년대를 어떻게 볼 것인가」, 『1960년대의 사회운동』, 까치, 1991 참조.

기 있게 만들면서 질서 정연한 형식을 창조하도록 충동한다. 또한 '투명한 시간'이 '탈시간성'의 영역임으로 말미암아 일상과는 괴리되어 있는 것처럼 놀이의 영역에서도 일상생활의 법칙이나 습관은 아무런 효력을 지니지 못한다. 놀이는 일상성과 다른 존재이며 비밀스러움을 지니고 있는 것이다.49) 그러므로 '놀이의 시'와 '투명한 시간'과의 결합은 김춘수에게서는 전혀 우연이 아니다. 그가 허무의 극점에서 '놀이의 시학'을 주장하는 근본 까닭도 여기에 있다.

2) 새로운 미적 질서의 모색

김춘수는 '탈시간성'의 자족적 세계에 몰입함으로써 자신의 허무를 완성하고자 하는바 그 핵심은 '심미성'이다. 시간에서 벗어난다는 것 자체가 시간을 신비적이며 미적으로 경험하는 일이므로 김춘수의 허무의식은 '심미성' 추구의 측면에서 이해할 수 있다. 게다가 '심미성'은 그의 시작과정 및 시론의 의의를 총괄한다. 시의식이자 미의식으로서 심미적 자각은 그의 시편 곳곳에 습윤되어 있으며, 특히 '묘사절대주의'를 표방하는 시기부터 두드러진다. 이 글이 목적으로 하는 '탈시간성'의 미적 특질을 검토하기 위해서는 그것의 형성 및 체계화 과정에 대한 고찰이 필수적이다.

이 글에서는 시인의 심미성 추구 양상을 크게 두 단계로 나누어 살펴보고자 한다. 먼저 '관념공포증'으로 '서술적 이미지'에 주력하면서 시를 비유용성의 시각에서 파악하는 단계와 '놀이의 시학'을 통해 자족적 세계를 구축하려는 단계가 그것이다.

---

49) 놀이 개념에 대한 이해는 호이징하의 『놀이하는 인간』(권영빈 옮김, 기린원, 1989) 제1장을 참조하였다.

(1) 미적 규범의 변형 의지

김춘수는 사물의 새로움 탐구를 통한 허무 극복 노력을 보여준 바 있다. 시인은 이 새로움 탐구 노력을 '관념에의 기갈'로 파악하며 이 관념에의 집착에서 이탈하기 위하여 취하는 시작 기법이 이른바 '서술적 이미지' 실험이다. '서술적 이미지' 실험이란, 요약하자면, 이미지 운용의 목적성 자체를 무시하거나 배제함으로써 '묘사'의 기능만을 극대화시키는 방식이다. 이미지 표현은 작품 안에서 자연스럽게 무엇인가를 암시하기 위한 사상이나 의도를 드러낼 수밖에 없는데 김춘수에게는 그러한 관념 자체가 허상의 덧씌우기에 불과한 것이라서 목적 또는 관념은 매우 불필요한 것으로 간주된다.

> 묘사의 연습 끝에 나는 관념을 완전히 배제할 수 있다는 자신을 어느 정도 얻게 되었다. 관념공포증은 필연적으로 관념 도피에로 나를 이끌어 갔다. 나는 寫生을 게을리 하지 않았다. 이미지를 敍述的으로 쓰는 훈련을 계속하였다. 比喩的 이미지는 관념의 수단이 될 뿐이다. 이미지를 위한 이미지—여기서 나는 詩의 일종 순수한 상태를 만들어 볼 수가 있을 것으로 생각했다.(2:385~386)

'관념공포증'이란 관념을 통하여 세계의 가상성을 벗겨내고 사물의 새로움에 다가갈 수 있으리라는 믿음의 패배에서 연유한다. 이러한 패배의식은 시인이 사물에 부여해 온 모든 가치와 의미를 전적으로 부정하도록 이끌며, 시는 사물을 그려내는 방식인 "寫生"에 몰두함으로써 "순수한 상태"에 이를 수 있다는 생각에 도달한다. 이때 관념으로부터 도피 수단인 '서술적 이미지'는 그것을 전달하는 도구로써 이미지를 운용하는 '비유적 이미지'와 구별된다.

시인이 사용하고 있는 개념이 과연 얼마나 명확한가의 문제를 접어 두다면,[50] 그가 주장은 비교적 명료하다. 즉 "이미지를 순수하게 사용하는 것은 사물을 그 자체로서 보고 즐기는 태도"(2:462)로 사물의 인상만을 재현해 내는 것이다.

이와 같은 극단의 결벽적인 사고는 관념이 현실에 대한 허상을 심화시키고 또 다른 환상을 유포하는 도구라는 인식이 강하게 작용한 때문이라고 여겨진다. 그것은 '꽃' 연작에서 이미 확인하였듯이 사물의 진실이란 스스로가 만들어낸 허구에 지나지 않으며, 어떤 관념 부여를 통하여 사물의 새로움을 인식할 수 있다는 믿음은 '헛수고'에 그치고 말 따름이라고 시인이 인식하고 있기 때문이다.

또 나아가 이 '서술적 이미지'는 '사물의 리얼리티'를 확립하는 일이며 이러한 "詩作 및 詩는 救援"(2:357)이 된다. 김춘수에게 있어서 '사물의 리얼리티'를 확립하는 일은 세부의 진실성에 기반하여 사물에 반영되어 나타나는 현실의 전형적 특수성을 조명해 내는 일이 아니다. 사물의 형상 자체와는 다른 현실의 참조를 배제한 다음의 사물의 인상을 제시해 주는 일이 시인의 몫이다.

그렇다면 이러한 작업이 시인을 '구원'해 줄 수 있는 까닭은 무엇인가. 이때의 '구원'이란 관념과 의미로부터의 구원이며 궁극에는 시인 자신의 구원을 함축한다. 김춘수는 사물의 새로움에 대한 탐색 노력을 통하여 자아와 세계는 근원적인 이원성의 관계에 놓여 있으므로 사물에 대한 인식은 다만 인간적 관념과 이상을 덧씌운 허구라는 점을 확인하였다. 그러므로 사물의 본래성을 확인시켜 줄 수 없는 무용한 관념을 벗겨낸 다음의 사물은 이 세계 오직 단 하나 존재하는 사물 그 자체로 남는다. 이제까지의 모든 가치와 사상과 관념이 허구라고 할 때, 오히려 허상만을 나타낼 뿐이라고 인식되었던 실재하는 세계는 이제 인

---

50) 문혜원은 김춘수의 이미지의 구분방식에 대한 고찰을 통하여, 김춘수가 나누고 있는 두 이미지 개념이 여러 가지 이미지의 애매한 기능을 기준으로 하여 유사한 유형의 것들을 모아 놓은 데 지나지 않는다는 점을 밝힌 바 있다.(「김춘수의 시와 시론에 나타나는 이미지의 연구」, 『한국 현대시와 모더니즘』, 신구문화사, 1996 참조)

간이 실현해야 할 유일한 가치를 지닌 세계로서 부상하는 것이다. 문제는 생에 관한 절망이 아니라, 추구되어 왔던 '이상'으로 전환한다.[51] 세계가 무가치하다고 인식하였던 것은 허구와 다를 바 없는 이상, 목적ㅡ구실(oggetto-pretesto)로써 사물을 이해해 왔던 것에 기초한다. 그러므로 이와 무관하게 존재하는 형상ㅡ사물(figura-cosa)[52]로 대상을 드러냄으로써 참된 가치를 얻고 시인 자신의 구원에 이를 수 있는 것이다.

한편, 이 '묘사절대주의'의 입장은 객관적으로 실재하는 대상의 형상화에만 주력함으로써 기존의 어떤 미적인 질서에서 벗어나겠다는 '변형(deformazione)'에의 의지에 다름 아니다.[53] 김춘수가 전념하는 '사생'은 그림 그리듯이 사물의 있는 그대로를 형상화하는 방식은 아니다. 시인은 이미지 구현을 위한 상상력의 자유로운 파동을 중시하는바, 이 상상력 발생을 위하여 사물과 시인은 '인식상의 거리'를 필요로 한다. "사생적 소박성"(2:369)이란 그야말로 순수 관찰자의 입장에서 사물을 관조하였을 때 일어날 수 있다. 사물은 '체험'되는 것이 아니라 순수하게 '관찰'됨으로써 시인에서 인식의 대상으로만 기능한다. 이 '거리를 통한 인식' 곧 체험된 양상을 포기하고 '관찰' 또는 '관조'함으로써 시는 기존의 미적 규범이나 질서로부터 벗어나려는 충동을 보여줄 수 있는 것이다.

이와 같이 허상에 불과한 이상을 포기하고 새로운 미적 질서를 구축함으로써 구원에 이르려는 김춘수의 시적 태도를 뒷받침해 주는 것이 바

---

51) 니체에 의하면, 절대 불변의 참된 세계를 향한 일념이 한낱 허상에 지나지 않는다는 점이 폭로됨으로써 인간은 당황하고 절망하게 된다. 왜냐하면 이제 지금 여기의 삶의 영역인 극히 현실적인 세계만이 유일한 세계이며, 인간은 생에 관해서가 아니라 "'이상(Ideal)'이라고 불리는 것을 조소적인 분노를 품고서 멀리 응시"해야 하기 때문이다.(위의 책, 35~37쪽 참조)
52) 이들 용어는 포지올리가 현대적 이미지를 설명하기 위해 사용한 것이다.(위의 책, 280쪽)
53) 포지올리는 '변형'을 기존의 질서를 거부하면서 하나의 새로운 질서를 복원하고자 하는 어떤 새로운 양식적 의지에 의해 결정된다고 본다.(위의 책, 256쪽 참조)

로 시인의 '시와 산문 분리론'이다. 김춘수는 60년대에 접어들면서 여러 차례 시와 산문이 서로 다르게 인식되어야 함을 강조하고 있다. 그 이유는 시에서만이 허구적 관념을 도려낸 사물의 구현이 가능하며, 이를 통해 진정한 새로운 가치를 확보할 수 있기 때문이다. 그리고 이를 추동해 내는 힘은 생활감정과는 구별되는 "제2차적인 정열"로서 "심미적 감정"이다.54)

> 나에게 있어 詩作은 生活로부터의 逃避가 되고 있는 듯하다. 이것을 긍정적으로 말하면, 詩作은 生活로부터의 解放이 된다는 뜻이 된다. 다시 말하면 非專門家的 處身을 할 때 詩作은 生의 救援이 된다는 뜻이다.(2:358)

> 現實에 대한, 歷史에 대한, 文明에 대한 관심은 나에게 있어서는 知的·批評的이라고 하기보다는 感情的이다. 더 정확하게 말하면, 감정이 批評을 假裝한다고나 할까(2:462~463)

> 내 경우 산문의 세계와 시의 세계를 확연히 구분하고 있습니다. 나 자신도 나 자신의 사상이 있고 메시지가 있습니다. 그것을 나는 산문을 통해서 합니다. 시는 시 그 자체의 독자적 세계로 전개시켜 나가고, 산문은 메시지의 전달수단으로써 씁니다.55)

인용한 글들은 시와 산문은 영역이 서로 달라서 시로서 다루어질 수 있는 것과 산문으로서 이야기될 수 있는 것들이 나뉘어져야 한다는 내용을 요점으로 한다.

첫 번째 글은 시를 생활과 구분함으로 해서 구원에 이를 수 있다는 논지로 궁극적으로 이 해방의 경지에서만이 시는 본래적 위치를 회복할 수 있다는 점을 강조하고 있다. 시가 생활로부터 벗어난다는 것은 시

---

54) 오르테가 이 가세트, 위의 책, 69쪽.
55) 김춘수·조정권, 「生理와 方法」, ≪문학사상≫, 1985. 10, 109쪽.

적 관심이 일상적인 그것과는 다른 선상에 놓여야 함을 의미한다. 시의 가치는 생활의 이해관계나 목적과 무관할 때 완성될 수 있는 것이다.

두 번째 및 그 다음 글도 첫 번째 것과 관련지어 파악할 수 있다. 시와 산문이 분별되어야 하는 까닭은 산문이 "메시지의 전달수단"인데 비해 시는 그 자체의 "독자적 세계"를 지니고 있기 때문이다. 이는 '현실과 역사와 문명'에 대한 관심이 "感情的"이라는 지적에서 쉽게 이해할 수 있다. 현실과 역사와 문명에 대해 감정적으로 대응해 갈 수밖에 없다는 말은 시인이 그것들을 '생활적'인 영역으로 받아들이는 탓이다.56) 그러므로 시가 이들로부터 독립하여 "독자적 세계"를 구축하여야 한다는 주장은 생활적인 감정과는 무관한 심미적 가치의 실현에 목적을 두어야 함을 의미하며, '시와 산문 분리론'이란 '시와 생활 분리론'의 다른 이름에 불과하다.

'시와 산문 분리론'은 김춘수 시론의 골격을 형성하는 요체로 이해되어 왔으며 현실도피적이거나 비사회적인 절대 순수시를 질타할 때, 김춘수 등의 순수시파를 공격하는 하나의 근거로 작용하였다. 하지만 이러한 분리론은 김춘수 개인의 독특한 견해라기보다는 현대시의 한 성격으로 파악하는 것이 옳다.

스피어즈에 따르면, 현대시의 본령이라 할 수 있는 주지주의는 단절의식의 표백을 특징으로 삼는다. 이때 단절이란 불연속성을 뜻하는데 인간이 자연과 연속된 존재라고 믿어 의심치 않았던 연속성 개념에 대한 파기를 가져온 이 개념은 비단 예술의 영역에서뿐만 아니라 20세기 인문·사회·과학 전체의 진보와 발전을 이루는 데 바탕을 제공하였다.57)

---

56) 오르테가 이 가세트 역시 일차적인 인간생활은 감정과 정열의 지배를 받는다고 말한다.

57) 스피어즈는 현대시의 기본적인 단절의 형태를 형이상학적(metaphysical) 단절, 심미적(aesthetic) 단절, 수사학적(rhetorical) 단절, 시간적(temporal) 단절 등 네 가지로 나누어 설명하는데, 그 가운데 김춘수의 견해는 '심미적 단절'과 '수사학적 단절'에 해당한다. '심미적 단절'이란 예술과 인생 사이의 단절을 뜻하며,

따라서 현대적 인식력을 갖춘 작가로서 단절의식을 표방하는 것은 당연한 논리이다. 김춘수의 견해를 현대 예술의 단절의식의 연장선상에 놓여 있는 것으로 파악할 때 그의 '시와 산문 분리론'의 의미는 분명해진다. 연속성 개념의 파기에 따른 단절의식이란 다름 아닌 19세기 말에 직면한 일체의 모든 가치의 훼손 및 부정과 일치하거니와 이는 곧 허무주의의 등장을 예고하는 까닭이다. 서구 근대예술사의 한 획을 긋는, 이 단절에 바탕을 둔 심미적 가치의 중시가 생에 대한 환멸과 허무를 진실로 보상받으려는 유일한 움직임이며, 예술 그 자체를 목적으로 삼는 자기 완결적 운동이라고 평가받는 이유가 여기에 있다.[58]

표면상 김춘수가 꾀하는 바는 일상생활의 이해관심사로부터 벗어난 시의 심미적 가치실현에 진배없다. 인간 삶의 이해관심사와 불가분의 관계를 맺는 사상이나 관념을 제거함으로써 사물을 순수하게 관조하려는 목적을 수행하는 시는 '심미성'만을 유일한 가치로서 확보한다.

하지만 유의하여야 할 점은 시인이 이를 중시하게 된 인과관계이다. 이는 바로 그의 허무의식에서 찾아져야 마땅하다.[59] 김춘수의 주장은

예술가로서의 삶과 일상인으로서의 삶 사이에는 메울 수 없는 늪이 존재하기 때문에 현대 시인들은 시적 삶과 일상적 삶이라는 이중의 삶을 살아야 하는 존재라는 것이다. 이때 시는 그것 자체 이외에는 아무것도 아닌 것이 됨으로써 시가 일상적인 삶에 기여할 수 있는 방도는 사라진다. 또한 '수사학적 단절'이란 근본적으로 앞의 단절의 형태와 깊은 관련을 맺고 있어서, 시와 산문을 대조적으로 인식하고, 시는 산문과는 다른 논리의 지배를 받게 되는 것을 의미한다. 즉 시는 비논리의 지배 아래, 생략적인 스타일이나 산문적 연결방식의 무시, 어떤 설명도 없는 병치적인 이미지의 연결, 비합리적인 순서에 의한 낱말 배열 등 산문과 구별되는 방식을 구현한다는 것이다.(이승훈, 『시론』, 고려원, 1979, 249~251쪽 참조)

58) 하우저, 김진욱 옮김, 「보들레르와 심미주의」, 『예술과 소외』, 종로서적, 1981, 203쪽 참조.

59) 기본적으로 심미주의 안에는 허무의식이 내재되어 있다. 하우저는 플로베르의 심미주의에서 삶을 적대시하는 허무주의, 물질적인 기반 위에 사는 우리 인간들의 실제생활과 관련된 모든 것으로부터의 도피행위를 찾아볼 수 있다고 말한다.(백낙청·염무웅 옮김, 『문학과 예술의 사회사-현대편』, 창작과비평사, 1974, 81쪽 참조)

결과적으로 순수시 반대론자들로 하여금 그를 현실도피적 예술론자로 몰아세우게 하는 데 큰 몫을 하였지만, 그의 의식을 추동해 낸 것은 관념이나 사상은 세계의 허상을 벗겨낼 수 없고, 가상으로 인식되었던 세계가 유일한 세계로 판명되었으므로 실재하는 사물을 '순수하게' 드러내야 한다는 인식이다.60) 사상이나 관념이 세계의 허상성과 가상성에 단지 새로운 허상을 덧씌우는 작업에 지나지 않는다면 시가 나아갈 수 있는 방향은 인과율이나 의지와는 무관한 순수한 관찰과 관조이며, 이를 통한 심미적 가치추구 외에는 없다. 이는 모든 가치들이 의문시되는 상황 속에서 덧없는 생의 무게를 이겨내기 위해 시를 삶으로부터 분리함으로써 현실에 대해 어찌해 볼 수 없는 무력감을 보상받기 위해 시인이 선택한 최후의 자위책인 것이다. 김춘수의 이러한 심미성 추구는 이후 '놀이의 시학'의 바탕이 된다.

(2) 무의미시와 놀이의 세계

김춘수가 '서술적 이미지' 실험에서 귀착하는 것은 이른바 대상과의 거리를 무화시켜 자유연상의 쉼 없는 파동만을 기록하는 '무의미시'이다. 김춘수는 '사생적 소박성'은 대상에 대한 인식의 거리를 확보함으로써 순수한 관찰에는 기여하지만, "이미지가 대상을 가지고 있는 이상 대상을 위한 수단이 되"므로 결국 "그 이미지는 不純해"(2:372)질 수밖에

---

60) 심미주의가 절정에 이르는 시기는 인상주의 시대이다. 그런데 인상주의의 심미적 세계관에서는 "문화가 닿지 않은 본래 그대로의 자연은 심미적 매력을 잃으며, 자연성의 이상은 인공성의 이상에 밀려난다." 이른바 '자연의 매혹'보다 인공성이 더욱 영혼을 파고든다고 생각한다.(위의 책, 184쪽) 이러한 인상주의의 심미적 특성과 김춘수의 심미적 태도는 표면상 거리가 있는 것처럼 보인다. 하지만 김춘수가 사물의 인상 재현을 통하여 사회적, 생활적 가치와 무관한 시만의 독자적인 가치가 확립된다고 보았을 때, 이는 기존의 미적 규범을 배제한 '변형'이 된다. 그리고 이 변형의 원리는 시인의 말처럼 사물을 '왜곡'하는 것이다. 이 왜곡이 무엇인가 낯선 것을 향한 것이며 우리의 경험 밖의 객관적 세계를 창조하는 것이라는 측면에서 볼 때 그의 견해는 궁극적으로 인상주의에서 말하는 '인공성의 이상'과 합치한다.

없다는 결론에 다다른다. 그리하여 대상으로부터도 자유롭고자 한다.

> 대상을 잃은 言語와 이미지는 대상을 잃음으로써 대상을 無化시키는 결과가 되고, 言語와 이미지는 대상으로부터도 자유로운 것이 된다. 이러한 자유를 얻게 된 언어와 이미지는 詩人의 바로 실존 그것이라고 할 수 있다. 言語가 詩를 쓰고 이미지가 詩를 쓴다는 일이 이렇게 하여 가능해진다. 일종의 放心狀態인 것이다. 적어도 이러한 상태를 위장이라도 해야 한다. 詩作의 진정한 方法과 단순한 技巧의 차이는 이 放心狀態(自由)와 그것의 僞裝의 차이라고 할 수 있을 것이다.(2:372)

> 말하자면 대상(現實·社會)으로부터 심한 拘束을 받고 있다. 자유롭지 못하다. 그러니까 유희의 기분(放心狀態)이 되지 못하고 매우 긴장되어 있다.(2:375)

> <遊戱의 氣分>이란 칸트의 遊戱說과 根本的으로는 같은 것이지만, 약간 더 부연할 것이 있다. 勞動의 餘暇에 사람은 그 남은 정력을 유희에 쏟는다고 칸트는 말하고 있지만, 진실은 그렇지가 않을는지도 모른다. 勞動의 餘暇가 없고, 남아있는 精力이 없다고 하더라도 사람은 勞動 그것을 遊戱로 만들어 버릴는지도 모른다. 그것이 불가능하다면 노동이 그대로 유희라는 幻像을 만들어 낼는지도 모른다. 유희는 그 자체 하나의 解放(自由)이기 때문이다. 유희야말로 대상이 없는 유일한 人間的 行爲가 아닌가? 유희에 대상이 끼어들 때, 그때 유희는 유희 아닌 것이 되고 만다. (……) 우리는 그런 대상과 그런 의미로부터 자기를 救하고자 한다. 유희의 긍정적인 뜻이 여기에 있다.(2:379)

인용문들의 요지는 다음과 같다. 먼저 대상과 거리를 취하는 경우, 사생적 소박성은 유지되지만 대상으로부터의 구속이 불가피하며, 이 구속이 '긴장'[61]을 낳아 이미지를 불순하게 만든다. 하지만 그것마저 제

---

61) 김춘수는 '긴장'이라는 용어를 두 가지 경우에 사용하는데, 그 하나는 대상이 유발하는 구속감으로서의 긴장이며, 다른 하나는 창작과정에 끼어들기 마련인

거하였을 때는 이미지와 대상의 거리가 없어지며 '放心狀態'에 이른다. 이 방심은 "汪洋한 자유"이며 "遊戲의 氣分"이다. 서술적 이미지는 실재에 대한 인상의 재현에서 자유로운 연상을 통한 대상의 무화에 도달하며, 이로써 어떠한 구속으로부터도 자유로운 '놀이'의 경지에 이르는 것이다. 그러므로 '놀이'란 목적에 얽매이지 않음으로 하여 창조성을 누리는 절대 자유라 할 수 있다.

김춘수가 시인하고 있는 것처럼 이는 칸트의 무목적성 이론과 유사하지만, 나아가 그는 놀이만이 최종 목표이며 지향이라는 점을 강조하고 있다. 김춘수는 놀이를 여가의 것만으로 사유하는 데 그치지 않는다. 만약 노동이 놀이와 동일시될 수 있다면 이때 노동은 그야말로 생산을 위한 활동이 아니라 무목적적이 됨으로써 창조의 절대 자유를 표방하는 일이다. 따라서 '대상이 없는 유일한 인간적 행위는 놀이이다'라는 말은 놀이만이 생의 일차적 목적을 지니지 않는 단 하나의 인간적 행위라는 의미이다. 생활의 일차적인 목적이나 감정으로부터 벗어난 예술관을 피력해 온 김춘수 시론의 특성을 염두에 둘 때 그가 견지해 온 '시와 산문 분리론'의 귀착점은 바로 '놀이의 시학'인 셈이다.

김춘수의 견해가 '놀이의 시학'으로 집대성된다는 점이 주목되는 이유는 그것이 허무를 드러내며 완성하는 방식이라는 점이다. 김춘수의 논지에 따른다면 허무의 경지에 다다른 자만이 대상의 무화와 놀이의 시학에 도달할 수 있는바, 이는 시인이 놀이의 본질적인 특성을 매우 잘 간파하고 있음을 설명해 준다. 시인은 이미 '장타령' 시편을 통하여 놀이의 시학을 실험한 적이 있는데, 일상의 규칙과는 다른 그 안에서만의 또 다른 질서를 창조함으로써 필연적으로 어떤 이미지를 형성하고자 하는 놀이의 특성은 김춘수가 지향하는 세계와 매우 적절히 부합한다.

방법적인 긴장이다. 김춘수는 「處容斷章 第二部」의 창작과정에서 "의미가 없어진 말을 다루는 그 순간" "팽이가 돌아가는 현기증 나는 긴장상태"(2:389)가 발생하였다고 술회한 바 있다.

'놀이의 시'에 대한 김춘수의 시적 지향은 갑작스레 돌출한 것이 아니라 그의 시작과정의 자연스러운 귀결이라 할 수 있다. 김춘수는 『꽃의 素描』 이후 10여년 만에 발표한 『打令調·其他』에서 장타령을 의도적으로 실험하고 있는데, 이는 시인의 말에 의하면, 사물의 새로움 탐구에 대한 회의로 "일종의 言弄"(2:385)을 연습해 본 데 지나지 않는다. 이는 대략 '處容'에 이르기 위한 실험으로 간주되는바, 시인의 탈시간화와 놀이의 시 모색과정을 확인할 수 있는 근거를 제공한다.

'장타령'이란 본래 장바닥이나 길거리를 돌아다니면서 동냥 따위를 하던 사람들이 부르던 속요를 말하는데, 형식적인 갈래상 잡가의 범주 안에 넣어 이해한다. 분명한 노랫말이나 형식을 지니지 않으면서 그때 그때의 상황에 맞추어 노래의 변주가 가능하다는 점이 잡가로서 장타령의 속성이다. 따라서 장타령에서는 고정적으로 주어진 형식이나 구조 등은 존재하지 않으며, 노랫말의 의미 전달 등이 중요시되지도 않는다. '유흥적인 분위기'를 조성하여 사람들의 관심을 집중시키는 것이 장타령이 갖는 가장 큰 목적이라고 할 수 있다.62) 이처럼 장타령의 우선적인 목적과 기능이 '유흥성'에 있음을 염두에 둘 때, 김춘수가 자신의 시작에 대한 오랜 회의 끝에 산출해 낸 작품들에 그와 같은 제목을 붙이고 있는 이유를 짐작할 수 있다.

「打令調」 연작의 핵심은 반복과 조소이다. 이 반복과 조소는 작품의 미적인 질을 떨어뜨리는 작용을 하지만, 유흥과 놀이의 목적에 부합하면서 그것만이 생의 무게를 견디어 낼 수 있게 한다는 점을 보여준다. 다음 작품을 통하여 쉽게 알 수 있다.

志鬼야,
네 살과 피는 削髮을 하고

---

62) 고미숙, 「조선 후기 서민시가의 융성과 다기한 분화」, 『민족문학사 강좌 상』, 창작과비평사, 1995, 264~265쪽 참조.

伽倻山 海印寺에 가서
讀經이나 하지.
환장한 너는
鐘路 네거리에 가서
男女老少의 구둣발에 차이기나 하지.
　　　　　　－「打令調3」 부분

쓸개빠진 녀석의 쓸개빠진 사랑을 보았나.
녀석도 참
나중에는 오뉴월 구름으로 흐르다가
立春 가까운 눈발로도 쓸리다가
히히 히히 히
쓸개빠진 녀석은 쓸개빠진 웃음을
웃을 뿐이지.
　　　　　　－「打令調5」 부분

　먼저 눈에 뜨이는 것은 어조의 독특함이다. 마치 이야기를 풀어내는
듯한, 하지만 자조와 조롱의 의미를 함축하고 있는 어조는 위의 작품들
이 어느 정도 감정적 제어 없이 이루어지고 있음을 암시해 준다. 위에서
"사랑"은 매우 하찮고 쓸모없는 것으로 비쳐진다. 지귀설화를 이용하고
있는 「打令調3」에서 사랑은 "종로 네거리"에서 사람들의 "구둣발에 차
이기나" 하는 존재이다. 선덕여왕을 향한 지귀의 사랑은 염불로나 가능
할까 현실적으로는 실현 불가능하다. 이 실현 불가능함이 사랑의 의미
를 미화하거나 승화시키는 것도 아니다. 도회지 한복판에서 무심한 뭇
사람들에게 짓밟힘으로 해서 지귀의 사랑은 더욱 비참한 지경에 이른
다. 그러므로 신분의 차이를 넘지 못한 채 구천을 맴도는 귀신이 되어
버린 지귀의 사랑은 그저 "쓸개빠진 사랑"일 뿐이다.
　그런데 주목되는 것은 고귀해야 할 사랑이 하찮은 지경으로 전락해
버린 상황에 대한 시인의 반응이다. 하잘것없고 처참해진 "쓸개빠진 사

랑"에 "쓸개빠진 웃음"을 지음으로써 시인은 사랑의 무가치함을 감내하고자 한다. '쓸개빠진 웃음'이 조소와 허탈의 웃음이면서 "쓸개빠진 사랑"을 견디어낼 수 있는 웃음이라고 한다면 이는 사랑의 가치하락을 나름대로 이겨낼 수 있는 웃음일 것이다. 그러므로 '쓸개빠진 웃음'은 장타령이 삶의 애환과 질곡을 가볍게 희화화함으로써 그것을 인내 혹은 망각하며 살아갈 수 있도록 하듯이 이제는 무가치해진 사랑을 참아낼 수 있는 힘의 근원이 된다. 이것이 바로 시인이 「打令調」 연작에서 보여주려 한 웃음과 유흥성의 본질적 의미일 것이다.

게다가 이 「打令調」 연작이 담아내고 있는 비유용성의 의미는 '시와 산문 분리론'과 이어지면서 시인의 놀이의 시학의 의의를 선취해 내고 있다. 장타령 안에는 생활적인 가치에 대한 비웃음과 무화의식이 숨겨져 있다. 유흥적인 분위기를 고취시키려는 장타령에서는 일상의 고단함을 잊으려 하거나 혹은 그것의 무게를 견뎌내고자 하는 의식이 내재해 있으며 나아가 그럼으로써 삶의 무상함을 드러내려는 의도를 발견할수 있다. 「打令調」 연작에서 확인할 수 있는 절대적 의미를 상실한 사랑에의 대응방식 역시 이와 무관하지 않다. 즉 김춘수는 오로지 모든 생활의 구속으로부터 절연된 유흥성 곧 놀이만이 생활세계의 환멸과 무가치함을 이겨낼 수 있게 하는 동력이 된다고 보았던 것이다.

앞서 살펴보았듯이 김춘수는 '순간'의 자족적인 세계를 구축하는데 이는 일상적이며 현실적인 시간과는 무관한 주관적이며 상상적인 시간의 세계이다. 이는 '놀이'가 환기시키는 근본적으로 다양한 관념과 연관지어진다. 자유로움, 위험, 현실생활에 영향력 없는 활동, 비생산성, 물질적 유용성이나 필요성 영역 밖의 활동, 임의의 규칙에 따른 허구적인 활동 등은 궁극적으로 놀이를 '비현실성'과 '무상성'으로 규정짓는데 도움을 준다.[63] 그리고 이 비현실성과 무상성은 놀이가 일상생활과

---

63) 로제 카이와, 이상률 옮김, 『놀이와 인간』, 문예출판사, 1994, 25~34쪽 참조.

분리된 '닫혀진 총체(totalité fermeé)'[64]로서의 세계를 형성하도록 하는 데 기여한다.

그러므로 김춘수가 지향하는 '순간'의 시간이 '생에의 주의의 전화'에 기초하여 완결적이며 독립된 시간형식으로 현현하는 것과 마찬가지로 놀이는 일상적 규칙이나 사리판단 등으로부터 벗어나 있다. 시인 자신만의 자족적 세계가 외부세계의 진실과 허위, 선과 악의 평가에서 자유로운 것처럼 놀이 역시 지혜나 바보의 대립 밖에 존재하며 도덕적 잣대를 관통시키지 않는다. 게다가 놀이는 일상과의 분리나 진실과 선의 범주로부터의 해방이라는 측면에서 심오한 미적인 질을 지닌다. 결국 시인은 이 '순수 공간'[65] 안에서 생활의 유용성과 목적으로부터 벗어난 시의 새로운 국면, 새로운 미적인 질서를 전개시키고자 한다. '놀이의 시', 놀이의 힘에 의해 창조되고 유지되는 내적이며 자족적인 세계는 놀이가 그러한 것처럼 스스로를 정당화시킬 수 있는 것이다.

지금까지 살펴본 바와 같이 김춘수는 현실시간의 계기적 속성으로부터 이탈한 '순간'의 미학을 통하여 그가 꿈꾸어 온 내적이며 자족적인 세계를 완성한다. 「處容斷章」에서는 현실과 독립하여 있는 완성된 산물로서의 유년의 감각적인 체험을 현재화함으로써 절대적으로 현존하는 시간감을 극대화시킨다. 이때 현재적 자아는 낱낱의 기억들을 지적으로 조직해 냄으로써 그것들을 특수한 시간적 질서로 재현될 수 있도록 한다. 비현실적이며 비일상적인 '순간'에의 몰입을 통하여 시인은 모든 시간기대를 무효화시킨 채 자신만의 유토피아를 선취하고자 한 것이다. 이러한 시인의 내적이며 자족적인 세계 추구를 뒷받침하는 것이 그의 놀이의 시학이다. 놀이는 일상과는 다른 미적이며 자율적인 공간으로 작용하면서 시인이 지향해 온 새로운 미적 질서의 바탕이 된다.

---

64) 위의 책, 11쪽.
65) 위의 책, 30쪽.

1. 낭만적 유폐와 순수한 시간의 동경

이제까지 고은 시 연구에서 1970년대 초반은 그의 전체 시세계의 결절점으로 논의되어 왔다. 1958년 문단에 등장한 이후 약 10여 년 동안, 고은은 모든 존재자들의 존재성을 필멸의 과정으로 파악하면서 죽음에 대한 지향을 시화하는 데 주력하였다. 이러한 초기 시세계[1]를 관류하고 있던 시적 관심은 70년대 초반, 시인의 말을 따르자면, 한 역사적 개인의 충격적이고도 역사적인 죽음을 접한 후 이른바 역사와 현실의 변혁을 추구하는 지점으로 변모하여 간다.

고은의 전체 시세계를 통틀어 볼 때 표면상 엿보이는 이와 같은 급격한 단절과 변화는 지금까지 그의 시세계 연구를 편향시켜 온 주된

---

1) 이 글에서는 고은의 첫 시집인 『彼岸感性』에서부터 세 번째 시집인 『神·言語 最後의 마을』까지를 초기 시로 보고자 한다. 그 이유는 이 글에서 살펴보고자 하는 시인의 죽음에 대한 지향이 세 번째 시집을 기점으로 하여 '세속화'되면서 변모해 간다는 점에 연유한다.

요인이라 할 수 있다. 기존 논의에서는 시인의 시적 태도가 변모하게 된 근본 동인이 제대로 해명되고 있지 않으면서도 초기 시세계를 중·후반기 시세계와 견주어 상대적으로 감상적이거나 예외적인 일탈의 몸짓 정도로 이해하는 것이 보통이다.

물론 고은의 전체 시세계 중에서 중요한 비중을 차지하는 시기는 민족 현실을 자각하고 민족 모순을 타개하기 위해 노력해 온 중·후반기일 것이다. 그럼에도 불구하고 고은의 초기 시세계의 의의는 과소평가될 수 없다는 것이 이 글의 입장이다. 고은의 시적 변모의 근본 원인이나 조건 등은 초기 시세계에서 구해져야 한다. 고은이 초기 시작과정에서 보여준 죽음에 대한 지향은 궁극적으로 그가 역사적 현재에 몰두하게 되는 원인을 분석하는 데 있어 결정적인 실마리를 제공한다.

따라서 고은 시에 대한 새로운 접근방식이 요구되는바, 이 글에서는 그의 시세계의 본질적 특성을 초기 허무의식이 견지하고 있던 시간관 및 시간구조를 통해 밝히고자 한다. 이를 위하여 이 장에서는 고은의 초기 시에 두드러지는 낭만적 유폐의식과 '순수한 시간' 및 '최초의 시간'에 대한 동경에 관해 살펴보고자 한다.

1) 자발적 유폐와 소멸지향

고은이 초기 시부터 지속적으로 보여주는 허무의식은 세계의 모든 사물들은 소멸해 갈 것이므로 실재의 표상 안에서는 참된 의미를 얻을 수 없다는 사고에 기초한다. 죽음이란 모든 존재자들의 근본 성격이어서 그것들은 필멸의 운명을 지니고 있으며, 죽음의 세계만이 현상하는 모든 사물들이 생멸이나 변화와 무관하게 상주(常住)할 수 있는 곳이다.

아무도 찾아오지 않는데 그대 자손은 차례차례로 오리라.

지난 밤 모든 벌레 울음 뒤에 하나만 남고 얼마나 밤을 어둡게 하였던가.
가을 아침, 財寶인 이슬을 말리며 그대들은 잔다.
햇빛이 더 멀리서 내려와 잔디 끝은 희게 바래고
올 이른 봄의 할미꽃 자리 가까이 며칠만의 산국화가 모여 피어 있구나.
그대들이 지켰던 것은 비슷비슷하게 사라지고 몇 군데의 墓碑는 놀라
면서 산다.
그대들이 살았던 이 세상에는 그대의 뼈가 까마귀 깃처럼 운다 하더라도
이 가을 진정한 슬픈 일은 아니리라.
오직 살아 있는 男子에게만
가을은 집없는 산길을 헤매이게 한다.

그대들은 이 세상을 마치고 작은 祭日 하나를 남겼을 뿐
옛날은 이 세상에 없고 그대들이 옛날을 이루고 있다.
어쩌다, 잘못인지 노랑나비가 낮게 날아가며
이 가을 한 무덤 위에서 자꾸만 저 하늘에 뒤가 있다고 일러 준다.

아무도 찾아오지 않는데 그대들은 이 무덤에 있을 뿐 그대 자손은 곧
오리라.

－「墓地頌」 전문

김수영은 위의 작품을 읽은 후 "벼락"을 맞은 듯, "재주란 이런 것
이로구나"라는 충격을 받았노라고 술회한 적이 있다.2) 김수영이 간파
한 고은의 천재적인 기질이나 재주는 아마도 작품 전체에서 배어 나오
는 죽음의 절대적 마력에서 비롯하였을 것이다. 그만큼 「墓地頌」은 모
든 존재자의 존재성이란 소멸의 과정이라는 점을 분명하게 제시해 주
고 있다.

가을날, 시적 자아는 생명력을 잃어가는 사물들로 가득한 "산길을 헤
매이"고 있다. '사람들의 오고 감이 끊어진 산길', '소슬하고 어두운 밤

---

2) 김수영, 『김수영전집2』, 민음사, 1981, 70쪽.

중에 벌레 울음소리마저 그친 곳에 외로이 남은 무덤', '안타깝게도 빠르게 사위어 가는 가을 햇살의 기운', '끝이 하얗게 말라 가는 잔디', '할미꽃도 져버린 곳, 그 터에 피어 있는 며칠 후면 다시 시들고야 말 산국화', '드문드문 쭈뼛이 서 있는 비석들' 모두 시적 자아가 위치한 산 속에 미만해 있는 소멸감을 전달해 준다.

이 모든 존재자들에게 드리워진 필멸의 징후는 1행과 3행 그리고 12행과 13행 등에서 강조되어 나타난다. 먼저, 미미하나마 귀중한 생의 "財寶"라 할 수 있는 "이슬"마저 여지없이 "말"라 버림으로써 "묘지"들만 이웃한 산길에는 아주 작은 생명조차 발붙일 수 없는 황폐함이 두드러진다. 그리하여 지금 여기는 "옛날은 이 세상에 없고 그대들이 옛날을 이루고 있"는 곳일 따름이다. 살아 있던 동안의 경험이나 지식, 소망 등은 이미 사라져 생전의 기대와 가치는 모두 헛될 뿐이며, 이제 그들의 죽음의 표상만이 남아 있어서 오로지 그것들을 통해서만이 과거의 흔적을 더듬어 볼 수 있다. 1행의 "아무도 찾아오지 않는데 그대 자손은 차례차례로 오리라"에서도 죽음의 임박한 분위기와 더불어 오로지 죽음만이 끊임없이 반복하리라는 인상을 강하게 받을 수 있다. 또한 죽음의 기운은 시적 자아에게까지 엄습해 오는바 13행과 14행에서 "낮게 날아가"는 "노랑나비"는 시적 자아의 죽음도 멀리 않았음을 환기시켜 준다.

그러므로 "그대들이 살았던 이 세상"에서 더 이상 죽음은 "진정한 슬픈 일은 아니"다. 현재 살아 있는 모든 사물들은 소멸해 갈 터이며 근본적으로 "집 없"이 떠도는 존재들이기 때문이다. 죽음이란 모든 존재들의 본향이자 안식처와도 같아서 언젠가는 반드시 돌아가야 할 곳인 셈이다. 이처럼 오로지 "祭日 하나"만을 남긴 채 "그대들이 지켰던 것"들이 모두 사라진 지금 이곳을 지배하고 있는 것은 거부할 수 없는 소멸의 힘이다.

죽음만이 영원한 안식처요, 본향이라면 모든 존재자들은 소멸을 통하여 그 본연성을 회복할 수 있다. 모든 사물들이 필멸의 운명을 간직하고 있다는 것은 이 세계 사물들은 단지 현상하는 것이며 영속은 완전한 사멸로써만이 본질을 성취함을 의미한다. '인생이란 하나의 긴 꿈이요, 죽음은 그 꿈에서 깨어나는 일이다.'란 말과도 같이 죽음은 세계의 현상하는 모든 사물들이 본래의 참됨과 진실됨을 확인할 수 있는 상주의 공간인 것이다.

이와 같이 고은의 초기 시에 나타나는 허무의식은 죽음을 삶의 진정한 본원처로 간주함으로써 그것에 기꺼이 투신하고자 하는 '죽음에 대한 지향'을 특징으로 하며, 모든 존재자의 존재성을 소멸과정으로 파악하고자 하는 그의 허무의식은 일종의 '죽음의식'으로 규정지어질 수 있다.

그런데 이러한 시인의 '죽음의식'은 외부세계나 현실세계로부터 단절되어 있거나 고립, 유폐되어 있는 시적 자아의 상황에서 출발한다는 점이 눈길을 끈다. 이때 시인이 시적 자아의 고립감이나 유폐의식을 효과적으로 표출해 내기 위하여 사용하는 모티프는 '병'이나 '잠'이다.3) 시적 자아는 치유 불가능한 병에 걸려 있어서 일상적 현실에 정상적으로 편입하기 곤란한 경우이거나 또는 그것에 소속되기를 거부한 채 소극적으로 잠에 빠져들기를 소망하는 경우가 빈번하다.

누님이 와서 이마맡에 앉고
외로운 파-스 하이드라지드瓶 속에
들어있는 情緖를 보고 있다.

---

3) '병' 모티프가 나타나는 작품으로는 「病室寧歌」, 「눈물」, 「가을 病吟抄」 등이 있다. '잠'의 모티프를 이용하는 작품으로는 「폐결핵-2」, 「자장가」, 「밤의 法悅」, 「별빛」, 「山中問答」, 「봄 여름의 書翰」, 「어린시절의 紀行」, 「봄밤의 말씀」 등을 들 수 있다. 한편 고은의 초기 시에서 '병'과 '잠'은 상보적 관계이거나 모순적 관계이다. 「病室靈歌」에서 "병"은 "생각과 같이 자라는" "어머니"인데, 병이 깊으면 생각도 깊어져서 밤새 불면만이 지속한다. 하지만 불면으로 인하여 생각과 번민 속에 참된 깨달음을 얻을 수 있으므로 불면은 잠들지 못하게 하는 '병의 죄'를 사하여 준다.

뜨락의 木蓮이 쪼개어 지고 있다.
한 번의 기인 호흡이 창의 하늘로 삭아가버린다.
오늘 하루의 이 午後
肋骨에서 두근거리는 체온의 되풀이
머나먼 곳으로 간다.
지금은 틀거울에 담은 祈禱와
아래 얼굴,
모든 것은 이렇게 두려웁고나.
기침은 누님의 姦淫,
언제나 실크빛 戀愛나
나의 시달리는 홑이불의 日曜日을
누님이 보고 있다.
누님이 치마끝을 매만지며
化粧얼굴의 땀을 닦아 내린다.
　　　　　　　　　－「肺結核」 1연4) 전문

따스한 봄날, "나"는 병마에 신음하며 '외롭게' '방 안'에 누워 있다. '창 밖'에는 한가로이 "木蓮"이 지고 있고, 이를 바라보며 나는 한숨만 내쉰다. "누님"은 이러한 나의 외로움과 고통에 기꺼이 동참하고 있지만 나는 그녀와의 두려운 상상과 교감에 시달릴 뿐이다. 이처럼 위의 작품에서 두드러지는 바는 작품 전반부의 시시각각으로 밀려오는 죽음의 조짐에 압도당하고 있는 시적 자아의 상황과 후반부의 시적 자아와 누님과의 은밀한 근친상간적 분위기이다.

그런데 이러한 시적 상황과 분위기는 모두 '방 안'이라는 폐쇄적인 공간에서 직접적으로 연유한다. 「肺結核」 1연에서 시적 공간은 시적 자

---

4) 고은은 1983년(민음사)과 1988년(청하), 두 차례에 걸쳐 전집을 펴낸 바 있다. 이때 시인은 거의 모든 작품에 대해 전폭적인 개작을 단행하였다. 이 글에서는 특별한 이유가 없는 한 전집에 실린 고친 작품을 다루지는 않는다. 처음 발표된 작품이 당시의 시인의 의식을 살펴보는 데 있어 더 유효하다고 보기 때문이다. 다만 변모과정이 중시될 때에만 고친 작품을 다루기로 한다.

아가 병을 앓으며 회복의 기미라고는 없이 '홀로' 누워 있는 '방 안'이다. '약병 속에 들어 있는 외로운 정서'는 시적 자아의 사정을 단적으로 드러내 주고 있다. 누님만이 그가 누워 있는 '방 안'과 '방 밖'을 매개해 주는 인물인 것으로 여겨진다. 이 '방 안'은 시간이 흘러감에 따라 시적 자아의 "호흡"이 바깥의 "하늘"로 "삭아가버리"고, "체온" 또한 "머나먼 곳으로 가"버림으로 말미암아 점차 생명력이 쇠약해지는 공간이다.5)

따라서 '방 안'은 '죽음의 공간'이라고 할 수 있으며, 그곳에서 점차 죽어가고 있는 시적 자아는 '꽃'이 피고 지는 '방 밖'의 '삶의 공간'과는 동떨어진 채 유폐되어 있는 상태라고 볼 수 있다. 시적 자아가 앓고 있는 병이 "肺結核"이라는 점은 그의 정황을 이해하는 데 있어 유효하다. 본디 폐결핵은 전염성이 강한 질병이기 때문에 치료과정에서 격리가 요구된다. "오늘 하루의 이 午後"와 "한 번의 기인 호흡"과 같은 표현에서 제한적이며 한정적인 인상을 받는 까닭도 죽음의 공간에 가두어져 있는 그의 처지에서 비롯한다.

더욱이 주목할 만한 것은 시적 자아 스스로가 자신의 처지를 '유폐된 채 소멸하여 가고 있는 상태'로 파악하고 있다는 점이다. "외로운 파-스 하이드라지드瓶 속에 / 들어있는 情緖"는 시적 자아가 인식하는 삶의 유폐감과 소멸감을 잘 보여준다. 표면상 이 시행에서 "情緖"를 바라보는 주체는 누님으로 판단되지만 '情緖'가 '약병' 안에 담김으로 해서 그것은 누님만이 아니라 시적 자아에게도 동일한 관찰 대상이 된다. 시적 자아는 약병 속에 담긴 알약들과 자신을 동일시하면서 하루하루 약이 줄어들 듯이 자신의 삶도 소진하여 간다고 느낀다. 병고로 서서히 쇠락

---

5) 「肺結核」은 1966년 발표된 고은의 두 번째 시집인 『海邊의 韻文集』에 개작되어 다시 실리고 있다. 고쳐진 작품에서는 마지막 2행 앞에 "언제나 오는 것은 없고 떠나는 것뿐"이라는 시행이 첨가되어 있어 시적 자아의 단절감과 상실감을 더욱 강조하고 있다.

해 가는 삶은 일상에서의 격리와 단절을 가져오며 자신을 '외로이 죽어가고 있다'고 여기게 만드는 것이다. 시적 자아로 하여금 죽음의 정서적 심연에서 헤어날 수 없도록 하는 것은 바로 이 '외로움'이라고 해도 전혀 지나치지 않다.

물론, '외로움'은 시적 자아만의 고유한 감정이라고 판단하기 어렵다. 죽음의 정서는 외로움의 심정과 결합하는 경우가 많다. 그때의 '외로움'은 자신이 더 이상 사회적으로 가치 있는 존재가 아니어서 관심의 대상이 되지 못하며, 자연스레 살아 있는 사람들의 공동체로부터 내몰려 삶의 무대 뒷전에 처하게 되었다는 판단에서 발생한다.6) 외로움은 죽음의 과정에 필연적으로 동반하는 보편 감정인 것이다.

시적 자아의 '외로운 정서'도 죽음이란 어느 누구와도 공유할 수 없는 자기 혼자만의 경험이며, 그로 말미암아 자신의 모든 기억과 감정과 체험, 지식과 소망까지도 영원히 사라지게 되리라는 공포감에 뿌리를 두고 있다. 외로움은 근본적으로 존재 가치의 상실과 생활공간으로부터의 분리가 가져오는 "폐쇄인(Homo clausus)"7)의 감정, 삶에의 애착을 동반하는 죽음에 대한 두려움인 셈이다. 유폐와 죽음을 동시에 감당해야 하는 시적 자아의 형편에서 외로움은 생에 대한 갈망과 존재 가치 회복의 좌절 표현에 다름 아닌 것이다.

아울러 피할 수 없는 죽음의 힘에 이끌려가고 있는 시적 자아의 상황은 누님과 은밀한 근친상간적 교감을 나누는 데 있어서도 주요한 요인이 된다. 누님에 대한 두려운 상상과 그녀와의 교감은 '방 안'의 폐

---

6) 죽음과 외로움의 정서적 결합은 개인화와 자아의 인식이 발전한, 상대적으로 최근의 단계의 것이라 할 수 있다. 엘리아스는, '외로운 죽음'의 모티프가 이전 시기에도 강조되어 나타난 적은 있으나 현대에 와서 더욱 강조되고 있다고 말한다. 전적으로 자율적인 인간으로서 타인과 다를 뿐만 아니라 분리되어 완전히 독립적으로 존재하는 개인이라는 자기 이미지가 분명하게 나타나는 현대 사회에서 외로이 죽어가는 것은 사람들이 반복적으로 겪는 체험형식에 속한다는 것이다.(김수정 옮김, 『죽어가는 자의 고독』, 문학동네, 1998, 76~85쪽 참조)
7) 엘리아스, 앞의 책, 69쪽.

쇄성과 은밀성으로 더욱 견고해지는 한편, 시적 자아가 지니고 있는 죽음의 외로움과 공포감의 탈출구 역할을 하기도 한다. 성애적 욕망은 본질직으로 '단절에서 연속으로', '결핍에서 충족으로' 향하는 것이기 때문이다.[8]

　이처럼 고은의 초기 시세계에 나타나는 예비된 죽음은 고립의 상황과 상보적 관계를 맺고 있다. 죽어감의 사태는 일상생활과의 단절을 낳고, 생활세계로부터의 유리는 죽음의 심정을 더욱 강화시킨다. 시적 자아의 유폐 상황은 미처 경험하지 않은 죽음을 구체적으로 체감할 수 있도록 도우며, 엄습해 오는 그것을 드러내는 시적 장치 구실을 한다.

　그런데 이러한 단절이나 유폐상은 질병과 같은 불가피한 형편에 의해 강제되는 것이 아니라 점차 시적 자아 스스로 그것을 동경하거나 소망하는 상태로 변모하여 간다.

　　그이들끼리
　　살데.

　　골짜구니 아래도 그 위에도
　　그들의 얼얼이 떠서
　　바람으로 들리데.

　　그이들은
　　밤 솔바람소리,

---

8)　죠르쥬 바타이유의 『에로티즘』(조한경 옮김, 민음사, 1989)을 참조하기 바람. 그런데 이때 누님에 대한 성적인 욕망을 실현할 수 없다는 점에서 시적 자아의 소멸의 비극성은 더욱 강화된다고 볼 수 있다. 한편, 김현은 자신의 결핵균이 누님에게 옮겨가 그녀가 시적 자아를 대신하여 죽게 된다는 상황의 설정은 극적인 자기 긴장을 부여하며, 멸망해 가는 여자의 아름다움을 다루고 있다는 점에서 시인의 낭만주의적 사고가 드러난다고 본다.(「시인의 상상적 세계」 참조) 누님과의 근친상간적 교감이 지니는 의미에 관해서는 다음 장에서 희생을 통한 재생과 연관지어 다시 자세히 분석하였다.

바위보아
비인 산 허리.

가을이 오데.

바위를 골라
나앉아 우는 추녀 끝
뜰에 떠러지는 풍경소리에,

그이들끼리
살데.
그이들은 늙데.

돌아와 한번 잊은제
도로 가고 싶은 그이들의 얼 바람 진
산 허리.

그이들은
살데.
　　　　　　－「泉隱寺韻」 전문

위의 작품에서도 일상적 세계와는 동떨어져 살아가는 삶의 고립감 또는 단절감이 중심을 이룬다. 대부분의 고은 초기 시에 비해 시행 길이가 매우 짧으며, "－데"와 명사로 마무리한 각각의 연들은 그와 같은 삶의 특성을 효과적으로 전달해 주는 역할을 한다. 연과 연 사이 휴지는 시 전체에 긴 호흡을 부여하며, '－ㅣ'와 '－ㅔ' 등 음성모음으로 처리한 각 연의 끝은 작품 전체의 정조에 우울하고도 적막한 여운이 깃들도록 만든다.
　시적 대상인 비구니들의 독특한 생활과 그들의 산중 정진(精進)의

도장인 "泉隱寺"가 이미 비현실적이며 속세와 유리된 삶의 태도를 내포하고 있다. "밤 솔바람소리"나 "비인 산 허리", "풍경소리" 등이 환기하는 고즈넉함은 그곳이 철저히 외부 현실의 일상적인 시공간과 분리되어 있음을 강조하고 있다. '소리'에서 배어 나오는 공허함은 그들의 무념, 무욕의 삶을 함축하며 '비어 있는 산 허리' 역시 관능적이지만 사바세계와는 절연한 채 살아가는 그들을 연상하게 한다. 특히 "끼리"는 그들의 삶이 자족적이면서도 배타적이라는 점을 부각시키면서 비구니들이 기거하는 공간 못지않게 그들이 '살아가고' '늙어가는' 과정도 극도로 폐쇄되고 단절되어 있어서 외부인들은 좀처럼 포착하기 어렵다는 점을 암시하고 있다.

4연의 문득 불현듯이 '가을이 오는 것'을 감지하는 행위 역시 그들의 삶이 지향하고 있는 바가 무엇인가를 분명하게 보여준다. "가을이 오데"의 심상한 어조는 미처 깨닫지 못한 상태에서 어느덧 새로운 계절이 오고 있음에 대한 자각을 담고 있는데9) 이는 계절의 흐름을 파악하는 주체가 비구니이건 시적 자아이건 간에 사문(沙門)의 삶의 시공간이란 생활세계의 일상과는 전혀 무관하며, 설사 계절의 변화를 지각한다고 하더라도 일상생활에서의 "가을"과는 동일하지 않다는 인상을 준다.

이 「泉隱寺韻」에서 눈여겨보아야 할 부분은 사문의 삶과 그 시공간

---

9) 최원식은 「泉隱寺韻」의 독특한 어조에서는 "그 세계에 대한 동경과 비꿈 그리고 이미 다른 세계를 엿본, 그리하여 그 유혹에 강하게 흔들리고 있는 사람은 다시는 그 속으로 돌아갈 수 없다는 쓸쓸함까지도" 복합적으로 나타난다고 지적한다.(「고은, 서정시 30년의 역정」, 『고은 문학의 세계』, 창작과비평사, 1993, 69~70쪽 참조) 하지만 이는 "-데"의 본래적인 어법적 기능을 간과한 해석이다. "-데"는 하게체의 종결어미로서 '-더라'의 뜻을 지니며, 말하는 이가 자신의 경험한 사실을 회상하여 비로소 일러 줌을 나타낸다.(연세대학교 언어정보개발연구원 편, 『연세한국어사전』, 두산동아, 1998, 502~503쪽 참조) 그러므로 "살데" 등은 과거 경험의 회상이라는 것을 강조하기 위한 사용으로 보아야 한다.

을 바라보는 시적 자아의 태도이다. "돌아와 한 번 잊은제 / 도로 가고
싶은 그이들의 얼 바람 진 / 산 허리"라는 구절에는 시적 자아의 깊은
동경심이 배어 있다. 시적 자아는 비구니들의 단절적이며 폐쇄적인 삶
을 동경하고 있으며 함께 동참하고픈 의식을 내비치는 것이다. 수미쌍
관 기법을 이용한 마지막 연에서 그들의 삶에 대한 선망이 느껴지는
것은 이 때문이다.

이와 같은 고립적인 생 또는 단절적인 삶을 향한 동경이 스스로를
외부 현실의 시공간으로부터 유리시키는 '자발적인 유폐'로 이어지는
것은 당연한 일이라 할 수 있다. 그리고 이는 '병'과 같은 불가피한 조
건에 따라 어쩔 수 없이 일상적 시공간과 거리를 두고 있던 경우와는
구별되는 적극적으로 자신의 '내적인 시공간'을 구축하려는 태도를 함
축하고 있다는 점에서 특기할 만하다. 일상의 시공간으로부터 소외되고
유리되어 왔던 시인은 이제 통상적인 시간의 흐름으로부터 벗어난 자
신의 내적 시공간 안에 자족적으로 침잠하려는 양상을 보여주는 것이
다. 이러한 자발적인 유폐의 모색 및 내적 시간에의 함몰에의 계기를
제공하는 것이 바로 '잠' 모티프이다.

'병'과 '잠'은 자아를 외적 현실과 유리시킨다는 점에서는 공통적이
다. 하지만 전자가 자아의 주체적이며 자발적인 의사에 의한 것이라기
보다는 불가피한 상황에 연유하는 것이라고 한다면 후자에는 전자에
비해 보다 자아의 적극적인 의지가 내포되어 있다. '병'과 '잠' 모두 자
아의 현실로부터의 분리 결과를 가져오지만 '잠'의 경우 더 적극적인
'분리에의 의지'를 시사하고 있는 것이다. 따라서 고은 초기 시에 나타
나는 '병' 모티프가 '잠' 모티프로 변화되어 가는 것은 시인의 '분리에
의 의지'가 보다 강화되어 가고 있음을 암시한다.

한편 '잠'을 통한 내적 시공간으로의 함몰에서는 어느 정도 낭만주의
적인 태도를 엿볼 수 있다. 원래 '병'이나 '잠' 모티브는 낭만주의 문학
에 익숙한 모티프일뿐더러 시인이 꾀하는 자발적인 유폐는 낭만주의 시

대의 산물인 '내면적 동경'을 떠올리게 한다.[10] 정신의 빈곤을 초래하는 외부 현실로부터 벗어나 무한한 생의 원리를 얻고자 한 낭만주의자들의 노력은 동화의 세계나 꿈과 같은 무의식 세계에 대한 지향으로 드러나는바, 이는 고은 시에 나타나는 자발적 유폐의식에서 그 유사성을 확인할 수 있다. 낭만주의자들이 무한에 대한 갈망으로 과거로 회귀하거나 생의 원점으로 돌아가려 한 태도 역시 마찬가지이다. 그러므로 고은 초기 시의 '병' 모티프가 궁극적으로 시인의 죽음에 대한 지향을 견인해내는 '잠' 모티프와 밀접한 관련을 맺는 것은 전혀 우연이 아니다.

2) 정지된 시간과 순수한 시간

일상 현실과 단절되어 있으면서 자신의 삶을 유폐된 채 소멸하여 가고 있다고 파악하는 태도는 자연히 그것과는 상반하거나 비교될 수 있는 자족적이며 내적인 시공간 속으로의 침잠을 낳는다. 다음 작품에서는 고립적이며 단절적인 삶에서 비롯하는 시간적 유폐상을 엿볼 수 있다.

세월은 가는 것인가 가는 것인가.
내 혼자서 누워 있구나.

한 모금 담배 연기도 부끄럽게 지우는
이 晴曇의 病……
오늘 같은 날을 그냥 나는 누워 있을지라도
저 果實은 여물다 떨어지겠다.
그렇지만 여남은 나무 잎새가
내 마른 살을 쓸 듯

---

10) 낭만주의의 '내면적 동경'에 관해서는 지명렬의 『독일낭만주의 연구』(일지사, 1975)의 제4장을 참조하기 바람.

빈 가지에 남고,
만약 내가 어린애라면,
그대 젖 고동소리
얼마나 그리워하다 잠들었을까.

가을 수수밭 머리엔
아내를 내보냈다.
지금 아내의 마음
얼마나 차가울까.

아내를 내 곁에 태우고 떠나고 싶은데
지난날의 馬車 오는 길을 찾지 못한다.
내 귀 언저리에 사는 所願을 털지 않는다.

오직 어서 돌아와 주었으면, 돌아와 주었으면,
어디다 北部英國語같이 말해 보아도……

나 혼자 사는 마음으로
그대 아내와 산다

세월은 가는 것인가, 가는 것인가
내 혼자서 누워 있구나.
                           ―「가을 病吟抄」 전문

　위의 작품을 지배하는 것은 '나 / 나무 혹은 아내', '방 안 / 방 밖'의
서로 상반하는 대상들의 대립구조이다. 시적 자아는 역시 "병"을 앓으
며 "혼자서" '방 안'에 누워 있다. 무기력하게 누워만 있는 그와 대비
되는 것은 '바깥'에 서 있는 "나무"의 익어가는 "果實"이다. 시적 자아
는 나무가 계절의 변화에 조응해 가는 풍경을 바라보며 쉽게 "잠들"지
못하는 자신의 처지를 탄식한다.

무기력한 시적 자아와 계절의 변화를 실감케 해 주는 나무와 더불어 각각 그들이 자리하고 있는 시공간도 선명한 대비를 이룬다. 시적 자아가 위치하고 있는 '방 안'은 일상적 시간을 감각할 수 없는 곳이라 볼 수 있다. 시간의 법칙에 순응해 가는 나무와는 달리 시적 자아는 "세월"의 흐름 안에 놓여 있지 않다. 외부 현실의 시간 흐름에 위배되는 자신만의 '정지된 시간' 안에서 하루하루를 보내고 있는 것이다.

따라서 1연에서는 연속하고 변화하는 일상적 시간과 시적 자아의 '내적 시간'의 대조가 두드러진다. "세월은 가는 것인가 가는 것인가"에서는 시적 자아의 내적 시간이 일상적 시간에서 분리되어 있음을 암시받을 수 있다. 일상의 시간은 사물의 생성과 변화, 사멸 단계에 작용하는 역동적이며 계기적인 시간인 데 반해, 그의 시간은 "오늘 같은 날"만이 "그냥" 지속해 가는 사실상 '정지'하여 있는 시간인 것이다.

그런데 역설적이게도 3연에 이르면 전자는 '삶의 시간'이며, 후자는 '죽음의 시간'이라는 점이 토로된다. 자신의 쇠잔한 육체를 "빈 가지"에 남아 있는 드문 "나무 잎새"에 비유함으로써 쇠약해 가는 생명력을 간접적으로 제시하고 있기 때문이다. 나무가 계절의 순환에 따라 재생 가능한 존재라는 사실은 이를 뒷받침해 준다. 시적 자아의 내적 시간은 일상과 달리 정지하여 있음으로써 죽음을 배태하고 있는 모순적인 시간이며, '방 안'이라는 공간 속에 구조화되어 버린 시간, '공간화된 시간'[11]인 셈이다.

---

11) '시간의 공간화'란 한마디로 말해 시간을 공간적으로 인식하는 행위를 말한다. 일상생활에서 시간의 진행과정을 쉽게 알 수 있는 방법은 시계를 이용하는 것이다. 그런데 시계는 시간측정을 동일한 속도로 운동한다고 가정되는 시곗바늘이 시계판 위를 편력하는 공간을 측정하는 행위로 환치시킨다. 커머드가, 시계의 똑딱거림은 시간을 인간화한 것으로 그 처음과 끝을 다르게 인식하려는 의지의 소산이며, 인간이 시간적 공간적 대상에서 체계적인 형태와 리듬을 획득할 수 있다는 믿음은 일종의 환각에 지나지 않는다고 말하는 이유가 여기에 있다.(조초희 옮김, 『종말의식과 인간적 시간』, 문학과지성사, 1993, 78~79쪽 참조) 따라서 시간적 과정을 공간적 대상으로 축약시킬 때, 시간이 공간적 단위

시적 자아가 '정지된 시간', '공간화된 시간' 속에 놓이게 된 이유는 자신의 "晴曇의 病" 때문이기도 하지만, 보다 근본적인 원인은 현실세계와의 소통수단인 "아내"와 함께 할 수 없는 탓에 있다. 시적 자아는 어린 아이가 어미의 품 안을 그리워하듯 애타게 그녀를 기다리고 있으나 아내는 자신을 남겨두고 "가을 수수밭"에 나간 채 아직 돌아오지 못한다. 아내와 어우러져 "떠"날 "지난날의 馬車"가 없는 까닭이다. 따라서 '방 밖'의 아내와 '방 안'의 시적 자아는 "北部英國語"처럼 서로 소통하지 못하며 더불어 떠나고자 하는 소망은 "귀언저리"에만 맴돌 뿐이어서 그의 병은 더욱 깊어갈 수밖에 없다.

여기서 시적 자아가 누워 있는 시공간과 아내가 위치하는 시공간이 서로 상이할뿐더러 공유되지 못한다는 점 또한 시적 자아가 경험하는 시간이 일상적인 그것과는 구별됨을 축약적으로 보여준다. 아내는 오곡이 익어 가는 가을날 수수밭에 나가 수확에 힘쓰지만 시적 자아는 자연의 순리나 계절의 변화에 동화하지 못한 채 단지 '방 안'에 홀로 놓여 있다. 아내가 일상적이며 현실적인 시공간을 살아가고 있다고 한다면 시적 자아는 그 반대가 된다. 시적 자아와 아내 사이의 이 '거리감'은 "나 혼자 사는 마음으로 / 그대 아내와 산다"라는 표현에서 더욱 명

에 의해 인식되는 시간의 공간화가 이루어진다. 문제는 이러한 시간의 공간화가 근대의 시간관을 대표한다는 점이다. 과학적 견지에서의 시간의 해명과 '시간의 선분화'가 이를 입증한다. 또한 현대 문학의 특성 중의 하나는 공간화 지향이다. 특히 현대시에서 공간적 형식(spatial form)을 수용한다는 것은 단순한 시각적 재생 의미보다는 언어에 내재해 있는 시간적 원리를 부정하고 사물의 총체성을 시간의 지속성에서가 아니라 '한 순간'에 드러내려는 시도를 말한다. 파운드가 이미지를 시간의 한계성으로부터 해방된 지각을 순간적으로 제공하는 지적 복합체라고 규정하거나 엘리어트가 상상력 속에서만 가능한 이질적인 체험들의 동시적인 통합을 '새로운 전체', '유기적 통합'이라고 말하는 것도 이와 관련이 깊다.(오세영, 「문학과 공간」, 『문학연구방법론』, 이우출판사, 1988 참조) 게다가 최근에 이르러서는 '시간의 공간화'를 현실시간의 연속성을 거부하려는 태도에서 비롯되었다고 간주한다. 순간적으로 과거 및 현재, 미래를 분열시키거나 통합시킴으로써 일상에 대한 관심 자체를 퇴거시키고자 하는 의도에서 출발한다는 것이다.

백하게 나타난다. 이 시행에서 "그대"는 아내로 짐작되는데, 2인칭 존칭어의 사용으로 인해 아내가 시적 자아와 일체를 이루지 못하는 완전한 객체이며, 그와는 소원한 관계라는 점이 강조되고 있는 것이다. 그러므로 아내와 함께 살아가고 있음에도 불구하고 시적 자아의 "마음"은 "혼자" 살아가는 것에 진배없다.

이처럼 일상적 시간과는 다른 내적 시간 안에 유폐되어 있던 시적 자아는 점차 '잠'을 통하여 자신만의 시간, 의식 내부에만 존재하는 시간 안에 적극적으로 침잠하려는 양상을 보여준다. 잠은 일단 잠이 들면 일상적 시간의 흐름을 감지하기 어려운 낯선 시간경험이라 할 수 있다. 현실시간은 잠으로 인하여 자아의 의식에서 제외되고 지각할 수 없는 대상이 되며 일상에서는 감각하지 못했던 다른 시간이 전개되는 것이다.

그런데 자아의 의식 위로 낯선 시간을 불러들이는 '잠'은 역설적으로 현실과의 긴장관계를 확인하는 계기를 제공한다. 앞서 지적하였듯이 고은 초기 시에 나타나는 내적 시공간에의 침잠은 어느 정도 낭만주의적 요소를 내포하고 있다. 시인이 추구하는 그것은 단순한 현실도피의 성격을 띠지 않으면서 낭만주의자들이 내면적 동경 속에서도 내적 감정과 실제 현실의 대립의식을 끊임없이 유지할 수밖에 없었던 것처럼[12] 외부 현실과의 긴장관계를 전적으로 무화시키지 못한다. 다음 작품에서는 시적 자아가 '자신을 비롯한 대상의 재우기'를 통해 내적 시간에 몰입하면서 현실과의 팽팽한 긴장을 완화시키려 하지만 이는 단지 일시적으로 해소될 뿐임을 잘 보여준다.

> 이것이 내가 앉아 있음인가.
> 바깥 나라에는 눈이 오는가.
> 문풍지를 재우고,
> 한 마음 재우고,

---

12) 지명렬, 위의 책, 32쪽 참조.

金剛般若波羅密經을 재운다.
　　　　　　　　　　　　－「겨울端坐」 전문

　‘나’는 불경을 외우며 ‘방 안’에 ‘홀로’ 앉아 있다. “문풍지” 밖에는
“눈”이 내리고 나의 마음은 한없이 고요해진다. 하지만 “－인가” “－는
가”라는 물음형 어미의 사용에서 알 수 있듯이, 시적 자아는 자신이 방
안에 앉아 있으며 “바깥”에 눈이 내리고 있다는 객관적인 사정에 관하
여 거의 감각하지 않으려 한다는 인상을 준다.

　시적 자아가 취하는 이러한 무관심의 태도는 그가 외우고 있는 경전
의 성격에서 연유한다. ‘금강반야바라밀경[金剛般若波羅密經]’에서는
일체의 존재는 다 무상한 것이므로 먼저 ‘나’를 부정함으로써 만물에
깃든 번뇌를 깨뜨릴 수 있는 경지에 이르러야 한다고 가르친다. 이것이
이른바 ‘무아(無我)’의 경지로, 무아는 ‘인무아(人無我)’와 ‘법무아(法無
我)’로 나누어진다. 전자는 오온(五蘊: 사람의 심신을 이루는 다섯 가
지 요소인 色, 受, 想, 行, 識을 가리킨다)이 화합하여 된 사람의 몸과
마음에 실다운 본체가 없음을 뜻하며, 후자는 모든 법, 곧 만유(萬有)
는 모든 인연이 모여 생긴 일시적인 가짜 존재이므로 역시 실다운 본
체가 없음을 의미한다. 즉 사람과 만유 모두 진실되고 미더운 본체가
아니며 현상하고 있는 바는 가짜에 불과하므로 일체의 무상함을 깨닫
는 것이 ‘무아’이다.

　그러므로 ‘금강반야바라밀경’의 이치에 따르면 “내”가 방 안에 앉아
있으며 바깥에는 눈이 내리고 있다는 객관적인 행위나 사실, 그 모든 것
의 거짓됨으로부터 초탈하고자 하는 시적 자아의 종교적 지향, 나아가
참다운 본체가 없음을 설법하고 있는 경전조차도 모두 현상하는 것들에
불과할 따름이다. 따라서 시적 자아가 점점 불경의 조리 안으로 빠져들
수록 실재하는 모든 사물들의 무상함을 터득하게 됨은 당연한 일이다.

　이때 주목되는 것은 반복적으로 사용하고 있는 “재운다”의 의미이다.

'재우다'란 무엇인가를 잠들게 하여 의식 활동을 멈추게 하겠다는 뜻을 지닌 낱말이다. 대상을 잠들게 하려는 의도는 그 대상의 본래 작용이나 역할을 정지시켜 현실적인 기능이나 의미를 비워버리거나 대상의 가치와 의의를 무화시키겠다는 의지를 담고 있다. 요컨대 '잠' 또는 '대상 개체의 재움'이란 시적 자아가 추구하는 종교적 경지에 도달하기 위한 방식이다. 번뇌로 가득한 사바세계와 깨달음을 통하여 이를 해득할 것을 강조하는 종교적 지향, 양자를 모두 잠들게 함으로써 그것들에게서 초탈하고자 하는 시적 자아의 소망을 함축하고 있는 것이다.

하지만 이와 같은 모든 외부 현실과 욕망, 지향 등으로부터의 초탈은 앞서 살펴본 시적 자아의 유폐의식의 소산이라 할 수는 있지만, 매우 일시적이며 한정적일 뿐이다. 원래 잔다는 것은 외부 현실을 '한동안' 소외시킨 채 자신만의 내면적인 시공간 안에 침잠하는 행위이다. 잠을 자면서 꾸는 꿈이 무의식의 발로라는 점을 상기할 때 이는 쉽게 이해된다. 따라서 일단 잠이 들면 일상적 시간의 흐름을 감지하기 어려우며, 잠이란 낯선 시간경험이자 연속성이 끼어들지 않는 시공간이다. 자아의 의식을 지배하는 시간은 잠에 빠져듦으로 말미암아 제외되고 감각할 수 없는 대상이 되며, 도리어 일상생활에서 지각했던 바와는 다른 시간이 전개되는 것이다. 결국 잠은 일상생활에서의 자아의 부재를 '일시적으로만' 허용함으로써 인간을 일상의 시간의 바깥으로 안내한다. 잠을 통하여 인간은 현실의 모든 사물들로부터 잠시 동안 은둔할 수 있을 뿐만 아니라 현실적인 욕망이나 고통, 염려 그리고 나아가 자기 자신마저도 한시적으로 비워버릴 수 있다. 그러므로 잠을 자고자 하는 바는 자신의 의식에 내리는 일종의 권유, 외부를 인식 판단하는 모든 것으로부터 '잠시' 물러나 '본래의 정신적 자유'와 '순수한 상태'를 회복하고자 하는 권유인 셈이다.[13)

---

13) 조르쥬 뿔레, 조종권 옮김, 『인간적 시간의 연구』, 동인, 1994, 379~383쪽 참조.

「겨울端座」에서 시적 자아가 자신을 비롯한 대상들을 재우려는 행위는 현상하는 모든 것들을 허위로 판단하고 그것의 거짓됨으로부터 벗어나려는 의도를 내포하고 있다. 실재하는 현상들은 일시적인 허상이므로 존재의 영원한 진정성을 되찾기 위해서는 단연코 그것은 부정되어야 한다. 하지만 잠이란 원천적으로 깨어남을 전제로 하는 행위인 바 잠은 완전한 초탈을 가져오지는 않는다. 일상적 시간으로부터 벗어나 본래의 순수한 상태로 복귀하려는 노력은 '일시성'에 그칠 따름이다. 「겨울端座」라는 제목 역시 잠이 단지 한정적인 기간 동안에만 이루어질 뿐이며, 모든 것들은 제자리로 환원되리라는 의미를 부각시키기에 충분하다.

그러므로 잠을 통하여서는 궁극적인 무아의 경지, 일상적 시간으로부터의 완전한 이탈에 도달할 수 없다. 원천적으로 잠은 인간의 의지를 지금 여기에 붙들어 매어 두며 현실로의 복귀를 가져오기 때문이다.14) 모리스 블랑쇼가 잠은 세계에 대한 무관심이며 부정이지만, 우리를 세계 속에 보존해 주며, 이 세계를 긍정하는 부정일 따름이라고 말하는 이유가 여기에 있다.15) 이 잠이 내포하고 있는 이중적이면서 복합적인 의미는 고은의 죽음에 대한 지향을 해명하는 데 있어 긴요한 단초를 제공해 주면서 결과적으로 그것이 도달할 수 있는 지점이 어디인가를 예측할 수 있도록 도와준다. 시인의 관심은 지금 여기에서 한 발자국도

---

14) 여기서 우리는 고은이 승려생활을 청산하고 환속하게 되는 속사정을 엿볼 수 있다. 「겨울端座」에서 잠을 자는 행위가 오히려 여러 가지 가능성들의 불안정성을 확인하게 계기라는 점에서 시인은 자신이 마침내 돌아와야 할 자리가 현실시간이라는 사실을 눈치 채게 되었다고도 볼 수 있기 때문이다.
15) 모리스 블랑쇼에 따르면, 잠은 본질적으로 현실로부터의 도피를 가능하게 하지는 않는다. 잠은 중심과의 내밀성이며, 인간은 잠을 통해 분산되는 것이 아니다. 인간은 인간이 있는 '이곳'에 온통 집약되어 있으며 이 지점이 바로 인간의 궁극적 자리인 것이다. 따라서 인간은 자신이 잠자는 곳에 자신의 위치를 고정시키며, 세계를 고정시키게 될 뿐이다.(박혜영 옮김, 「잠과 밤」, 『문학의 공간』, 책세상, 1990, 365~368쪽 참조)

빗겨 서 있지 못한 것이다.

다음 작품에서도 마찬가지로 '잠'을 통하여 현실에서 벗어나 자신의 존재를 비워두고자 하는 의지가 드러난다. 그런데 이 작품에서는 현실이 부여하는 시간의 짐에 대한 부정성이 여느 작품들에 비해 분명하여 시적 자아의 바람이 공감을 얻는다.

> 형수는 형의 말씀을 해준다.
> 형수의 묵은 젖을 빨으며
> 고향의 屛風아래로 유혹된다.
> 그분보다도 이미 아는 형의 半生涯
> 나는 모르는 척하고 눈 감아버린다.
> 英雄이 떠오르며
> 영웅을 잠 재우는 美人,
> 형수에게 드넓은 우리 農地를 물어보려 한다.
> 쓸쓸히, 고개에 녹아가는
> 눈 허리의 明暗을 씻고 그분은 나를 본다.
> 혓바닥 작은 카나리아 핏방울을 구을리며
> 자고 싶도록 밤이 간다.
> 형의 死後를 잊는다.
> 형수는 밤의 부엌 램프를
> 나에게 맡기고 간다.
> ─「肺結核」 2연 전문

인용한 부분은 「肺結核」의 2연에 해당한다. 「肺結核」의 2연은 형이 죽으면 아우가 형을 대신하여 형수와 부부생활을 하는 고구려 시대의 형사취수(兄死娶嫂) 또는 형제연혼(兄弟連婚)제도 모티프를 이용하고 있다. 위의 작품에서 시적 자아는 "형"이 죽은 후 마땅히 "형수"와 결혼하여 가계를 이끌어 가야 하는 책임과 의무를 갖는다. 이 운명적 형벌과도 같은 제도적 현실을 나와 형수는 거스를 수 없는 처지이다. "이미" 알고 있는 "형의 半生涯"와 형수의 은밀한 유혹은 "英雄"이 될 것을 강요하는 제도의 중압감과 더불어 시적 자아를 혼돈과 번민에 휩싸이게 만든다. 따라서 시적 자아는 이 현실적 제도적 중압감에서 벗어나기 위해 '잠'을 자려 한다. 하지만 형수가 "나에게 맡기고 간" "밤의 부엌 램프"는 비극적 운명을 잊기 위한 '잠'을 방해하므로 시적 자아는 그 소망마저도 이룰 수 없다. 형수가 시적 자아에게 맡기고 간 것이 '밤의 부엌 램프'라는 점에서 시적 자아의 처지를 보다 명확하게 알 수 있다. 부엌은 여성의 주된 생활공간인바 '부엌 램프를 맡기는 행위'는 형수가 혼인제도를 통하여 시적 자아에게 자신과 가계를 책임지우거나 의탁하려는 의도임을 암시한다. '밤'의 성적인 이미지와 결합함으로써 램프는 시적 자아의 잠 못 이루는 까닭을 더욱 강조하고 있는 것이다.

「肺結核」 2연은 고은 초기 시의 특성인 은밀한 근친상간적 성애의 분위기와 그로 인한 시적 자아의 내적 갈등을 그려내고 있다는 점에서는 잘 알려진 「肺結核」 1연과 유사하다. 하지만 여기에서는 시적 자아가 겪는 내적 충동과 갈등의 모순성이 시간의식을 통해 표출되고 있으며, 특히 '잠'을 청함으로써 현실에서의 탈출을 시도하는 시적 자아가 등장함으로써 이를 강화시키고 있다.

시적 자아의 "형의 死後"를 잊어야 한다는 호소어린 다짐에서는 시적 자아를 옭아매고 있는 세속적인 운명 및 형벌, 즉 주어진 현재 및 현실시간을 시인이 어떻게 인식하고 있는가를 알 수 있다. 시적 자아가 잊고자 하는 바는 형이 아니며 형의 죽음 자체도 아니다. "형의 死後"란 형이 죽은 이후의 시간 즉 과거에서 미래로 계기하는 현재의 진행하고 있는 시간을 가리킨다고 볼 수 있는데, 이는 곧 '현재를 잊고 싶다'는 의미를 함축하고 있다.16) 그러므로 이러한 현실을 살아가고 있는

---

16) 『海邊의 韻文集』에서는 "내가 자는 것만이 사는 것이다. / 그리고 형의 死後를 잊어야 한다 / 얼마나 많은 끝이 또 하나 지나간다."가 첨가되어 있어서 '잠'을 통하여 주어진 운명에서 벗어나고자 하는 시적 자아의 의지가 좀더 부각되고

시적 자아는 조롱 속에 갇힌 채 피맺힌 울분을 토해야 하는 "카나리아"와 같은 신세이며, "고향"은 더 이상 따스하고 정겨운 곳이 아니라 피할 수 없는 운명을 행사하는 구체적인 공간이다. 시적 자아가 잠을 자고자 애쓰는 것은 바로 이와 같은 현실로부터의 탈출, 또는 비극적 운명을 해소하기 위함인 것이다.

인용한 작품들에서 알 수 있듯이, 시인은 '잠'을 계기로 하여 일시적이나마 일상적 시간에서 벗어나고자 한다. 잠을 청함으로 인해 시적 자아의 의식 안에는 비현실적이고 비일상적인 시간만이 자리하게 되며, 이는 현실의 욕망이나 기대, 염려 등을 정화시켜 인간을 현실 안에서는 획득하기 어려운 본래의 의식의 순수한 상태로 회복시킬 수 있다. 따라서 잠을 자고자 하는 의지는 현실적인 모든 것으로부터 '정화된 시간'의 지향이라 할 수 있으며,17) 그것은 시적 자아가 현재의 모든 구속에서 회복될 수 있는 수단인 셈이다.

한편 의식의 순수한 상태를 구현하는 잠의 시간은 모든 시간적 준거와 판단에 앞선다는 점에서 '처음의 시간', '최초의 시간'과도 관련이 깊다. 현실로부터 은둔하여 비현실적이며 비일상적인 시간 안에 숨어들려는 행위는 근원적으로 아직 대상도 없고 의식도 존재하지 않았던 '최초의 시간'으로 복귀하려는 태도와도 견주어질 수 있기 때문이다. 결국 잠은 모든 욕망과 기대, 지향과 염려, 사고와 의식, 대상들의 무에 자신을 맡김으로써 '최초의 순수한 시간'을 회복하는 일이며, 인간의 본연의 자유와 의지를 대면하기 위한 수단이라 할 수 있다. 하지만 궁극적으로 '잠'은 시적 자아의 의지를 무산시키며 현실과의 긴장관계를 재확인시키는 계기가 된다. 고은의 죽음의식이 마침내 도달하게 될 지점은 지금 여기인 것이다.

있다.
17) 발레리, 『바리에떼3』, 조르쥬 뿔레의 위의 책, 382쪽에서 재인용.

이상에서 살펴본 바와 같이 고은의 초기 시에서 시적 자아는 외부 현실과 단절된 고립적 삶을 동경하면서 자발적으로 자아를 유폐시키고자 하며, 나아가 일상적 시간을 정지시킴으로써 의식의 순수한 상태, '최초의 순수한 시간'을 회복하고자 한다. 시인이 소망하는 시간은 비현실적, 비일상적인 시간이며 모든 시간의 짐을 정화시킨 시간으로 이는 어느 정도 부정되어야 할 현실이 강제하는 비극적 운명으로부터 이탈하고자 하는 태도와 관련을 맺고 있다. 따라서 시적 자아가 의식의 순수한 상태에서 성취하고자 하는 바는 인간 본래의 정신적 자유와 의지라 할 수 있다.

하지만 이러한 노력들은 궁극적으로 지금 여기와의 완전한 절연을 가져오지는 않는다. 잠이 깨어남을 전제로 한다는 사실이야말로 이를 뒷받침한다. 이는 이후 전개되는 고은의 죽음의식을 해명할 수 있는 실마리를 제공하는데 시인의 관심은 지금 여기와의 긴장관계에서 결코 자유롭지 못한 것이다. 다음 장에서는 이를 바탕으로 하여 그의 죽음의식이 도달하는 지점에 관하여 분석해 보고자 한다.

2. 죽음의식의 시간구조와 '유토피아충동'

고은의 '의식의 순수한 상태', '최초의 순수한 시간'에 대한 소망은 그의 죽음에 대한 지향에서 본격적으로 드러난다. 시인에게 있어 소멸과 죽음은 '최초의 순수한 시간'을 회복할 수 있는 가장 근원적이며 적극적인 방법이 된다. 죽음은 이제까지의 시간을 소거함으로써 처음의 시간으로 돌아갈 수 있는 계기를 제공한다. 또한 그것은 사물이 새로운 개체로 다시 탄생하는 데 있어 필수불가결의 과정이다. 그러므로 고은의 죽음에 대한 지향은 '새로운 탄생'을 희구하는 열망에 다름 아니며, '시초의 시간'을 복원시키려는 의지의 표현이라 할 수 있다.

이 절에서는 고은의 초기 시에 나타나는 죽음의식이 소멸과 시초에의 복귀라는 양가적인 의미를 지니고 있다는 점을 밝히고자 한다. 그리고 70년대에도 '세속화'되면서 지속되는 이 죽음의식이 고은으로 하여금 역사적 현재에 몰두하게 만드는 주 원동력임을 살펴보고자 한다.

1) 통과제의적 죽음과 시초의 시간 희구

고은의 초기 시에 나타나는 죽음에의 지향은 그의 허무의식의 시간성을 고찰하는 데 있어 관건이 된다. '창조보다 소멸에 기여한다'[18]는 시인 자신의 말이나 "소멸에의 편애와 죽음에의 수락"[19]이라는 고은 초기 시에 대한 평가에서도 알 수 있듯이 시인의 시적 관심은 사멸해가는 존재들과 죽음을 탐닉 욕망하는 데 기울어져 있다.

> 그러면 떠나겠어요.
> 새하얀 모래 한두 줌 쥐어보며
> 이 섬나라를 떠나가겠어요.
> 봄이 오시는 민 물 가에
> 아지랑이의 하늘이 내려오고,
> 이제 헤어질 것이라고는 하나도 없이
> 외로움을 털고 일어나는 봄의 마음으로야
> 내 눈 눈물바람을 개어주실까요.
>   (······)
> 어느 갈매기 울음만큼이나 스치어 오며

18) 고은, 『海邊의 韻文集』, 신구문화사, 1966, 서문 참조.
19) 김윤식·김현, 『한국문학사』, 민음사, 1973, 276쪽

마침내 섬나라도 사라지지 않다가 사라져 가고.
이제 눈 감음은 눈 뜨는 바다와 같이,
아 바다의 안에 와서는 노마저 놓아 헤어지고.
내 감은 눈 영영 뜨지 않은 대로야
그 눈으로 봄을 숨지게 하겠어요.
이 조각배는 잠을 싣고 어느 바다나 되겠지요.
　　　　　　　-「새 봄의 航行」 전문

　　다소 감상적인 면모가 엿보이지만 고은의 초기 시에 나타나는 소멸
의 의지를 잘 보여주고 있다. 우선 지적할 수 있는 사항은 그러한 의
지가 특이하게도 "봄"과 관련을 맺으며 표출된다는 점이다. 보통 봄은
만물이 소생하는 계절이며, 인생의 단계에 견주어도 유년기나 소년기 등
에 비유된다. 그와 같은 통상적인 봄의 건강하고 상승하는 기운은 위에
서는 드러나지 않는다. "봄"은 근본적으로 "외로움"의 존재이며, "아지
랑이"는 피어오르는 것이 아니라 "내려오"고 시적 자아가 죽어감에 따
라 그것도 "숨지"는 대상이다. 이처럼 봄이 죽음을 환기시키고 있다는
점은 봄날에 새롭게 소생하는 모든 사물들이 다시 소멸할 운명을 지니
고 있다는 사실에서 연유한다. 봄은 죽음을 예비하는 계절인 것이다.[20]
　　이 아지랑이가 내려오는 '봄날', 시적 자아는 "이 섬나라를 떠나" 가
려 한다. "이제 헤어질 것이라고는 하나도 없"으므로 이곳에 남은 미련
이란 없다. 허망하기 그지없는 "지난날의 살의 이삭들"(「모래 한 줌을」)
인 "새하얀 모래 한두 줌을 쥐어보"는 행위는 그러한 결심을 부채질한
다. 생명을 지닌 것들은 모두 흙으로 다시 돌아가기 때문이다. 물 위에
비친 자신의 그림자마저 남김없이 흘려보내는 시적 자아의 여정에 함
께 하는 것이라고는 오로지 "눈물바람을 개어 주"는 "봄의 마음"과 "갈

─────────────

20) 봄이 죽음을 예비하는 계절이라는 점은 다음 작품에서도 잘 드러난다. "새 봄
　　의 앞에 나가면 / 어지러워라. 모든 눈에 / 가득하는 잔치들의 運命 / 이렇게도
　　세상의 밤에 / 나의 祭祀로서 봄은 새이고"(「少女 幻想曲」)

매기의 울음"소리 뿐이다.

「새 봄의 航行」에서 시적 자아가 떠나고자 하는 근본 원인은 뚜렷해 보이지 않는다. 그가 맹목적으로 "바다"로 나아가려는 까닭도 알기 어렵다. 다만 희망하는 행선지의 종착점인 바다, 죽음이 예고된 극히 암담한 바다에 이르고자 하는 시적 자아의 의지가 "가겠어요", "하겠어요" 등의 시어로 인하여 매우 견고하며 확신에 차 있다는 점이 특기할 만하다. 결연히 죽음을 감행하려는 시적 자아의 의지는 "외로움", "눈물바람", "구슬피 지는 노래" 등의 시어에서 배어 나오는 슬픔을 압도한다. 또 시적 자아가 눈물짓고 있는 사태는 떠남의 행위 자체에서가 아니라, 현재의 여건인 "섬나라"에 기초하고 있다는 인상을 준다. 이 같은 시적 자아의 단호함은 점차 바다를 공포나 두려움의 대상이라기보다는 안식과 휴식의 절대 공간으로 여기게 만드는데, 이는 마지막 행의 "이 조각배는 잠을 싣고 어느 바다나 되겠지요"라는 표현에서 선취되는, 마치 어미의 품에 안기는 듯한 푸근함에서 비롯한다.

고은의 초기 시세계에서 '바다'는 그가 지향하는 죽음의 세계를 드러내 주는 주요한 시적 공간이다. 바닷가는 죽음에 도달할 수 있는 가장 마땅한 장소 가운데 하나이며(「가을노래 其貳」), 깊은 바다(강) 속에는 저승의 세계가 어른거리고 있어서(「沈淸賦」, 「晉州南江」), 뱃사람들은 망망대해에서 기꺼이 죽음에 유혹당한다.(「봄밤의 말씀」) 바다나 강, 곧 '물'은 이승에 머물고 있는 이들에게 저승을 환기시켜 주는 중요한 상징물이다.(「어린 시절의 紀行」) 또한 바다는 지금 여기의 모든 것들을 지배하는 강력한 힘의 소유자이며(「龍頭山公園의 벤치」), 어쩔 수 없이 죽음에 이르게 하는 실체이다.(「乾杯」) 요컨대 시인에게 '물'이 변주된 바다나 강 또는 비는 죽음을 연상할 수 있는 직접적인 매개물이면서 그것에 도달할 수 있는 주요한 통로이며, 모든 존재자들이 그곳에 다다르지 않고는 배겨날 수 없게 하는 어떤 힘을 지니고 있다.

그런데 '바다' 혹은 '물'은 신화적이며 제의적 의미에서 볼 때, 생과

사의 이중적 의미를 지니고 있다는 해석에 주목할 필요가 있다. 엘리아데(Eliade)에 따르면, 물은 모든 형태에 선행하며 모든 창조를 가정한다. 물은 모든 잠재성을 자신 속에 합체하고 있어서 생의 상징을 이룬다. 물에 잠기는 것은 전성(前成)상태로의 역행, 완전한 재생, 새로운 탄생을 의미하는데, 물에 잠기는 행위 자체가 형태의 해체, 존재 이전의 미분화된 양상으로의 복귀에 해당한다고 믿어지기 때문이다. 따라서 물에서 나오는 것은 형상의 발현이나 우주 발생적 행위를 반복하는 것이다. 그러므로 물과의 접촉은 항상 다시 태어남을 함축한다. 물에 잠기는 것은 생과 창조의 잠재력을 풍부하게 하고 증진시키며, 형태의 해체는 '새로운 갱신'을 수반하는 까닭이다.21) 이와 같은 생몰의 상징으로서 '물'은 「새 봄의 航行」에서도 고스란히 나타난다.

'조각배가 어느 바다가 된다'는 표현은 '바다와 일체가 된다'는 의미로 '죽음의 과정을 통하여 바다가 된다'로 풀이할 수 있다. 이는 궁극적으로 죽음이 최종적인 무, 결정적인 소멸의 상태로 귀결하지 않는다는 점을 시사한다. 시적 자아는 죽음을 통하여 생명의 원수(原水)인 물과 융합하며22) 바다로 다시 태어나는 것이다.

이 '눈 뜨는 바다'는 시적 자아의 바다로의 합일 및 재생에 설득력을 제공하는 주요한 단서이다. 16행에서 시적 자아가 "눈"을 "감"아 개체적 생명을 다함과 동시에 바다는 다시 생명을 얻어 "눈 뜨"며 깨어나게 된다. 마치 새로운 존재 탄생에 필요한 힘을 흡수해 내듯이 죽음

---

21) 엘리아데, 이재실 옮김, 『종교사개론』, 까치, 1993, 183~184쪽 참조. 한편 '물'이 지니는 상징적 신화적 의미는 동서양을 막론하고 공통적이라 할 수 있다. 김열규는 우리의 고대 신앙과 설화 등에서 창조력의 원천으로서의 물의 의미와 생산과 정화의 원리를 지니는 물의 기능을 설파하고 있다.(『한국 신화와 무속연구』, 일조각, 1977 참조) 이 새로운 생명을 위한 정화의 의미는 다음에 살펴보겠지만 고은의 초기 시에 있어서 중요한 바탕을 이룬다.

22) 김열규에 따르면, 우리의 고대 신화에서 '바다'는 물 가운데서도 신화적 '원수' 관념을 가장 크고 뚜렷하게 구현해 준다. 우주 만물이 비롯되고 생성되는 원천인 물이 곧 원수이며, 신화에서 바다는 원수 그 자체로 여겨진다.(위의 책, 참조)

의 공간이었던 바다는 하나의 죽음이 발생하는 순간 새로운 생명력을 부여받아 재생하는 것이다. 이 바다의 재생은 바다와 하나가 된 시적 자아의 갱생 역시 함축하고 있다고 보아야 마땅하다.

그러므로 '바다로 나아감'이란 '더 큰 생명의 공간으로 나아감' 또는 '재생의 바다로 들어감'을 의미한다고 볼 수 있으며, 시적 자아의 죽음은 완전한 소멸이 아니라 '존재 차원의 변경'[23]일 따름이라고 할 수 있다. 이때의 탄생 혹은 재생은 단순히 죽었다가 다시 살아난다는 의미는 아니다. 시적 자아가 꿈꾸는 바는 '현상하는 개체로서의 사멸'과 '완전히 새로운 개체로서의 다시 태어남'이기 때문이다.[24]

"섬나라"와 "조각배"도 바다가 죽음의 공간에서 탄생의 공간, 재생의 공간으로 전환된다는 점을 뒷받침해 준다. '섬나라'는 단절과 유기의 공간을 떠올리게 만든다. 육지를 향한 그리움과 안타까움은 '섬'이 조성하고 있는 대표적인 이미지라 할 수 있다.[25] '조각배'란 보통 작은 배를 말하는데 '작은 배'란 희망과 부활의 상징, 순화의 도구, 재생의 보조약 등으로 이해되며, 그것을 이용한 공간 이동에서는 인간의 '변전에 대한 욕망'을 읽어내기도 한다. 운송의 도구이자 방편이라는 특성은 그것에 '또 다른 근원적 주거'를 향한 욕망을 실어 나르는 역할을 부여하고 있는 것이다.[26]

그렇다면 시적 자아가 "조각배"에 의지하여 단절과 폐쇄의 공간인

<hr />

23) 엘리아데, 위의 책 참조.
24) 물에 잠기는 것이 완전히 새로운 인간형의 창출을 가져온다는 것은 이른바 세례의 과정을 통해서도 짐작할 수 있다. 종교의식에서 세례는 '거듭남'을 뜻하는데, 이는 종교적 인간으로의 새로운 탄생을 의미한다.
25) 이는 고은의 「님의 섬나라」에 잘 드러나 있다.
26) 원천적으로 배는 부활과 재생의 이미지를 지닌다고 한다. 성서에 등장하는 '노아의 방주'는 새로운 제2의 탄생을 예비하는 것이며, 매우 모성적인 의미를 담고 있다. 또 작은 배는 모선을 잃었을 때 마지막 희망의 상징이기 때문에 흔히 부활의 이미지를 담아낸다.(아지자·올리비에리·스크트릭, 장영수 옮김, 『문학의 상징·주제 사전』, 청하, 1989, 162~165쪽 참조)

"섬나라"를 떠나겠다고 하는 것은 '또 다른 근원적인 주거로서의 바다', '재생 가능 공간으로서의 바다'로 나아가겠다는 의미로 해석될 수 있다. 시적 자아는 창조와 생의 잠재력을 지닌 바다에 함몰함으로써 존재 이전의 미분화된 상태에 잠정적으로 통합되었다가 다시 새로운 개체로 다시 태어나려는 소망을 이루고자 하는 것이다.

이와 같이 바다에 다다르고자 하는 시적 자아의 태도는 '생명의 바다', '재생의 바다'와 합일함으로써 새로운 생명력을 얻고자 하는 의지를 표명한다. 죽음을 통한 완전히 '새로운 개체로의 경신', '새로운 인간형으로의 재생'을 희구하고 있는 것이다. 그러므로 이때 죽음은 이를 성취하기 위해서는 반드시 거쳐야 할 필수적이며 예비적인 단계이다. 다음 작품에서도 삶과 죽음을 조율하며 생명을 거두어 가고 다시 그것을 부여하는 '물'로서 '바다'가 잘 나타난다.

그러나 滿潮여, 그대는 한 물새가 弔喪할 것을 弔喪하게 한다.
돛받이에 다친 어부는 키 잡은 손을 풀고
온갖 그물코에 별들을 걸어야 한다.
잠깐이다. 다른 세상에서 다른 여인이 낳을 것이다.
오늘까지 살아온 자는 그대 앞에 있고,
언젠가 오랜 땅보다도 오랜 바다를 소망하리라.

滿潮여, 누군들 그대 앞에 한낱 어린 길손이리라.
그러나 滿潮여,
그대가 이 마을을 가득하게 할 때
山地浦 노인의 지는 숨은 빨리 지고
새 갓난애와 별똥이 탄생한다.
이 세상을 떠나는 자도 오는 자도
그대가 이 마을을 가득하게 할 때인지라
먼 곳으로부터 썰물 때는 서두를 수 없으리라
저 북쪽 바다에는 童貞女의 漁火를 수놓게 하고

한 물결만큼 바람을 쉬게 해도 물결은 찬란한 살로 일렁인다.
滿潮여, 고기떼는 좀 남아서 자지 않을 것이고,
여러 불새들은 제 날개를 재워야 한다.
                    ―「이 滿潮에 노래하다」 부분

새로운 존재 가능성의 원천인 '바다'의 신성성과 생명력이 부각되고 있다. "童貞女의 漁火"로 빛나는 "바다"는 동정녀 마리아가 성령으로 잉태하듯이 생명의 성스러운 진원지이며 순수와 순결과 정화의 모태이다. 바다의 "일렁이"는 "찬란한 살"은 그것의 역동적이면서도 신비로운 역할을 짐작하게 할뿐더러 경외감을 품게 만든다. 따라서 사람들이 온 마음으로 희구하여야 할 바는 "오랜 땅"이 아니라 "오랜 바다"이다. 바다야말로 진정한 생명을 얻을 수 있는 곳인 까닭이다.

이러한 바다가 "滿潮"가 되었다는 것, 곧 밀물이 가장 높은 시기라는 것은 원기가 가장 왕성한 때, 바다의 힘이 가장 크게 미치는 때를 뜻한다고 볼 수 있다. 이 만조에 바다는 탄생과 죽음을 동시에 가져온다. 오랜 항해를 마친 "어부"는 서서히 숨을 거두고, "노인"과 "새 갓난애"도 각각 죽고 태어난다. 만조가 "이 마을에 가득할 때" 바다는 가장 강력한 힘으로써 하나의 생명을 거두어 가고 다시 새로운 순결한 생명을 있게 하는 것이다.

그러므로 죽음은 슬퍼해야 할 사건이 아니요, "弔喪할 것을 弔喪"해야 한다는 역설이 성립한다. 이 세상에 살고 있는 모든 이들은 정처 없는 떠돎의 시간을 살고 있는 "한낱 어린 길손"에 불과하며, 죽음의 시간은 영원하지 않다. 인간은 "다른 세상"에서 "다른 여인"의 몸을 빌려 다시 새로운 생명으로 태어날 수 있기 때문이다.

여기서 새로운 인간형으로의 재생을 가능하게 하는 것은 바다의 '신성한 힘'과 '정화력'이다. 새로운 생명의 탄생은 동정녀에 견주어질 수 있는 신성한 바다에 의한 창출이며, 이를 가능하도록 이끄는 것은 바다가 지니고 있는 정화력이다. 바다는 그 맑음과 순결함의 힘으로 세속에 찌든 인간의 더러움을 씻어 줌으로써 새로운 생명으로 다시 태어날 수 있도록 한다. 바다의 신성한 힘과 정화력은 죽음을 수용하여 그것을 새 생명으로 전화(轉化)시키는 것이다.

이처럼 바다가 신성성과 정화력, 새로운 생명 창출 능력을 지니고 있다는 것은 궁극적으로 바다가 '제의의 공간'에 다름 아님을 시사한다. 김현은, 고은의 바다를 "누이의 죽음을 통해서 찾아낸 가장 높은 단계의 제사"27)라고 규정하면서 고은의 초기 시에 나타나는 바다의 신비롭고도 신화적인 의의를 간파해 낸 적이 있다. 고대 사회에서의 제의가 신의 신성한 힘을 통해 인간의 세속의 더러움을 씻고자 하는 목적에서 행해진 주기적 의식행위라 할 때, 고은의 초기 시에 나타나는 바다 역시 이러한 고대적 의미에서의 제의의 기능을 담당함으로써 자아의 심신을 정화하여 새로운 인간형으로 거듭남을 가능하게 하는 존재인 것이다.

나아가 고은의 초기 시에서 바다가 새로운 탄생을 위한 제의적 공간으로 작용하고 있다는 점은 시인이 죽음을 '통과제의적' 의미로 이해하고 있음을 암시해 준다. '통과제의'란 한마디로 말해 다른 사람, 다른 신분으로 다시 태어남을 뜻한다. 고대 사회에서 행해진 통과제의는 존재를 갱신하기 위한 '격리'와 '정화'의 절차를 밟음으로써 죽음 이후에도 거듭난 삶을 희구하는 인간들의 심성과 욕망을 반영해 왔다. 그런데 이 과정에서 요구되는 것은 바로 다시 태어나기 위하여 인간은 먼저 죽어야 한다는 점이며, 신성한 힘을 매개로 한다는 점이다. 이 두 가지는 통과제의에 있어서 필수불가결의 요건인바, 이제까지의 삶의 소멸로서 죽음과 정화의 힘을 지닌 신성성을 바탕으로 해서만이 인간은 속의 세계에서와는 완전히 다른 존재 양태로 재생할 수 있는 것이다.28) 고

---

27) 「시인의 상상적 세계」, 『현대 한국문학의 이론』, 민음사, 1972, 368쪽.
28) 통과제의의 개념에 관해서는 비에른느의 『통과제의와 문학』(이재실 옮김, 문학

은은 이와 같이 죽음을 새로운 시초를 위한 조건으로 간주하면서 그것을 새로운 생명을 갈구하는 인간들이 반드시 거쳐야 할 단계로 파악하고 있다. 때문에 고은에게 있어서 죽음은 진정한 슬픈 일이 아닐 수밖에 없는 것이다.

한편, '통과제의적 죽음'이 새로운 생명으로의 탄생을 가져온다는 점과 더불어 중시되어야 할 것은 그것이 시간을 되돌리는 효과를 발휘한다는 점이다. 하나의 생명이 죽는다는 것은 필연적으로 그 생명을 존속시켜 왔던 시간의 폐기, 역사의 폐기를 불러온다. 그리고 갱생은 생명이 시작하는 순간의 '최초의 시간', '시초의 시간'으로의 환원을 가져온다. 죽음은 개체적 사멸과 새로운 인간형으로의 탄생을 통해 이제까지의 시간을 소거하고 근원적인 처음의 시간을 회복할 수 있는 계기를 제공하는 것이다. 엘리아데가 고대 사회의 제의에 있어서 재계(齋戒)나 정화의 목적은 창조가 이룩된 '비롯된 때', '태초의 시간'을 상징적으로 현실화하려는 것이라고 말하는 이유가 여기에 있다.[29]

따라서 고은의 초기 시에 나타나는 죽음의식은 통과제의적 죽음을 통한 시초로의 복귀 희구이며 궁극적으로 '생에 대한 열망'이라 할 수 있다. 이와 관련하여 고은이 현재의 시간을 '떠돔의 시간'으로 규정하고 있는 이유도 밝혀질 수 있다. 「墓地頌」과 「이 滿潮에 노래하다」에서 시인은 지금 여기의 시간을 '집 없이 떠도는 시간', '어린 길손의

동네, 1996)을 참조하였다. 비에른느는 고대 사회의 통과제의는 집단적인 것과 개인적인 것으로 나누어질 수 있는바, 전자에는 소년 소녀들의 성인식이 후자에는 비밀결사의 입문의식과 샤먼의 입문의식이 있다고 한다. 한편 그녀는 그것이 단지 고대 사회에만 존재했던 것은 아니라고 말한다. 현대 문학이나 예술에서도 그것과의 구조적 상징적 유사성을 찾아볼 수 있는바, 영화나 문학작품 속에 등장하는 주인공의 시련을 통한 완전한 변신 등은 통과제의의 '존재론적 위치 변화'라는 욕망을 잇고 있다는 것이다. 궁극적으로 비에른느가 강조하고 있는 것은 고대인들의 통과제의적 죽음이란 죽음을 뛰어넘어 영속하고자 하는 인간의 심성을 드러내는 것이며, 그들에게 있어서 죽음은 삶의 끝, 삶의 종식이 아니라 삶을 향한 죽음이었다는 점이다.
29) 엘리아데, 위의 책, 190~207쪽 참조.

시간'으로 규정하고 있는데, 이는 죽음만이 속의 시간을 폐기하고 근원
적인 생의 처음으로 돌이켜 시초의 시간을 발생시킬 수 있다는 점에
연유한다. 그리고 이는 앞 절에서 검토한, '잠'을 통하여 의식의 순수한
상태, 순수한 시간으로 돌아가고자 했던 의도가 적극적으로 심화된 양
상이라 할 수 있다.

　이와 같이 고은의 초기 시에 나타나는 죽음의식은 통과제의적 죽음을
통한 시초로의 복귀 희구이며, 궁극적으로 생에 대한 열망이라 할 수 있
다. 이러한 열망은 그의 초기 작품세계에서 여러 가지 모티프로 변주되
어 나타나는바, 다음 작품은 새로운 존재 가능성으로서의 '바다'가 '달'
로 변주되고 있으며 시초의 시간에 대한 회복 의지 역시 강렬하다.

　　　마침내, 달빛은 따 위로부터 일제히 일어서서 오르고 있사옵니다. 이렇
　듯 달이 하늘에서 내려와 살아온 지는 오래겠지마는 비 개인 고요로 하여
　금 더욱 배고픈 듯 그러하옵니다. 가지에 열린 나뭇잎들과 풀잎들 제 뿌
　리 가까이 수그리다 곤두서고 있으매, 이와 반면, 禽獸마저 다 제 곳에
　깃들여 숨결이 차츰 羊毛인 양 밝아지고 있사옵니다. 어둔 이 누리는 이
　누리와 저 누리를 합한 것이요, 그것은 男女의 太初가 부끄러움듯이 저
　깊은 흉금의 根源으로부터 맞이한 사랑이옵니다. 이때 半夜의 하늘은 어
　둠을 참다 깨어 따 위에 쓰러져 있던 달빛을 旗幅처럼 부르는 것이옵니
　다. 그리하여 달빛은 그 부름에 感應하여 울듯 높게 높게 오르고 있사옵
　니다. 아버지가 어머니다운 것인양 하옵니다. 그러나, 어느 엷고 비린 구
　름 끝을 거두고 달의 一面이 모조리 나타나옵니다. 아 지난 죄라도 물이
　쏟아지듯 들키고 싶사옵니다.
　　　　　　　　　　　　　　　　　　　　　　－「新月光曲－1」 전문

　위에서도 강조되고 있는 것은 "달" 혹은 "달빛"이 지닌 생명력과 융
합력 그리고 정화력이다.[30] 달빛이 지닌 생명력은 그것을 받아 생기와

---

30) 신화적인 해석에서 달은 일반적으로 여성, 농업과 관련된 풍요, 시간의 질서와

조화를 회복하는 사물들에서 잘 드러난다. '비 그친' "고요"한 '밤'에 달빛은 충만한 원기를 발하며 사물들을 비추어 주는데 그 왕성한 기운은 흡사 "배고픈" 짐승이 먹이를 찾아 나선 양 맹렬하다. 그 빛을 받아 모든 사물들은 비로소 생명의 힘을 다시 얻기 시작한다. "나뭇잎들과 풀잎들"이 "제 뿌리 가까이 수그리다 곤두서고" 있다는 표현은 마치 생명력의 고갈로 시들어 있던 잎사귀들이 뿌리로부터 힘껏 물을 빨아 올려 파릇하고 생생한 빛깔을 돋우는 광경을 떠올리게 만든다. 또한 "禽獸"들도 "다 제곳에 깃들여" "羊毛" 같은 숨결로 스스로를 다스려 간다. 짐승들이 모두 '제곳에 깃들여 있다'는 것은 자연계가 본래의 자리에 위치하여 조화와 균형 그리고 질서 등을 확보하고 있음을 암시해 준다. 그러므로 온 누리는 "저 깊은 흥금의 根源으로부터 맞이한 사랑" 곧 원초적인 생명력과 융화적인 삶의 조화로 가득 차 있다.

그런데 이 누리에 충만한 "根源으로부터 맞이한 사랑"은 원래 달빛에서 연유한 것이지만, 마침내 달빛이 달과 합일할 수 있는 동력을 제공한다. 위에서 달빛은 언제부터인가 "하늘에서 내려와" "따 위에 쓰러져" "살아온 지" 벌써 "오래"인 존재이다. 달빛은 본래의 가치와 기능을 제대로 발휘하지 못하는 상태인 것이다. 그런데 그것이 '근원의 어둠' 속에 있던 "半夜의 하늘"의 "부름"을 받아 드디어 "일제히 일어서서" 차올라 구름을 거두고 "모조리" 나타난 "달의 一面"과 만나게 되는 것이다. 여기서 "달의 一面"은 달의 한 부분이라는 뜻이 아니라 완

시절의 운행자 등의 상징적인 의미를 지니는 것으로 이해된다. 특히 우리의 고대에는 일월신앙이 존재하여, 달이 우주론적 차원의 신격으로 섬겨지기도 하였다. 고려와 조선을 거치면서 점차 민속 신앙화된 이 일월신앙은 아직도 민간에 많은 형태로서 잔존하고 있다. 한편, 달은 보통 조화와 융합, 정화력을 가진 존재로 풀이된다. 달의 부드럽고 감싸는 듯한 느낌과 물기를 머금은 듯한 분위기는 여성적인 서정성, 조화와 융합 그리고 내밀스런 공간을 상징하며, 그 밝은 빛은 정화하는 힘을 지녔다고 믿어진다. 달의 신화적인 의미에 관해서는 김열규의 『한국의 신화』(일조각, 1976)와 하딩의 『사랑의 이해』(김정란 옮김, 문학동네, 1996)를 참조 바람.

전한 둥근 모양을 이룬 달을 가리킨다고 보아야 마땅하다. 따라서 "半夜"가 함축하는 불완전함은 둘의 해후로 말미암아 해소되고 완전성을 획득하게 된다. 달빛은 자신의 생명력으로 "太初"의 "男女" 양성의 결합과도 같이 "이 누리와 저누리"를 융합시킬 뿐만 아니라 스스로도 "感應"하듯 '완전한 둥근 달'과 합일하는 것이다.

달빛의 생명력이 야기하는 만물의 융합이 바로 미분화된 원초적 동일성의 상태로의 복귀를 뜻한다고 본다면, 이는 바로 '원초적 순간', '최초의 시간'을 의미한다고 할 수 있다. 이러한 달의 생명력과 융합력에 힘입어 시적 자아는 자신도 아버지가 어머니다운, 어머니가 아버지다운 근원적 동일성의 상태를 회복하고 싶다는 열망을 내비친다. 마지막 행의 '지난 죄라도 들키고 싶다'는 표현은 누리를 밝게 비추어 사물의 본디 생명과 질서를 복원시키는 달의 힘에 의지하여 자신도 정화되고 싶다는 소망을 드러내고 있는 것이다. 이때 "물이 쏟아지듯"이란 바로 그러한 정화의 힘을 강조하는 표현으로 죄의 씻김으로 말미암아 시초의 시간으로 돌아가고 싶다는 열망에 진배없다.

시인이 추구하는 바는 이렇듯 '새로운 생명', '최초의 시간'이라고 할 수 있다. '바다'와 '달'의 생명력과 정화력은 원초적인 생의 부활과 시초의 시간으로의 복귀를 가져올 수 있는 토대이다. 이러한 시인의 '생에 대한 열망' 및 '새로운 인간형으로의 탄생 희구'는 「奢侈」에서 가장 극적으로 나타난다.

> 어린 시절, 고향 바닷가에서 자주 초록빛 바다를 바라보았습니다.
> 빨랫줄은 너무 무거웠고 빨래가 날아가기도 했습니다.
> 제가 가지고 있던 오랜 病은
> 착한 우단 저고리의 누님께 옮겨갔습니다.
> 아주 그 梧桐꽃의 肺臟에 묻혀 버리게 되었습니다.
> 누님은 이름 부를 남자가 없었고

오직 「하느님!」 「하느님!」만을 불렀읍니다.
저는 파리한 채, 누님의 血脈은 갈대밭의 欸乃로 울렸읍니다.
이듬해 봄이 뒤뜰에서 살다 떠나면
어쩌다 늦게 피는 꽃에 봄이 남아 있었읍니다.
이윽고 여름 한동안 저는 흙을 파먹고 울었읍니다.
비가 몹시 내렸고 마을 뒤 넓은 干潟農地는 홍수에 잠겼읍니다.
누님께서 더욱 아름다왔기 때문에 가을이 왔읍니다.

찬 洗面 물에 제 푸른 이마 주름이 떠오르고
그 水量을 피해 가을에는 하늘이 서서 우는 듯했읍니다.
멀리 汽笛소리는 확실하고 그 뒤에 가을은 깊었읍니다.
모조리 벗은 나무에 몇 잎새만 붙어 있을 때,
누님은 그 잎새들과 이야기했읍니다.
그리고 맑은 뜰 그 땅 밑에서 뿌리들이 놀고 있었읍니다.
하느님 나라가 더 푸르기 때문에 제 눈 빠는 버릇이 자고
그러나 어디선가 제 行先地가 기다리고 있다고 믿었읍니다.
누님께서 기침을 시작한 뒤 저는 급격하게 적막하였읍니다.
차라리 제 턱을 치켜들어 보아도
다만 제 발등은 老衰로 復讐받았읍니다.
마침내 제가 참을 수 없게 누님은 피를 쏟았읍니다.
한 아름의 치마폭으로 그히는 그것을 껴안았읍니다.
그때 저는 비로소 보았읍니다, 누님의 깊은 부끄러움을.
그리고 그 童貞 안에 內宿한 潮汐을.
그 뒤로 저의 잠은 누님의 잠이었읍니다.
누님의 內室에는 어떤 鼓膜이 가득 찼고
저는 문 밖에서 순한 밤을 한 발자국씩 쓸었읍니다.
누님께서 우단 저고리를 갈아 입던 날,
저는 누님의 황홀한 시간을 더해서
겨울 바닷가를 헤매이다가 돌아왔읍니다.
이듬해 봄의 陰曆, 안개 묻은 빨래줄을 가리키며
누님의 흰 손은 떨어지고 이 세상을 떠났읍니다.

저는 울지 않고 그의 흰 陶磁 베개 가까이 누워
얼마만큼 그의 혼을 따라가다 왔습니다.
　　　　　　　　　　　　－「奢侈」 전문

　「奢侈」는 '병' 모티프를 이용하면서 은밀한 근친상간적 분위기를 표
출하고 있다는 점에서 앞 절에서 다루었던 「肺結核」 1연과 비교될 수
있다. 하지만 두 작품은 대체적으로 구조와 모티프 면에서는 유사성을
지니지만, 전자가 후자에 비해 좀 더 진일보한 죽음의식을 보여준다는
점에서 구별된다. 작품의 주요 내용은 시적 자아가 앓고 있는 병이 누
님에게 옮겨가 누님이 시적 자아를 대신하여 죽는 것으로 이루어져 있
다. 여기서 주목하고자 하는 바는 '누님이 대신한 죽음'의 의미이다.31)
이를 살펴보기 위해서는 작품 전반에서 운용되고 있는 상징이나 이미
지 등을 고찰하여야 한다.
　먼저 「奢侈」에서도 죽음과 재생의 분위기는 매우 농후한 편이며, 속
의 세계에서의 소멸을 통해 본래적인 순수를 회복하고 원초적인 생명의
시간으로 돌아가고자 하는 소망이 팽배하다. 시적 자아가 "어린 시절"부
터 바라보아 온 "초록빛 바다"는 그가 품고 있는 새로운 생명에 대한
동경을 잘 보여준다. 특히 "옷"과 "빨래"는 새로운 생명 희구를 담아내
고 있는 시적 장치로 이 두 가지는 작품에서 모두 4번에 걸쳐 등장하고
있어서 예사롭지 않은 시인의 의도를 짐작하게 한다. 2행에서 "빨래"들
은 빨랫줄이 무겁도록 널려 있고 날아가기도 한다. 옷의 주된 기능은 감
춤에 있다. 굳이 기독교의 창세신화를 참조하지 않더라도 옷은 인간의
순수와 본성을 감추기 위한 수단이다. 요컨대 옷은 죄와 거짓과 탐욕으

---

31) 김현은 '누님의 대신한 죽음'에 관하여 이 글의 입장과 유사한 논의를 펴고 있
　　다. 김현에 따르면 누님은 시적 자아의 병을 옮겨 받음으로써 점점 사람의 형
　　태를 벗어나서 일종의 주술사의 역할을 하게 된다고 한다. 즉 누님은 죽음이
　　라는 의식을 집행하는 부름군의 임무를 맡게 된다고 본다.(위의 글, 위의 책,
　　364쪽 참조)

로 뒤엉킨 속의 세계에서의 삶을 함축한다. 옷이나 장신구를 벗는 행위가 통과제의에서 '영적인 허물벗기'를 의미한다는 점도 이를 뒷받침해 준다.32) 따라서 세탁한 옷가지들이 빨랫줄이 무거울 만큼 많이 널려 있으며, 그것들이 간혹 날아가기도 한다는 표현은 본연의 순수를 가리고 있는 것들을 벗어버리고 싶다는 시적 자아의 욕구를 반영하고 있다. 시적 자아가 소망하는 것은 본래적인 순수의 회복인 것이다.

옷을 벗음으로써 속의 세계의 삶으로부터 최초의 근원적인 순간으로 귀환하게 된다는 옷의 상징적인 기능은 누님의 죽음에서도 다시 확인할 수 있다. 4행에서 "우단 저고리"를 입고 있던 "착한" 누님은 32행에서 그 "우단 저고리를 갈아 입"는다. 앞의 누님이 시적 자아로부터 병이 전염된 상태를 전후로 한 시기의 누님이라면, 뒤의 누님은 거의 임박한 죽음의 상황에 놓여 있는 누님이라고 할 수 있다. 여기서 '옷을 입고 있음'과 '옷을 갈아입음' 곧 '옷을 벗음'이 각기 다른 삶과 죽음의 국면에 위치해 있는 누님을 비유한다고 볼 때, "우단 저고리"는 일종의 삶의 허물로 풀이될 수 있다. 죽음을 눈앞에 두고 있는 그녀의 옷 벗는 행위는 현실세계와의 예비적인 절연을 압축적으로 제시한다. 35행에서 누님이 세상을 하직하며 "안개 묻은 빨래줄을 가리키"는 행위 역시 유사한 맥락에서 해명할 수 있다. '빨래줄에 안개가 묻어 있다'는 것은 빨랫줄에 아무것도 널려 있지 않는 즉 비어 있는 상태를 함의한다고 볼 수 있는바, 여기서 빨래(옷)들이 모두 날아가 버림으로써 인간 본래의 순수가 회복되었음을 유추해 낼 수 있기 때문이다. "안개"에서 배어 나오는 신비로운 분위기는 이를 더욱 부각시킨다.

다음으로 살펴보아야 할 부분은 시적 자아의 죽음을 대신하는 누님의 이미지이다. 위에서는 누님이 매우 순결한 여성이라는 점이 강조되고 있다. "이름 부를 남자가 없었"다는 표현은 누님이 아직 혼인을 하

---

32) 비에른느, 위의 책, 1996, 25~26쪽 참조.

지 않은 미혼녀이며 동정녀임을 가리킨다. 게다가 누님은 작품 후반부
에 가면 "한 아름의 치마폭"에 "피"를 쏟는데, 이는 그녀가 그제야 초
경을 맞이한 순결한 여성임을 강하게 드러내고 있다. 25행과 26행은
표면상 누님의 각혈 장면을 연상하게 만들지만, 오히려 그녀의 순결성
을 전달해 주는 데 도움을 준다. "童貞 안에 內宿한 潮汐"이라는 표현
에서 이를 잘 알 수 있다. '조석'이란 바다의 조수를 뜻하는 낱말로 바
다의 조수는 달의 인력에 의하여 발생하는 밀물과 썰물을 말한다. 따라
서 '童貞 안의 潮汐'은 달의 변화에 좌우되는 여성의 생리현상을 가리
킨다. 여성의 생리현상 곧 월경이나 임신 등이 달의 힘에 의한다는 것
은 동서양을 막론하고 오랜 믿음에 속하며, 특히 월경은 달의 주기와
동일시되기 때문이다. "깊은 부끄러움" 역시 비로소 초경을 맞이한 여
성의 성적인 부끄러움을 의미한다.

문제는 그와 같은 누님의 순결성은 그녀가 시적 자아를 대신하여 죽
음의 대가를 치르게 되는 근본 원인이라는 점이다. 앞서 지적하였듯이
「奢侈」를 지배하고 있는 것은 시적 자아의 원초적인 생에 대한 열망과
시초의 시간의 희구이다. 모든 존재가 지닌 외형적인 윤곽의 소멸과 모
든 형태의 용해 및 무형으로의 복귀, 곧 창조 이전의 혼돈의 상태를
야기하는 '홍수 모티프'33)와 '멀지만 확실한 기적소리'34)가 내포하고
있는 어떤 순간의 임박함, '가을날 조락하는 나무와 그것의 숨은 뿌리'
등은 모두 시적 자아의 간구를 암시적으로 드러내 주는 시적 장치들이
라 할 수 있다. 이러한 시적 자아의 열망을 완성시켜 주는 것이 바로
'누님의 대신한 죽음'이다.

그녀가 죽음에 이르는 시간인 "봄의 陰曆"은 매우 함축적이다. '음

---

33) 엘리아데, 『우주와 역사』, 87쪽 참조.
34) 죽음을 통한 새로운 탄생, 어떤 시간의 임박함 그리고 창조 이전의 혼돈으로의
    복귀라는 맥락에서 여기서의 기적은 '汽笛'이 아닌 '奇蹟'으로 해석되어야 마
    땅하다.

력'이 달을 중심으로 한 시간계산법이라는 점을 염두에 둔다면, 이때 작용하는 달의 힘은 누님의 죽음과 시적 자아의 새로운 탄생을 가능하게 하는 원천이다. 누님은 시적 자아의 죽어야 할 운명을 대속하는 '속 죄양', '희생양'인 것이다.[35] 희생물의 조건인, 모든 이들로부터 구별할 수 있는 아주 극단적인 고귀함은 바로 누님이 지닌 순결성과 일치한다. 순결하기 때문에 누님은 시적 자아를 대신하여 대가를 치를 수 있으며, 이 대신한 죽음으로 인하여 누님은 더욱 순결한 존재가 된다.[36] 달의 힘에 의한 '누이의 대신한 죽음'으로 시적 자아는 정화되고, 이 정화는 그의 재생을 가져오게 되는 것이다.[37]

누님의 대신한 죽음으로 시적 자아가 새로운 생명을 얻게 된다는 점은 작품의 제목과 연관지어 볼 때 더욱 분명해진다. '사치'란 필요 이

---

35) '속죄양'의 개념은 엘리아데에게서 빌려 온 것이다. 속죄양은 일련의 희생제의에서 제물로 바쳐지는 동물이나 인간을 가리키는데, 여기서 중시되어야 할 것은 그것의 추방, 죽음으로 인하여 개인 및 공동체의 죄와 과오가 깨끗이 소진되고 무효화됨으로써 제의적인 정화가 이루어진다는 점이다. 이 정화가 언제나 새로운 재생을 의미함은 물론이다. 그러므로 엘리아데는, 이러한 희생제의를 통하여 원초적이며 순수한 시간 그 찰나의 시간을 복원할 수 있다고 말한다. (엘리아데, 앞의 책, 81~82쪽 참조) 한편, 지라르는 그것의 성격을 다른 관점에서 이해한다. 『폭력과 성스러움』에서 지라르는 희생물과 성스러움의 불가분의 관계를 논한 후, 이 제의의 근본 기능은 단 하나의 희생물로 모든 가능한 희생을 차단하는, 희생의 '좋은 폭력'이 '폭력의 파급'을 막는 데 있다고 지적한다. 희생물은 신에게가 아니라 거대한 폭력에 봉헌된다는 것이다. 따라서 지라르는 고대 사회의 특성에 국한되는 '속죄양'의 개념보다는 '희생양'의 개념이 더 마땅하다고 본다.(김진식·박무호 옮김, 민음사, 1997, 9~60쪽 참조) 이 글은 위의 두 관점 모두 타당성이 있다는 판단에 입각해 있다. 문제는 어디에 중점을 두고 '희생'을 바라볼 것이냐에 있다. '폭력'을 매우 확대된 개념으로 사용함으로써, 본질적으로 지라르의 관점 역시 인간이 희구하는 정화와 재생 개념(혹은 생의 연장)에서 크게 벗어나 있지 않기 때문이다.

36) 지라르, 위의 책, 10쪽 참조.

37) 이때 '누님의 대신한 죽음'이 시적 자아의 무엇을 정화시키느냐가 문제될 수 있다. 지라르의 견해를 빌리자면, 희생제의의 목적은 공동체에게 닥친 '위기'를 극복하기 위한 목적도 지닌다. 시적 자아와 누님과의 근친상간적 분위기를, 그것을 금기시하는 공동체에 부여된 위기라고 본다면 누님의 죽음은 그러한 위기감을 해소하고 시적 자아의 죄를 씻어 주는 계기라 할 수 있다.

상의 것을 누리는 것을 말하는데, 그렇다면 궁극적으로 시적 자아는 자신의 몫으로 부여된 목숨 이상의 것, 즉 누님의 죽음으로 인한 '덤'의 시간을 얻음으로써 '사치'를 누리고 있는 것이 아니겠는가. 시적 자아의 삶은 누님의 죽음의 대가로 얻어진 새로운 삶, 잉여의 삶이며, 덤으로써 얻은 삶인 것이다.

이상에서 살펴본 바와 같이 고은의 초기 시에 두드러지는 죽음의식의 본질은 새로운 인간형으로의 탄생을 통한 시초의 시간에 대한 복귀의지라 할 수 있다. 제의적이며 신화적인 의미를 지니고 있는 '바다'나 '달'의 생명력 및 정화력에 힘입은 재생은 이러한 시인의 소망과 열망을 반영하고 있다. 이때 죽음이 새로움을 위한 시작에 불과하며, 새로운 존재 양태의 획득과 처음의 시간으로의 복귀에 있어 필수적인 단계라는 점은 시인이 그것을 통과제의적인 의미에서 이해하고 있음을 함축한다. 죽음은 시인이 견지해 왔던 의식의 순수한 상태, 순수한 시간에의 열망을 성취하기 위한 구체적인 방법인 것이다.[38]

한편, 1970년대 초반 고은은 그의 전체 시세계에 있어서 괄목할 만한 전환을 가져온다. 이른바 '허무의 바다에서 역사의 바다로의 투신'[39]이라 평가되곤 하는 고은의 시적 변모는 70년대 참여문학의 가장

---

38) 아울러 고은의 초기 시 전체를 통과제의적 구조에 의하여 해석해 볼 수 있다. 비에른느에 따르면 통과제의는 모두 3단계로 나누어진다. 그 첫 단계는 '격리'인데 이는 정화를 포함한다. 격리 공간은 체험에 의한 공간과 구별되는 특성을 지니며, 격리에 앞서 정화는 필수적이다. 이때 범속한 공간 밖의 신성한 장소와 정화는 속의 세계와의 단절을 의미한다. 다음 단계가 죽음의 영역 통과이다. 이때는 혼절 등이 많이 사용되는데 그것을 통하여 근본 인격이 제거된다. 그리고 마지막이 바로 재생, 새로운 탄생이다. 요컨대 통과제의적 죽음은 생명의 약속으로 충만된 귀환과도 같으며, 완전한 변화, 새로운 존재 양태를 원한다면 기필코 돌아가야 할 무의 상태인 것이다. 이 구조를 고은의 초기 시와 견주어 보면, '병'이나 '잠'의 모티프를 이용한 유폐의식은 바로 첫 번째 단계의 '격리'와 등가를 이룬다. 특히 '잠'은 현재의 시공간을 벗어나는 몽환적인 분위기를 창출하며, 일시적이나마 시초의 시간을 회복할 수 있다는 점에서 '혼절' 등의 죽음의 영역 통과와 동일시될 수 있다.

주목할 만한 성과로 일컬어지기도 한다. 고은의 시적 변모과정에 관심을 집중하고 있는 주요 논자들은 이를 허무와의 결별과 민족의 역사적 현실에 대한 자각의 소산으로 간주하기도 한다.

하지만 기존 연구자들은 이 시기의 시세계에서도 여전히 죽음의식이 지속되고 있다는 점에는 많은 관심을 기울이지 않아 왔다. 특히 고은이 70년대에 부르짖기 시작한 민중의 '한'의 계승은 모두 그가 앞선 시기에 보여주었던 죽음을 통한 새로운 인간형으로의 탄생과 시초의 시간의 회복 의지가 현실적인 목적과 결합함으로써 등장한 것이라는 점이 간과되고 있다. 고은의 역사적 현재에의 몰두는 본질적으로 죽음의식의 연장선상에서 논의될 수 있으며 죽음의식이 '세속화'된 것에 지나지 않는다.

다음에서는 죽음의식의 '세속화' 과정을 살펴보기에 앞서 고은의 죽음의식이 '역사의 소거' 및 '역사의 종식' 모티프를 이용하고 있음을 분석하면서 이를 통해 시인이 시간의 가치를 어디에 두고 있는가에 대해 짚어보고자 한다. 고은이 초기 시에서 보여주었던 '내적 시간'에의 함몰로서의 '병'과 '잠' 모티프와 '시초의 시간 회복 의지'로서의 '역사의 소거'와 '역사의 종식' 모티프는 결국 시인이 시간의 기대를 어디에 두기 시작하는가와 불가피하게 관련되기 때문이다. 전자의 모티프들에서는 시간의 가치와 기대가 주관적, 개인적이면서 부정적이었다고 한다면 후자의 모티프들에서는 그것이 보다 낙관적으로 변모하여 가는 것을 확인할 수 있다. 그리고 이는 궁극적으로 고은이 시간의 역사적 진보를 맹신하면서 시간의 진정한 주인으로서의 민중을 발견하게 되는 계기가 된다.

---

39) 김현자, 「허무주의에서 역사의식으로」, 『한국현대시연구』, 민음사, 1989 참조.

2) 역사의 소거와 기독교적 종말의식

고은의 초기 시에서 '시간의 종식' 혹은 '역사의 소거' 모티프는 앞
절에서 살펴본 '바다'에 투신함으로써 생과 죽음의 진정한 의미를 발견
해 내고 새로운 출발을 기약하려는 작품 외에도 적지 않게 나타나는
편이다. 소멸해 가는 대상들에 대한 탐구 범주 안에 포함시킬 수 있는
'몰락하는 왕조', '고통 받는 최후의 왕'을 다루고 있는 작품들이 대표
적인 예에 해당한다.

> 바다는 全身으로 나타난다.
> 멀리 멀리 보낸 使臣은 돌아오지 않고
> 저 敵船들의 아우성이 자는 바다는 숨지 않는다.
>
> 이제 나의 뒤를 딸지 말라.
> 내 외로운 옷을 날리는
> 鼓膜의 寂寞.
> 바야흐로 최후의 朕으로서
> 한 조개껍질을 줍노라.
> 　　　　　　　　　－「海邊의 拾得物」 부분
>
> 朕의 눈썹에 온 三十一歲
> 홀로 여기 있게 하라.
> 오늘, 재와 연기처럼 헤어진 闕內의 고요,
>
> 검은 큰 窓에서
> 모든 것이 떠오르는 疲勞,
> 첫 새벽녘에 번득였던 先王의 흰 눈물이 아롱진다.
> 　　　　　　　　　－「新年의 蓋」 부분

諸臣, 바야흐로 물러가라.

朕의 王朝는 길지 않다. 朕의 王朝는 길지 않다.
　　　　　　　　　　－「御悲哀」부분

　시인의 두 번째 시집인 『海邊의 韻文集』에서 인용하였다. 시인은 이들 작품에서 소멸해 가는 존재들로서 '몰락하는 왕조' 혹은 '고통 받는 마지막 왕'의 이미지를 묘사해 내고 있다. 왕권의 지배 아래 있던 시절에 왕조의 멸망은 망국과 동일시되며 나라의 존재 기반을 위협하는 중대한 위기이자 모든 존재의 소멸에 견주어질 만한 커다란 사건으로 간주된다.

　위에서 시적 자아는 패망을 앞둔 국가의 통치자이거나 이미 왕좌를 찬탈당한 최후의 왕으로 변주되어 등장한다. 시적 자아는 왕조의 몰락 과정을 주시하면서 자신이 비운의 마지막 왕이라는 사실로 비탄에 잠겨 있다. "敵船들의 아우성", "내 외로운 옷", "재와 연기", "闕內의 고요", "先王의 흰 눈물" 등에는 기울어가는 국운 또는 이제는 쇠망해 버린 나라의 이미지가 투사되어 있다.

　왕조의 붕괴는 바로 그 왕조의 통치력의 상실과 아울러 '역사의 종식'을 은유한다. 한 왕조의 멸망은 한 시대를 마감하는 결정적인 사건이며, 시대의 마감은 그 왕조가 이끌어 왔던 역사에 종지부를 찍는 일이다. 또한 왕조의 몰락은 역사의 종결을 가져옴과 동시에 기존 사회질서의 변화를 야기하기도 한다. 지배권자 혹은 지배집단의 세력 약화는 이제까지 안정적으로 유지되어 오던 위계나 규율을 철폐시키는 극심한 혼란을 발생시킨다. 이 기존 질서의 변화 및 혼란상은 그야말로 카오스의 상태를 방불케 하는 대격변이라 할 수 있다.

　그런데 그와 같은 격변의 와중에서 발생하는 혼돈의 양상으로서의 카오스는 이른바 모든 것이 조화된 코스모스의 상태로 전이하기 위한 준비기를 상기시킨다. 통치권자의 세력 상실로 해서 생기는 격심한 혼돈상은 당연히 새로운 통치권자 곧 신왕조의 부상으로 말미암은 혁신적인 규범체계 및 질서의 수립과 맞물려 있기 때문이다. 옛 왕조의 붕괴는 신흥 왕조 등장의 원인이자 결과인 셈이다.

그렇다면 왕조의 몰락에 기인하는 '시간의 소거', '역사의 종식'이란 새로운 통치자의 탄생 곧 새로운 역사의 시작이나 출발에 있어 필수적인 전초 단계라 할 수 있다. 죽음이 새로운 인간형으로의 탄생을 위한 전조이듯이, 왕조의 붕괴로 인한 시간의 소멸과 역사의 종결 역시 '처음의 시간', '새 역사의 시작'의 신호탄에 다름 아니다. 완전한 존재론적 전이를 성취하고 거듭나기 위해서 죽음은 반드시 거쳐야 하는 선행 과정이듯이, 새로운 시간의 시작과 역사의 출발이 성사되기 위해서는 시간의 소거, 역사의 종식이 필연인 것이다.

이처럼 고은의 초기 시에서 시간의 소멸이나 역사의 소거를 바탕으로 한 새로운 시간의 시작을 시적 주제로 삼고 있는 경우를 확인하기란 그리 어렵지 않다. 문제는 이러한 죽음을 통한 재생이나 처음의 시간의 회복이 시인의 죽음의식을 어떻게 자리매김 시키고 있느냐에 있다.

얼핏 보기에 고은이 구현하고 있는 시간성은 죽음과 소멸을 계기로 하여 완전한 새로움을 획득한다는 맥락에서 순환적인 구조를 지니고 있는 것으로 비쳐진다. 최초의 시간으로 되돌아가려는 의지의 본질은 생과 죽음을 원환적인 관계 속에서 파악하는 태도이거니와, 이러한 시간의 순환구조 아래에서 인간들은 시간의 지속이나 시간의 불가역성 때문에 발생할 수 있는 존재에게 가해지는 영향력 등을 거부하거나 약화시킬 수 있다. 처음의 순간으로 끊임없이 시간이 재생될 수 있다는 믿음은 지금 여기의 삶을 낙관하고 고통을 인내할 수 있도록 하는 존재의 의지이며 갈구인 것이다.[40]

---

40) 엘리아데, 『우주와 역사』, 130~132쪽 참조.

따라서 죽음과 소멸을 토대로 하여 시간 혹은 역사를 소거함으로써 새로운 시간, 시작의 시간으로 복귀하고자 하는 시인의 열망은 앞서 김춘수 시 분석에서 지적한 역사의 시간에 대한 부정 및 거절의 의지와 유사성을 지니고 있다고 할 수 있다. 시초의 시간에 대한 희구란 근본적으로 지금 여기의 시간, 역사의 시간에 관한 불인정이나 현재가 역사화되는 것에 대한 거부와 무관하지 않기 때문이다.41)

그렇다면 시인은 시간의 순환적 구조에 의지하여 지금 여기의 존재를 거부하고 역사를 용인하지 않으면서 존재와 시간은 언제나 근원으로 되돌아갈 수 있다는 신뢰감에 기초하여 현재의 삶을 인내하고자 했던 것인가. 고은의 죽음의식이 원초적으로 생에 대한 열망이며 근원적인 시간으로의 회귀의지라는 점에서는 어느 정도 현재의 진행하는 시간의 가치를 무화시키고자 하는 의도를 읽어낼 수도 있다. 하지만 고은은 이 지점에서 그의 죽음의식을 '기독교적 종말의식'으로 변환시키면서 점차 '시간의 가치'를 현재 안에서 조망해 나가기 시작한다.

고은은 그의 통과제의적 죽음을 통한 재생 열망을 부분적이나마 기독교적 종말의식42)과 결합시킴으로써 순환적인 시간구조에 머물지 않

---

41) 엘리아데는 고대인의 시간의식을 통하여 그들의 특이한 인간관과 반역사적인 의도를 지적하고 있다. 그에 따르면, 고대인들이 시초의 시간으로 회귀하고자 하는 것은 구체적인 시간을 소거함으로써 계속적인 현재에 살려는 반역사적인 의도이다. 이와 같은 시간의 소거 속에서는 과거 일반에 대한 기억은 보존될 수 없는바, 그들은 스스로를 역사적인 존재로 받아들이기를 거절하고 있는 것이다.(위의 책, 123~124쪽 참조)

42) 이 글에서는 '종말의식'과 '기독교적인 종말의식'을 구분하여 사용하였다. 종말은 말 그대로 '끝', '마지막'이며, '종말론'은 세상의 최후에 관한 이야기이자, 우리가 알고 있는 이 세계가 그 끝에 도달하게 되는 사건, 세계가 파멸에 이르게 되는 과정에 대한 논의이다.(불트만, 서남동 옮김, 『역사와 종말론』, 대한기독교서회, 1968, 33쪽 참조) 이렇게 본다면 종말은 모든 근원 회복의 선행단계라 할 수 있으며, 기독교적 종말의식은 커다란 범주에서 종말의식에 속한다고 할 수 있다. 엘리아데가 모든 창조론과 종말론은 쌍생의 관계이며 고대인들의 시간관 역시 종말론적이라고 논의하는 까닭은 이러한 이치에 기초한다.(이은봉 옮김, 『신화와 현실』, 성균관대출판부, 1985, 제4장 참조) 그런데 이에 중대한 변화를 가져온 것이 바로 기독교이다. 고대인들이 종말과 창생은

으면서 시간에 대한 기대 자체를 미래에 두기 시작한다. 위에서 고찰한 '몰락하는 왕조' 등의 모티프에서도 그러한 징후들이 어느 정도는 발견되거니와43) 다음에 분석할 작품들에서 시인은 이 세계의 최종적인 파멸과 '단 한 번' 도래하게 될 신천지를 갈망하는 양상을 통하여 그의 죽음의식을 변모시켜 간다. 즉 그의 죽음의식은, 파국 이후에 다시 출현하는 세계는 처음의 시간을 복원하는 것이지만 무수히 반복하거나 순환하는 것이 아니라 오로지 '단 한 번' 발생한다는 기독교적 종말의식의 형태로 전환하여 간다. 따라서 지금 여기의 고통을 감내할 수 있는 원동력은 시간이 언제나 순환하며 재생될 수 있기 때문이 아니라, 회복될 단 한 번의 시초의 영광으로 말미암은 것이며, 궁극적으로 미래를 가져올 수 있기 때문에 지금 여기의 고통도 의의를 얻을 수 있는 것이다.

　고은의 초기 시세계에서 세계 종말에 대한 주제는 매우 많이 드러나는 편이다. 재생 열망이란 언제나 지금 여기의 사멸 및 파국과 불가분의 관계를 맺고 있어서 그의 초기 시세계에 팽배하게 나타나는 죽음의식은 종말의식이라 하여도 무관할 것이다. 특히 그의 세 번째 작품집인

　　무수히 반복될 수 있다고 믿었던 데 반해, 기독교에서는 세계의 종말은 세계의 창조가 단 한 번만 일어났던 바와 같이 단지 한 번만 일어난다고 말한다. 대변혁 후에 출현하는 우주는 신이 시간의 시초에 창조한 우주와 같은 것이며 순화, 갱신되고 본래의 영광을 복원하는 것이지만 오직 단 한 번만 발생한다. 파멸 이후에 펼쳐질 지상의 낙원은 다시 파괴되지 않을 것이며, 끝을 갖지 않는다. 시간은 이제 더 이상 영원회기의 순환형이 아니고 일직선적이며 불가역적인 시간이 되는 것이다. 한편, 엘리아데는 초기 기독교의 종말론이 미래의 '그날'에만 종말론적인 가치를 부여했을 뿐만 아니라, 역사적인 생성의 '구원'에 대해서도 긍정적이었다는 점을 중시한다. 즉 원형적인 가치 부여는 기독교에서도 배제되고 있지 않다는 점이다.(『우주와 역사』, 150∼158쪽 참조) 그렇다면 종말론은 순환적인 시간구조를 갖는 데 비하여 기독교적인 종말론은 전자에서 직선적인 시간구조로 이행해 간 것이라 할 수 있다.
43) '왕조의 몰락' 혹은 '최후의 왕' 모티프는 성경에서 이 세계의 종말과 신의 재림의 시간이 닥쳐오고 있음을 암시해 주는 익숙한 기법 중의 하나이다.(불트만, 위의 책, 38∼49쪽 참조)

『神·言語 最後의 마을(濟州歌集)』의 곳곳에서 그러한 징후들을 살펴볼 수 있다. 제목에서도 짐작할 수 있듯이, 소멸해 가는 존재에 대한 천착과 아울러 이 세계의 파멸 조짐은 이 시집 전체를 아우르는 밑그림 역할을 한다. 따라서 그의 세 번째 시집은 한 편의 묵시록이라고 해도 과언이 아닌데, 주목할 점은 이것이 앞서 발표한 두 시집의 죽음의식과는 구별되는 시간감을 선취하고 있다는 점이다.

  앞서 검토한 통과제의를 통한 재생 열망이 존재 및 시간의 소멸과 동전의 양면관계를 이루고 있으며 무한히 순환, 되풀이하는 시간에 기초해 있다고 한다면, 여기에서는 '단 한 번' 도래할 새로움의 시작, 시초의 시간에 대한 믿음을 기저로 한다는 측면에서 시간에 대한 기대를 미래에 두고 있다. 이는 그의 죽음의식이 기독교적 세계관에 매우 근접해 있음을 암시해 주는바, 이러한 양상들은 성경에서 빌려 온 모티프들을 통해서도 잘 알 수 있다. 그 대표적인 예가 '예정된 시간의 임박' 모티프이다.

> 지금 들을 수 없다. 긴 이야기는 겨울에 하라.
> 나로부터 저문 背景들이 흔들린다.
> 몇 사람의 죽음 속에서
> 每日每日 살아가는 女主人公을 만난다.
> 그리하여 一行의 悲哀가
> 내 福音에 머문다.
>
> 죽어 가는 修道僧이여, 내 이름을 고쳐 달라.
>   ─「슬픈 福音」 부분

> 집집마다 新婦가 있다. 얼마나 기다렸느냐.
> 나는 제 길을 두고 멀리멀리 圓周를 돌아왔다.
> 늙은 말이 천둥소리를 미리 알 때

비로소 히뜩히뜩한 번개가 떨어진다.
아아 이 세상은 너무나 오래 되었다.
　　　　　　　－「해빛사냥」 부분

다른 땅에 내가 걸어 갈 길을 마련하고 싶다.
단 한 번만 허락해 다오.
가을에 「단 한 번만」이란 말을
그대는 머리 숙여서 듣느냐.
　　　　　　　－「同居」 부분

　고은의 세 번째 시집에 실린 작품들 가운데에서 부분적으로 인용하였다. 첫 번째 작품에서는 시적 자아가 감지하고 있는 시간의 빠른 변화감이 두드러진다. "긴 이야기"를 "들을 수 없"는 "지금"의 긴박한 상황은 어떤 '사건'의 발생시간이 임박해 오고 있음을 의미한다. "나"를 에워싼 "背景"들이 "저물"어 가면서 "흔들리"고 있다는 표현에서도 주위의 여건들이 빠르게 달라져 감으로써 그 무엇으로 예정된 시간이 시시각각으로 닥쳐오고 있음을 짐작할 수 있다.

　그런데 그러한 상황급변의 원인은 이 세계의 파국을 축약적으로 제시해 주는 "每日每日" 계속되는 "죽음" 및 나의 "福音"과 긴밀한 관련을 맺고 있다. 이 복음이 내가 전파하여야 하는 복음인지 내가 믿고 있는 복음인지는 확실하지 않은 편인데, 그 여부와 무관하게 그것에는 연쇄되는 죽음, "萬行에서 이루어"진 "悲哀"가 "머무"르고 있어서 그 성격이 매우 양가적임을 암시해 준다. 복음으로 인하여 지금 여기의 죽음의 비애는 진정한 슬픔이 아니며, 슬픔이 아니므로 죽음은 복음일 수 있는 것이다. 요컨대 복음은 죽음의 비애를 해소하거나 승화시킬 수 있는 열쇠이며 죽음은 복음의 전조라고 하여도 그리 과도한 추론은 아니다.

　이때 연속하는 죽음의 슬픔을 불식시킬 수 있는 복음의 내용이 과연 무엇인가가 문제될 수 있다. 이는 마지막 행의 "내 이름을 고쳐 달라"는 부탁과 연관지어 해명이 가능하다. '개명(改名)'의 비의에는 죽음의 복음으로의 전환방식이 숨겨져 있다. 이름을 고치는 과정에는 또 다른 인격을 획득하는 존재론적인 변화 작용이 내재하여 있다. 보통 별명은 그것을 사용하는 집단 안에서의 비밀스러운 역할과 위상을 함께 담아낸다. 또한 종교에서는 그 종교에 입문한 이들에게 속의 세계에서 사용하던 이름과는 다른 세례명, 법명 등을 부여한다. 세례명이나 법명은 존재가 종교적으로 거듭나고 새롭게 탄생하였음을 공표하는 방식 중의 하나이다.

이렇게 볼 때 이름을 고치는 행위 곧 또 다른 새로운 이름을 얻고자 하는 소망은 바로 '새로운 존재로 전이하는 거듭남', '새로운 탄생'에 대한 갈구를 함축한다고 볼 수 있다.[44] 완전히 변화된 또 다른 존재로의 탄생이야말로 현상적으로 나타나는 죽음의 비애를 해소할 수 있다는 의미인 것이다. 그러므로 위의 작품은 이 세계의 마지막임을 환기시켜 주는 어떤 임박한 사건들로 주위의 여건들이 빠르게 변화해 가며 죽음만이 연속하고 있는데, 그 죽음의 피상적 비애는 복음으로 승화될 수 있으며 그 복음을 실현하는 방식은 '개명' 즉 또 다른 인격의 획득을 통한 존재의 변화이자 갱생임을 보여준다.

두 번째 작품도 마찬가지로 어떤 사태의 임박함과 아울러 그로 말미암아 시작될 새로움의 징후를 보여주고 있는바, 이 작품에서는 후자가 좀 더 명확하게 드러난다. 갓 결혼한 "新婦"에게서 떠올릴 수 있는 이미지는 생의 새로운 출발이다. 인간의 모든 성적인 결합은 창생의 의의를 지니는 우주적 결합으로 정당성을 인정받는다. 게다가 이는 단지 한 개인에게만 국한되어 발생하는 상황이 아니라 "집집마다"로 확산되어

---

44) 모든 문화와 모든 통과제의에서 개명(改名)은 새로운 탄생을 의미한다. 현대 사회에서도 이름을 바꾸는 행위는 인격을 바꾸는 것으로 간주된다. 특히 기독교에서, 죽음과 삶을 나타내는 물 속에 잠겨지는 상징적 침수 후에 부여받게 되는 기독교의 세례명 역시 거듭남, 새로운 탄생을 의미한다.(비에른느, 위의 책, 69~70쪽 참조)

있다. 생의 새로운 출발의 국면은 모두에게 해당하는 공통적이며 동시적인 사건인 것이다. 또한 그러한 새로움의 전조는 미처 "번개"가 치기도 전에 "천둥소리"의 낌새를 먼저 알아차리는 "늙은 말"에게서도 나타난다. 이때 '늙음'이란 삶의 연륜이 깊다는 뜻이거나 그래서 모든 사물이나 사태에 관한 지혜나 예감을 터득하고 있다는 의미로 해석할 수 있다. 나아가 '번개'나 '천둥'을 개벽의 조짐으로 풀이한다면 늙은 말의 예감은 이 세계의 끝과 갱신을 함축한다고도 볼 수 있다.

따라서 "이 세상은 너무 오래 되어"서 최종적인 마지막을 요구하여야 하는 시기이며, 그 궁극적인 새로움을 맞이하기 위하여 "얼마나" 오랜 세월을 "기다려" 왔는지 모른다. 여기서 그러한 "이 세상"의 종말과 갱신이 구체적으로 어떤 순간을 가리키는가를 짐작해 내기란 그다지 어렵지 않다. 그것은 "제 길을 두고 멀리멀리 圓周를 돌아" 다다른 원점, 처음이며 시초를 구현하는 순간이다. '원주'란 원의 둘레를 가리키므로 원주를 돌아왔다는 것은 다시 원점에 도달하는 결과를 낳는다. 오랜 시간을 거쳐 이 세계의 끝에서 조우하여야 할 순간은 바로 시초의 출발선인 것이다. 그러므로 이 작품은 시간의 오랜 경과 후에 이 세계의 시간의 내력을 최종적으로 마감하며 도래할 그 어떤 새로움의 징후를 매우 강하게 전달해 주고 있다.

이제까지의 분석에서 알 수 있듯이, 두 작품의 공통점은 '어떤 사태의 임박함'이다. 「슬픈 福音」의 '연속하는 죽음'과 '나의 복음'에서, 「해빛사냥」의 모든 사람들과 사물에 확대되어 있는 '갱신의 조짐'에서 이를 감지해 낼 수 있다. 특히 "복음"과 "번개", "천둥소리"에서는 예사치 않은 기운을 축약적으로 제시하려는 시인의 의도를 유추해 낼 수 있다. 위의 작품들에 드러난 급박함과 임박함은 파국을 향해 질주하는 현상들이며, 그 이후에 전개될 신천지에 대한 열망을 내포하고 있는 것이다.

한편, 이 세계가 마지막에 도달한 다음 시초의 시간을 다시 회복한다고 볼 때, 이는 「海邊의 拾得物」이나 「新年의 盞」 등에서 살펴본 '시간 의 소거', '역사의 종식'과 동일한 시간구조라고 할 수 있을 것이다. 그 런데 이 예정되어 있으며 임박한 사건은 "단 한 번" 다가올 사건일 뿐 이지 되풀이되거나 순환하는 것이 아니라는 점에서 다르다. 세 번째 작 품에서 이를 잘 알 수 있다.

「同居」는 먼저 성경의 내용을 직접적으로 운용하고 있다는 점에서 주 목할 만하다.[45] '懷胎한 그대'와 "다친 요셉"인 "나" 그리고 "하늘"에 있는 "내 아들의 아버지"에서 미루어 짐작할 수 있다. 이 요셉으로서의 나는 지금 "다른 땅"과 '다른 길'을 소망하고 있다. 그런데 시적 자아가 갈구하는 그것들은 오직 "단 한 번만" 실현될 수 있다. 그리고 그 "단 한 번"은 그대가 잉태하고 있는, 하늘에 아버지를 둔 아들의 탄생으로부 터 비롯하리라는 점을 축약적으로 전달해 준다. "내 아들"이야말로 시적 자아의 "다친" 상태를 회복시켜 줄 수 있으며 이 세상의 종국적인 파멸 의 순간에 창생의 영광을 가져올 수 있는 구원자인 셈이다.[46]

그러므로 세계는 언제나 근원적인 최초의 순간으로 반복하여 돌아감 으로써 종말과 창생을 거듭하는 것이 아니라 어떤 한 순간 '단 한 번'의

---

45) 위에서 인용한 작품 외에도, 고은의 초기 시에서 성경의 내용이나 구절 등을 표 나도록 이용하고 있는 작품은 수적으로 보아 매우 많은 편이다. 특히 『神·言 語 最後의 마을』의 주요 모티프들은 모두 구약에서 끌어온 것이라 해도 과언 이 아니다. 그중, 이 글에서 주시하고자 하는 모티프 및 내용들은 바로 세계의 종국적인 파멸의 임박함과 '메시아 탄생'을 암시적으로 드러내 주고 있는 작품 들이다. 예로 삼을 수 있는 작품으로는 「主日을 며칠 지난 뒤」, 「저녁 숲길에 서」, 「消燈」, 「不眠症」, 「降臨」, 「修士抄」 등이 있다.

46) 한편, 성경에서 모티프를 가져오거나 기독교적인 종말의식에 습윤되어 있기는 하지만 고은의 시세계 속에서는 이른바 신의 재림이나 최후의 심판 등과 같은 주제는 드러나지 않는다. 위의 작품만이 신의 재림을 암시하고 있다는 점에서 예외에 해당한다. 다만 기독교적 종말의식 가운데에서 고은이 수용한 것은 최 종적인 끝과 우주 창조가 단 한 차례 발생한다는 것과 그 후 지복의 삶이 영 원히 지속하게 된다는 것이다. 이 글에서 주목하고자 하는 바도 그의 죽음의 식이 세속화되어 가는 과정 가운데 기독교의 종말관과의 접맥 양상이 보인다 는 점이다.

결정적인 파국과 시초의 시간의 회복을 이루며 시간은 그로써 불가역적인 존재가 되므로 지금 여기의 시간은 그 자체로서 충분한 의의와 가치를 획득하는 것이다.

　여기서 중요한 것은 고은이 그의 죽음의식에 기독교적 종말의식을 접맥시킴으로써 직선적인 시간의식을 선취하였는가, 그렇지 않는가가 아니다. 인간의 시간에 대한 사유 분석은 당시의 지적인 체계나 역사에 대한 태도를 파악할 수 있다는 점에서 중요하다. 이른바 순환적인 시간의식은 고대의 시간관을 대표하며, 직선적인 시간의식은 근대의 시간관을 표방하는 것으로 간주되어 온 이유도 각각의 시간의식이 해당 시기의 대표적 세계관과 긴밀하게 조응하는 까닭이다. 따라서 이제까지의 시간에 대한 논의들을 지배해 온 것은 시간의식의 구별이라 할 수 있으며 개인의 시간의식도 분명한 분별 아래 자리매김 시키려는 노력들이 주종을 이루어 왔다.

　하지만 한 개인의 시간의식을 순환적이냐 직선적이냐로 엄격하게 규정짓기란 사실상 쉽지 않다. 이를테면, 순환적 시간관을 지니고 있다고 판단되는 동양인들의 사고에서도 묵시록적인 사고가 나타난다는 주장은 인간의 시간의식을 어느 하나로 단정 짓거나 매듭짓기 어렵다는 사실을 반증한다.[47] 또한 커다란 범주에서 볼 때 이 글에서 고찰 대상으로 삼고 있는 종말의식에서도 그 두 가지가 함께 혼용되어 있는 양상을 발견할 수 있다. 모든 종말론은 창조론과 결합하여 있다는 지적 자체가 종말론이 순환론적인 시간의식을 토대로 한다는 것을 시사하며, 기독교에서도 역사적으로 진행된 몇몇 종말론들의 경우에서 그것이 전혀 배제되지 않았음을 찾아볼 수 있기 때문이다.[48]

---

47) 하나의 예로, 김용옥은 천년왕국 운동은 서양에만 존재했던 것은 아니며, 동양의 미륵사상 등은 전통적인 시간의식에 반하는 직선적, 묵시론적, 종말적인 시간의식의 특성을 보여준다고 말한다.(『삼국통일과 한국통일』 참조)

48) 커머드는, 현대 사회 안에 내재화되어 있는 종말의 의미와 언제나 무효화될 수 있는 종말의 특성을 중시한다. 그에 따르면 현대 사회에는 종말이 순간순간마

이처럼 두 가지 시간의식이 개념상 차이를 보임에도 불구하고 구별하기가 쉽지 않으며, 특히 종말의식 안에서도 두 가지가 혼용되어 있다는 점을 고려할 때, 고은의 죽음의식의 변모과정의 핵심은 '시간에 대한 기대'를 어디에 두느냐로 판가름 지어져야 할 것이다. 순환론적 종말의식의 시간기대가 다분히 과거지향적이라고 한다면, 직선론적 종말

다 현존하며, 적그리스도에 비유될 수 있는 인물들에 의한 위기에 시달리고 있다고 한다. 이 각 시대마다의 위기와 혼란의 와중에서 인간들은 오히려 종말을 예비해 둠으로써 생을 좀 더 의미 있게 살아나갈 수 있으며, 또 간단히 종말을 유예함으로써 현실을 긍정할 수 있다고 본다. 그런 점에서 커머드는 묵시론적인 사고는 근본적으로는 순환적이라기보다 직선적인 시간의식에 해당하지만, 이 둘은 엄격히 구분할 수 없으며, "넓은 의미"에서 볼 때만이라는 단서 조항을 달고 있다.(위의 책 참조) 이에 비해 엘리아데와 임철규는 역사적으로 진행되었던 종말론에서 순환적인 요소들을 찾아내고 있다. 그들이 공통적으로 주목하고 있는 것은 중세의 대표적인 종말론인 '천년왕국' 운동이다. 먼저 엘리아데는 창조와 종말은 동일한 선상에서 논의될 수 있다고 전제하면서, 중세의 천년왕국 운동에서 최초의 시간으로의 복귀 의지를 찾아내고 있다. 지복천년(至福千年)을 희구하는 이 운동은 지금 여기의 시간의 파멸을 통하여 새로운 역사가 비롯하는 시간의 최초의 시점으로 돌아가고자 하는 의지를 지니고 있는데, 기독교의 종말의식의 자장 안에서 이루어진 것임에도 불구하고 그것은 원시종교에서의 종말을 통한 '시원에의 복귀' 열망을 그대로 운용하고 있다고 주장한다.(『우주와 역사』, 157~158쪽 참조) 임철규는 '낙원사상'과 '유토피아'와 '천년왕국' 운동의 근본적인 차이점을 시간의식에서 찾는다. 낙원사상에 있어서 시간의식은 순환적, 반복적이며, 시간의 흐름 자체를 파괴적으로 보아 그것에 대한 부정적인 가치를 함축하고 있다면, 이에 반해 유토피아는 인간 해방의 유일한 장으로 여겨지는 미래를 향해 나아간다는 시간의 긍정적 가치를 함축하고 있다. 그런데 천년왕국 운동은 이상사회를 미래에 두고 있다는 전제에서는 앞의 것의 비전과 다소 흡사하지만 역사적 시간을 순환론적으로 보고 있다는 측면에서 차이를 지니고 있다. 또 그것은 이상적인 세계의 도래가 '신의 아들', '신의 사자' 또는 신화적 주인공에 의해 좌우되는 '메시아 신앙'과 종말론에 수반되고 있기 때문에 낙원사상에 있어서의 순환적인 시간개념과는 다른 직선적인 개념이라는 것이다.(위의 글, 위의 책, 15~19쪽 참조) 커머드와 엘리아데와 임철규의 논의에서 얻을 수 있는 바는 종말론이 반드시 직선적인 시간개념을 지니고 있는 것은 아니며, 그것을 축으로 하여 순환적인 요소를 어느 정도는 내포하고 있다는 점이다. 이 글에서 중시한 바는 이와 같이 종말의식은 어떤 하나의 시간의식으로 명확히 규정되기 어렵다는 점이다. 따라서 '종말의식'을 순환적이냐 직선적이냐로 가름해 내는 것은 그 특성을 드러내는 데 기여도가 적다고 판단하였다.

의식은 그것을 미래에 두고 있다. 죽음과 시간의 소거과정을 통해 언제나 근원을 회복하게 된다는 믿음은 과거 최초의 순간에 구현되었던 황금시대와 낙원에 대한 기대이며, 온전히 그것을 보존하고 있는 과거에 대한 가치 부여이다. 반면에 세계가 최종적인 파멸에 이르고 단 한 번 시초의 시간을 회복하게 된다는 것은 바로 시간의 가치를 낙원을 성취할 미래의 어느 시점에 두고 있는 것이며 그것을 견인해 낼 현재 및 미래에 대한 가치 부여에 다름 아닌 것이다.

60년대에 줄곧 통과제의적 죽음을 통한 새로운 인간형으로의 탄생과 시초의 시간의 회복을 갈구해 오던 고은은 70년대를 전후로 하여 구체적인 현실의 문제를 수용하면서 그의 죽음의식을 '세속화'[49]시켜 간다. 이러한 고은의 죽음의식 및 시간의식의 변모에 결정적인 계기를 제공하는 것은 당시에 급속도로 파급된 역사철학적인 시간관이다. 다음 절에서는 70년대에 발표된 작품들을 중심으로 이를 살펴보고자 한다.

3) 죽음의식 및 종말의식의 '세속화'

70년대는 근대적 의미에서 시간의 무한한 진보를 맹신하는 낙관적 시간관이 확산되어 있었다. 시간은 지금 여기로부터 끊임없이 발전하고 진보해 가며 새로운 미래를 가져오기 위하여 존재한다는 식의 시간관, 또는 역사는 이제까지의 불가능성을 가능성으로 전환시키는 형성력을 갖추고 있다는 식의 역사관 등은 이미 전대부터 움트고 있었고, 70년대에 이르러서는 합리적이고도 이성적인 발전 이념으로 확고한 위치를

---

49) 이 용어는 불트만에게서 빌려 온 것이다. 불트만은 중세 이후의 역사 이해방식을 검토하면서, 역사의 통일 개념 및 목적론적 과정에 대한 개념은 일관되게 유지되지만 신의 섭리 개념은 과학으로 촉진된 진보개념으로 대체됨으로써 점차 낙관화하는 경향을 보이고 있다고 지적을 하면서 이 용어를 사용하고 있다.(위의 책, 71~88쪽 참조)

굳히게 된다.

이러한 시간의 진보적 진행을 낙관하는 근대적 의미에서의 역사철학적 시간관은 괸변딘체와 참여진영, 우익과 좌익을 가릴 것 없이 모두 망라되어 있었지만[50] 특히 참여진영의 경우 역사가 그 행위 주체인 민중에 의한 변혁을 가져올 수 있다는 믿음은 거의 신앙에 가까웠다고 할 수 있다.[51] 그리고 현실 참여와 변혁을 부르짖던 이른바 참여문학파 문인들에게 있어서 이와 같은 진보적 시간관의 선취는 그들의 시대의식과 양심을 저울질하는 잣대가 되기도 하였다. 고은도 이런 면에서 예외가 아니다. 1977년과 그 다음 해에 각각 발표된 『入山』 및 『새벽길』은 모두 이러한 시간관을 바탕으로 하고 있다.[52]

> 한반도야 한 이삼백년만 가라앉아라
> 바다 밖에 없도록
> 아무리 찾아보아도
> 푸른 바다 밖에 없도록
> 그리하여 이 강산을
> 대장경 원목으로 소금에 절였다가
> 한 이삼백년 뒤에 떠오르게 하라
> 하늘의 일월성진이야
> 그대로 지긋지긋하게 두고
> 한반도의 온갖 힘을 죽여서

---

50) 이른바, 제3공화국 당시 관에 의해 주도되었던 '조국근대화'나 '국민소득 100불 시대에의 환상'은 형성력을 획득한 시간에의 기대라는 점에서 진보진영이 주장하였던 것과 크게 다르지 않다.

51) 당시의 이러한 역사의식은 근대적 의미에서의 역사철학적 현대성으로 이해될 수 있다. 이른바 근대적 의미에서의 역사철학적 현대성이란 사건과 그 사건들에 대한 이야기를 포함하는 '역사'의 개념을 선취하는바, 여기에서도 과거와의 단절의식은 쉽게 발견된다.

52) 진보적 시간관을 수용함으로써 역사의 변혁의 그날에 대한 민중적 갈망을 담아내고 있는 작품으로는 「臨終」, 「어린 시절 병든 아버지의 말씀」, 「가을 아비의 노래」, 「심지 하나」, 「大藏經」, 「부활」, 「夜雨辭」, 「단식」, 「새벽길」 등이 있다.

　　빈 땅으로 떠오르게 하라
　　거기에 새로 나라를 세우고
　　잃어버린 말을 찾아서 말하게 하라
　　삭지 않은 대장경을 남기게 하라
　　한반도야. 그냥 이대로는 안되겠구나
　　　　　　　　　　　－「大藏經」 부분

　앞 장에서 분석한 작품들과 비교해 볼 때 추상성과 난해성의 해소
및 직설적이며 구체적인 주제 표명이 특기할 만하다. 죽음과 사멸을 통
한 정화 및 갱생이란 주제도 비유와 암시의 두터운 각질을 벗고 있어
서 표면적으로도 그것들은 새로운 탄생과 직결된다. 작품 전체를 통어
하는 어조에서도 차이점이 나타난다. 전대의 작품들이 여성적이면서도
의지적인 시적 자아의 태도를 은연중에 드러내는 데 기여하고 있다고
한다면, 위에서는 남성적이면서도 강경하고 단호한 명령 어투를 사용함
으로써 시적 자아의 의지를 더욱 강조할 뿐만 아니라 설득과 선동의
효과도 발휘하고 있다.

　시적 자아가 희구하는 바는 새로운 세계 건설을 위한 현상타파로서
의 '한반도의 완전한 멸망'이다. "우리가 사는 이 마당에" "一望無際의
海溢이 밀려와"(「終身」) "한 이삼백년" 동안 "바다" 속으로 "가라앉아"
버리는 최종적인 소멸이 시적 자아가 요구하는 상태이다. 이 파멸은
"한반도의 온갖 힘들", "사람을 사람답"게 살 수 없게 하며, "온갖 것
제대로 살"지 못하게 하는, 이 땅을 좌지우지해 온 모든 부정적인 가치
와 제도와 법과 질서마저도 종식시킬 것임에 틀림없다. 그리하여 바다
에 가라앉아 처녀지인 "빈 땅"으로 다시 한반도가 "떠오르"는 날 "거
기 새로 나라를 세우"겠다고 말한다.

　위에서 물에 의한 모든 존재의 사멸과 새로운 생명의 가능성으로 부
활하는 빈 땅의 이미지는 쉽게 '노아의 방주신화'를 연상하게 만든다.
대지가 물속에 완전히 잠김으로써 혼돈으로 복귀하며 그 후 떠오른 처

녀지에서 선택받아 살아남은 최후의 족속들이 다시 역사를 시작한다는 내용과 유사성이 엿보이기 때문이다.

하지만 「大藏經」은 '노아의 방주신화'와는 본질적으로 구별된다. '노아의 방주신화'에 있어서 세계 파멸과 갱생의 근본 동인은 신의 분노와 심판이지만 「大藏經」에 있어서 그것은 민중의 오랜 정성과 염원이다. "이 강산을 / 대장경 원목으로" 삼아 "소금에 절였다가" "삭지 않은 대장경을 남기게 하"겠다는 표현에서 이를 잘 알 수 있다. 6행의 "대장경 원목"이 말 그대로 불교의 교리를 새기는 데 이용하는 나무판자를 가리킨다고 본다면, 14행의 "대장경"은 그것에 담겨 있는 간행의 높은 뜻을 의미한다. 대장경이란 원래 불교의 경전을 총칭하는 용어이지만, 이 작품에서는 이제까지 그것이 조판되어 온 주요 목적과 결부시켜 해석하는 것이 마땅하다. 과거 대장경은 나라가 총체적인 위험에 처하거나 변란을 당하였을 때 불력과 온 백성의 정성과 염원을 모아 위기 상황을 물리치려는 의도에서 간행되곤 하였다. 대장경 간행은 국가의 존립 자체를 뒤흔드는 위기나 위험을 이겨내고 극복하기 위한 호국의지가 핵심을 이룬다. 따라서 새 나라를 세운 후 "삭지 않은 대장경"만을 남기게 하겠다는 것은 백성들의 숭고하고 순수한 의지, 곧 새 나라를 세우고 지켜내겠다는 결의만을 간직하겠다는 의미이며 나아가 그것에 기대어서만이 한반도는 갱생할 수 있음을 암시한다.

이와 관련지어 "하늘의 일월성진이야 / 그대로 지긋지긋하게 두고"의 의미도 파악할 수 있다. 이 시행에 의하면 일월성진은 지긋지긋한 대상이지만 그대로 두고 싶은 존재이기도 하다. 이러한 역설은 그것의 양가적 의미에 기인한다. '일월성진'은 세월의 흐름 속에서도 변치 않는 것으로 그야말로 영원함을 상징한다. 이 영원함이 현실의 구체적인 삶, 바다에 가라앉아 한반도가 완전히 종식되기 전에는 끝나지 않을 백성들의 궁핍하고 고단한 삶의 역정이라고 본다면, 당연히 그것에는 삶에 대한 백성들의 인식, '지긋지긋함'이 투영되어 있을 수밖에 없다. 문제는 일월성진이란 영원성을 표방함으로 하여 인간들의 삶을 주재하는 근본 원리로 작용한다는 점이다. 현실 속에서의 생활은 피폐와 고통의 악순환이지만 그것의 바탕에 자리하고 있는 이치만은 포기할 수 없음을 보여주고 있는 것이다. 따라서 일월성진을 그대로 두겠다는 것은 "사람을 사람답"게 하고 "온갖 것 제대로 살"게 하는 삶의 근본 원리에 대한 의지 표명에 진배없다.

> 그날이 언제냐고 언제냐고 묻지 마세요.
> 푸른 하늘 밑 입 다물고 기다려요.
> 사랑하는 이여
> 바다 너머 물결이 오기까지는
> 바다보다 오랜 바다 기슭이 있어야 해요.
>   (중략)
> 그날이 언제냐고 묻지 마세요.
> 열 길 스무 길 물 밑에 사는 것도
> 그날을 기다리며
> 印塘水 蓮꽃으로 떠오르는듯
> 눈 감고 기다려서
> 죽은 스님 돌아오듯
> 아니에요. 청이 아비 심봉사로
> 눈 떠서 그날을 맞이해요.
> 사랑하는 이여
> 그날의 바람부는 햇빛 벌판을 맞이해요.
>   —「待望」 부분

위에서도 강조되고 있는 것은 "그날"에 대한 그리움과 기다림이다. 이 그날이 구체적으로 어떠한 날인지 어떠한 시점에 올 것인지는 분명하지 않은 편인데, 그날에 대한 믿음이 "바다보다 오랜 바다 기슭"의 오늘을 인내하게 만들며, "바람부는 햇빛 벌판"의 내일에 대한 소망을

품게 하는 원동력으로 작용하는 것은 자명하다. "언제냐고" 묻지 말라
는 것도 그 다가올 시기를 정확히 예측하기 어렵기 때문이기보다는 도
리어 그날에 대한 의심과 억측을 삼가야 한다는 의미로 해석된다. 그날
은 매우 경건한 태도로 "입 다물고" 기다려야 하는 날이며, 심청이가
"印塘水 蓮꽃으로" 떠오르고, "죽은 스님 돌아오"고, "심봉사" 눈을 떠
맞이하여야 하는 날, 곧 죽었던 것들이 다시 살아나고 오랜 소망과 염
원이 이루어지는 날이다. 그날이 있는 까닭에 "열 길 스무 길 물 밑"도
감내할 수 있으며, 그날을 가져오기 위하여 지금은 "눈 감는 일도 배워
야" 한다. 결국 그날은 모든 억울한 죽음과 오랜 염원을 해소할 수 있
는 날이며, 언젠가 오리라는 신실한 마음으로 조용히 맞이하여야 하는
날인 것이다.

　인용한 두 작품에서는 시간에 대한 기대가 미래로 확정되어 있다는
점에 주목할 수 있다. 「大藏經」의 한반도가 가라앉아 다시 빈 땅으로
떠오르는 '그날'은 「待望」의 삼가며 조심스런 마음으로 신실하게 맞이
하여야 할 '그날'과 상통한다. 이 그날은 일체의 것들을 파멸시키면서
재생을 이룬다는 점에서 새로운 처음의 시간을 여는 날이라 할 수 있
다. 그런데 유의하여야 할 것은 이때의 그날은 이제까지의 시간을 소거
하거나 파괴하지 않는다는 점이다. "그날을 기다리며" "열 길 스무 길
물 밑에 사는" 오늘로 인하여 그날은 미래의 어느 시점에 도래할 수
있다. 오늘의 고통의 시간이 있기에 그날은 가능하며 그날은 오늘의 대
가인 것이다.

　그러므로 현재의 시간은 그날이 표상하는 낙원을 가져오기 위하여
소거되는 것이 아니라 유일한 가치로서 '역사화'된다. 시간은 순차적으
로 진행해 감으로써 합법칙적이며, 합목적적인 발전의 길을 걸어간다는
무한한 신뢰를 얻고, 종말은 새로운 역사의 견인차로 작용한다. 이는
현재를 중심축으로 삼아 과거와 미래를 순차적이고도 합목적적인 발전
의 총체적인 역사 속으로 끌어들이려는 근대적인 의미에서의 역사철학

적 시간관에 다름 아니다. 시간 전체가 현재 속에서 조망됨으로 하여 현재는 시간의 진정한 가치를 획득하는 것이다.

이는 앞 절들에서 살펴본 작품들에서 시간기대와 시간의 가치가 모호하게 처리되었던 것들과 비교될 수 있다. 시간이 파괴되지 않는다는 것은 막연히 새로운 재생만을 꿈꾸는 것이 아니라 순차적이고도 합목적적인 시간의 진행을 확신하는 행위이며 현재는 발전적 미래를 가져올 수 있는 근원적 동력으로서 가치를 부여받게 되는 것이다. 게다가 앞에서는 새로운 재생이 신성성이나 정화력에 의해 가능했다고 한다면 역사의 새로운 시작은 현재의 시간가치에 의해 가능해진다. 고은은 자신이 초기부터 견지해 왔던 죽음의식에 당대의 사회과학적 시간개념을 결합시킴으로써 시간을 역사화하고 시간의 진행을 낙관화시킨 것이다.

고은의 70년대 시들은 재생의 필수요건인 신성한 힘을 '시간의 진보'라는 역사철학적 목적의식으로 대체함으로써 죽음의식을 '세속화'시킨 것에 불과하다. 전환기적인 시대에 기존 질서를 혁신하려는 움직임을 효과적으로 수용함으로써 고은은 또 다른 측면에서 그의 죽음의식을 신앙화한 것이다. 고은이 80년대까지 지속적으로 견지해 온 악의 세력에 대한 철저한 응징과 새로운 도덕적 이념적 질서의 확립 역시 이러한 그의 죽음의식이 변주된 것에 지나지 않는다.

이상에서 살펴본 바와 같이 고은의 초기 시에 나타나는 '시초의 시간의 회복'과 '새로운 개체로의 재생 열망'은 그의 70년대 시에서도 지속적으로 등장한다. 다만, 70년대에 이르러서는 죽음의식이 단지 새로운 탄생의 희구에만 머무는 것이 아니라 민족적 현실에 대한 자각을 계기로 하여 '세속화'되어 가기 시작한다는 점에 주목할 수 있다. 즉 고은의 역사적 현재에의 관심은 본질적으로 죽음의식의 연장선상에서 탄생된 것이다.

한편, 이러한 죽음의식의 '세속화'의 과정에서는 '단 한 번' 도래할 새로움의 시작, 시초의 시간에 대한 믿음을 기저로 한다는 측면에서 기독교적 종말의식과의 친연성을 발견할 수 있으며, 죽음과 종말을 새로운 역사의 토대로서 인식한다는 점에서 시간의 진정한 가치를 현재에 두는 근대적 의미에서의 역사철학적 시간관과의 연관성을 확인할 수 있다. 이는 고은이 자신의 죽음의식을 전환기적인 시대에 효과적으로 변용시킨 것에 지나지 않는 것이다. 다음 절에서는 이와 같은 죽음의식의 '세속화' 과정이 시간의 주인인 '민중'을 발견함으로써 더욱 강화된다는 점을 살펴보고자 한다.

4) 시간의 주인이 되는 민중과 현재의 가치

1970년대에 이르러 진보적 시간관은 역사철학적 이념과 대안 안에서 합리화되며, 낙관적인 미래를 앞당기려는 요구에 의해 정당성을 인정받는다. 이 시기에 이른바 참여문학 진영에 본격적으로 합류하기 시작한 고은은 민중의 묵시록적 갈망인 '한(恨)'의 계승을 시적 주제로 삼는다.

물론, 오랜 봉건 압제와 고통 속에서 그리고 조국을 찬탈당한 채 다른 민족의 수탈과 억압 아래에서 그것을 일소한 변혁된 세상을 꿈꾸어 왔던 민중들의 열망과 갈구의 표징인 '한'이 당시 고은 시에서만 드러나는 것은 아니다. 하지만 그것들은 앞선 시기 고은이 보여주었던 죽음의식의 '세속화' 과정의 산물이라는 점에서 이 글에서도 중요하게 다루어져야 할 필요가 있다. 원래가 변혁에 대한 민중적 갈망은 묵시적인 징후를 안고 있거니와, 종말에 대한 기대와 미래를 향한 염원에서 움튼 그것은 고은의 죽음의식의 '세속화' 과정의 절정을 이룬다. 특히 현실을 딛고 일어서 성취에 앞장서는 민중상의 구현은 악과 끊임없이 투쟁하는 역사의 구원자로서 그들을 자리매김 시키기도 한다. 또한 이는 이제까지 고은 시가 70년대 민중시의 전형으로서 견고한 위치를 차지하는 데 있어 중요한 역할을 담당한다.

70년대에 본격화되기 시작한 죽음의식의 '세속화' 과정에 앞서, 우선 『文義마을에 가서』를 전후한 시점부터 시인의 주된 관심이 현실을 살아가는 인간들의 구체적인 삶과 생활로 향하고 있다는 점을 지적하여야 마땅하다. 1974년에 발표된 『文義마을에 가서』에는, 시인 자신의 말을 빌리자면, "나 자신의 私事的인 의미를 넘어서" "同時代의 眞實을 지향"[53]하고자 하는 시인의 의지가 투사되어 있다. 전대의 유폐의식과는 구별되는 더불어 살아감으로써 강한 연대와 유대의 힘을 일구어 내는 삶에 기울여져 있다. 이 더불어 살아가는 삶에 대한 의지는 이후 민중적 '한'의 발견과도 전혀 무관하지 않은바, 연대의 힘이야말로 그것의 계승을 가능하게 하기 때문이다.[54]

> 우리가 이름을 부르며 떠도는 것은
> 떠도는 것에만 우리가 있을 지라도
> 또한 金빛 저녁 바다 위에도 있다.
> 그렇다 우연은 어느 날보다 잉잉거린다.
> 우리가 우연으로 모여서
> 몸 속의 어둠으로 떠도는 것은
> 저녁 바다에 이르러
> 다음날 모든 金빛을
> 걷워버리려 함!
> 우연이란 몇 만개의 우연인 하나와
> 또 하나의 그리운 벗들아
> 우리가 우뢰소리를 먹어도

---

53) 「독자에게」, 『文義마을에 가서』, 민음사, 1974.
54) 그런 점에서 시인 자신이 『文義마을에 가서』를 "中期詩 제1차 정리"라고 단언하고 있는 이유를 짐작할 수 있다. 한편, 시인의 더불어 살아가는 삶에 대한 희구가 강하게 드러나고 있는 작품들로는 「夢遊」, 「秋收以後」, 「진달래」, 「눈물 한 방울」, 「南韓에서」, 「개나리를 기다리며」, 「南原韻文2」 등이 있다.

앞서서 쓰러지지 않고
저녁 바다의 번개를 불러서 운다.
우리가 떠돌지 않을 때
누가 九層 十層 밑에서 우리로서 떠돌겠는가.
　　　　　　　　　　　－「淸進洞에서」 전문

「淸進洞에서」에서 가장 먼저 눈에 띄는 것은 이제 더 이상 시적 자아는 고독한 유폐 속에서 홀로 죽음의 바다에 투신함으로써 재생을 꿈꾸는 존재가 아니라 인간들과 함께 부대끼며 어우러지고자 한다는 점이다. "우리", "또 하나의 그리운 벗들" 등과 같은 앞의 절에서 살펴본 작품들에서는 찾아보기 힘들었던 시어들의 등장이나, "잉잉거린다"의 생생한 기운의 조짐 등에서 미루어 짐작할 수 있다. 이러한 고은 시의 변모상은 위의 시편의 해석상의 곤란함에도 불구하고 미덕으로 작용한다. 이제까지 고은 시의 특징 중의 하나로 문법적인 구조의 무시, 통사구조의 어긋남이나 조사나 목적어 등의 잦은 누락과 잠언 투의 사용 등이 자주 지적되어 왔는데, 그런 점에서 「淸進洞에서」도 예외는 아니다.

1~3행에서 통일된 단 하나의 주어나 서술어를 찾기란 매우 어려워 보인다. "있을지라도"나 "또한" 등의 시어의 문법적 기능은 차지해 두고라도 이 세 행의 주술 간의 불일치는 작품 전체의 해석을 가로막는 커다란 장애물로 여겨진다. 또한 통상적인 비유방식을 통해서는 "金빛", "번개" 그리고 "어둠"과 '우연' 및 '우리의 떠돎'이 뜻하는 바의 가닥을 쉽게 잡기 어렵다. 위의 작품이 고은 시세계의 변모과정에 있어 중요한 위치를 차지한다는 점에서는 연구자들 대부분이 동의하고 있음에도 그 해석방식이 분분한 이유가 여기에 있다. 이 글에서는 반복되고 있는 "우연"의 정확한 의미 찾기에서부터 이해의 실마리를 얻고자 한다.

"우리가 이름을 부르며 떠도는 것", '우리의 떠돎'의 이유는 "떠도는 것에만 우리가 있"기 때문이다. 즉 우리의 떠돎이란 삶의 근원에 다가

가기 위한 본질적인 행위라 할 수 있다. 그런데 3행에서 시인은 그것이 "또한 金빛 저녁 바다 위에도 있다"고 말한다. 우리가 떠돌며 찾으려 하는 삶의 근원은 그곳에도 있는 것이다. 이때 조사 '-도'가 "또한"과 함께 쓰임으로 말미암아 "떠도는 것"과 "金빛 저녁 바다"가 결국 서로 동일한 것임을 암시해 주고 있다고 본다면, "金빛 저녁 바다"는 삶의 근원에 닿을 수 있는 또 다른 공간이 된다.

한편, 4행에서 시인은 이 모두를 "어느 날보다 잉잉거리"는 "우연" 탓이라고 말한다. "그렇다"가 이유나 원인, 사실 등을 분명히 밝혀 주면서 강한 긍정의 의미로 사용되었다고 할 때, 우리의 떠돎의 이유가 "金빛 저녁 바다 위에도 있"는 것은 우연의 소산으로 풀이될 수 있다. 하지만 '잉잉거리다'가 어떤 외부의 세찬 힘에 반응하는 울림이나 울음의 의미라는 점을 감안한다면,[55] 이 우연, 곧 "金빛 저녁 바다 위에도" 우리의 삶의 근원이 있을 수 있는 까닭은 그야말로 그 어떤 힘에 의한 결과, '필연'임이 드러난다. 우리의 떠돎과 그 떠돎이 어디엔가 다다르는 것은 가늠할 수 없는 필연의 힘인 것이다.

'우연'을 이와 같이 해석할 때, 나머지 시행의 의미도 비로소 밝혀질 수 있다. 5~6행에서 우리는 "몸 속의 어둠"이 된다. 이 '몸'을 하나의 중심, 전체 가운데 핵심으로 파악한다면 '몸 속의 어둠'은 중심 안의 어둠으로 풀이될 수 있으며, 따라서 어둠은 중심의 본질이자 전체의 핵심이라고 할 수 있다. 우리는 헤아릴 수 없는 필연의 힘으로 모여서 떠돌며 가장 본질적인 어둠을 이루는 셈이다. 이 어둠은 마침내 "저녁 바다에 이르러 / 다음날 모든 金빛을 / 걷워버리려" 한다. 여기서 우리의 떠돎이 "金빛 저녁 바다 위에도" 있는 이유를 해명할 수 있다. '金빛'

---

55) '잉잉거리다'는 어린애나 벌레 등의 울음소리를 흉내 내는 뜻 이외에도 가느다란 철사나 전선 따위에 세찬 바람이 부딪힐 때 나는 소리를 나타내기도 한다. 이 글에서는 뒤의 것의 의미를 따랐다.(연세대학교 언어정보개발연구원, 위의 책, 1516쪽 참조)

이란 바다의 본래를 가리는 허상이며 현상에 불과하므로, 우리가 모여 이룬 본질적인 어둠의 힘이야말로 역설적으로 바다에 덧씌워진 허상을 벗기고 그 본디를 확인할 수 있는 바탕을 제공하는 것이다.

나아가 우리는 "금빛 저녁 바다 위에" 다가가려는 행위를 가로막는 "우뢰소리"에도 "앞서서 쓰러지지 않고 / 저녁 바다의 번개를 불러 운다." 이때의 '번개'는 금빛의 등가물이라고 할 수 있는데, 그것을 불러 우는 행위는 우리가 모여 이룬 어둠의 힘으로 세상의 허상 속으로 적극적으로 뛰어들고자 하는 의지라 할 수 있다. 그리고 이를 가능하게 하는 것은 '그리운 벗들과의 더불어 모여 떠돎'이다. 특히 '떠돎'은 안주상태나 정지상태가 아니므로 그 역동적인 힘의 어우러짐이야말로 세상에 내재한 거짓과 절망을 일소하고 드러난 현상들에 변화를 가져올 수 있는 것이다. 마지막 두 행의 "우리가 떠돌지 않을 때" "누가" "우리로서 떠돌겠느냐"는 잠언 투는 바로 우리의 떠돎, 안주나 정지상태를 거부하며 끊임없이 더불어 역동적으로 꿈틀대는 삶이야말로 우리를 우리답게 만들어 주는 가장 주된 힘이라는 점을 강조하고 있다고 하겠다. 요컨대 우리의 삶은 필연적으로 얽혀 있을 뿐만 아니라 그 건강한 필연은 세상의 허상이나 고통을 마주하게 함으로써 삶을 진정 삶다워지게 하는 것이다.[56]

천 번 만 번 어두운 밤중
저 혼자 울부짖어서
꽃 한 송이는 핍니다.
그 옆에서
붉은 꽃 한 송이도 벙어리로 핍니다.
　　　　　　　　－「三四更」 전문

---

56) 염무웅, 「고은의 시세계」, 『부활』, 민음사, 1975, 134쪽 참조.

위의 작품에서 "꽃 한 송이"와 "붉은 꽃 한 송이"는 모두 '피움'을 통해 존재를 드러낸다. 하지만 꽃 한 송이가 '저 혼자 울부짖음'을 통하여 개화하는 것과 달리 붉은 꽃 한 송이는 "벙어리"이지만 '붉음'을 표상하며 피어난다. 따라서 두 꽃은 피움의 성취라는 측면에서는 공통되지만 존재 발현 방식에 있어서는 구별된다. 꽃 한 송이의 개화가 혼자만의 자각과 성숙을 기반으로 하여 존재의 열망을 획득해내고 있다고 한다면 붉은 꽃 한 송이의 개화는 침묵하고 있으되 앞의 꽃에 비해 더한 고통과 인내가 있었기에 얻어진다. 그러므로 두 꽃의 피움은 개별적 존재성의 의의구현이라는 측면에서 의미상의 차이를 낳는다. 꽃 한 송이는 자각과 절규를 통한 개화의 성취라는 의의에도 불구하고 '저 혼자'만의 고독하고 익명적인 존재로 자신을 실현하는데 비해, 붉은 꽃 한 송이는 '붉음'이라는 색감을 얻음으로써 존재의 신장과 확장을 가능하게 하는 존재의 구체성을 확보하게 되는 것이다.

이처럼 두 꽃은 존재성 획득에 있어 뚜렷이 구별되는 차이를 보여주는데, 하지만 이 낱낱의 꽃의 개화가 진정한 의미를 지니는 것은 두 꽃이 '함께' 피어있기 때문이며, 이로써 익명적 존재로 남을 수밖에 없었던 꽃 한 송이의 개화 의미 또한 승화된다. 그런 점에서 볼 때 "그 옆에서도"와 조사 "도"는 위의 시의 백미이다. 꽃 한 송이가 피어날 수 있었던 것은 "천 번 만 번 어두운 밤중"이 있었기에 가능하였다. 여기서 어둠은 존재 의의를 확인할 수 없는 절망과 억압의 상황을 환기시키는바 이러한 어둠이 있었기에 꽃 한 송이는 그 절망의 심연을 극복하는 개화를 열망할 수 있었다. 그런데 이 꽃 한 송이의 개화는 단지 개별적이며 독자적인 혼자만의 피움에 머무는 것이 아니라 그 옆의 붉은 꽃 한 송이의 개화를 동반한다. 어둠을 극복하려는 꽃 한 송이의 자각적인 울부짖음을 통해 침묵이라는 자기 성찰과 인내를 견인해냄으로써 붉은 꽃 한 송이는 더불어 함께 피어날 수 잇었다. 즉 붉은 꽃의 개화 의지를 낳음으로써 꽃 한 송이는 궁극적인 존재의 의의를 획득하게 되는바,

더불어 피어있는 꽃들이 자아내는 아름다움과 경이로움 통해 시인은 연대와 유대가 지니는 진정한 의미를 발견해내고 있는 것이다.

이처럼 고은은 초기 시를 관류하고 있던 고독한 유폐에서 빗어나 강한 유대와 연대로써 현실적인 삶 안으로 적극적으로 뛰어들고자 하는 의지를 보여준다. 이는 자기 혼자만의 고통의 감내나 생에 대한 갈망이란 사실상 의미를 획득하기 어려우며 더불어 살아가는 것만이 삶의 진정한 아름다움을 얻게 해 준다는 사실을 확인한 데에서 기인할 것이다. 이러한 함께 어우러지고 부대끼는 삶, 그럼으로써 강한 유대로 세상의 허상과 고통에 직접 투신하는 삶에 대한 희구가 시인으로 하여금 민중적 삶과 그 삶의 원천을 발견하게 한 밑거름이 되었음은 두말할 여지가 없다.57) 그리고 연대성으로 강고해지는 민중적 삶의 발견은 앞서 살펴본 그의 죽음의식의 '세속화'와 완성에 있어서 주요한 바탕으로 작용한다.

한편, 강한 유대와 연대로써 더불어 살아가는 삶에 대한 희구 양상을 엿볼 수 있는 「淸進洞에서」는 아직 그 삶의 구성원인 민중들의 실체가 분명하게 드러나 있지는 않다. 하지만 다음에 분석할 작품들에서는 그들과 연대하여야 하는 이유가 그들의 삶의 실체와 아울러 명확하게 표출된다. 시인에게 있어 민중들이란 고통의 존재이며 그 고통으로 인하여 이 세계의 끝과 새 세상에 대한 염원을 누구보다도 절실히 품어 왔고, 그들이 지닌 이 '한'만이 삶을 지속시켜 온 밑바탕이면서 '오늘'을 의의 있는 시간으로 전환시킬 수 있는 가장 근본적인 것이 된다.58)

---

57) 고은의 70년대 시에서는 이러한 민중들의 삶의 세목이 자주 형상화되고 있는데, 이는 민중들의 강인한 생명력과 순박함을 드러내는 데 기여한다. 곧 민중들은 살아 있는 "떡치게도 거룩한 부처"이며(「대웅전」), 순수한 삶의 지혜의 소유자이고(「명주 실꾸리 실 따라」), 범의 기상을 흠모하는 순박함의 표상이지만(「범」), "도시의 칼바람" 속에서 어렵게 삶의 꿈과 희망을 지탱해 가는 존재들인 것이다.(「어린 바우에게2」)

58) 이는 「머리 숙여」, 「황사 며칠」, 「무등의 노래」, 「한강에 나가서」, 「첫닭 울면」, 「소리」, 장시 「갯비나리」 등의 작품에서 특징적으로 나타난다.

가장 높은 백성들이여
산과 물 섬기노라면
스스로 산이 된 백성들이여
그대들의 자식들에게도 흐르는 물에
때때로 碧宵嶺 하늘 새가 되어 새 우는 소리 내려와 들렸읍니다.
그러나 짓밟힌 백성들이여.
무엇을 섬겨도 임자 없는 세월이라
어찌 산인들 흐르는 물인들
저문 산답고 물답게 섬겨졌으랴.
산을 우러러 보면 산이 울고
흐르는 물도 잠든 우리 어미의 베옷을 적십니다.
오늘, 해 저물어 세상이 침침한 눈시울인데
저문 산 하나 백성 하나가 얼마나 오랜 恨이었으랴.
　　　　　　　　　　　　　　－「머리 숙여」 부분

　"가장 높은" 존재이지만 또한 가장 "짓밟힌" "백성들"의 "恨"이 중
심을 이룬다. 그들은 본디 "산과 물"을 "섬기"면서 "스스로 산이 되"고
"새가 되"는 존재들이지만, 실제로는 "임자 없는 세월" 속에서 단 한
번도 '섬김의 대상'이 되지 못하였다. 그러므로 그들에게 섬김을 받고
그들을 섬겨야 할 산과 물은 진정한 산과 물이 아니요, 그동안의 세월
역시 진정한 세월이 아니라 할 수 있다. 이제까지의 세월은 "산이 울
고" '물이 우는' "눈시울" "침침한" 세월이었던 것이다. 이는 주인이
'주인 됨'을 얻지 못하는 데에서 연유하는 비애요, 비극이다. 이러한
'주인 됨'을 얻지 못한 분노와 억울함에서 싹튼 "恨"은 당연히 모든
산, 모든 백성들에게 아로새겨져 있을 뿐만 아니라 이 땅에서 살다간
모든 힘없는 이들의 영혼에 원한으로 남아 있다. 그들의 한, "우리 麗
末 韓末 애비들"의 "徹天의 恨"(「黃紗 며칠」), "몇 천년의 역대로 죽
은 할아버지들"의 한은 "이 나라의 흙과 풀 / 황토 언덕의 잔 소나무

들"(「臨終」)에도 남아 있으며, "오늘" "잠든 우리 어미의 베옷"에서조차 배어 나오는 것이다.

　시인이 민초들이 형성해 온 삶의 실체를 '한'으로 규정하고 있는 이유는 그것의 깊은 곳에 담겨 있는 응어리나 염원이 바로 이 세상을 파멸시켜 새로운 세상을 가져오려는 갈구라는 점을 간파했기 때문일 것이다. 이 한에 내재한 변혁에 대한 갈망의 발견은 앞의 절에서 살펴본 한반도가 끝장나고 빈 땅으로 솟아 거기에 새 나라를 세우는 그날, 신실한 마음으로 삼가며 맞이하여야 할 그날, 역사상 단 한 번 반드시 도래할 그날을 향한 민중들의 갈망의 발견이다. 그리하여 이 땅의 주인으로, 역사의 주체로 다시 섬으로써 '주인 됨'을 회복하는 그날에 대한 믿음을 저버리지 않은 채 고단한 세월을 분노와 고통을 삭이며 인내해 왔던 이들에 대한 발견이며 그들의 삶의 확인이라고 할 수 있다.

　통과제의적 죽음을 통해 새로운 인간형의 탄생을 이루고 시초의 시간에 복귀하고자 했던 시인의 열망이 이 변혁에 대한 '민중의 묵시록적 갈망'과 만나게 되는 것은 당연한 일이다. 중시하여야 할 것은 간구하는 그날을 맞이함으로써 현재의 시간은 진정한 가치를 얻을 수 있다는 점이다. 이때 시간의 진정한 가치란 근원적인 시초의 순간에 구가되었던 시간의 성격을 가리키는 것은 아니다. 그것은 민중들이 역사의 주체로 다시 서며 '주인 됨'을 회복함으로 인하여 비롯하는 시간, 산을 "산답"게 하고 물을 "물답게" 하는 삶의 참된 아름다움을 가져옴으로 하여 획득된다. 오늘의 고통에 대한 대가로 그날은 다가오고 실현되는 것이며, 현재는 그날이 표상하는 낙원을 가져오기 위한 절대적인 가치와 의의를 확보하는 것이다. 다시 말해 시간은 연속하고 발전함으로써 가치와 의의를 부여받을 수 있는 것이다.

　이같이 오늘의 고통이나 아픔이 내일에 이르러 모두 보상받게 되리라는 믿음은 '미래가 현재 안에서 예비되고 있다'는 시간관을 축약적으로 보여준다. 현재의 고통과 위기를 통해서만 미래는 도래할 수 있으므로 현재의 고통은 언제나 이상적인 사명을 띠고 있는 것으로 신성시되고 숭배된다.[59] 현재는 미래를 창조할 수 있는 힘의 근원이며 궁극적으로 현재의 의의와 가치는 항상 미래라는 척도에 의해 가늠될 수 있는 것이다. 이러한 시간관은 결국 지금 여기의 모든 것, 이상이나 목표 등을 모두 미래에 종속시킨다. 현재는 언제나 급박한 위기상태이지만 '중간 단계'요, '과도기'일 따름이며 미래에 성취될 수 있는 것에 의해서 진정한 가치를 얻는 '잠재적인 미래'로 규정된다. 그럼으로써 현재의 고통이나 투쟁은 언제나 숭배되고 역사적인 정당성을 부여받을 수 있다.[60]

> 그냥 이래서는 안되겠구나.
> 죽은 것들이라도 흔들어라
> 정읍 배들 동학사람 무덤을 파헤쳐서
> 거기서 외치던 소리라도 찾아 오너라.
> 징을 쳐라. 징을 쳐라.
> 쓰르라미 매미소리 죽이는 징을 쳐라
> 빈 것으로 가득찬 저녁 들판에 징을 쳐서
> 모든 들판이 일어나도록
> 쾅쾅쾅쾅 징을 쳐라
> 무슨 일이 일어나야겠구나
> 내 가슴패기 처녀 구멍 뚫리는 일 일어나야겠구나.
> ─「어린 시절 병든 아버지의 말씀」 부분

이제 민중들은 마침내 핍박과 고통과 수탈의 삶을 떨쳐 일어서 "우리는 우리 역사 찾아 온 사람"(「자화상」)임을 선포하고 이 세상의 주인으로 다시 설 것을 악에 대한 끊임없는 응징 및 투쟁과 함께 다짐함으

---

59) 그밖에도 현재를 미래와의 관계 속에서 파악하는 작품들로는 「단식」, 「어느 날」, 「웃음에 대하여」 등이 있다.
60) 포지올리, 위의 책, 110~118쪽 참조.

로써 그 묵시적 갈망을 실현하고자 한다.

그들은 오래전부터 한순간에 이 세상이 끝장나서 살맛나는 날이 오기만을 꿈꾸어 왔다. "어린 시절"부터 줄곧 귀에 박히도록 들어 온 것은 "무슨 일 일어나"서 "이 불한당 언덕배기 휩쓸"(「가을 아비의 노래」)어 "산이라도 첩첩하게 무너"뜨리고 "소금밭을 쓸어가야겠다"는 "병든 아버지의 말씀"이다. 아버지는 병상에서 창밖을 보며 초조하게 "무슨 일"이 일어나기만을 기다리곤 하였다. 물결치는 파도와 지난 밤 종종거리며 휘몰려 간 "솔바람소리" 한 갈피에서도 아버지는 눈이 번쩍 뜨일 만한 소식을 학수고대하였다. 그러면서 아버지는 변혁의 조짐, 세상이 끝장나려는 전조들을 알아차리지 못한 채 "인기척 하나 없이" 죽은 듯이 살아가는 이들을 "청맹과니"라고 비웃곤 하였다.

따라서 아버지는 그냥 누워 기다리는 것만이 아니라 이제까지의 피맺힌 원한과 터질 듯한 갈망을 "열두고개 짐승"처럼 울어 제끼고, "모든 들판이 일어나도록" "징을 쳐" 사람들을 일깨우고 일으켜 그날을 가져와야 한다고 다짐하기도 하였다. "쓰르라미 매미소리"가 개혁의 움직임에 움츠러들고 그저 자족하며 살아가는 이들의 나약한 울음을 뜻한다면, 징을 치고 죽은 원혼을 흔들어 깨우는 일은 그야말로 "무슨 일"을 가져오기 위한 필사의 몸부림이라 할 수 있다.

이와 같이 고단한 삶의 과정을 직시하면서 오랫동안 품어 왔던 새 세상에 대한 염원을 실현하고자 한 아버지의 의지는 자신의 역사의 '주인 됨'에 대한 자각이며, 자신에게 부여되어 있는 '시간의 몫에 대한 자각'이라 할 수 있다. 스스로를 현실의 늪 속에 빠져 있는 미천한 존재로 간주하는 것이 아니라 변혁을 가져올 수 있는 주체로 인식하는 태도는 자신이 바로 역사적 존재임을 깨달아 '시간의 주인'으로 다시 태어난다는 것을 의미하기 때문이다.

그날 새벽
낫 놓고 기역자 모르는 형제들아
무쇠낫 대창 들고
흰 수건 질끈 동여 맨 형제들아
배들벌판 꽝 얼어붙은
그날 새벽 떼과부 서방 형제들아

    (……)

매맞아 뒈진 애비 삼년상 치르고 나서
삼베 건 불태워버려라
죽은 아내 황토고개 황토에 묻고
만석보 봇물 터져라
천년 원한 감발하여 달려온
다섯자 녹두 장군 깃발 아래
첫닭 울자 달려온 형제들아
　　　　　　　　 −「첫닭 울면」 부분

　민중적 저력의 신화로 70년대에 재조명되기 시작한 동학을 소재로
다루고 있다. 민중의 역사적 주체로서의 봉기와 혁명적 투쟁은 고은 시
에서도 묵시록적 갈망의 원형으로 자리 잡는다.
　시인이 관심을 두고 있는 것은 동학에 참가하였던 이들의 면면이다.
시인은 "캄캄하게 그리운 우리 꼭두 새벽"(「多島海를 돌며」)에 현실의
굴레를 딛고 힘과 함성을 모아 일어선 이들이 과연 누구인가를 보여주
고자 한다. 그들은 그야말로 "낫 놓고 기역자 모르는" 무지랭이들이며,
"흰 수건 질끈 동여 맨" 채 죽음을 무릅쓰고 봉기한 "떼과부 서방 형제
들"이다. 그들의 발걸음에는 억울하게 죽은 혈육의 한이 사무쳐 있다.
　동학의 주체에 대한 형상화에서도 시인의 죽음의식의 '세속화'의 전
형을 발견할 수 있음은 물론이다. 주목하고자 하는 것은 이러한 과거의

역사적 사건에 대한 시화로 동학은 미래를 위한 오늘의 '전통'으로 자리 잡게 된다는 점이다. 동학의 소재화는 과거의 사건에 대한 단순한 우상화나 복고적 가치 부여의 의미를 지니지 않는다. 동학은 불가역적인 시간의식 아래서 미래를 가져오기 위한 '현재의 전통'으로서, '현재적 가치'로서 자리매김 되는 것이다.

이처럼 고은은 70년대 이르러 민중문학의 일환으로 민중들의 그날에 대한 염원과 의지를 구현해 내는바, 이는 죽음 또는 종말과 뒤이은 '새로운 시작', '시초의 시간'이라는 시간구조를 지니고 있다는 점에서 그의 죽음의식의 연장선상에서 파악될 수 있다. 이때 간과해서는 안 될 점은 민중들이 역사적 존재, '시간의 주인'으로 다시 태어날 수 있는 계기는 제의를 통한 '신성한 힘'이나 '정화력'이 아니라 민중들 자신의 '변혁 의지'와 '악에 대한 결정적인 투쟁'이라는 점이다. 앞서 살펴본 바와 같이 개체적 죽음이 인간의 한계를 초월한 신성한 힘과 그것이 베푸는 정화력에 의지하여 새로운 인간형으로 다시 태어날 수 있다고 한다면, 민중들이 혁명적인 개혁과정을 통하여 역사의 주체 세력으로 다시 태어나는 것은 그들 자신의 의지와 실천에 따른 것이다. 이 의지와 실천을 통하여 민중들은 이제까지의 억압과 수탈의 대상에서 비로소 자유와 평화와 인간 존엄을 실현할 수 있는 이 땅의 주인, 새로운 세상의 주인으로 굳건히 설 수 있는 것이다. 그러므로 역사적 존재, '시간의 주인'이 된다는 것은 시간을 그러한 지복적이며 역사적인 순간, 민중에 의해 전면적으로 지배되며 이제까지의 고난이 충분히 보상되는 그날을 가져올 수 있도록 이끈다는 것을 의미하며, 역사는 마침내 진보한다는 믿음을 성취하는 것을 뜻한다. 이런 맥락에서 볼 때, 민중들은 모든 악을 소탕하고 새로운 세상을 여는, 종말론적 의미에서의 구원의 '메시아'에 다름 아니며, 현재는 최후의 '적그리스도'에 의해 수난받는 시대라 하여도 과언이 아닐 것이다.

　이상에서 살펴본 바와 같이 고은은 역사철학적 진보적 시간관 아래 자신의 죽음의식을 '세속화'시켜 간다. 이 과정 중에 두드러지는 것은 '민중의 묵시록적 갈망'을 현실적 의미에서 해석하고 이해한다는 점이다. 그런 의미에서 70년대 고은의 시에 등장하는 '한'은 그의 죽음의식의 구조를 그대로 계승한 것이라고 할 수 있다. 통과제의적 죽음을 통한 '새로운 생명에의 탄생'과 '시초의 시간의 복귀'는 시간적 구조 면에서 종말과 파멸로 인한 '새로운 세상의 시작', '역사의 시작'과 동일하다. 따라서 70년대에 고은이 보여준 이른바 참여시들은 시인이 그의 죽음의식을 역사철학의 합목적적인 세계관에 바탕을 두어 '세속화'시킨 것임을 입증해 준다.

　한편, 이러한 시간관에서 시간은 파괴적이지 않으며, 낙관적인 미래를 가져오기 위한 중간 단계로서 그 의의와 가치를 얻는다. 오늘은 그날의 토대이며, 오늘의 고통과 고난은 지복적인 그날에 이르러 충분히 보상받을 수 있다. 그러므로 '시간의 주인'으로 다시 태어난 민중에 의해 미래는 현재 안에서 예비되며, 현재의 고통은 언제나 신성시되고 숭배된다. 현재는 '과도기'이며 '잠재적인 미래'인 것이다.

Ⅳ. 결 론

 김춘수와 고은 시에 두드러지는 것은 허무의식으로, 실존적 자각으로
서의 고립감이나 순간적 실재와는 상반하는 영원하고 참된 의미의 추
구, 그리고 존재의 정당성을 확보하기 위한 노력의 하나로 모든 현실적
가치를 무화시키고자 하는 태도는 두 시인의 경우만이 아니더라도 많
은 작가들에게서 더러 드러난다고 할 수 있다. 하지만 김춘수와 고은과
같이 시적 사유나 지향점 등을 전적으로 허무의식에 기반해 두고 있는
예는 찾아보기 어렵다. 두 시인에게 있어서 시작 활동 및 시적 변모과
정에 내적 동기를 제공하는 것은 허무의식이다. 김춘수와 고은은 일관
되게 허무의식을 견지하면서 독특한 자기 시세계를 구축해 왔다. 따라
서 두 시인의 정신적인 지향을 탐색하기 위해서는 이들 시세계를 지배
하고 있는 허무의식을 고찰하는 것이 유효하다.
 이 글에서는 두 시인의 시세계에 나타나는 허무의식을 살펴보기에
앞서 기존의 우리 문학에서의 허무의식에 대한 이해들을 짚어보고, 그
이론적 토대로서 허무주의 사상에 대하여 검토하였다. 이제까지 우리
문학에서의 허무의식에 대한 논의는, 그것을 소극적이며 수동적인 것으

로만 간주해 온 측면이 강하는 점에서 피상적인 이해 수준을 넘지 못
한다. 허무의식을 우리만의 특유한 역사적 종교적 배경 아래 축조되어
온 것으로 판단하면서도 그것이 형성하는 경험과 의식의 다양한 층위
는 간과해 온 것이다. 허무주의를 원천적으로 문명화 과정에서 연유하
는, 특수한 사회적 지적 요소와 관련 맺고 있는 일종의 '세계관적 입
장'이요 '태도'라고 할 때, 허무의식 탐구에 있어 초점이 모아져야 할
부분은 당대를 판단하고 수용하기 위한 인간적 수단으로서, 개인의 행
위와 의식을 규정하는 양식으로서 그것이 어떻게 특화되어 가는가이다.
　허무주의는 '새로운 시대'를 지향하면서 '새로운 삶의 질서'를 정립
하려는 인간적 태도로, 근대의 부정 정신의 산물이라 할 수 있다. 그러
므로 허무주의는 '근대의 시간에 대한 반응'으로 이해될 수 있다. 허무
주의를 근대의 역사적 현실에 대응해 가면서 인간 삶의 지침을 모색하
기 위한 노력이라 할 때, 이는 필연적으로 어떤 시간적 전망과 관련지
어지기 때문이다. 따라서 이 글에서는 근대의 시간에 대한 서로 상충하
는 사유방식이 '유토피아 충동'과 '반유토피아 충동'으로 분화되어 나
타나는 것에 주목하면서 이를 허무주의의 다양성 안에 포괄될 수 있는
'현재에 대한 비판'과 '미래에 대한 비판'이라고 보았다. 그리고 전자의
경우에는 고은이, 후자의 경우에는 김춘수가 해당된다는 것을 밝히고자
하였다.
　Ⅱ장에서는 김춘수 시에 나타나는 허무의식에 관하여 고찰하였다. 김
춘수의 시작행위는 허무의식에 의해 촉발된 면이 강하다. 그는 초기 시
세계에서부터 농후한 허무의식을 보여주는바, 존재론적 본질에 대한 실
존적 회의와 사물 및 세계인식에 대한 불가지론적인 한계의식, 그리고
역사에 대한 혐오와 부정적 사유 등이 그것이다. 이러한 시인의 허무주
의적 태도는 시적 사유의 범주를 개별적 존재의 근본 문제 해명에만
국한시키면서 사회적 현실과의 긴장관계를 배제한 자족적인 세계를 추
구하는 결과를 낳는다.

한편, 이 자족적 세계는 시인이 초기부터 견지해 온 시간에 대한 부정적 사유의 산물이라는 점에 주목할 수 있다. 김춘수는 초기 시세계에서부터 남다른 시간감각을 보여주는데, 특히 현실시간을 몰가치한 것으로 여기면서 시간에 대한 기대나 전망은 무의미하다는 판단 아래 '순간'을 지향해 간다. 이 같은 시인의 '순간'에의 지향은 『處容斷章』에 이르러 가장 극대화된다. 『處容斷章』에는 객관적이며 물리적인 시간의 진행은 무화되며, 오로지 현재의 순간만을 의식할 수 있는 내적인 시간만이 존재한다.

문제는 이 김춘수가 구축한 내적 시간은 편재하는 연대기적 시간과 치명적인 부조화를 이루고 있다는 점이다. '순간'에 몰입하려는 시인의 태도는 역사적 시간의 진행에 대해 부정적으로 사유하면서 근대의 역사철학적 시간관, 시간은 전진적으로 발전해 가며 낙관적 미래만이 다가오리라는 시간관에 대한 비판과도 긴밀한 관련을 맺고 있다. 결국 김춘수가 보여준 계기적 시간질서에서 이탈한 '순간' 구축에서는 미래성을 강조하는 근대의 시간관을 조소하는 '반유토피아 충동'을 확인할 수 있다.

III장에서는 고은 시에 나타나는 허무의식에 관하여 검토하였다. 고은의 허무의식의 특징이 되는 죽음에 대한 지향, 곧 죽음의식은 그의 초기 시세계뿐만 아니라 그의 시세계 전반을 이해할 수 있는 토대로 이 글에서는 그 경로를 짚어보고자 하였다.

고은의 초기 시에 두드러지는 낭만적인 유폐 및 일상적 현실과의 단절에서는 '순수한 시간'에 대한 동경을 확인할 수 있다. 이때 이 순수한 시간은 시간의 짐을 정화시킨 시간으로서, 의식의 순수한 상태를 가져올 수 있는 '최초의 시간'과 관련이 깊다. 따라서 고은이 초기 시세계에서 소망하는 바는 인간 본래의 정신적인 자유와 의지를 회복할 수 있는 순수한 시간의 성취라고 할 수 있다.

이러한 시인의 동경은 그의 죽음에 대한 지향에서 본격적으로 드러난다. 이 글에서 고은의 죽음의식을 분석함에 있어 중시한 것은 시인이 죽음을 '통과제의적' 의미로 파악하고 있다는 점이다. 통과제의란 한마디로 말해 다른 사람, 다른 신분으로 다시 태어남을 뜻하며, 새로운 존재 양태를 획득하기 위한 필수적인 단계로 이해된다. 특히 통과제의에서 주목할 만한 것은 그것이 시간을 되돌리는 효과를 낳는다는 점이다. 하나의 생명이 죽는다는 것은 필연적으로 그 생명을 존속시켜 왔던 시간의 폐기, 역사의 폐기를 불러온다. 그리고 다시 태어남은 생명이 시작하는 최초의 시간, 시초의 시간으로의 환원을 가져온다. 죽음은 이제까지의 시간을 소거하고 근원적인 처음의 시간으로 되돌아갈 수 있는 계기를 제공하는 것이다. 따라서 고은의 죽음의식은 자발적인 유폐의지에서와 마찬가지로 시초의 시간에 대한 희구라고 보았다.

죽음의식은 그의 중기 시세계에서도 일관되게 나타난다. 이른바 역사주의로의 시적 변모과정을 보여주는 70년대 시세계에서도 죽음을 통한 탄생 혹은 재생이라는 시간구조를 포착할 수 있다. 특히 민중의 묵시록적 갈망을 그리고 있는 작품은 죽음의식이 '세속화'된 경우이다. 죽음을 통한 '새로운 인간형으로의 탄생'과 '시초의 시간의 회복' 구조가 종말이나 파멸을 통한 새로운 세상, 역사의 시작 구현 구조와 동일하기 때문이다. 이때 죽음 및 재생의 과정에서 요구되었던 정화력이나 신성성은 '시간의 주인'으로 다시 태어나는 민중의 실천적 의지로 전환된다. 민중의 새로운 세상에 대한 갈망과 이 세상을 끝장내고 말겠다는 결의만이 종말과 새로운 시작을 가져올 수 있는 계기를 제공하는 것이다.

한편, 시인이 70년대에 희구하는 시초의 시간은 시간 경과상 미래에만 발생한다는 점에서, 과거를 미래의 예표로 삼지 않으며 현재의 시간을 무화시키지 않는다. 현재는 미래를 향해 전진하는 시간으로서 유일한 의의와 가치를 획득한다. 이러한 근대적 의미에서의 역사철학적인 시간관과 결합한 고은의 죽음의식은 시인이 70년대에 이르러 민족 현실을 시적 주제로 끌어오는 데 있어 주요 원인으로 작용한다. 시간에 대한 기대 자체가 미래로 향함으로 인하여 역사는 발견될 수 있었던 것이다. 따라서 고은이 표방하는 민중적 '한'의 계승은 현재에 미래 획득의 가치를 부여하고 미래의 새로운 시간을 예언적으로 불러들이려는, '세속화'된 의미에서의 죽음의식에 다름 아니다.

이와 같이 허무의식은 두 시인의 시세계의 전개과정 및 정신적 지향을 해명하고 시사적 위치를 확인할 수 있는 중요한 실마리를 제공한다. 김춘수와 고은에게 있어 허무의식이 주목되는 이유는 두 시인이 이를 통하여 '새로운 삶의 질서'를 모색하고자 하였다는 데 있다. 허무주의를 자유롭고 창조로운 인간 의지에 의한 새로운 삶의 질서 구축의 내적 논리라고 할 때, 두 시인이 보여주는 '새로운 미적 질서의 추구'나 '새로운 생명으로의 탄생' 및 '시초의 시간 희구'는 모두 허무의식을 발전적으로 완성하려 한 것이라는 점에서 의의가 있다.

또한 김춘수의 경우, 그의 허무의식은 존재의 근본에 대한 치열한 철학적 사유를 가져왔을 뿐만 아니라, 시간의 상상적인 음미라는 심미적인 영역을 개척하였다는 평가를 받을 수 있다. 그리고 그의 '탈시간성'의 시적 전략은 비록 허구적이며 상상적이지만, 실제 역사의 시간형식들에 맞서려는 의도를 함축한다는 점에서 오히려 더욱 정치적인 해석 가능성을 제시한다. 고은의 경우, 그의 허무의식의 산물인 현실 참여에의 의지들은 문학의 효용성이라는 측면에서 비판적 수용과 발전적 계승의 대상으로 평가될 수 있다.

하지만 김춘수의 경우, 그의 허무의식이 유아론적인 판단 아래 극단적인 개인화와 고립화를 표방하면서 자기 안에 함몰하고 만 점은, 문학의 대사회적 기능이라는 측면에서 볼 때 한계로 지적될 수 있다. 김춘수는 자신의 역사적 체험을 공동체적 체험으로 확장 고양시키지 못한 채 개별적인 존재의 문제에만 몰두함으로써, 그가 추구한 새로운 삶의 질서는 단순한 내면적 질서 모색에 그친다는 비난을 피하기 어렵다. 결국 시인은, 그가 구축한 '순간'의 시학이 현대의 심미적인 가치를 획득함에도 불구하고 일상적 생활세계를 몰각시키고 말았던 것이다.

물론 이는 김춘수만의 한계는 아니다. 김춘수가 견지하는 허무, 실존적 불안 속에서 자신을 단독화하는 태도는 전후의 허무주의적 경향이 현저한 내면 편향을 보여주면서 역사적 현실의 역동성을 외면한 채 자기 존재의 문제에만 집착하였던 것과 무관하지 않다고 볼 수 있다. 또 김춘수가 세계로부터 일정한 방향을 얻지 못한다고 판단하면서 '순간'만을 지향해 가는 태도에는 해방 이후의 모더니즘 시단이 역사적 현실을 사회적 맥락에서 바라보지 못한 한계가 그대로 반영되어 있다고 할 수 있다. 따라서 김춘수가 자기만의 문제의식에 고립되면서 역사적 현실과의 긴장관계를 포기하고자 했던 점은 김춘수가 활동하던 당시의 시단의 역사의식과도 아울러 논의되어야 마땅하다.

고은의 경우, 그가 구현한 죽음의 시간성은 새로운 인간형으로서의 탄생과 시초의 시간에 대한 희구를 보여준다는 점에서 중기 시세계에 이르러 표방한 민족 현실의 자각의 동인이라 할 수 있다. 문제는 그의 죽음의식은 자기 존재의 정당성을 확인하기 위한 치열한 노력이기보다는 일종의 죽음에 대한 보편적 사유에 불과하며, 70년대 시편에 나타나는 변혁된 세상에 대한 갈망도 현실에 대한 성실한 탐색 결과이기보다 초기부터 견지해 온 관념의 산물이라는 점이다. 고은은 죽음의식의 시간구조를 전환기적인 시대에 효과적으로 변용시킨 것이다. 죽음이 모든 현상들을 무화시켜 새로움으로 거듭나게 해 준다는 신앙에 가까운 맹목적인 믿음이야말로 그가 이후에 보여준 이 세계의 파멸과 새 세상의 건립이라는 지극히 단순한 논리를 가능하게 하는 토대이다. 그의 초기 시편들이 내포가 명확하지 않는 슬픔이나 비애 등을 보여주는 데 치중되어 있는 것도 이와 전혀 무관하지 않을 것이다. 결국 고은의 중기 시들은 당시에 팽배하였던 역사철학적 시간관을 수용함으로써 초기의 죽음의식을 시대적 현실에 걸맞도록 변용시킨 것에 지나지 않는다.

이 글은 김춘수와 고은 시에 나타나는 허무의식을 살펴보면서, 궁극적으로 허무의식이 발전적으로 이해될 수 있는 방안을 마련하고자 하였다. 이 글의 문제의식과 관련지어 우리 근현대 시인들에게서 나타나는 허무의식에 대한 세심한 고찰을 통하여 이를 좀 더 보완해 가는 작업이 글쓴이에게 남겨진 과제이다.

제 2 부

현대시의 시간과 죽음 의식

－김소월 시의 물 이미지 분석

1. 시적 출발 및 지향

거츤풀허트러진모래동으로
맘업시거러가면놀내는蜻蛉.

들꼿풀보드라운香氣마트면
어린적놀돈동무새그리운맘.

길다란쑥댓삿을三角에메워
거메줄감아들고蜻蛉을쫏던,

늘함께이동우에이플숩에셔
놀든그동무들은어데로갓노!

어린적내노리터이동마루는
지금내흐터진벗생각의나라.

먼바다바라보며우둑히섯서
나지금蜻蛉짜라웨가지안노.
　　　　「거츤풀허트러진모래동으로」1) 전문

「거츤풀허트러진모래동으로」는 1920년 7월 『학생계』에 발표된 작품으로, 김소월의 문단 데뷔가 같은 해 2월 『창조』지를 통해 이루어졌다는 점을 감안한다면, 이 작품은 시인의 습작기 시절의 일단을 살펴볼 수 있는 소품에 해당한다. 우선, 같은 시기에 발표된 작품들이 시인의 의도를 작품 전면에 직접적으로 노출시킴으로 말미암아 완성도가 떨어지는 데 비해 「거츤풀허트러진모래동으로」는 감정적 절제 면에서 어느 정도 성공함으로써 미적 거리를 확보하고 있는 것으로 보인다. 또한 소월의 초창기 작품들이 불분명한 주제로 그 미숙성을 지적받아 왔던 데에 비한다면, 위의 작품은 유년시절에 대한 향수라는 보편적 공감대를 바탕으로 한 주제 표출에 큰 무리가 없는 것으로 여겨진다. 음률 면에 있어서도, 시인의 초기작들이 무리하게 음수율을 고집하면서 어색하고 서툰 시어 등을 구사함으로써 시의 맛을 떨어뜨리고 있는 것에 비해 위의 작품은, 역시 엄격한 율격구조하에 조율되고 있지만 그것이 시 전체에 손상을 주지는 않는다. 하지만 궁극적으로 「거츤풀허트러진모래동으로」가 주목되는 이유는 이 작품에서 김소월의 시적 출발 및 그의 시세계의 기저를 형성하고 있는 의식의 단면들을 확인할 수 있기 때문이다.

위의 작품에서 서정적 자아는 고향의 "동마루" 위에 서서 어린 시절을 회상하며 그리워하고 있다. 생애의 황금기라 할 유년에 대한 향수는

---

1) 이 글에서 작품 인용은 『김소월전집』(김용직, 서울대학교출판부, 1996)을 대상으로 삼았다.

동서고금을 막론하고 가장 호소력 있는 시적 주제로 자리 잡아 왔는바 따라서 유독 김소월 시에서의 특기할 만한 것이라는 보기 어렵다. 하지만 이 작품이 간단치 않은 것은 시인의 유년 회상이 이러한 시적 주제가 일반적으로 흐르게 마련인 사라진 것들에 대한 그리움 혹은 복원할 수 없는 시절에 대한 아쉬움의 정서를 드러내는 데 그치지 않는다는 점에 있다.

마지막 행의 "나지금蜻蛉따라웨가지안노"라는 표현에 나타나는 서정적 자아의 회한은 단순한 지난 시절을 향한 안타까움의 정서와는 다른 울림을 갖는데, 이는 "맘업시"와 "먼바다"의 의미 분석에서 구체적으로 확인된다. "맘업시"에서는 세월의 흐름과 세태의 변화 앞에 무력해질 수밖에 없는 서정적 자아의 정신적 공허감과 삶의 무상함이 배어 나온다. "지금"은 "흐터진" 동무들에 대한 그리움 속에서 거스를 수 없는 시간을 살아가야만 하는 인간적 한계를 절감케 하는 것이다. 그러므로 '먼바다'를 향한 서정적 자아의 응시에는 이러한 불가역적인 시간을 사는 한계로부터 벗어나고자 하는 바람이 담겨 있다. "벗생각의나라"가 환기하는 절실함은 이에 기인한다. 나아가 "먼바다"의 응시를 계기적 시간질서에 결박당해 있는 서정적 자아의 은밀한 소망 표출로 이해할 때, "먼바다"는 그러한 순차성으로부터 자유로운 시공간, 유한한 인간적 삶의 시공간과 대비되는 시공간으로 이해될 수 있다. "먼바다"는 불변의 시공간이며, 영원한 생이 유지될 수 있는 시공간인 것이다.[2]

이와 같이 "먼바다"는 인간의 시간적 한계에 관한 사유의 흔적들을 내비치는데, 이는 본시 바다가 지닌 멀음과 깊음의 속성과도 깊은 연관

---

[2] 물이 인간적 삶과 대비되는 것이라는 점은 「가는길」에서도 확인된다. 김은자는 「가는길」에서의 물은 유한하고 분리된 인간적 삶과 대비되는 상선적 존재로 드러난다고 말한다. 인간은 정에 못 이겨 주저하고 있지만 "압江물, 뒷江물/ 흐르는 물은" "어서 따라오라고 따라가자고/ 흘너도 년다라 흐"르고 있기 때문이다.(「진달래꽃의 내면공간」, 『한국시의 공간과 구조』, 문학과비평사, 1988, 193쪽 참조)

을 맺고 있다. 바다는 그 속성으로 인해 인간들에게 깊은 삶의 사유를 허용하며, 순간적이며 유한한 인간 삶과 대비되는 영원한 생명성의 근원으로 인식된다. 바다는 삶의 한계에 직면한 이들에게 생명력으로 충만한 상상력을 제공하면서 약동하는 생에의 의지를 솟구치게 하는 것이다.

막 시인으로 입문한 시기의 소월에게서 이러한 면모들이 발견된다는 점은 시사하는 바가 적지 않다. 소월의 작품들에 드러나는 조용하고 고독하며 관조적인 시선은 그의 시세계가 어디에서 비롯되었으며, 그의 시적 지향이 어디를 향하고 있는가를 암시적으로 보여준다. 그리고 시적 출발기에 나타나는 이러한 존재론적 사유의 흔적들은 그의 시세계 전반을 이해하는 데 있어 중요한 단서로 작용한다.

2. 생명의 바다, 닿을 수 없는 꿈

김소월의 시세계에 접근해 가는 데 있어 가장 먼저 부닥치게 되는 문제는 소월 시의 부재의식, 상실의식을 어떻게 이해해야 하는가에 있을 것이다. 표면상 시인의 부재의 대상은 때로는 다다를 수 없는 거리 바깥에 존재하는 '님'이기도 하며, 때로는 돌아갈 길이 가로막힌 소망스런 '고향'이기도 하다. 또 이 부재의 대상들은 서로 중첩되어 있어서 '고향'은 '님'이 계신 곳이며, '님'과의 행복한 조우를 이룰 수 있는 곳이기도 하다. 하지만 시인의 '님'과의 해후 및 귀향에의 염원은 꿈속에서만 성취될 따름이며 현실에서는 실현 가능성조차 봉쇄당해 있어서, 시인은 이중 상실의 고통을 감내해야만 한다.

이 같은 소월의 부재의식 혹은 상실의식에 대해서는 이제까지 수많은 연구자들에 의해 다각도로 논의되어 왔으며, 그의 시세계를 크게 한과 눈물의 시학 또는 파행적 시대 상황에 따른 소극적 부정의 시학 등으로 규정하는 성과를 낳았다. 소월의 시의식에 관한 이러한 탐색 결과들은 물론 그의 시세계 전반을 파악하는 데 있어 시금석 역할을 하지만, '님'과 '고향'의 상징적이며 복합적인 의미, 절대적인 부재의 고통을 강요하는 시적 상황, 그리고 간간이 드러나는 현실적 삶에 대한 시인의 고뇌 등은 아직도 소월의 시세계 해명을 어렵게 만드는 중요한 요소라 할 수 있다. 시인에게 있어 생의 본질적 가치를 확인할 수 있는 유일한 방법은 '님'과의 해후이며 귀향일 뿐이라는 점 역시 마찬가지이다.

그런데 생의 궁극적 가치는 '님'과 '고향'에서 찾아질 수 있지만 그것의 절대적인 부재를 경험해야 하는 것이 삶이라면 이때 발생하는 절망감은 생의 원천적 근원성의 회복을 통해 치유될 수 있다. 완벽한 가치무화는 새로운 가치출현에 발판을 제공하며, 극한적인 단절과 결핍은 역설적으로 극단적인 연속과 충족을 요구하기 때문이다. 이 두 어휘가 원천적 질감을 내포하고 있으면서도 외연적 의미의 무한한 확장을 가능하게 한다는 점도 이를 뒷받침하고 있다.

아울러 엄밀한 의미에서 모든 시인은 삶의 현실적 조건에 결박당해 있으면서도 영원하고 초월적인 이상을 꿈꾸는 자라는 점 역시 소월의 시의식이 근원적인 것을 지향하고 있음을 이해하는 데 도움을 준다. 시인의 부재하는 '님'에의 그리움 또는 상실된 귀향에의 꿈은 부재하고 있음으로 인하여 인간적 삶이 추구해야 하는 이상과도 맞닿아 있다. 또한 현실 속에서 그것이 성취될 수 없다는 점도 그것이 인간이 영원히 소망하는 절대적인 것임을 함축한다. 그렇다면 근원적이면서도 영원히 지향해야 할 대상으로서의 '님'과 '고향'의 의미는 과연 무엇인가. 「거츤풀허트러진모래동으로」의 "먼바다"에서 그 해답의 실마리를 얻을 수 있다. 소월에게 있어 '고향'이 어떠한 의미인지, 시인이 궁극적으로 회복하고자 했던 '고향'이 무엇인지를 「엄마야 누나야」는 잘 보여준다.

> 엄마야 누나야 江邊살쟈.
> 뜰에는 반짝는 金모래빗.
> 뒷門박게는 갈닙의노래
> 엄마야 누나야 江邊살쟈.
> ─「엄마야 누나야」 전문

「엄마야 누나야」에서 "江邊"은 '고향'이 변용된 것이라 볼 수 있는데, 그곳에서 살고자 하는 서정적 자아의 소망은 소박함으로 인해 절실해진다. 청유형 어미의 사용과 "반짝는 金모래빗"과 "갈닙의노래"에서 나타나는 평이성은 서정적 자아의 소망이 매우 순수한 것이면서 그 층위가 기층적임을 암시한다. 문제는 이러한 소박함이야말로 서정적 자아의 절실한 소망을 심화시키지만, 오히려 그 성취 가능성을 어둡게 만들면서 추상화시켜 버린다는 점이다. "뜰", "모래", "뒷門" 등의 시어들이 구체성을 환기하지 못하면서 평범한 생활공간을 연상시키기보다 막연하면서도 아득한 느낌을 주는 것은 이 때문이다.

"江邊"이 추상적이지만 기층적 소망의 공간이라는 점은 그것이 모성적이며 모태적인 성격을 강하게 함축하고 있다는 점에서도 잘 드러난다. 시어 "엄마"의 의미가 이를 뒷받침한다. 태어나 가장 먼저 배우는 언어가 엄마이며, 이 작품에서도 "엄마야"가 유아기적 언어의 성격을 강하게 띠고 있고, 모든 언어에서 엄마야말로 원초적이며 기층적인 정서를 표출해 내는 어휘라는 점을 중시할 때, "江邊"은 바로 모성적·모태적 공간이면서 그곳에 이르고자 하는 소망은 시인의 의식의 기저에 자리하고 있는 근원에의 지향성을 암시하는 것이라고 볼 수 있다.

한편, 소월의 '님'과 '고향'을 보다 근원적인 맥락에서 바라보아야 하며, 시인의 지향은 근원적인 것을 향한 열망으로 이해되어야 한다고 할 때, 이러한 시인의 사유가 물의 심상을 바탕으로 하여 형성되고 있다는 점에 주목할 수 있다. 김소월 시에는 무수한 자연물들이 시적 제재 혹은 소재로 등장한다. 그런 점에서 그의 시세계는 일종의 물질적 상상력에 의해 구축된 것이라 해도 지나치지 않은데[3) 그 가운데에서도 바다, 강물, 눈물, 비 등과 같은 물과 관련된 심상들은 좀 더 깊은 상징성을 지니고 있는 것으로 여겨진다. 예컨대 「爽快한아츰」에서 "시언한비쌀" 은 "만흔 變轉"의 원동력이 되고, 「하눌욧」에서 "바다"는 역동적 초월의 의미를 함축하며, 「바라건대는 우리에게 우리의보섭대일쌍이 잇섯드면」에서 "물결"은 반짝이는 희망과 의지의 투영 태이다. 특히 부재하는 대상들에 대한 끊임없는 지향을 보여주고 있는 작품들의 경우에는 거의 대부분 물의 심상이 등장하고 있으며, 시냇물, 강물, 빗물 등으로 변용된 물의 심상은 그 대상들에 이르고자 하는 시인의 소망 표현의 등가물이다. 따라서 김소월 시에 있어 물의 심상은 그의 시인 의식 및 시적 사유의 깊이를 가늠할 수 있게 하는 척도이자, 그의 관조적이면서도 고독한 시세계에 접근해 갈 수 있는 길잡이 역할을 한다.

「엄마야 누나야」에서도 모성적·모태적 공간으로서의 "江邊"은 물의 상징성에 의해 강조되는 면이 크다. 신화적 의미에서 물은 원형성을 상징한다. 물은 탄생을 가져오며, 죽음과 부활 그리고 재생을 뜻하기도 한다.[4) 따라서 "엄마"와 물은 생명과 탄생이라는 맥락에서 동일시되며

---

3) 김소월 시의 물질적 상상력에 관해서는 김현자의 『시와 상상력의 구조』(문학과 지성사, 1982)를 참조 바람.

4) 물은 잠재성의 보편적 총체를 상징한다. 물은 근원이자 원천으로서 모든 존재 가능성의 저장소이다. 또 물은 모든 형태에 선행한다는 점에 있어서 모든 창조를 받쳐준다. 바로 이런 이유에서 물의 상징은 죽음과 재생을 모두 내포하고 있다. 물과의 접촉은 항상 재생을 함축하는 이유는 해체 뒤에는 새로운 탄생이 뒤따르기 때문이며, 침수는 생명의 잠재력을 풍부하게 하고 증대시키기 때문이다. 물의 상징의 의미에 관해서는 엘리아데의 『성과 속─종교의 본질』(이동하 옮김, 학민사, 1983) 115∼117쪽 참조 바람.

포괄적 의미에서 생의 근원을 연상시킨다. "江邊"은 모성적·모태적 공간이며, 생의 근원적 공간, 생명의 공간인 것이다. 다음 작품에서도 생의 원천으로서의 물의 심상을 쉽게 발견할 수 있다.

> 바람에 밀녀드는 저붉은潮水
> 저붉은潮水가 밀려들째마다
> 나는 저바람우혜 올나서서
> 푸릇한 구름의 옷을 닙고
> 붉갓튼저해를 품에 안고
> 저붉은潮水와 나는함께
> 쒸놀고십구나. 저붉은潮水와.
> ─「붉은潮水」 전문

  비애와 비탄이 주조를 이루고 있는 소월 시들 중에서 위의 작품은 이례적으로 밝고 건강한 삶에의 희구를 그리고 있다. 붉음과 푸름의 강렬한 색채 대비와 더불어 바람, 구름, 해, 조수 등의 자연물이 형성하는 심상들은 전반적으로 약동하는 생명에의 기운을 전달해 주며, "밀려드는", "올나서서", "쒸놀고십구나" 등의 역동적 의미의 서술어 사용도 이를 배가시킨다. 또 "붉갓튼저해"를 이른 새벽 승천하는 아침 해로 본다면, 이러한 상승적 이미지는 전체 시 분위기를 강렬한 생명에의 의지로 가득 차게 만든다. 더군다나 "해를 품에 안고" 싶다는 표현은 불과 물의 결합에 의한 생성력을 암시한다고 볼 수 있는데[5], 여기서 서정적 자아의 근원적 생명력의 추구는 극대화된다. 붉은 해는 물과 더불어 생명의 원천을 상징하며 세계를 밝혀 주는 우주적 질서의 창조자로 이해

---

5) 바슐라르는 물과 불 두 물질적 이미지의 결합은 성적인 이미지를 형성해 내며, 이러한 성적 이미지는 사물들의 본원을 약동시키는 창조의 이미지로 화한다고 말한 바 있다. 즉 이 두 이미지의 결합은 끝없는 창조의 조건이 된다는 것이다.(이가림 옮김, 『물과 꿈』, 문예출판사, 1980, 138~145쪽 참조)

될 수 있기 때문이다. 따라서 바람에 밀려드는 조수에 몸을 싣고 뛰놀고 싶다는 서정적 자아의 갈망은 원천적 생명을 향한 간구라 볼 수 있다. 바다는 근원적 생명의 공간, 생성의 공간, 약동적이며 창조적인 공간인 것이다.

소월의 지향이 근원적 생명 추구에 있으며, 이것이 물의 심상을 통해 구현된다는 점은 소월의 다른 작품들에서도 쉽게 확인된다. 「無心」에서 앞 여울이 "예대로" 푸르렀다는 것은 변치 않는 물의 이미지를 통해 그것이 영원의 존재임을 함축하며, 「하눌끗」에서도 바다는 하늘과 접해 있음으로 말미암아 인간의 유한한 생과 대비되는 영원한 생의 공간임을 암시한다. 또 「旅愁2」에서도 시인이 눈물겹도록 그리워하면서 가고자 하는 곳은 "바다"이다.

하지만 서정적 자아가 소망하는 그곳은 다다를 수 없는 곳이며, 성취될 수 없는 꿈의 공간일 따름이다. 소월 시의 비극은 이로부터 연유한다.

　　쒸노는흰물결이 닐고 쏘잦는
　　붉은물이 자라는바다는 어듸

　　고기잡이싗들이 배우에안자
　　사랑노래 불으는바다는 어듸

　　파랏케 죠히 물든藍빗하늘에
　　저녁놀 스러지는바다는 어듸

　　곳업시쎠다니는 늙은물새가
　　쎼를지어 좃니는바다는 어듸

　　건너서서 저便은 짠나라이라

　　가고십픈 그립은 바다는 어듸
　　　　　　－「바다」 전문

　　위의 작품에서도 강렬한 생명에의 추구의욕이 내비치고 있다. 「붉은 潮水」와 마찬가지로 강한 동적 이미지를 드러내는 시어들이나 "사랑노래"와 "저녁놀"이 환기시키는 따스함 등은 "바다"가 곧 생명의 공간임을 연상케 한다. 하지만 이처럼 "바다"는 충만한 생명력과 근원적 생성의 공간이지만, 서정적 자아에게는 이를 수 없는 피안의 그것일 뿐이다.

　　먼저 위의 작품에서는 지향성을 드러내는 시어를 찾아보기 어렵다. "쒸노는", "닐고 쏘잣는", "쩌다니는", "좃니는" 등 동적 이미지를 구사하는 시어의 사용에도 불구하고 전체 시의 분위기는 매우 침체되어 있다. 또한 「바다」에서 의도적인 띄어쓰기로 강조되고 있는 것은 "어듸"이다. 각 연의 종결어 구실을 하면서 의도적인 띄어쓰기로 부각되고 있는 "어듸"는 소망스런 공간인 "바다"가 끝내 다다르지 못할 곳임을 암시한다.6) 그러므로 마지막 연의 "건너서서 저便은 싼나라이라"는 "바다"에 이를 수 없는 시적 상황을 극대화시킨 표현이라고 볼 수 있다. "바다"는 그 어디에도 찾을 수 없는 곳, 곧 갈 수 없는 곳이며, 나아가 설움만을 낳는 곳인 것이다.

　　왜안이 오시나요.
　　映窓에는 달빗, 梅花꼿치
　　그림자는 散亂히 휘젓는데.
　　아이. 눈 쌱감고 요대로 잠을들쟈.

---

6) '바다'가 성취의 공간이 아니라는 점은 「동아일보」에 발표했던 당시의 작품과 비교해 볼 때 더욱 두드러진다. 「동아일보」 발표작에서는 '멀니저멀니물썰흰그곳 / 붉은풀이고히자란바다는멀다'와 같이 종결어미를 '～다'로 처리함으로써 지향하는 공간인 바다에 이를 수 없다는 점을 분명히 드러내고 있다.

저멀니 들니는 것!
봄철의 밀물소래
물나라의 玲瓏한九重宮闕, 宮闕의오요한곳.
잠못드는龍女의춤과 노래. 봄철의 밀물소래.

어둡은가슴속의 구석구석……
환연한 거울속에, 봄구름잠긴속에,
소솔비나리며, 달무리둘녀라.
이대도록 왜안이 오시나요. 왜안이 오시나요.
                                    ─「愛慕」 전문

　소월에게 있어 바다는 이제 완전한 생명력의 공간이 아니다. 깊고
먼 바다에서는 잠 못 이루는 "龍女"의 가슴 아픈 노랫소리만이 들려온
다. 그리고 그녀의 구슬픈 노랫가락은 부재하는 '님'을 기다리는 서정
적 자아의 마음을 더욱 사무치게 한다.
　바다가 시인의 부재의식을 치유할 수 있는 생성의 공간이 아니며,
상실의 공간에 불과하다는 인식은 시인의 바다에의 지향을 포기하게
만든다. 그리고 이는 근원적 생명에의 지향 역시 포기됨을 의미한다.
"환연한 거울"은 역설적으로 서정적 자아의 어두운 내면을 은유한다고
볼 수 있는데, "거울" 속에 "구름"이 덮이고 "달무리"마저 진다는 것은
바다에의 지향이 가망 없음을 암시하는 것이다.
　소월에게 바다는 모성적·모태적 공간이며, 근원적이며 원초적인 생
명의 공간이며, 약동하는 생성력이 충만한 공간이라 할 수 있다. 또 바
다는 유한한 인간적 삶과 대비되는 영원한 생의 공간이라 할 수 있다.
그러므로 바다는 생의 본질적 가치를 확인하고 획득할 수 있는 유일한
통로이다. 하지만 그 바다에 이르고자 하는 소월의 염원은 절대적 불가
능성 앞에 가로막혀 있다. 바다는 갈 수 없는 "저便"의 "짠나라"일 따
름이다. 충만한 생에의 희원, 부재의식과 상실의식을 치유할 수 있는

원초적 생에의 획득 염원은 소월 시가 보여주는 또 하나의 비원일 것
이다. 궁극적으로 바다가 시인의 어두운 내면공간과 동일시된다는 것은
그러한 비원의 극점을 잘 보여준다. 이 극점에 다다라 소월 시의 바다
에의 지향, 생명에의 지향은 또 다른 극점을 향해 내닫기 시작한다.

3. 좌절의식과 죽음에의 투사

　한편, 소월 시에 나타나는 물 이미지는 지향하는 대상과의 구체적인
매개물로 작용하기도 한다. 바다가 지향하는 대상이었다고 한다면, 시
냇물, 강물, 개여울, 빗물, 구름 등은 '님'과의 해후를 염원하는 시인의
열망의 등가물이면서 단절적 거리에 놓인 '님'에게 닿을 수 있는 매개
체이다. 이때 시냇물 등이 매개체로 작용할 수 있는 까닭은 물이 지닌
흐름의 속성에 기인한다.

　　우리집뒷山에는 풀이푸르고
　　숩사이의시냇물, 모래바닥은
　　파알한풀그림자, 써서흘너요.

　　그립은우리님은 어듸게신고.
　　날마다 뛰여나는 우리님생각.
　　날마다 뒷山에 홀로안자서
　　날마다 풀을짜서 물에던져요.

　　흘러가는시내의 물에흘너서
　　내여던진풀닙픈 엿게써갈제

물쌀이 해적해적 품을헤쳐요.

그립은우리님은 어듸게신고.
가엽는이내속을 둘곳업섯서
날마다 풀을싸서 물에썬지고
흘러가는입피나 맘해보아요.
  －「풀싸기」 전문

위의 작품에서 물은 지향하는 대상에 이르기 위한 수단이며 서정적
자아와의 연결을 성립시켜 주는 매개체이다. 서정적 자아는 "날마다"
"풀을싸서 물에썬지"며 '님'을 그리워한다. 풀잎은 물결을 따라 '님'에
게로 흘러갈 것이기 때문이다. 하지만 정작 풀잎이 '님'에게 가 닿을
것인가가 불투명하다. 이는 풀따기를 하면 할수록 서정적 자아의 외로
움이 더욱 깊어만 간다는 점에서 잘 드러난다. 마지막 행의 "흘러가는
입피나 맘해보아요"에서 무력감과 절망감만이 배어 나오는 이유는 속
절없는 풀따기 행위가 서정적 자아의 허전한 심사를 달래기 위한 행위
일 따름이며, 그것이 매우 오랜 시간 동안 지속되어 왔음을 암시해 주
는 까닭이다. 따라서 1연에서 부각되고 있는 맑고 투명한 "시냇물"의
이미지는 서정적 자아의 '님'을 향한 소망이 덧없는 것에 지나지 않는
것임을 함축적으로 보여준다. "시냇물"은 애달픈 서정적 자아와는 대비
되는 무심함의 존재인 것이다.

여기서 주목할 수 있는 것은 「붉은潮水」, 「바다」 등의 작품에서 구
사되었던 역동적인 물의 이미지가 쇠퇴되어 있다는 점이다. 물론 앞서
살펴본 작품들에서 나타났던 물 이미지의 생성력과 생명력은 「풀싸기」
에서도 어느 정도 명맥은 유지되고 있다고 보아야 할 것이다. "시냇물"
이 서정적 자아와 '님'과의 매개체이면서 그것이 지닌 흐름의 속성이
이를 가능하게 한다고 할 때 물이 내포하고 있는 생성의 원리는 지속
되고 있다고 볼 수 있기 때문이다. 하지만 이 생성의 원리로서 물의

이미지는 현저히 약화되어 나타나는데, "물쌀이 해적해적 품을헤쳐요"
에 반영되어 있는 서정적 자아의 불안한 내면 심리에서 잘 알 수 있다.
게다가 흐르는 물은 변화를 동반하지만, 서정적 자아의 막연한 풀따기
행위가 오래전부터 지속되고 있음으로 말미암아 물은 진정한 변화를
가져오지 못한다. 따라서 위의 작품에서 물은 역설적으로 시인의 지향
이 좌절되고 있음을 드러내는 표상으로 작용한다. 다음 작품에서도 이
는 동일하게 나타난다.

> 나는 혼자山에서 밤을 새우고
> 아침해붉은볏헤 몸을 씻츠며
> 귀기울고 솔곳이 엿듯노라면
> 님게신窓아래로 가는물노래
>
> 흔들어쌔우치는 물노래에는
> 내님이놀나 니러차즈신대도
> 내몸은 山우헤서 그山우헤서
> 고히깁피 잠드러 다 모릅니다.
>   ─「山우헤」 부분

위의 작품에서도 서정적 자아와 '님'과의 단절적 거리가 강조되면서
시인의 지향이 반복적으로 좌절되고 있음을 보여준다. 여기서 "山"은
고립감과 단절감을 암시하는 시인의 공간의식의 표출이라 볼 수 있는
데, "님"이 "가루막킨바다" 건너에 존재함으로 말미암아 이를 더욱 심
화시킨다. "물노래"는 이러한 단절적 상황을 극복해 내려는 서정적 자
아의 소망을 담아낸다고 볼 수 있다. 하지만 "물노래"가 흘러가 "님"을
"흔들어쌔"워도 "나는" "고히깁피 잠드러" 있을 뿐이다. "물노래"는 결
과적으로 "님"에게 가 닿지만, 행복한 합일과 융화를 가져오지는 못하
는 것이다. 따라서 「山우헤」에서도 물이 지향에의 매개체로 드러나지

만, 궁극적으로 소망을 성취시켜 주지 못한다는 것은 「풀싸기」에서와 마찬가지로 물이 생성의 원리로서 작용하지 못한다는 것을 의미한다.

이제까지 소월 시 언구에서는 물의 심상이 '님'에의 지향을 함축한다는 점에 있어서 그것이 강한 상승적 이미지를 조성하는 것으로 이해되어 왔다.[7] 하지만 물이 '님'에게 다가간다 하여도 궁극적으로 해후가 성취되지 못한다는 것은 매체로서의 물이 상승적 이미지를 형성하지 못한다고 보아야 한다. 김소월의 시세계에서 드러났던 생성력으로서의 물은 삶의 근원적 변화를 가져오지 못하는 이미지로 무력화되고 있는 것이다.

흐름의 속성에도 불구하고 생성의 원리로 작용하지 못하는 물은 극단적인 하강적 이미지를 빚어내면서 소멸과 죽음의 이미지를 낳기 시작한다. 위에서 살펴본 작품들 외에도 지향하는 대상에 이르고자 하는 소망이 물의 심상을 통해 표출되고 있는 작품들로는 「구름」과 「우리집」 등을 들 수 있다. "구름"이 되어 "님"의 품에 안기고 싶다거나 "꿈에도 생시에도 눈에 선한" 집은 "구름"밖에 갈 수 없다는 표현은 물이 시인의 소망을 성취할 수 있는 수단임을 보여준다. 하지만 이들 작품에서도 물의 흐름의 속성은 염원을 이룰 수 있는 계기가 되지 못한다. "구름"은 "비"를 뿌림으로써 소멸해 버리고 마는 것이다. 즉 "구름"의 비로의 전환 및 소멸은 소월 시에서 근원적 생명력과 생성력으로서의 물의 심상이 쇠퇴해 가고 있음을 보여준다.

이러한 소월 시에 나타나는 물의 심상의 변화 양상은 시인을 죽음에의 투사로 이끌면서 하강적 이미지로 귀착된다. 김소월의 시의식에 있어 부재의식과 더불어 중심의 위치를 차지하는 것은 죽음의식이다. 소월의 시세계에는 사라짐의 미학이 자리하고 있다고 해도 과언이 아닌데, 이별은 사랑의 소멸이며, 탈향은 본원의 소멸을 의미하기 때문이다.

---

7) 허형만의 「김소월 시에 나타난 '물'의 심상과 의식 연구」(『한남어문학』, 1987. 6.) 참조.

또 시인이 처한 절대적 부재 및 상실의 상황은 모든 가치를 무화시키며 현실적 삶의 의미를 회복할 수 없게 한다는 점에서 죽음에의 귀결은 당연한 것이라 할 수 있다.

> 날은저물고 눈이나려라
> 낫서른물까으로 내가왓슬째.
> 山속의올뺌이 울고울며
> 쩌러진닙들은 눈아래로 쌀녀라.
>
> 아아 蕭殺스럽은風景이어
> 智慧의눈물을 내가 어들째!
> 이제금 알기는 알앗건단은!
> 이세상 모든 것을
> 한갓 아름답은눈얼님의
> 그림자쑨인줄을.
>
> 이우러 향기깁픈 가을밤에
> 우무주러진 나무그림자
> 바람과비가우는 落葉우헤.
> —「希望」 전문

서정적 자아가 다다른 곳은 눈 내리는 가을날 올뺌미의 울음소리가 그치지 않는 물가이다. 그런데 그곳에서 서정적 자아는 새로움을 경험한다. '님'과 함께 할 수 있는 집을 그리던 물가가(「나의집」) "낫서른물까"로 인식되고 있는 것이다. 이러한 새로운 경험은 저물어 가는 하루, 그치지 않는 올뺌미의 낮은 울음소리, 떨어지는 나뭇잎 등의 하강적 이미지가 빚어내는 시적 상황에 기인한다. 그리고 이런 낯선 공간은 서정적 자아로 하여금 "이세상 모든 것"들이 허상에 불과하다는 "智慧"를 안겨준다.

이때 서정적 자아가 삶의 무상함을 자각하게 되는 공간이 "물까"라
는 점에 주목할 필요가 있다. 「나의집」에서 물가가 이중의 부재를 해소
할 수 있는 생성의 공간이었다고 한다면, 여기서의 물가는 삶의 가치가
무화된다는 점에서 상실의 공간이라 할 수 있다. 물은 생명과 모성, 생
성의 의미에서 이제 소멸과 상실의 의미로 전환되고 있는 것이다. 따라
서 전반적으로 하강적 심상들에 의해 조율되면서 삶의 무상함을 강하
게 내비치고 있는 위의 작품에는 죽음의 그림자가 짙게 드리워 있다.

한편 이제까지 소월 시에 나타나는 죽음의식은 그의 시세계가 낭만
주의의 정신세계와 무관하지 않음을 보여주는 예로서 간주되어 온 측
면이 크다. 낭만주의는 과거지향과 무한추구를 특징으로 삼는데, 죽음
이 영속하는 잠의 형태를 띠면서 궁극적으로는 자연으로의 복귀를 가
져온다는 점에 있어서 낭만주의자들에게 죽음은 동경의 대상이 되어
왔다. 죽음이 생의 원점으로 돌아갈 수 있는 유일한 방안으로 이해되면
서 죽음의 불멸성이 예찬되었던 것도 낭만주의이다. 이와 같은 낭만주
의의 죽음에의 동경과 소월의 죽음의식은 일정 정도 근접 거리에 있는
것이 사실이다. 소월 시에 자주 등장하는 꿈과 밤의 모티프는 그의 죽
음의식이 낭만주의적 발로임을 입증하는 단서로 여겨질 수 있을 뿐만
아니라, 앞서 살펴보았듯이 강렬한 근원적 생명에의 지향 역시 낭만주
의자들의 본원에의 귀의 욕구와 근친성을 갖는다.

하지만 본질적으로 소월의 죽음의식은 낭만주의적 죽음에의 동경에
기초하는 것이 아니라, 삶의 가치 확인의 절대적 불가능성이라는 허무
감에서 기인하는 것이라고 보아야 마땅하다. 낭만주의자들에게 죽음은
변신과 갱신을 의미하며, 정신적 자유획득의 결과를 가져오지만, 소월
에게서는 이런 갱생과 부활의 의미로서 죽음은 존재하지 않기 때문이
다. 소월에게 죽음은 가치의 전면적인 무화이며, 소멸해 가는 생 자체
일 따름이다.

六月 어스름째의 빗줄기는
暗黃色의 屍骨을 묵거세운 듯,
쓰며흐르며 잠기는 손의 널쪽은

지향도 업서라, 丹靑의 紅門!
　　　　　－「旅愁1」 전문

위의 작품에서 두드러지는 것은 죽음의 하강의식이다. 이 죽음의식은
비를 매개로 하여 드러나는데, 서정적 자아에게 초여름 날 쏟아지는
"빗줄기"는 사자들의 행진으로 인식되며, 사방은 관의 환영으로 어지럽
기만 하다. 그러므로 마지막 행에서 "지향도 업서라"는 삶의 의지가 사
라졌음을, "丹靑의 紅門"은 죽음의 문을 의미한다고 볼 수 있다.

「旅愁1」의 죽음과 등가를 이루는 물 이미지는 시인의 강한 죽음에의
예감을 시사한다. 사자들을 접하고 환영 속에서 관의 모습을 확인하는
행위는 자신을 향해 다가오고 있는 죽음을 바라보는 자들의 몫일 것이
다. 그러한 죽음을 맞는 시인의 태도는 매우 차분하면서도 담담한데 이
는 "세상은 무덤보다 다시 멀고 / 눈물은 물보다 더덥음이 없"으며, "모
닥불피어오르는 / 내한세상"은 "마당까의가을"(「찬저녁」)과도 같이 사라
질 것이기 때문이다. 여기서도 세상 / 무덤, 눈물 / 물의 대비는 물이 곧
죽음(무덤)임을 함축한다. 그러므로 서정적 자아에게 죽음(무덤)은 인간
세상보다도 더 친근하게 여겨진다. 인간적인 눈물조차 물보다 따스함이
덜하다는 것도 같은 맥락에서 이해될 수 있다.

「希望」과 「旅愁1」 그리고 「찬저녁」에 나타나는 물 이미지는 시인이
맞이하고 있는 죽음 자체를 뜻한다. 「붉은潮水」, 「바다」 등에 드러났던
생명의 공간, 생성의 공간으로서의 물은 소멸과 죽음의 공간으로 전환되
어 있다. 이를 통하여 소월 시세계 전반에 드리운 비극적 정조의 원인을
간취해 낼 수 있다. 소월은 초창기의 시적 지향이 보여주었던 유한한 인

간적 삶과 대비되는 불변하는 영원한 생을 끝까지 지속시켜 내지 못했고, 허약한 시의식 아래 비극적 한탄 속으로 스스로 걸어 들어간 것이다.

4. 맺는말

　김소월 시에 나타나는 물의 심상은 소월의 시의식 및 시적 지향의 의미를 살펴보는 데 있어 중요한 실마리 구실을 한다. 김소월은 시적 출발에 자리하고 있는 것은 유한하며 순간적인 인간 삶에 대한 존재론적인 사유인바, 이로부터 벗어날 수 없다는 한계인식은 소월로 하여금 '님'과 '고향'이라는 부재의 대상을 지향하게끔 이끌었다. 하지만 김소월에게 있어 '님'과 '고향'은 삶의 본질적 가치를 확인할 수 있는 유일한 통로이지만 이들은 절대적인 부재상태에 놓여 있어서 삶의 가치 획득이란 불가능하다.

　한편 소월이 지향하는 대상은 그의 시적 출발기에 나타났던 인간 삶에 대한 사유의 연장선상에서 이해되어야 할 필요가 있다. '님'과 '고향'이 생의 가치 확인을 가능하게 하는 이상이라고 할 때 그리고 그것들의 복합적 의미가 외연적 확장이 무한히 가능하다고 할 때, '님'과 '고향'은 보다 근원적인 맥락에서 원천적 생명성을 함축한다고 볼 수 있다.

　이 글에서는 이러한 시인의 사유가 물의 심상을 바탕으로 하여 형성되고 있다는 점에 주목하여 소월의 시세계에서 물의 이미지가 어떻게 형성 변화해 가는지를 살펴보았다. 김소월의 시세계에서 물의 심상은 시인의 근원에의 지향과 반복되는 좌절, 그리고 종국적인 죽음에의 투사를 잘 보여준다. 시인이 보여준 인간 삶에 대한 사유가 압축적으로 제시되어 있는 것은 바로 물 이미지이다. 또한 물 이미지는 김소월 시의 한계가 어디에 있는지도 암시한다. 따라서 이 글에서는 소월의 시세계에 나타나는 물의 심상을 크게 다음 세 가지로 나누어 살펴보았다.

먼저 「바다」, 「붉은潮水」 등에서 '바다'는 근원적 생명의 공간으로 표현된다. 이는 생명의 시작과 창조의 근원으로서의 의미를 갖는 물의 상징적 의미에서 확인된다. 그러므로 '바다'는 시인의 지향이 근원적 생명에 있음을 암시적으로 보여준다고 할 수 있다. 하지만 시인이 눈물겹도록 그리워하면서 가고자 하는 이 '바다'는 궁극적으로 다다를 수 없는 곳이며, 성취될 수 없는 꿈의 공간일 따름이다. 소월 시의 비극은 이로부터 연유하며, 이로써 물의 이미지는 현저하게 약화되어 나타난다.

근원적 생명에의 희구가 포기되면서 물은 시인의 좌절의식을 드러내는 표상으로 작용하기도 한다. 여기서 물의 심상은 소월의 지향하는 대상에 다가가려는 염원의 등가물로 표현되지만, 성취될 수 없는 꿈의 한계는 물을 생의 변화 및 구원을 가져오지 못하는 무력한 이미지로 변화시키는 것이다. 이러한 물의 심상의 변모 양상은 시인을 죽음에로 이끄는데 이때 물은 「旅愁1」, 「希望」 등에서 죽음 그 자체로서 드러난다.

이러한 소월의 죽음의식은 낭만주의적 발로로 이해되기 어려운 측면을 갖는다. 근원적 생명에의 지향이 좌절됨으로 말미암아 야기되는 죽음은 죽음을 동경함으로써 본원에의 복귀를 꿈꾸는 낭만주의자들의 그것과는 구분되기 때문이다. 여기에 소월 시의 한계가 존재한다. 소월의 현실적 생과 마찬가지로 소월은 일관되게 비극적 죽음에의 투사를 향하여 나아간 것이다.

1. 신화의 시대

김춘수의 첫 시집인 『구름과 薔薇』 서두에 실린 유치환의 「序」는 자못 무게 있는 시인의 탄생을 예고하는 듯한 장중함으로 가득 채워져 있다. 특히 "神이 그의 가장 의로운 자식으로 하여금 詩人으로 삼았으리라. 그렇지 아니한들 어찌 詩人인 그가 아무런 보람도 없는 來世의 涅반을 바람도 아닌 이 노릇—人類의 永遠한 鄕愁와 憧憬의 所在를 찾기에 이렇듯 애달프게 努力하기를 免하지 못하랴"(1:27)1) 운운하는 부분에 이르면 언뜻 이제 막 시단에 발을 내딛는 신인에 대해 글쓴이가 지나친 기대와 연민을 표출하고 있는 것이 아닌가 하는 생각을 품을 수 있다.2) '인류의 영원한 향수'나 '동경'이란 대상에 관한 정서의

---

1) 『김춘수전집1』, 문장, 1986, 27쪽. 이 글에서 인용하는 작품 등은 모두 이 문장 사판을 참고로 하였으며, 다른 글들에서 인용할 때에는 특별한 표기를 하였다.
2) 유치환의 극찬은 청마와 김춘수가 오랜 시간 동안 둘의 고향인 통영(지금의 충무)을 중심으로 맺어온 개인적인 친분관계와도 전혀 무관하지 않을 것이다. 청

형상화를 기본 작업으로 삼으면서 세속에 얽매이지 않는 현실 초월을 지향하는 시인들의 시작과정의 바탕이기도 하거니와, 굳이 청마가 지적하고 있는 사항들이 김춘수의 첫 시집에 산재해 있는 애상적인 분위기와 구체적으로 어떠한 지점에서 접맥될 수 있는지가 분명치 않기 때문이다. 다만 무릇 대개의 서문이 그 시집의 실질적인 성격이나 특성을 총괄적으로 암시해 주는 속성을 지니기도 한다는 점을 고려할 때, 청마가 읽어 낸 김춘수의 시적 편린 중 어떠한 부분이 그로 하여금 위와 같은 인상적인 포고를 가능하게 하였는지 궁금하다.

『구름과 薔薇』는 모두 4부분으로 이루어져 있는데 이런 시각에서 주목할 수 있는 부분은 마지막에 해당하는 '神話의 季節'이라는 작은 제목 아래 실려 있는 8편의 작품이다.[3] '구름'과 '장미'라는 시적 대상이 불러일으키는 소박하면서도 이국적인, 또는 개인적이며 감상적인 정서와는 사뭇 다른 장엄함이 '神話'라는 낱말에서 강하게 배어 나오는 까닭이다. 실제로 그 8편의 작품들은 『구름과 薔薇』에 실린 나머지 작품들과는 정서나 내용 면에서 색다른 면모를 보여주는바 다음 작품들에서 드러나는 근원적 시공간에 대한 시인의 열망과 '거룩한 시간'의 형상화 작업이 그것이다.

　　　－震쌍에는 예로부터 「불근」이란 神道가잇서, 太陽을 하느님이라 하여,
　　섬겻스니, 옛날의 임금은 대개 이 神道의 어른이니라.

마는 김춘수가 어린 시절 다녔던 유치원 보육교사의 남편이었으며, 해방이 되던 해, 김춘수, 유치환, 윤이상 등은 통영에서 <통영문화협회>를 결성하여 근로자를 위한 야간중학과 유치원을 운영하면서 여러 방면의 예술운동을 전개하였다. 1956년에는 역시 유치환, 김현승, 송욱, 고석규 등이 더불어 동인지 『詩研究』를 펴내기도 하였다. 특히 첫 시집을 출판하던 즈음, 김춘수와 유치환은 거의 매일 만났을 정도로 친밀했었다고 전한다. 이에 관해서는 김춘수의 자전소설인 『꽃과 여우』(민음사, 1997) 및 민음사판 전집(1994)에 실린 연보를 참조 바람.
3) 그 8편의 작품은 다음과 같다. 「神話의 季節」, 「黎明」, 「숲에서」, 「푸서리」, 「東海」, 「밝안祭」, 「막달아·마리아」, 「바람결」.

벌 끝에 횃불 날리며, 원하는 소리 소리 하늘을 태우고, 바람에 불리이는 모밀밭인 양 太白의 산발치에 고소란히 엎드린 하이얀 마음들아,

가지에 닿는 바람 물위를 기는 구름을 발 끝에 거느리고, 萬年 소리없이 솟아오른 太白의 멧부리를 넘어서던 그날은,

하이얀 옷을 입고, 눈보다도 부시게 하늘의 아들이라 서슴ㅎ지 않았나니, 어질고 착한 모양 노루 사슴이 따라,

나물 먹고 물 마시며, 지나 새나 우러르는 겨레의 목숨은 하늘에 있어, 울부짖는 비와 바람 모두모두 모두어 제단에 밥 들이고,

벌 끝에 횃불 날리며 원하는 소리 소리 상달 희맑은 하늘을 태우도다.
　　　　　　　　　　　　　　　　　　　　　　－「밝안祭」 전문

　위의 작품은 우선 『구름과 薔薇』에 수록되어 있는 다른 작품들에 비해 서술성이 두드러질 뿐만 아니라 소재나 어조 면에서도 차이를 보여준다. 김춘수의 초기 시 특히 『구름과 薔薇』에 수록되어 있는 작품들이 호흡이 짧으면서 시적 자아의 호소어린 애상감 전달에 지나치게 주력하고 있고 여성적 화자를 주로 등장시키고 있는 데 반해 「밝안祭」에서는 마치 박두진의 초기작을 읽는 듯한 인상을 줄 만큼 긴 호흡마디와 남성적 강인함이 작품 전체를 통어하고 있다.
　"震쌍"이 우리나라를 일컫는 옛말인 진단(震檀)을 뜻한다고 볼 때, 단군신화를 주요 모티브로 이용하고 있는 위의 작품은 우리 민족의 근원 과거를 지극한 성스러움으로 그려내면서 "그날"에 대한 시인의 간구를 내비치고 있다. "하늘"을 섬기는 "어질고" "착한" "하늘의 아들"로 "하이얀 옷을 입고" 성소인 "太白"에서 "노루 사슴"과 더불어 평화로운 삶을 구가하던 민족의 옛 모습은 신인합일(神人合一)과 심물불이(心物不二)의 극치를 이룬다. 대자연 속에서 만물과 혼융하여 있는 인간은 하늘

을 "우러"러 순종함을 미덕으로 알며, 그들이 밝히는 "횃불"은 그네의 "희맑은" 심성과 하늘의 큰 뜻을 연결시키는 매개이다. 이렇듯 「밝안祭」 는 민족의 근원 과거를 형상화하면서 민족이 비롯된 때, 민족의 기원이 열리던 시절의 성스러움과 경건함을 담아내고 있다. 이러한 근원 과거에 대한 형상화는 일종의 민족의 과거가 시작되었던 바로 그때에의 형상화 라고 볼 수 있는바 이는 "푸르른 하늘 아래 이름 모를 꽃이 피며, 철어 긴 나비 날고, 봄은 오고 봄은 가도 텅 비인 한 나절"(「푸서리」)과 같은, 연대기적이며 세속적인 시간과는 무관한 '근원의 시간', '거룩한 시간'만 이 존재하는 '신화적 시간'[4]이라 할 수 있다.

「밝안제」가 민족의 근원적인 시간, 곧 신화적 시간에 대한 시인의 간구를 담아낸다는 점은 제목에서도 짐작할 수 있듯이 민족 시조(始祖) 에 대한 제의를 형상화하고 있다는 점에서 보다 명백해진다. 보통 고대 문화에서 제의는 태초의 세계가 출현하던 신화적 순간을 재연하고자 하였는바, 이는 그 천지창조의 원초적이며 순수한 시간을 회복하고자 했던 고대인들의 의지 표명에 다름 아니다. "세계가 생성의 상태에 있 던 시간"으로 돌아가려 함으로써 고대인들은 "원초적인 실재의 근원" 바로 그곳에 머무르려 한 것이다.[5] 따라서 최초의 순수한 순간을 재연 하고 있는 제의를 형상화함으로써 시인은 근원의 시간에 대한 열망을

---

4) 엘리아데에 따르면, 종교적 인간이 경험하는 시간에는 두 가지 종류가 있다. 그 하나는 주기적으로 반복되는 모든 종교적 축제나 예배의 시간에 참여함으 로써 과거에 일어난 거룩한 사건을 재현하며 회복시킬 수 있는 '거룩한 시간', '축제의 시간'이며, 다른 하나는 종교적 의미를 배제한 행위가 자리를 차지하 는 '세속적 시간', '일상적 시간'이다. 이 두 시간 사이에는 지속성의 단절이 존 재하는데, 종교적 인간은 제식이라는 수단을 통하여 '일상적 시간'의 지속으로 부터 '거룩한 시간'에로의 이행을 위험 없이 수행할 수 있다. 이와 같이 종교 의식을 통해 주기적으로 재연되는 '거룩한 시간'은 신화적 시간, 즉 역사적으 로 과거 속에서는 발견되지 않는 원초적 시간, 근원의 시간이라 할 수 있는데, 이는 어떤 시간도 신화 속에서 이야기된 실재의 출현보다 선행해서 존재할 수 없다는 사실로 말미암아, 다른 시간에 연속되지 않고 갑자기 출현한다는 의미 때문이다.(이동하 옮김, 『聖과 俗―종교의 본질』, 학민사, 1983, 61~65쪽 참조)
5) 엘리아데, 위의 책, 71쪽 참조.

표출해 내고 있는 것이다.6) 하지만 그 무구한 시간은 단지 흘러가 버린 과거에 불과할 뿐 현재하지 못한다.

> 이리로 오너라. 단둘이 먼 산울림을 들어 보자. 추우면 나무 꺾어 이글대는 가슴에 불을 붙여 주마. 山을 뛰고 山 뛰고 저마다 가슴에 불꽃이 뛰면, 산꿩이고 할미새고 소스라쳐 달아난다.
> 이리와 배암떼는 흙과 바윗틈에 굴을 파고 숨는다. 이리로 오너라. 비가 오면 비 맞고, 바람 불면 바람을 마시고, 천둥이며 번갯불 사납게 흐린 날엔, 밀빛 젖가슴 호탕스리 두드려 보자.
> 아득히 가버린 萬年! 머루 먹고 살았단다. 다래랑 먹고 견뎠단다. …… 짙푸른 바닷내 치밀어 들고, 한 가닥 내다보는 보오얀 하늘……이리로 오너라. 머루 같은 눈알미가 보고 싶기도 한다. 단둘이 먼 산울림을 들어 보자. 추우면 나무 꺾어 이글대는 가슴에 불을 붙여 주마.
>
> ─「숲에서」 전문

 잦은 청유형 어미와 과거형 시제의 사용에서도 알 수 있듯이 「숲에서」의 시적 자아는 지나간 시절에 대한 그리움 혹은 향수에 젖어 있다. 그리고 이러한 시적 자아의 그리움은 다름 아닌 인류의 태초의 순간, 최초의 인간이 누렸던 원시적 순수성에의 삶이 보장되던 시절로 향하여 있다. "이리", "배암떼", "산꿩", "할미새" 등의 시적 소재들이 이를 뒷받침하며 과학 문명이나 기계 문명과는 거리가 먼 "山을 뛰고 山 뛰"는 "머루"와 "달래"를 먹고 사는 원시성의 삶이 전경화되고 있다. 더욱이 1연과 2연에서는 인간의 태초의 낙원에서의 삶이 그려지면서 "머루 같은 눈알미"를 지닌 이들이 드넓은 대자연의 품 안에서 자유롭고 호방하게 뛰어다니며 살던 시절에 대한 향수를 내비치고 있다. 하지

---

6) 김춘수는 초기 이후에도 순수하고 근원적인 시간에 대한 열망을 표출하고 있다. '꽃' 연작에서 자아는 꽃에 다가가고자 하지만 끝내 자신의 소망을 이루지 못한다. 그런데 소망이 좌절되었을 때, 언제나 자아를 울리는 것은 과거 둘의 합일과 조화가 성취되었던 "祝祭의 날"에 대한 "追憶"(「꽃의 素描」)이다.

만 이처럼 가슴에 불꽃이 이는 생동감 넘치는 삶, "비가 오면 비 맞고, 바람 불면 바람을 마시고, 천둥이며 번갯불 사납게 흐린 날엔, 밀빛 젖가슴 호탕스리 두드"리며 살아가는 원시적 순수성의 삶이 지속되던 근원적 시공간은 이미 "아득히 가버린 萬年"에 불과하다.

> 화사한 옷자락을 스스로 울며, 울렁이는 가슴을 스스로 울며, 아득히 萬年은 흘러갔도다.
>
> 푸르른 하늘. 흐르는 구름엔들, 안타까운 울음은 스미었거늘,
> 초록빛 변두리엔 하이얀 물방울이 널리었도다.
>
> 산을 가면 물소리. 들로 가면 물소리. 고요히 숨쉬는 누리 위에도,
> 고소란이 歲月은 스쳐갔구나.
>
> 한아름 돋아나는 풀이파리에, 희맑은 사슴의 눈동자에도, 이슬인 듯 눈물은 맺치었거늘,
>
> 답답한 가슴을 몸부림치며, 밤과 낮, 사모치는 소리로, 萬年을 너 홀로 울음 울었도다.
>
> ─「東海」전문

작품을 지배하는 주요 정서는 안타까움과 설움으로 집약된다. 잦은 쉼표와 마침표로 이어지는 시행은 작품 전체의 정조를 점차 고조시키는 역할을 하는데, 이러한 설움과 안타까움을 이끌어내는 시적 정황은 "萬年"의 시간이 "고소란이" "스쳐" 지나가 버렸다는 판단에서 비롯한다. "하늘"과 "구름", "산"과 "들", 또 '온누리'의 "풀" 한 포기, "사슴" 한 마리에게도 상실감으로 인한 "눈물"이 배어 있으며, 그것을 다시 회복할 수 없다는 절망감은 시적 대상에게 "홀로"의 "울음"을 허락한다. 여기서 흘러가 버린 만년의 세월이란 순수와 조화 속에 합일의 경지를

누리며 살던 '그날' 이후, 근원의 시간을 상실한 이후의 시간 전부를
가리킨다고 할 수 있다. 따라서 지금 이곳은 오직 과거 시절을 향한
그리움만을 환기한다. 안타깝게도 드물게 남은 "사모치는" 과거의 산영
은 이제 돌아갈 수 없노라는 "답답한" 확인만을 더욱 확고히 다져 놓
는다. 인간과 자연이 공존하는 평화 속에서 유지되었던 민족의 삶은
"눈 감을수록 / 귀 막을수록 / 돌돌돌 감돌아"(「바람결」)들지만, 언제 다
시 진정한 "옛소리 들을"(「푸서리」)지 알 수 없는 화석화된 과거일 따
름이다.[7]

　이처럼 '신화의 계절'에 실린 시편들은 민족의 근원적인 과거에 대한
사무치는 그리움과 향수 그리고 안타까움을 보여준다. 그렇다면 왜 시
인은 이러한 민족의 근원적 과거에 대한 그리움과 향수를 시화해 내고
있는 것일까. 이는 김춘수의 이후의 시력과 견주어 보아도 상당히 이례
적이어서 민족의 근원 과거, 신화적 시간에 관한 형상화 작업은 이후
김춘수의 어떠한 시편들에서도 전혀 발견되지 않는다. 이와 더불어 이
같은 시인의 민족의 근원적인 과거 시공간에 관한 관심은 역사적이며
민족적인 견지에서 연원한다기보다는 형이상학적이며 존재론적인 차원
에서 발원하고 있다는 인상이 강하다. 『구름과 薔薇』, 『늪』, 『旗』 등의
작품에 산재되어 있는 시인의 존재론적 회의나 열망이 이를 뒷받침한
다. 따라서 시인의 민족의 근원적 과거에 대한 관심이 왜, 무엇에 기초
하고 있는지 그리고 이것이 김춘수 시세계의 특징이 되는 존재론적 탐
구 양상과 어떠한 관련을 맺고 있는지는 그의 초기 시편들을 면밀하게
탐색하는 작업들 가운데에서 보다 명징하게 드러날 것이다.

---

7) 원시적 순수성에 대한 그리움과 그 상실감에의 안타까움은 「집2」에서도 잘 드
　러난다. 밀림을 잃은 草原을 잃은 / 어쩌노 우리들의 살결은 造花의 生理를 닮아
　간다. // 힘은 어디로 갔노? / 山岳을 움직이던 原始의 그 힘은 어디로 갔노? // 저
　녁에만 피는, 새하얀 꽃잎을 보고 있는 듯 우리들의 살결은 너무 슬프다."란
　표현에서도 알 수 있듯이 원시적 순수성에의 상실이야말로 현재의 불구와 결
　핍의 삶의 원천임을 보여준다.

2. 신화적 시간의 상실과 고독한 자아

'신화의 계절' 시편들에서 두드러지는 것은 민족의 거룩했던 근원의 시
간이 상실되어 있다는 시인의 믿음과 한탄이다. 순수와 합일의 경지가 구
가되었던 민족의 거룩했던 시간, 곧 신화적 시간은 이미 회복될 수 없으며
오로지 세속의 일상의 시간만이 현재를 지배하고 있을 따름이다. 그런데
이러한 근원의 신화적 시간의 상실은 시인으로 하여금 현재의 일상의 시
간을 몰가치하고 부질없는 시간으로 간주하게 이끌면서 이 세속의 일상의
시간 속에 놓여 있는 사물들을 절대적인 고립의 상황 속으로 몰아넣는다.

「東海」에서 유의해야 할 부분은 감정이입이 이루어진, "홀로"라는 시
어의 의미이다. 온 세상 만물이 상실감으로 눈물에 젖어 있음에도, 유독
만년을 "홀로" 울었노라는 강조된 표현은 김춘수의 이후 시작과정을 이
해하는 데 있어 중요한 실마리를 제공한다. 이때 상실감은 오로지 존재자
낱낱의 존재 조건을 규정하는 문제로 국한되어 버리며, "나뿐이다 어디
를 봐도/廣大無邊한 이 天地間에 숨쉬는 것은/나 혼자 뿐이다"(「밤의
詩」)에서와 같이 자아를 고립무원의 '단독자'로 파악하는 의식을 낳고 이
는 다른 무엇과도 견주어질 수 없는 실존에 대한 자각으로 작용한다.

앞서 지적했듯이 김춘수의 초기 시작과정에 주로 등장하는 시적 자
아는 '고독한 자아'인데8), 시적 자아의 고독감은 근원의 시간, 신화적
시간의 상실로 말미암은 인간 존재 여건의 '불안정성'과 전혀 무관하지
않다. 근원의 시간 속에서 구가되었던 '신인합일'과 '심물불이'의 친밀
감 및 안정성의 생활감정은 허물어지고, 이제 세계는 인간에게 낯설고
불안한 존재로 각인된다. 때문에 인간은 세계의 자연적인 거대한 질서
를 신뢰할 수 없으며, 현실이나 역사 속의 이성도 믿을 수 없다.9) 이

---

8) 이와 관련해서는 이 책의 제1부를 참조하시오.

시인의 세계 일반에 대한 인식, 즉 근원 과거의 상실이 초래한 결과들
은 시적 자아로 하여금 "단독적인 심정의 고독"에 침잠하게 한다.[10] 세
계의 모든 사물이 고립과 절망의 슬픔에 젖어 있는 사태에도 불구하고,
궁극적으로 인간은 현실적인 괴로움과 절망적인 고립감에 적극적으로
기투함으로써 자기 실존을 확인해야 하는, '홀로'의 울음을 우는 존재
인 것이다. 다음 작품들에서 이를 쉽게 확인할 수 있다.

> 누가 죽어 가나 보다.
> 차마 다 감을 수 없는 눈
> 반만 뜬 채
> 이 저녁
> 누가 죽어 가는가 보다.
> 살을 저미는 이 세상 외롬 속에서
> 물 같이 흘러간 그 나날 속에서
> 오직 한 사람의 이름을 부르면서
> 애터지게 부르면서 살아온

---

9) 블노브, 위의 책, 69쪽 참조. 존재 여건의 불안정성이 야기하는 역사와 이성에
   대한 불신은 이후 김춘수 시세계의 특성이 되는 역사허무주의와도 긴밀한 상
   관관계를 맺고 있다. 이에 관해서는 이 책의 1부를 참조 바람.
10) 스스로 고독한 감정에 침잠함으로써 인간 실존의 특성을 절대적인 고립으로 파
   악하고 있다는 점에서, 초기 김춘수의 시의식은 어느 정도는 실존철학에 닿아
   있다고 보아도 무방할 것이다. 실존철학에서는, 인간이 가장 밀접하게 결합되
   어 있어야 할 세계의 구성 성분, 인간에게 가장 근원적으로 주어진 세계의 일
   부분으로서의 같은 인간끼리의 세계가 필연적으로 강조된다. 따라서 하이데거
   에 의하면 인간적인 현 존재는 본질적으로 공존재(Mitsein)이다. 선천적으로 공
   동성 속에서 사는 존재자만이 홀로 있을 수 있다. 하지만 이 인간끼리의 세계
   즉 공동사회는 어떤 가치가 충만한 것으로서 단독자를 밑받침하고 촉진하는
   것이 아니라 인간을 그 실존의 본래성으로부터 막아 버리는 어떤 무엇으로서
   인식된다. 그러므로 실존의 본래성에 돌입하기 위해서는, 공동 사회에 대한 모든
   관련들을 본질적인 것이 아니라고 보아 이것으로부터 단연코 벗어나야 한다.(앞
   의 책, 80~83쪽 참조) 김춘수가 자기 실존을 단독자로 파악하는 이유는 이러
   한 의식적 배경을 지니고 있다. 한편 이 능동적인 고립감은 김춘수 시세계 전체
   를 관류하면서 '處容'이라는 내적이며 자족적인 세계 구축의 토대가 된다.

그 누가 죽어 가는가 보다.

풀과 나무 그리고 山과 언덕
온 누리 위에 스며 번진
가을의 저 슬픈 눈을 보아라.

정녕코 오늘 저녁은
비길 수 없이 정한 목숨이 하나
어디로 물같이 흘러가 버리는가 보다.
　　　　　　　　　－「가을 저녁의 詩」 전문

　'온 누리에 번진 가을의 슬픈 눈'은 시인이 포착한 가을 저녁의 한
폭의 음울한 정서를 보여준다. 고락의 계절적 기운은 시인으로 하여금
'물 같이 흘러가는 나날'과도 같이 우주 만물의 목숨 또한 그러하리라
는 상념을 낳는다. 가을 저녁의 고즈넉함이 짙게 배어 있는 위의 작품
은 정서적 긴장감에 젖어 있는, 그리하여 시인들의 초기작에서 발견하
기 쉬운 감정 과잉의 작품으로 읽힐 수도 있다. 하지만 "살을 저미는
이 세상 외롬"과 "차마 다 감을 수 없는 눈"에 이르면 그것이 단순한
감정의 포화상태에서 빚어진 것만은 아니라는 의구심을 품게 된다. 위
에서 표면화되고 있는 것은 흐르는 물과도 같이 무상한 만유에의 허
무감이지만, 오히려 내적으로 강화되고 있는 것은 그 같은 필연의 절
망적 외로움을 감내해야만 하는 절대의 상황이다. 유독 '혼자'의 내적
고립감이 강조되어 있는바 이것이야말로 "풀과 나무 그리고 山과 언
덕"조차 "슬픈 눈"에 젖어들게 하는 근본 원인이 되는 것이다.

　　패랭이 꽃은
　　숨어서
　　포오란 꿈이나 꾸고

돌멩이 같은 것 돌멩이 같은 것
돌멩이 같은 것은
폴 폴
먼지나 날리고

언덕에는 전봇대가 있고
전봇대 위에는
내 靈魂의 까마귀가 한 마리
終日을 울고 있다.
                    -「길바닥」전문

　무미건조한 풍경화를 대하는 듯한 위의 작품에서도 강조되고 있는
것은 사물들의 고립성과 단독성이다. "~이나", "같은 것"과 같은 표현
에서 짐작할 수 있듯이 작고 하잘것없는 것에게 허용된 것은 오로지
작음과 하잘것없음일 따름이라는 식의 시선만이 두드러지면서 시인의
내면의식을 지배하는 영령주의와 허무주의가 혼재를 이루고 있다.
　이와 같이 김춘수의 초기 시편에 나타나고 있는 '고독한 자아'는 과
거 신화적 시간, 근원의 시간 속에서 유지되었던 합일과 순수의 안정된
생활성이 파괴됨에 기인하며 마침내 시인의 존재론적인 회의를 수반하
는 결과를 낳는다. 근원적 거룩함이 소거된 이후 인간의 삶이란「길바
닥」에서 드러나듯이 서로에게 낯선 무관한 존재자로서 남게 되며 신뢰
와 공존의 자연질서를 형성할 수 없게 되는 것이다. 결국 김춘수의 초
기 시세계에서 특화되고 있는 고립감이나 단절감 그리고 외로움과 상
실감의 원인적 바탕이 되고 있는 것은 물질과 정신의 조화, 자연과 인
간의 합일이 성취되었던 신화적 시간, 근원적 시간의 상실인 것이다.
　그러므로「밝안祭」,「숲에서」,「東海」등이 이른바 행복과 정의와 평화
로 충만한 근원의 신화적 시간을 향한 시인의 갈구와 본래적인 인간 실존
추구를 그려내고 있다고 한다면, 청마가 보아버린 시인의 '애달픈' 노력이

란[11] 위의 시편들에 드러난 노력들을 가리키는 바일 것이다. 현실적이며 세속적인 인간의 삶과 정신이 지향해야 할 본원을 어디에서 구해야 하는 가는 당시 그 글을 쓴 이에게도 간단치 않은 문제였던 탓일 것이다.

3. 염세주의와 존재에의 탐구

   김춘수의 초기 시의식의 밑바탕에 근원 과거에 대한 탐구 및 열정 그리고 그것에 대한 상실감과 슬픔이 스며들어 있다는 점에서, 우리는 비로소 『구름과 薔薇』 및 『늪』, 『旗』 등의 시집에 실린 초기 시편들의 감상적 슬픔이나 고독감이 어디에 그 뿌리를 두고 있는가를 확인할 수 있다. 그가 잃어버린 시간을 복원함으로써 고단한 현실의 등불로 삼을 의지를 지니고 있었느냐, 그렇지 못하느냐의 문제는 여기서 그다지 중 요하지 않다. 주목코자 하는 바는 시인이 과거와 견주어 지금 여기에서 유지되고 있는 존재 여건을 어떻게 인식하고 있는가이다.

   그의 초기 시세계를 살펴볼 때 두드러지는 애상성은 단지 초창기 절 제되지 못한 감정의 과도한 분출 결과가 아니라, 인간 삶에 대한 자각 에서 연유하는 것이라고 보아야 한다. 지금 여기의 근원 과거의 상실은 인간 실존을 규정하는 기본 조건이며, 과거의 질서와 조화, 그리고 통 합의 삶의 경지에서 현재의 고립된 처지로 떨어지는 상황은 인간의 실 존적인 체험을 형성한다.

   그러므로 근원 과거의 상실로 인하여 현실의 세속적이며 일상적인

---

11) 김춘수는 『隣人』 이후 여러 차례 시선집을 펴내고 있는데 '신화의 계절'에 실 려 있던 8편의 작품은 어느 시선집에도 다시 수록하는 바가 없으며, 민음사판 전집에서도 이 작품들을 누락시키고 있다.

시간은 무가치하며, 세계는 이상적으로 생각하는 바들과 전혀 일치하지 않는다. 과거와 비교하여 세계는 오직 무가치한 어두운 면만을 드러내므로, 모든 일은 이미 실패와 그 원인이 마련되어 있고 세계는 하찮것 없다. 그래서 이 어두운 세계에서 삶은 살아갈 만한 가치도, 긍정하여야 할 이유도 없다.

이러한 사유방식은 김춘수의 초기 시편에서 부각되는 슬픔에의 경도 및 인간 실존의 자각이 근원 과거 상실의 비애와 그로 말미암아 모든 가치가 의심받는 사태에 직면한 현실에서 발생하는 '허무주의의 선행형식(Vorform)으로서의 염세주의(Pessimismus)'적 태도에 기원을 두고 있음을 잘 보여준다. 시인의 초기 시의식이 드러내는 현실에 대한 숙명적인 절망과 세계의 무가치함에 대한 확인은 모든 사건을 궁극적으로는 "역사주의"적으로 이해하고 판단하는 '쇠퇴(Niedergang)로서의 염세주의'의 성격과 관련이 깊다.[12] 현실의 어둡고 실망스런 모든 것을 바라보는 시인의 시각은 철저히 그것을 주어진 운명으로 받아들이고자 하는 체념과 패배의 측면이 강하기 때문이다. 이는 그가 이후 집요하게 사물의 새로움을 추구해 가는 과정에 근본 동기를 제공한다. 김춘수 초기 시의 애상성을 감상성만으로 파악할 경우, 우리는 이후의 그의 시력을 충분히 해명하기 어렵다. 시인의 사물에 대한 탐구는 현재를 절망과

---

12) '허무주의의 선행형식으로서의 염세주의'는 둘로 나누어지는바, 이 둘의 근본 성격은 서로 구별된다. 먼저 '강함으로서의 염세주의'는 자신을 기만하지 않으며 위험을 직시하고 아무것도 은폐하려 하지 않는다. 위험을 낳는 힘들과 세력들에 냉정하게 돌진하지만 또한 사물들에 대한 지배를 확실하게 하는 조건들도 인식한다. 따라서 이것은 '분석'을 통해서 자신을 전개하며, 이때 분석은 '존재하는 것'에 대한 해명, 즉 존재자가 현재 존재하는 바와 같이 존재하는 근거들을 명시하는 것을 의미한다. '쇠퇴로서의 염세주의'는 무슨 일이 일어나든 곧 그에 상응하는 과거사를 발견하고, '역사주의'에로 도피하는 특성을 지닌다. (하이데거, 위의 책, 130~131쪽 참조) 여기서 '역사주의'는 자신에게 발생하는 사건들의 내용과 결과를 미리 예측하고 과거사를 발견함으로써 현실적인 사건들로부터 도피하려는 의도를 품고 있다는 견지에서 역사주의이다. 따라서 모든 어둡고 불길한 사건들을 이해하며, 역사적으로 수용한다는 의미에서 '쇠퇴로서의 염세주의'는 운명론 혹은 숙명론과 유사하다.

무가치함으로 파악하는 패배의식에서 출발하였으며, 새로운 삶의 질서
를 확립하기 위한 노력으로 보아야 마땅하다.

　　꽃이 없을 적의 꽃병은
　　壁과 窓과
　　窓 밖의 푸른 하늘을 拒否합니다

　　　(精神은
　　　　제 不在 중에 맺어진 어떤 關係도
　　　　용납할 수 없기 때문입니다)

　　그리하여 꽃병은
　　제가 獲得한 그 純粹空間에
　　제 모습의 또렷한 輪廓을 그리려고 합니다

　　　(孤獨한 니－췌가 그랬습니다)

　　그러나
　　빈 꽃병에
　　꽃을 한 송이 꽂아 보십시오

　　孤獨과 孤獨과의 사이
　　深淵의 空氣는
　　얼마나 큰 感動에 떨 것입니까?

　　비로소 꽃병은
　　꽃을 위한 꽃병이 되고
　　꽃은 꽃병을 위한 꽃이 됩니다
　　　　　　　　　　－「最後의 誕生」 부분

   1953년에 출간된 『隣人』에 수록되어 있는 위의 작품은 이른바 '꽃의 시편'에서 본격적으로 추구되었던 존재에의 탐구 양상이 시도되고 있는 작품으로 여겨진다. "꽃"과 "꽃병"의 관계 생성은 새로운 존재의 심연을 탄생시킨다는 점을 보여주고 있다. 즉 '고독한 순수 공간' 속에 존재하던 꽃과 꽃병은 꽃이 꽃병에 꽂히는 순간 새로운 관계성을 획득하게 되고 이로써 개별 존재자로서의 꽃과 꽃병은 새로운 존재 의미를 부여받게 된다. "내가 그들을 위하여 온 것이 아닌 거와 같이 / 그들도 / 나를 위하여 온 것은 아닙니다 // 죽을 적에는 우리는 모두 / 하나 하나로 / 외롭게 죽어가야 하기 때문입니다"(「生成과 關係」)라고 노래되던 사물의 관계는 새로운 국면을 맞게 되고 이 같은 존재성의 획득을 통해 사물은 "제 靈魂이 나는 것"과 "제 肉體가 떨어지는 것" 그리고 마침내 "壁과 窓과 / 窓 밖의 푸른 하늘에 부딪쳐가는 / 제 스스로의 모습"을 경험하게 되는 것이다.

   이처럼 김춘수는 근원의 신화적 시간이 상실됨에 따른 실존의 절대적 결핍상태를 사물들 간의 새로운 관계를 모색함으로써 극복하고자 한다. 세계가 어떠한 적극적인 전망도 허용하지 않음으로 인해 야기된 자아의 절대적 고독은 사물들의 화해로운 소통적 관계질서를 확보함으로써 해소될 수 있다.

   하지만 시인에게 있어 사물들 간의 새로운 관계질서를 확보하고자 하는 노력은 절대 고독의 무상성에서 벗어나 공동의 체험의 장으로 뛰어들고자 하는 태도로 드러나지는 않는다. 세계와의 소통적 관계질서의 확립의 노력 또한 단지 개별화된 사물의 존재의의 획득에만 머물고 있는 것이다. 이후 「딸기」 등의 작품에서 드러나듯이 세계는 구체적인 삶의 공간으로 인식되기보다 자족적인 절대 '순수 공간'으로 남아 있을 따름이다.13) 그리고 이는 궁극적으로 시인 스스로가 자기 인식마저 추

---

13) 이에 관해서는 이 책의 제1부를 참조하시오..

상화시키거나 관념으로부터의 도피를 시도하는 결과를 낳는다.

이상에서 살펴본 바와 같이 김춘수의 초기시에서 주목되는 것은 민족의 거룩했던 근원의 시간의 상실에 관한 시적인 형상화 작업이다. 시인은 인간과 자연, 물질과 정신, 육체와 영혼이 조화를 이루고 합일의 경지가 성취되었던 근원의 시간, 즉 신화적 시간이 이제 회복될 수 없으며 다만 세속의 일상의 시간만이 현재 할 따름이라고 인식한다. 그러므로 이러한 근원의 시간의 상실 이후의 시간은 오로지 부질없고 몰가치한 존재 여건만을 허용할 뿐이며 자아는 절대적인 고립 하의 고독한 존재로서 규정되게 된다. 김춘수의 초기 시가 자아내는 현저한 애상적 분위기나 초기 시의 고독한 자아의 등장 원인은 이에 연유하는 것으로 결국 시적 자아의 고독감은 근원의 시간의 상실이 가져온 인간 존재 여건의 불안정성 깊은 관련을 맺고 있는 것이다.

한편, 이러한 존재 여건의 불안정성과 절대 고독감은 세계의 자연적인 질서에 대한 신뢰감을 무너뜨리면서 시적 자아로 하여금 단독자로서의 실존성을 확인하게 하는 계기를 제공한다. 김춘수가 이후 시작 과정에서 보여준 역사적 시간에 관한 허무나 절대 순수의 내적 시공간을 구축하게 되는 과정은 이와 전혀 무관하지 않을 것인바, 이 같은 시인의 초기 시에 나타나는 존재론적인 회의는 일정정도 허무주의의 선행 형식으로서의 '쇠퇴로서의 염세주의'의 성격을 보여준다. 현실에 대한 숙명적인 절망과 세계의 무가치함의 확인은 세계를 패배와 체념의 관계 속에서 파악하고자 하는 태도를 함축하고 있기 때문이다. 시인은 이후 집요하게 새로운 사물에 대한 존재론적인 탐구를 진행해감으로써 새롭고 화해로운 소통적 관계 질서를 모색해 가지만 이는 궁극적으로 개별적 자아의 존재성을 재확인하는 결과에 머무르고 만다. 기존의 김춘수 연구들에서 드러나듯이 시인의 노력은 공존의 역사의 장으로의 투신을 견인해내기보다는 절대 순수의 공간 안에 침잠함으로써 역사와의 소통을 거부하는 단계로 나아가기 때문이다.

1. 김춘수 시문학의 현대성

현대 문학의 특성을 이야기할 때 우선으로 지적해야 할 것은 바로 '모든 원칙의 부정'과 '영원한 변화'[1]의 조류 한 가운데 그것이 놓여 있다는 점이다. 과거와의 결별을 통하여 현재를 일구어내는 현대의 특성은 문학에 있어서도 유감없이 발휘된다. 특히 현대 문학은 다원화되어 나타나며 이는 다시 선취된 기존의 조건에 어느 것도 우선적으로 종속되지 않는다는 점에서 그러하다. 예술의 내부에 있어서나, 전체와의 관계에 있어서나, 그리고 예술의 존립권에 있어서나 예술에 관계되는 어떠한 것도 더 이상 자명하지 않다는 사실이 이제 자명한 사실로 되어 버렸다는 아도르노의 말을 빌리지 않더라도 이제 문학에 대한 규정은 일상적 어법과 생활세계로부터 유리되고 탈중심화된 지점에서 출

---

1) 파스, 윤호병 옮김, 『낭만주의에서 아방가르드까지의 현대시론』, 현대미학사, 1995, 17쪽.

발한다. 따라서 전대의 문학적 인식 틀이 허용되지 않는 지점에서 '주관적 심정'은 늘 새로운 것을 찬양하며, 과도적이고 잠정적이고 일시적인 것에 대한 평가 절상과 활동성의 예찬을 통해 안정 속에 정지된 순수한 현재에의 동경을 표명한다는 말은2) 바로 지금의 문학의 성격을 해명하는 가장 적절한 논의의 중심에 서 있다.

이런 측면을 염두에 둘 때 김춘수의 시세계는 위에서 언급한 현대적 성격을 극명하게 보여주는 것이라 할 수 있다. 1948년『구름과 薔薇』를 상재하며 문단에 데뷔한 김춘수는 1959년『꽃의 素描』에 이르기까지 우리 시단에서는 보기 드문 존재에 대한 관념적인 탐구를 지속해 간 시인으로 알려져 있다. 이후 그는 1969년『打令調.其他』일부 그리고 「處容三章」, 「處容斷章 第一部」 등에서는 인간의 본질 훼손을 자각하고 이를 회복하고자 하는 노력을 보여주다가 「處容斷章 第二部」에 이르러서는 합리적 인식과 판단 대신에 의미가 배제된 리듬만의 '무의미시'로 귀착한다. 김춘수의 이러한 시적 변화는 크게 '의미의 시'에서 '무의미의 시'로의 경로를 보여준다고 논의되어 왔는데, 이는 현실을 대상화하고 이미지로 재구성해 내면서 대상 세계 혹은 사물 세계의 새로운 의미를 모색해 가는 단계와 이미지의 통일성을 와해시키면서 상식적이며 일상적인 담론의 소통이 가능한 시공간 대신에 적극적 타자인 유년의 파편화된 시공간을 통해 스스로를 탐색해 가는 단계로 설명될 수 있다.

이처럼 김춘수는 그의 시세계 안에서 일관되게 시적 변화들을 계획, 실험해 왔는데 그것은 일종의 자기 시세계에 대한 부정의 연속이었다. 김춘수는 다수의 작품 이외에도 여러 차례의 시론서 출간을 통해 자신의 시작과정에 대해 해명하고 현대시의 본질을 밝히고자 노력하였는바, 김춘수 자신도 언급하고 있듯이 그의 시세계가 노정하고 있는 이 같은 변화과정은 모두 자각적인 훈련과 실험이 낳은 결과였으며3) 끊임없이

---

2) 이진우 편, 『포스트모더니즘의 철학적 이해』, 서광사, 1993, 46쪽.
3) 김춘수. 조정권 대담, 「생리와 방법」, ≪문학사상≫, 1985. 10 참조.

과거를 부정하면서 새로운 것에 탐닉해 가는 현대 정신의 발로라 할 수 있는 것이다.

하지만 김춘수의 시세계에서 발견되는 이러한 특징들은 그의 문학세계를 올곧게 이해하는 데 있어 난점으로 작용하기도 한다. 그의 활동상이 두드러지는 1950, 1960년대는 모더니즘의 한국적 수용을 두고 활발한 논의가 이루어지고 있던 시기이다. 당시 모더니즘 논의는 사조나 기법상의 문제에 국한된 것이라기보다는 문학의 이해방식적 성격을 지니고 있었으며 나아가 문학의 근대적 인식의 실현이라는 측면에서 보편성을 띤 논의였다고 할 수 있다.

하지만 김춘수는 당시 진행되고 있던 무성한 논의에는 일관되게 무관심한 태도를 취한다.[4] 김춘수의 작품세계가 당대 제반 논의들과 특별한 영향관계하에 놓여 있었을 뿐만 아니라 문학의 근대적 인식을 성취해 내고 있었음에도 불구하고 간혹 그의 시세계를 모더니즘의 권역 외에 자리매김 시키려는 이유가 여기에 있다.[5]

또한 김춘수의 시세계는 이제까지 이중의 평가 잣대에 의해 이해되어 왔다. 그의 시세계의 특징으로 간주되는 절대 순수의 세계는 서정시가 추구하는 순수시의 맥락에 닿아 있으면서 기법상 현대시의 특성을 구현해 내고 있다. 그런데 그의 작품세계에 나타나는 사물과 대상을 인식하는 방법 및 이미지화의 추구 등이 가장 현대적인 것임에도 불구하고 외면상 그의 시세계는 시인이 살아왔던 시대의 전쟁, 분단 그리고 근대화라고 하는 특성과는 멀찌감치 떨어져 있는 것처럼 보인다. 즉 분단과 의사 근대의 신화 안에 놓여 있던 1950, 1960년대라는 시공간과

---

4) 물론 이 때문에 김춘수가 당시의 문학적 조류에 전적으로 무관심했다고 보기는 어렵다. 김춘수가 관심을 보이지 않았던 것은 '모더니즘'이 아니라 당시에 이루어지고 있던 활발한 '논쟁'이었다.

5) 이제까지 문학사에서 김춘수는 순수서정시를 대표하는 시인으로 분류되거나 언어적 실험이 강한 모더니즘 시인으로 이해되어 왔다. 이 점에서 그의 시사적 위치는 매우 독특하며 문제적이라고 할 수 있다.

김춘수의 인연은 그리 깊지 않은 것으로 여겨지기도 한다. 김춘수는 누구보다도 역사적 공간을 혐오했고, 그의 문학세계가 이에 침윤되는 것을 허용치 않았다. 따라서 김춘수의 시력에서 전쟁으로 패인 상흔과 혼돈과 격류의 소용돌이 가운데 놓여 있던 1950, 1960년대 상황이란 거의 무의미한 것으로 인식되기도 한다.6) 결국 김춘수는 시문학이 지향해야 할 현대적 특성을 적극적으로 이해하고 수용하고 있었음에도 그것이 담보해 내야 할 성찰적 접근에 있어서는 무력한 시인으로 파악되어 온 것이다.

하지만 어떠한 경우에도 서정시가 지니는 보편성이란 본질적으로 사회적이라는 점은7) 김춘수가 구현해 낸 세계인식의 단면들이 보여주는 인식 주체와 대상 세계와의 거리에서도 발견된다. 김춘수의 시적 편력에서 중요한 화두로 자리 잡고 있는 것은 '나는 왜 이 곳에 이러고 있는가'라는 자신을 향한 실존적 물음이다.8) 그리고 이 스스로에게 던지는 질문은 낯설고 기이하기만 했던 유년시절의 체험들과 만석꾼의 손자로서 감당해야 했던 현실적 소외감, 그리고 식민지 시절의 사춘기적 방황과 불령선인(不逞鮮人)으로 겪은 고초 등을 관통하는 시인의 정신적 결핍과 결부되어 나타난다. 김춘수는 그가 살아왔던 세계가 지배하는 질서에 쉽게 동화되지 못하는 자신을 자책해 왔으며9) 그러한 그의 삶에 대한 태도는 고스란히 시작과정에 반영되어 있다.

시인에게 있어서 대상 세계 혹은 사물 세계는 영원히 합일할 수 없는

---

6) 이는 기존의 김춘수 시 연구에서도 알 수 있는 것으로 논자들은 그의 초기 작품세계에 주목하여 김춘수의 시세계가 우리 시단에서는 보기 드문 존재의 탐구에 기울여져 있다는 점을 중시하였고, 이미지의 해석에 일관해 그의 시세계의 전모를 파악하려 했다는 점에서 확인된다.

7) 아도르노, 김주연 옮김, 『아도르노의 문학이론』, 민음사, 1985, 12쪽.

8) 김춘수의 자전소설인 『처용』(1963)과 『꽃과 여우』(1997)는 바로 이 질문에서 비롯된다. 유년시절의 체험을 담담하게 소회하고 있는 이들 소설은 자신의 인생역정을 되풀이되는 물음 속에서 그 해답을 찾아가는 과정으로 이해하고 있다.

9) 『처용』과 『꽃과 여우』를 참조 바람.

거리의 존재였으며, '處容시편' 등에서 시적 제재로 운용되고 있는 유년의 기억 속 자아 역시 자아가 아닌 자아, 파편화되고 '타자화'된 자아로서 등장한다. 이는 이른바 김춘수가 사물의 존재의 관념적 탐구에서 모든 의미가 무화된 리듬과 형태만의 무의미시로 나아가는 과정에 발표한 『打令調.其他』 일부 그리고 「處容三章」, 「處容斷章 第一部」 등에서 잘 드러난다. 결국 '꽃'에서 '처용'에 이르는 길은 대상 세계의 의미를 새롭게 구축함으로써 기존 대상 세계의 본질적 가치가 허위임을 입증하고자 하는 시인의 부정의 정신과 과거 유년 기억의 편린들을 통해 자기 스스로의 삶의 제반 조건 등을 성찰하고자 하는 시인의 의도가 낳은 결과이다. 그리고 이는 「處容斷章 第二部」가 흔히 지적되고 있는, 무작위적 형태 배열이 보여주는 리듬감의 성취를 보여준다는 것 외에 궁극적으로 김춘수가 초기부터 견지해 왔던 세계에 대한 허무와 존재에 대한 회의가 집대성되고 있은 작품임을 밝히는 데 있어 유효하다.

한편, 이러한 김춘수의 시세계의 특성은 현재 관심이 집중되고 있는 우리 문학의 근대성 논의와도 무관하지 않다는 점이 주목을 요한다. 비단 전대의 전통적 어법을 파기하고 새로운 시법을 지향하는 현대 문학의 요체를 적극적으로 수용하고 있다는 점에서뿐만 아니라 대상 사물과 자기 자신을 인식 비판하는 그의 시적 태도에서 현대 문학의 근본적 성격은 발견된다.[10]

따라서 이 글에서는 김춘수의 중기 작품들을 중심으로 하여, 대상 세계가 응축하고 있는 의미의 가상성을 포착해 내고 유년의 자아를 성찰적으로 탐색해 감으로써 세계의 부정성을 확인하고자 하는 시인의 노력을 통해 김춘수가 우리 현대시문학사에서 보기 드문 부정과 성찰의 시인이었음을 고찰해 보고자 한다.

---

10) 하이데거는 대상인식과 현존하는 자기의식을 사유하는 행위를 근대적 사유의 출발로 이해한다.(강영안, 『주체는 죽었는가』, 문예출판사, 78~82쪽 참조)

2. 자아와 세계 간의 본원적 거리 확인

  김춘수의 초기 시편들은 대상 그 자체만을 탐구하는 데 기울어져 있다. 관습적이며 통상적인 의미가 배제된 오로지 시적 대상 자체만에 향해 있으므로 시인에게 있어 일반적인 의미에서의 인간과 또는 그와 관계 맺는 세계는 거의 무관하다. 현시된 존재 자체에만 칩거하며 일상성을 기술하는 의미의 언어를 관념화한 채 대상 사물의 존재 방식에 대한 탐구에만 치중할 뿐이다. 즉 김춘수는 사물에 대한 일체의 선입관을 배제시켜 기존의 틀에서는 포착될 수 없는 실체를 드러내는 '언어'를 통해서만 대상을 바라보므로 사물의 실재와 보편적인 인간 사회를 차단시키고 있는 것이다.

    내가 그의 이름을 불러 주기 전에는
    그는 다만
    하나의 몸짓에 지나지 않았다.

    내가 그의 이름을 불러 주었을 때,
    그는 나에게로 와서
    꽃이 되었다.

    내가 그의 이름을 불러준 것처럼
    나의 이 빛깔과 香氣에 알맞은
    누가 나의 이름을 불러다오.
    그에게로 가서 나도
    그의 꽃이 되고 싶다.

    우리들은 모두

무엇이 되고 싶다.
너는 나에게 나는 너에게
잊혀지지 않는 하나의 눈짓이 되고 싶다.
                                    -「꽃」 전문

　김춘수의 대표작으로 꼽히는 위의 작품에서는 "꽃"이라는 대상 사물
을 시적 자아 자신과의 관계를 통해 인식하고자 하는 태도가 나타난다.
여기서 이미 "꽃"은 아름다움이나 가냘픔 나아가 여성성을 속성으로
하는 식물적 의미로부터 벗어나 있다. 다만 시적 자아에게 작용하는 대
상 세계를 인식하는 무수한 사물들 중의 하나에 지나지 않는다. 이름을
부르는 행위를 통하여 "꽃"은 기존의 실재적 성질을 상실한 채 시적
자아에게 새로운 사물적 존재로 부각되고 이는 다시 그 대상 사물을
인식하고 있는 시적 자아 자신을 규정하는 단계로 이어진다.
　한데 여기서 주목할 것은 시적 자아와 대상 사물과의 관계가 인식상
의 관념적 거리를 통해 드러나고 있다는 점이다. 즉 대상 사물은 인식
주체와 일정 정도 거리를 둔 채 존재한다. 시적 자아는 꽃을 명명함을
통해 사물의 존재 의미를 자신의 내면으로 받아들이려 하지만 아직 사
적 자아에게 "눈짓"이 되게 하는 대상은 없다. 대상 세계의 사물들은
단지 시적 자아의 바깥에 존재하는 사물 그 자체일 뿐 그를 대상 세계
안으로 흡입해 내지는 못한다. 시적 자아와 대상 세계의 합일은 애틋한
희망에 불과할 뿐이다.

　　그는 웃고 있다. 개인 하늘에 그의 微笑는 잔잔한 물살을 이룬다. 그 물
살의 무늬 위에 나는 나를 가만히 띄워 본다. 그러나 나는 이미 한 마리의
黃나비는 아니다. 물살을 흔들며 바닥으로 바닥으로 나는 가라앉는다.
　　한나절, 나는 그의 언덕에서 울고 있는데, 陶然히 눈을 감고 그는 다만
웃고 있다.
                                    -「꽃 I」 전문

"그"의 웃음은 "물살"을 이루며 "나"에게로 다가온다. "나" 역시 자신을 "띄워" "그"에게로 다가가지만 이내 "물살"이 "흔들"려 "나"는 떨어지고야 말고 "그"는 웃고만 있을 뿐 "나"의 울음을 달래주지는 못한다. 여기서 "띄워본다"는 것을 시적 자아가 대상 사물을 인식하고 주관적 의미를 부여하는 방법의 하나로 본다면 "가라앉는다"는 것은 이러한 시적 자아의 의도가 실패하고 있음을 암시한다. 그 원인은 시적 자아는 "이미" "黃나비"가 아니기 때문이다. 대상 세계는 시적 자아에게 근접할 수 없는 거리를 둔 채 존재하는 사물 세계일 뿐이다. 사물 세계에는 이미 근원적인 불가능성이 내포되어 있기 때문에 시적 자아의 시도는 무화되어 버린다. 이러한 거리감을 극복해 보고자 시적 자아는 소박한 "꿈"을 꾸지만 "침범할 수 없"는 사물 세계의 본원성으로 인하여 "꽃"은 "갈 수 없는 하늘에" 별이 되어 '박힐' 따름이다.(「꽃의 素描」)

이와 같이 시인이 사물을 인식하는 근저에는 시인과 대상 세계가 해소할 수 없는 거리감 속에 존재하며 영원히 융합할 수 없는 관계라는 비관적 인식이 내재되어 있다. 사물은 항상 사물의 세계 안에서만 존재할 뿐이며 어느 한 순간도 시인이 그 세계 안에 함입되는 것을 허용치 않는다. 따라서 사물의 존재에 새로운 의미를 부여한다는 것조차 결국은 시인과 대상 세계와의 원초적 거리감을 확인하는 작업에 불과한 것이다. 이는 나아가 대상 세계의 질서와 인식 주체의 삶의 질서가 서로 다른 것에 기반하고 있음을 암시한다. 두 상이한 질서는 엄연히 분리되어 병존하며 시적 자아의 노력에도 불구하고 사물 세계와 자아의 융화나 화해란 불가능한 것이다.

대상 세계와의 거리감에 대한 자각과 병존하는 두 가지 상이한 질서에 대한 인식은 일정 정도 세계를 부정적으로 바라보는 것에서 출발한다. 한 사물의 정의는 그것이 생래적으로 지니고 있는 성질이기보다는 인간에 의해 부과된 인간 이성이 창출해 낸 관념에 지나지 않는다. 사물에 대한 정의는 그것의 본성을 드러내기보다는 인간의 임의적 사물관을 나타내는 데 기여한다. 따라서 사물들에 관한 인식을 새롭게 정립하고자 하는 시인의 의도에는 기존의 사물이나 대상 세계를 규정해 온 타율성 및 질서에 대한 부정이 내포되어 있다. 게다가 시인 자신이 자각하는 기존 사물과의 거리는 그 사물을 포함하는 세계와의 거리감을 의미하며 이는 존재의 기존의 가치를 허위로 인식하고 있음을 함축한다. 즉 시인은 임의적 타율적 사물관을 거부하고 순수 주관의 표현을 통해 대상 세계를 '차별화'시키고자 하며 이미 노정되어 있는 거리감은 대상 세계란 마땅히 부정되어야 할 허위의 존재이므로 당연한 것이 된다. 결국 사물의 기존 존재 가치를 허위로 인식하는 시인의 태도는 시인과 대상 세계의 관계가 상호 분리된 거리로서 드러나며 이러한 세계에 대한 부정적 인식은 다시 사물 세계를 주관화하고 이를 새롭게 재구성하여 부정성에서 탈피하려는 시인의 노력으로 환원된다.

문제는 이 같은 시인의 노력이 원천적인 인식상의 거리를 재천명하는 작업에 그치고 만다는 점이다. 「꽃」과 「꽃1」에서도 확인할 수 있듯이 시적 자아와 대상 세계는 영원한 합일 불가능성의 관계에 놓여 있다. 인간적 자아의 틈입을 허용하지 않는 것이 사물 세계의 본연성이며 이 둘은 융화될 수 없는 질서 속에 존재하는 것이다.

한편, 자신을 둘러싸고 있는 대상 세계를 새롭게 해석하고자 하는 시인의 태도는 가시적인 현실세계를 지시해 내는 의미의 언어들에 대한 불신 역시 내포하고 있는데 이는 다시 외계의 사물 대상들을 다른 여러 가지 사물과의 결합관계나 의존관계로부터 해방시키고 생성과정에서 이탈시켜 그것을 절대화하려는 노력[11]과도 관계를 맺는다. 또 시적 자아와 사물 세계와의 친화관계가 불가능한 상황 속에서는 필연적으로 시적 자아의 내적 불안이 발생할 수밖에 없는데,[12] 따라서 자신 앞에 펼쳐진 대상 사물의 세계를 신뢰할 수 없음으로 인해 야기되는

---

11) 보링어, 권원순 옮김, 『추상과 감정이입』, 계명대출판부, 1982, 33쪽.
12) 위의 책, 26~28쪽 참조.

시인의 불안은 사물 세계의 본질을 꿰뚫어보려 하기보다는, 곧 외계의 사물에 침잠해서 사물 안에 있는 자신을 맛보기보다는 외계의 개체를 추상화하는 형식적 안위를 택하게 된다. 이때 시인이 재구성한 대상 세계 및 사물 세계는 자신만의 것으로 귀속될 뿐이며 그것이 관계 맺고 있는 인간 사회와는 차단된 것이다. 대상 세계 안에서 시적 자아는 살아가는 행위자로서 이해되지 못하고 관념의 추상적인 세계 안에서 상호 작용은 최소화되거나 혹은 의미와 현실적인 결과는 비워져 버리게 되는 것이다.13) 하지만 궁극의 인간 사회와 차단된, 현실적 결과가 비워진 형식적 안위의 절대화란 공허만을 낳을 뿐이다. 『꽃의 素描』이후 김춘수의 시력이 이를 뒷받침해 준다.

'무의미시'의 전 단계로서 '서술적 이미지'의 실험에 주력하고 있는 『打令調.其他』에 나타난 넋두리들은 의미의 언어를 회복하고 대상과의 거리감을 극복하고자 하는 노력의 표출로서 가치를 지닌다. 일반적으로 타령이란 신명 나는 일이나 체념 섞인 읊조림 등을 내용으로 삼는 경우가 대부분이다. 따라서 타령에는 시적 자아의 긴장감이 이완되어 나타나거나 오히려 그 정반대의 고조 양상을 띠기도 한다. '打令調시편'들 역시 이러한 특성을 잘 보여준다. 즉 관념적 색채가 강한 전대의 시들에서는 시적 자아의 긴장도가 고른 수준에서 유지되고 있었다고 한다면 '打令調시편'의 경우에는 그것이 다양하게 변주됨에 따라 대상 세계에 대한 시인의 태도가 조율되고 있음을 암시받을 수 있다. 「꽃의 素描」가 사물에 대자적으로 접근함으로써 인식 주체와의 관계 속에서 그 실체에 다가가려 하지만 본원적 거리를 해소하지 못했다라고 한다면 『打令調.其他』에서는 주술적, 무의식적, 신화적인 변조방식을 통하여 인간 사회의 본질 훼손 및 부정성을 간취해 내는데 이는 바로 상실과 결핍으로 이루어진 삶의 시공간과 그 원인을 이해하고자 하는 노력

---

13) 아이스테인손, 임옥희 옮김, 『모더니즘문학론』, 현대미학사, 1996, 22쪽.

을 가리키는 것이다. 하지만 이 역시 모든 행위와 관계에 기초되어야
할 '사랑'이 부재함으로 인해 좌절이 예고된 것이다.

> 사랑이여, 너는
> 어둠의 변두리를 돌고 돌다가
> 새벽녘에사
> 그리운 그이의
> 겨우 콧잔등이나 입언저리를 發見하고
> 먼동이 틀 때까지 눈이 밝아 오다가
> 눈이 밝아 오다가, 이른 아침에
> 파이프나 입에 물고
> 어슬렁어슬렁 집을 나간 그이가
> 밤, 子正이 넘도록 돌아오지 않는다면
> 어둠의 변두리를 돌고 돌다가
> 먼동이 틀 때까지 사랑이여, 너는
> 얼마만큼 달아서 病이 되는가.
> ─「打令調 1」 부분

위의 작품에서 "사랑"은 외롭고 쓸쓸한 "病"을 앓고 있는 존재로 표
현된다. 어둠 속을 지쳐 헤매다가 마침내 발견한 "그이"로부터 따스한
반김도 받지 못하는 "사랑"에게는 "겨우" "그이"의 "콧잔등이나 입언저
리"만이 허여될 뿐이다. 그만큼 "사랑"은 처참하고 가여운 존재로 남아
있다. "鐘路 네거리에 가서 / 男女老少의 구둣발에 차이기나 하"는(「打
令調 3」) "사랑"은 "쓸개빠진 사랑(「打令調 5」)일 따름이다.
　본시 사랑은 인간과 대상 세계와의 관계에서 가장 본질적이며 핵심
적인 것이다. 하지만 "사랑"은 버림받아 "어둠의 변두리"를 맴돌거나
발길에 채여 길바닥을 뒹구는 하찮은 존재로 전락해 버리고 말았다. 이
미 인간 삶의 공간 안에는 "사랑"이 살아 숨쉬지 못하며 시적 자아와
대상 세계를 융화시켜 주는 역할을 담당하지도 못한다. 즉 "사랑"을 상

실해버렸기 때문에 시적 자아는 "어떤 사랑스런 꿈"으로도 대상 세계
에 다가갈 수 없고(「꽃의 素描」) 따라서 대상 세계와의 아름다운 화해
는 불가능한 채로 남아 있게 되는 것이다.

결국 시인이 사물의 존재 또는 존재 방식을 인식한다는 것은 시적
자아와 대상 세계 간에 이미 근원적으로 자리 잡고 있는, 영원히 합일
할 수 없는 거리감과 상이한 질서를 확인하는 데 그치고 말 뿐이다.
그리고 이러한 거리감은 인간 삶의 공간이 마땅히 보듬고 있어야 할
"사랑"이 상실되었기 때문에 필연적인 것이다.

3. 유년 기억을 통한 자아 및 근대 세계의 성찰

이제까지 김춘수 시세계 연구에서 가장 많이 주목되었던 것은 이른
바 이미지에 의해 의미가 전도되어 버리는, 의미의 추상화와 의미의 부
정을 보여주는 '무의미시'이다. 김춘수는 그의 시론에서 현대시의 본령
을 이미지의 구현으로 기술하고 있다. 현대 시인들의 작품을 이미지의
기능 면에서 분석 평가하면서 김춘수가 강조하고 있는 것은 바로 현대
시의 실체인 이미지를 '순수'하게 표현해 낼 줄 알아야 한다는 점이다.
김춘수에 따르면, 이미지는 보통 대상을 묘사 표현하기 위한 수단으로
운용되는데 이때 이미지의 기능적 차용은 관념의 수단 및 도구로서 봉
사하는 이미지를 낳게 된다. 따라서 이미지와 대상 간의 거리를 없애고
이미지를 대상 그 자체가 되도록 함으로써 '순수한' 이미지를 구현해
내야 한다는 것이 김춘수가 주장하는 바의 요지이다. 결국 이미지는 대
상을 잃음으로써 대상으로부터 자유로워지게 되고 이미지가 시를 쓰게

된다는 것이 가능해진다는 것이다.14) '무의미시'는 이와 같이 의도적인 이미지시 실험을 거쳐 이미지의 질서 자체를 거부하고 극단적인 절제를 통한 의미의 단절을 시도함으로써 탄생한 작품들이나. 그런데 '무의미시'에서 환기되는 것은 무의미한 이미지들의 조합과 배열이 이루어내는 추상화된 '의미'들이다. 즉 '무의미시'란 의미가 없음을 뜻하기보다는 이미지의 충돌과 재결합을 통해 시적 긴장을 유발하는 새로운 '의미'로 귀착하게 되는 것이다.

자동연상기술법을 보여주고 있는 「處容斷章 第一部」와 극단적 리듬의 울림 형태만이 드러나고 있는 「處容斷章 第二部」15) 등 일련의 '處容시편'들은 이러한 김춘수의 의도가 실험되고 있는 작품들로 여기에 등장하는 돌연한 이미지의 결합은 진술로서의 해석 자체를 거부하게끔 만들며 특히 후자에서는 리듬의 파고만을 감각할 수 있다.

> 六月에 실종한 그대
> 七月에 山茶花가 피고 눈이 내리고,
> 煖爐 위에서
> 酒煎子의 물이 끓고 있다.
> 西村마을의 바람받이 西北쪽 늙은 홰나무,
> 맨발로 달려간 그날로부터 그대는
> 내 발가락의 티눈이다.
> ─「處容三章 3」

위의 작품에서는 시적 관습적 통념이 여지없이 파괴되어 나타난다. "그대"의 상실로 인한 비애는 3, 4행의 엉뚱하고 파격적인 정면의 제시로 파괴되어 버린다. 또 어긋난 계절적 상황과 갑작스런 딱딱하고 우울

---

14) 김춘수, 『전집2』, 문장사, 1986, 369~372쪽 참조.
15) 김춘수의 「處容斷章」은 1960년대에 시작하여 1991년에 이르러서야 완성을 보게 된 장편 연작시이다. 이 글에서는 「處容斷章 第一部」와 「處容斷章 第二部」만을 연구 대상으로 삼았다.

한 이미지의 등장은 작품 안의 통일적 이해를 방해한다. "그대"의 상실
이 전달해 주는 아픔은 무관한 듯한 이미지의 결합에 의해 오히려 새
로운 긴장으로 전이된다. 따라서 위의 작품에서는 작품의 구조 내부에
만 존재하는 예술적 정서를 전달받게 된다.[16)]

> 눈보다도 먼저
> 겨울에 비가 오고 있었다.
> 바다는 가라앉고
> 바다가 있던 자리에
> 軍艦이 한 척 닻을 내리고 있었다.
> 여름에 본 물새는
> 죽어 있었다.
> 물새는 죽은 다음에도 울고 있었다.
> 한결 어른이 된 소리로 울고 있었다.
> 눈보다도 먼저
> 겨울에 비가 오고 있었다.
> 바다는 가라앉고
> 바다가 없는 海岸線을
> 한 사나이가 이리로 오고 있었다.
> 한쪽 손에 죽은 바다를 들고 있었다.
> ─「處容斷章 1의4」 전문

위의 작품에서는 모든 인과관계가 부정되고 있다. 겨울에 내리는 비
와 죽은 다음에 우는 물새, 바다가 없는 해안선과 죽은 바다를 손에
든 사나이는 일종의 하강적 이미지로 통일되어 있지만 일상적인 의미
의 언어로써는 이해가 불가능하다. 단지 무겁고 우울한 이미지들이 상
호 교차하면서 빚어내는 시적 분위기만이 칙칙하게 남을 뿐이다. 이와
같이 연작시의 형태를 띠고 있는 「處容斷章 第一部」에서는 대상과 무

---

16) 김준오, 『김춘수연구』, 학문사, 283쪽.

관한 이미지의 잔영만이 환기된다.

헌데 여기서 주목할 것은 '處容시편'에 지속적으로 등장하고 있는 암울하고 어두운 '바다'의 이미지로 이는 「處容斷章 第一部」의 각각의 작품들이 맺고 있는 유기적 관련성을 효과적으로 암시해 준다. 보통 '바다'는 김춘수의 유년을 상징하는 이미지로 설명되는데[17] 이것은 '處容시편'의 파편화된 이미지들의 결합을 이해하는 중요한 장치이다. 그의 자전적 소설에서도 여러 번 되풀이 진술되고 있듯이 그의 유년 체험은 바다라는 공간과 결부되어 있다. 김춘수의 고향 통영(지금의 충무)은 잘 알려진 항구도시로 식민지 시대부터 외부와의 교역이 활발히 이루어지던 곳이다. 따라서 그는 항구 도시 태생에 걸맞게 외래의 신기한 문물을 일찍이 접할 수 있었다. 외국인 선교사가 운영하던 유치원에서 수학한 것이나, 서양식 바캉스를 즐기는 여인에게 심취한 것이나, 서구의 문물을 실어 나르던 거선들을 쉽게 볼 수 있었다는 고백 등은 모두 그의 남다른 유년시절의 경험을 잘 드러내준다. 즉 그는 어린 시절을 보냈던 통영에서 새로운 근대적 세계 속에 전개된 삶의 질서들을 목도할 수 있었던 것이다. 따라서 '處容시편'에 등장하는 무겁고 어두운 '바다' 이미지는 어린 시인에게 펼쳐진 근대적 세계의 이질감과 두려움을 암울한 정서로 표출해 내는 작용을 한다.

壁이 걸어오고 있었다.
늙은 홰나무가 걸어오고 있었다.
한밤에 눈을 뜨고 보면
濠洲 宣敎師네 집
回廊의 壁에 걸린 靑銅時計가
겨울도 다 갔는데
검고 긴 망토를 입고 걸어오고 있었다.

---

17) 김준오, 위의책, 학문사, 276쪽.

내 곁에는
바다가 잠을 자고 있었다.
잠자는 바다를 보면
바다는 또 제 품에
숭어새끼를 한 마리 재우고 있었다.
　　　「處容斷章 第一部 1의 3」부분

자동 연상 작용을 이용한 초현실주의 기법을 보여주고 있는 위의 작품은 "벽", "늙은 홰나무", "청동시계", "겨울", "검고 긴 망토" 등의 시어가 지니고 있는 어둡고 무거운 하강 이미지들을 "잠", '제 품에 숭어새끼를 재우다' 등의 따뜻하고 가벼운 이미지들과 병치시킴으로써 시상의 전환을 꾀하고 있다. 마치 어린 시절 잠에서 깨어보면 어두움 속에서 모든 사물들이 섬뜩하고 무서운 존재로 살아 움직이는 듯 주위를 엄습해 오던 공포의 기억의 한 단면을 떠올리게 한다. 사방의 무시무시한 공포로부터 탈출하기 위해 이불을 뒤집어 쓴 채 곰곰이 숨을 죽이며 다시 잠을 청해 보려 애쓰지만 쉽지만은 않다. 눈을 감고 다시 잠을 잔다는 것은 오히려 이 불길한 상상에 불을 댕기는 일이다. 하지만 어느새 잠은 "숭어새끼" 같은 나를 품고 고요한 잠의 바다 안으로 미끄러져 간다. 이렇듯 대립되는 두 이미지들은 위의 작품에서 "잠"이라는 모티프를 통해 제시되는데 여기서 이 두 이미지들을 산출해 내는 근원은 시인의 유년 체험이다. 어린 시절 밤에 홀로 잠에서 깨어 느꼈을 법한 무서움과 '잠'을 통해 얻을 수 있는 모성애와도 같은 따스함이 한 편의 작품 안에서 함께 융화되어 있다.

이상에서 알 수 있듯이 일련의 '處容시편'은 시인의 유년 체험을 모태로 한 것이 대부분으로,[18] 김춘수는 유년시절을 '감각의 눈뜸의 시기'

---

18) 김춘수의 자전소설은 완미한 소설적 형식을 갖추고 있다고 보기는 어렵지만 그의 1960년대 이후 시세계를 이해하는 데 중요한 실마리를 제공한다는 점에서 의의가 있다. 특히 『꽃과 여우』에서는 그의 독특한 유년의 감각적 인상들이 이

라[19] 말한 바 있다. 대부분의 작가들에게 과거의 기억과 체험은 창작의 주요한 모티프로 작용한다. 하지만 김춘수에게 있어서 유년을 비롯한 과거의 기억과 체험이 의도적으로 시적 제재화되는 것은 좀 더 다른 의미를 지닌다. 시인이 과거 체험을 적극적으로 차용하면서 이를 병치된 이미지로 드러내고자 하는 것은 자기 스스로를 대상화하여 자신의 정체성 및 실존적 의미를 탐구하고 세계의 부정성을 확인하려는 시도이다. 즉 자기 자신을 객관적 탐색 대상으로 설정함으로써 세계를 인식하는 자아의 의식을 대상화할 뿐만 아니라 나아가 근대 세계의 이질적 부정적 단면들을 제시하고자 하는 측면이 강하게 작동하고 있는 것이다.

> 濠洲 宣教師네 집에는
> 濠洲에서 가지고 온 해와 바람이
> 따로 또 있었다.
> 탱자나무 울 사이로
> 겨울에 죽두화가 피어 있었다.
> 主기님 生日날 밤에는
> 눈이 내리고
> 내 눈썹과 눈썹 사이 보이지 않는 하늘을
> 나비가 날고 있었다.
> 한 마리 두 마리.
> ─「處容斷章 第一部 1의 3」 부분

보통 유년의 체험은 의식 형성에 단초가 된다. 하지만 유년시절에 경험했던 모든 것이 기억 속에 남는 것은 아니다. 자신에게 유의미한 기억일수록 그리고 충격적이거나 강한 인상을 주는 것일수록 기억에 생생하게 자리 잡게 된다. 이러한 기억의 잔영들을 통해 한 개인은 삶

미지로 변주되거나 체험의 일부가 시적 제재로 차용된 경우를 확인할 수 있다.
19) 김춘수, 『꽃과 여우』, 민음사, 1997, 13쪽.

의 가치관을 수립하고 자신의 행위 양식을 결정한다. 김춘수에게 있어서 유년시절은 근대를 경험할 수 있는 기회를 제공해 주는 것이었다. 통영에서 다닌 유치원은 외국인 선교사가 운영하던 곳이었고, 그곳에서의 경험은 어린 시인에게 자신의 일상생활 속에 포함되어 있으되 자신이 '끼어들' 수 없는 이질적인 세계에 대한 호기심과 거부감을 낳는 최초의 경험이 된다.

당시 그가 다니고 있던 유치원 옆에는 외국인 선교사 부부가 어린 자식들과 함께 기거하는 관사 형태의 살림집이 울타리를 사이에 두고 붙어 있었다. 어느 날 어린 김춘수는 울타리 너머로 외국인 선교사의 어린 남매가 소꿉놀이하는 장면을 훔쳐보게 된다. 파란 눈에 흰 피부를 지닌 그들의 모습도 야릇하거니와 소꿉놀이 기구며, 그들이 살고 있는 집이며, 정원의 흙까지도 모든 것이 신기하게만 여겨졌다. 마치 그들을 보고 있는 동안은 왠지 어느 이국땅에 와 있는 듯한 착각마저 들 정도였다. 그곳은 그야말로 "우리와는 다른 딴판의 세상"20)이었다. 조선 아이들이 함께 놀며 배우는 유치원과 불과 몇 걸음을 사이에 두고 상상조차 할 수 없었던 그들만의 세계가 펼쳐지고 있었던 셈이다.

이렇듯 김춘수는 유년의 체험 속에서 자신의 일상적인 삶의 질서가 형성되고 있는 시공간과 공존하는, 그러나 또 다른 방식의 삶의 질서가 지배하는 공간을 발견한다. 그곳은 "濠洲에서 가지고 온 해와 바람"에 의해 유지되고 있는 것만 같은 이질적인 시공간이었다. 울타리를 통해서 상대방의 질서를 엿보았던 경험은 김춘수에게 오랫동안 즐거움과 괴로움을 동시에 안겨준다.21) 그것은 바로 새로운 세계에 대한 동경심과 자신의 세계와 다른 세계에서 감득될 법한 소외감과 거부감으로 뒤엉킨 것이었다. 이는 일련의 '處容시편'들에 나타나는 유년 체험이 파편화된 이미지로서만 작용할 뿐이지 유의미한 경험적 의미로 환원되지

20) 위의 책, 26~27쪽 참조.
21) 위의 책 참조.

않는 가장 중요한 이유가 된다. 즉 새로운 삶의 질서에 규율되는 세계에 호감을 느끼지만 거기에 '끼어들 수 없'으며 궁극적으로는 그로부터 일탈하고자 하는 이중의 욕구는 자신의 체험을 현실세계와 유리된 공허한 세계로 '공간화'하는 결과를 낳게 되는 것이다. 결국 김춘수에게 있어서 유년 체험은 자신과 대상 세계와의 거리감을 인식하게 되는 것이자, 나아가 그의 부정적 세계인식의 토대가 되는 것이다.

> 은종이의 천사는
> 울고 있었다.
> 누가 코밑수염을 달아 주었기 때문이다.
> 제가 우는 눈물의 무게로
> 한쪽 어깨가 조금 기울고 있었다.
> 조금 기운 천사의
> 어깨 너머로
> 얼룩암소가 아이를 낳고 있었다.
> 아이를 낳으면서
> 얼룩암소도 새벽까지 울고 있었다.
> 그 해 겨울은 눈이
> 그 언저리에만 오고 있었다.
> 　　　　－「處容斷章 第一部 1의 10」 전문

위의 작품 역시 어린 시절 경험한 크리스마스에 대한 전반적인 이미지가 작품 전체를 통어하는 형태를 취하고 있는데 이러한 기억이 '눈물'과 '울음'으로 환기되고 있다는 점이 흥미롭다. 여기서 '울음'은 생명의 탄생이 지니는 경이와 존엄함이라 보기 어렵다. 축제의 현장은 엄숙함이나 즐거움으로 어린 시인에게 각인되기보다는 "얼룩암소"처럼 존재 조건이 불분명한 스스로의 위치를 깨닫게 하는 기회를 마련한다. 이는 바로 그의 회의가 어디에 근거하는가를 암시해 주기에 충분하다. 호기심 가득 찬 서양인들의 세계에도 터진 바짓가랑이 밑으로 더러운 때가 엉겨 붙어 있는 친구들의 세계에도 쉽게 편입하지 못하는 유년의 절망이[22] '울음'과 '눈물'로 변주되고 있는 것이다.

따라서 김춘수의 유년 체험들은 '處容시편'에서 철저히 파편화된 이미지의 기능만으로 나타난다. 아무런 관련이 없는 이미지들의 조합을 통해 체험이 지니는 의미는 파기되고 유의미한 세계는 해체되어 버린다. 이것이 발생시키는 효과는 바로 의미의 전복이다. 「꽃의 素描」가 그 거리감으로 인해 대상 세계로부터 더 이상 어떠한 본질적 앎도 획득할 수 없다는 인식을 보여준다고 한다면 일반적인 소통과 전달의 기능이 와해된 채 파편화된 양상으로 드러나는 유년의 시공간은 시적 자아와 또 다른 거리를 지닌 '타자'의 세계로 부정의 대상이 된다.

한편, 여기서 유년 체험의 부정성은 두 가지 의미로 해석될 수 있다. 먼저 단절된 두 공간 속에서 그중 어느 하나에도 편입될 수 없었던 기억이 그것이다. 다른 하나는 근대화의 과정 중 새로운 삶의 질서가 유입됨으로 말미암은 친숙한 공간의 파기이다. 자본주의적 속성에 의해 재편성되는 고향의 '공적인 시공간'의 파괴는 부친의 사업 실패로 인한 '사적인 시공간'의 파괴와 엇물리면서 이전에 지녔던 유년 체험의 의미와 질서마저 잠식시키게 된다. 따라서 우울하고 정체성이 불분명한 유년의 체험은 부정적 기표로 떠돌면서 무겁고 어두운 이미지와 결합하여 소통할 수 없는 과거의 잔상으로 남게 된다. 상식적이며 일상적이고 전통적인 '공적인 시공간'의 파괴로 기존의 의미들은 모두 상실되고 '사적인 시공간'조차 회복할 수 없는 형해들로 부유하게 되는 것이다. 결국 시인의 유년 체험은 질적인 다른 시공간으로 전이되지 못한 채 오로지 순수한 이미지로만 남을 뿐이다.

물론 여기서 그가 언어의 순수성, 즉 이미지의 구현에만 집착하게 되는 이유는 시간과 공간이 재편성됨에 따라, 역사와 과거가 무의미한

---

22) 『꽃과 여우』를 참조 바람.

것이 됨에 따라 오로지 새로운 언어 형태를 통하여 완전히 새로운 문화 형태를 추구하려는 것과도 무관하지는 않다.[23] 하지만 사회적으로 행해지는 모든 경험적 사실이나 현상은 사회적 차원의 시공간이라는 범주가 적용되어야[24] 마땅함에도 불구하고 김춘수는 그의 유년 경험을 사회의 객관적 현상들과 연결시키는 매개들과 분리시켜 버리거나 시공간을 추상적으로 파악하여 역사적 변화나 장소의 특수성으로부터 분리시키는[25] 결과를 가져온다. 김춘수는 일찍이 새로운 삶의 질서와 기존 질서의 충돌이 가져온 혼돈과 두려움으로 각인되어 있던 유년 체험에서 역사적 시간적 의미를 탈각시킴으로써 부정적 기표화된 '의미'만을 남게 한 것이다. 의식을 사유화(思惟化)함으로써 자아와 세계에 대한 탐색을 보여준 시인이 자신의 시의식을 더 깊은 성찰로 진행시키지 못한 채, "일시적이고 순간적이며 혼돈 투성이"에 대항한 "즉석효과"로,[26] 되풀이되는 리듬만으로 의미를 지워가는 「處容斷章 第二部」에 귀착한 것은 이에서 비롯한 한계일 것이다.

4. 부정 정신의 성과와 한계

　김춘수의 시작과정은 자기 변화의 모색으로 이루어진 것이 특색이며, 그의 실험 정신은 우리 현대시사에 질적인 변환을 가져왔다는 점에서 의의를 지닌다. 하지만 김춘수가 한국현대시사에서 차지하고 있는 비중

23)『포스트 모더니틱 조건』, 329～330 쪽 참조,
24) 이진경,『근대적 시공간의 탄생』, 푸른숲, 1997, 59쪽 참조.
25) 송기한,『한국 전후시와 시간의식』, 태학사, 1996, 48쪽 참조.
26) 하비, 구동회·박영민 옮김,『포스트 모더니즘의 조건』, 한울, 1994, 40쪽 참조.

268 현대시의 허무와 시간

에 비할 때 그의 작품세계는 편향된 평가로 일관되어 온 것이 사실이다.

따라서 이 글에서는 김춘수의 시세계를 실존적 회의에서 기인한 자기 존재의 탐구라는 측면에서 출발하여 부정성과 성찰성에 관한 분석을 시도하였다. 이를 위하여 이른바 존재 탐구로 알려진 시편들과 '處容시편'을 분석 대상으로 삼아, 대상 세계의 새로운 의미를 탐색하거나 유년의식을 대상화한 작품들에서 시인의 부정적 세계인식이 노출되고 있음을 확인할 수 있었다. 줄곧 그의 세계를 인식하는 방법의 근저에 자리 잡고 있는 시적 자아와 대상 세계와의 융화할 수 없는 거리감은 바로 존재론적 회의가 빚은 그의 추상적 부정적 세계인식의 단면인 셈이다. 또 그의 자전적 소설 등에 나타나는 자신의 유년의식을 부정적으로 탐색해 가는 과정이나 허무주의적 태도는 그의 실존적 회의가 어디로부터 비롯되는가를 암시해 주는 데 충분하다. 결국 김춘수는 대상 세계와의 단절감을 극복하지 못했고 이를 의도적으로 추상화하거나 무화시키는 것에 그치고 만다. 집요하게 관념의 세계에 탐닉함으로써 또는 의미의 파기 및 전복을 통해 새로운 '의미'를 산출함으로써 세계의 부정성을 폭로하고자 했던 시인의 시도는 매개 연관관계의 상실로 인한 의미의 추상화라는 함정에 빠지고 만 것이다.

그럼에도 불구하고 김춘수의 작업은 자기의식을 사유의 대상을 삼고 있다는 점과 끊임없는 부정 정신으로 시적 변모를 꾀했다는 점에서 의의가 있다. 이 같은 김춘수 시세계의 의의가 보다 분명하게 파악되기 위해서는 의식의 사유화가 완성되고 있는 「處容斷章 第二部」에 대한 분석이 덧붙여져야 할 필요가 있다. 관념을 배제함으로써 이미지의 자유화와 절대화를 보여주는 「處容斷章 第二部」는 근대적 부정성을 탈피하기 위한 시인의 의도가 낳은 산물이기 때문이다. 「處容斷章 第二部」가 물질적 유용성이나 비현실성을 함축하는 놀이의 성격이 다분하다는 점은 이를 암시한다. 이 글에서는 이에 대한 분석에는 이르지 못했다. 다음 기회로 미룬다.

1. 문학의 시간과 공간

고은이 1974년 상재한 그의 네 번째 시집의 표제작인 「文義마을에 가서」는 고은의 초기 시세계[1] 전반을 살펴보는 데 있어 중요한 단서를 제공한다.

　겨울 文義에 가서 보았다.

---

1) 이제까지 고은 시세계의 시기구분은 시인 자신이 언급한 시적 갱신에 대한 다짐을 중시하거나, 혹은 10년 주기를 중심으로 한 문학사 서술방식에 의존하여 이루어져 왔는데 최근 들어 이러한 편의주의적 태도에서 벗어나 시세계의 변모 양상을 보다 면밀히 탐구해야 한다는 논의가 제기되기도 하였다.(박정희, 「고은의 전반기 시세계 연구」, 1996, 연세대 석론 참조) 이 글에서는 시세계 전반을 다루어 시기 구분하는 것을 목적으로 삼지 않기 때문에 기존의 논의를 따르고자 한다. 따라서 이 글에서는 1967년 발표된 세 번째 시집인 『神·言語 最後의 마을』까지를 초기 시로 간주한다.

거기까지 닿은 길이
몇 갈래의 길과
가까스로 만나는 것을.
죽음은 죽음만큼 길이 적막하기를 바란다.
마른 소리로 한 번씩 귀를 닫고
길들은 저마다 추운 쪽으로 벋는구나.
그러나 삶은 길에서 돌아가
잠든 마을에 재를 날리고
문득 팔짱 끼어서
먼 산이 너무 가깝구나.
눈이여 죽음을 덮고 또 무엇을 덮겠느냐.

겨울 文義에 가서 보았다.
죽음이 삶을 껴안은 채
한 죽음을 받는 것을.
끝까지 사절하다가
죽음은 인기척을 듣고
저만큼 가서 뒤를 돌아다 본다.
모든 것은 낮아서
이 세상에 눈이 내리고
아무리 돌을 던져도 죽음에 맞지 않는다.
겨울 文義여 눈이 죽음을 덮고 또 무엇을 덮겠느냐.
　　　　　　　－「文義마을에 가서」 전문2)

초기 시세계에서 고은이 집요하게 탐색하고 있는 시적 주제는 바로
'소멸'과 '죽음'이다. 따라서 『文義마을에 가서』를 발표하기 전 출간한
세 권의 작품집은 다소 신비화된 삶과 죽음의 경계선에서 죽음의 바다

---

2) 고은은 후에 민음사에서 간행한 『高銀 詩全集1』 등에서 그간에 발표했던 작품
들에 대한 개작을 단행하였다. 이 글은 초기에 국한해서 고은의 시세계의 특성
을 살펴보는 데 목적을 두므로 원발표작을 대상으로 한다.

를 동경하며 기꺼이 그 조류에 몸을 던지고자 하는 시인의 태도를 일
관되게 보여준다. 시인의 생애를 염두에 둘 때, 실제로 그 자신 스스로
여러 차례의 자살미수사건에 휘말리기도 하였거니와, 환속한 불자로서
속세생활에의 적응과정에서 느꼈을 법한 내면적 혼돈이나 충돌의 여정
이 그를 쉽게 죽음에의 탐닉으로 이끌었을 것이라는 짐작이 가능하다.

그러면서도 고은의 초기 시에 나타나는 죽음에의 탐닉은 당시 한국
전쟁 이후 널리 수용되었던 실존적 허무주의[3]와는 그 색채를 달리하는
종교적 분위기와 함께 무목적적이며 원인을 알 수 없는 힘에 견인되고
있다는 점에서 묘한 특색을 이루고 있다. 고은의 초기 시가 단순한 독
법으로는 이해되기 어렵다는 까닭 역시 이질적 이미지의 결합이나 부
자연스런 어순구조에 의한 난해성 때문이기보다는 그의 초기 시세계
전반에 걸친, 죽음이 환기하는 시적 분위기에 근거한다 하겠다.

하지만 위의 작품은 앞선 작품세계에서와는 다른 두 가지 면모를 제
시하고 있다는 점에서 흥미롭다. 그 하나는 시인은 마침내 죽음이 제공
하는 궁극적 인상의 면면을 얻게 되었다는 것이며 다른 하나는 죽음이
위치하는 지점에 대한 시인의 성찰적 인식이 발견된다는 점이다. 그리

---

3) 전쟁에 의한 공포와 불안, 생존의 위기감에 근거한 실존적 자각 그리고 전통의
파괴와 기존 가치의 붕괴 속에서 삶과 죽음 및 존재의 문제에 대한 회의와 성
찰을 보여준다는 점에서 한국전쟁 이후 우리 문단에 풍미했던 실존주의는 허무
주의와 깊은 관련을 맺고 있다. 하지만 당시의 실존주의는 전쟁 이후의 역사적
현실을 객관적, 합리적으로 파악 설명해 내지 못했을 뿐 아니라 허무주의 역시
구체적인 우리 현실을 바탕으로 하지 못한 채 환멸과 부정만을 양산했다는 점
에서 일정 정도 서구의 모델을 단편적으로 수용한 것에 지나지 않았다.(한수영,
「1950년대 문학의 재인식」, 『문학과 현실의 변증법』, 새미, 1997, 360~362쪽 참
조) 한편 허무주의란 가치와 의미를 지닌 것은 아무것도 없다고 여기는 정신
상태이며, 궁극적으로는 자연발생적인 개인적 불만의 표현이 아닌 문화의 한
요소이자, 세계 내 질서의 정당성을 파악하려는 '진리에의 명령'으로 보아야 한
다.(고드스 블롬, 천형균 옮김, 『니힐리즘과 문화』, 문학과 지성사, 1988, 11~19
쪽 참조) 따라서 고은의 초기 시 전반에 짙게 배어 있는 허무주의적 요소는 사
회질서 파기와 의미 훼손이라는 외부 현실에 일차적 원인을 두고 있으면서도,
당대 모더니스트들이 주장했던 '세계적 동시성'이라는 의미와는 거리를 지니는
일종의 정체성 모색의 발로라고 여겨진다.

고 이러한 죽음은 고은의 초기 시를 지배하고 있는 특유의 시공간의식
을 이해하는 데 있어 유용하다.

　"겨울 文義"에 가서 비로소 "죽음"과 대면하게 되었다는 위의 작품
에서의 시인의 고백은 그리 새로운 것이라 하기는 어렵다. 이 죽음을
만나기 위해 시인은 "文義"에 갔었고4) 그곳에서 그는 이제까지 찾아
헤매던 죽음의 실체를 보게 되는데, 「文義마을에 가서」에서 유독 관심
을 끄는 것은 이 작품 전반을 통어하고 있는 세 이미지인 "눈"과 "죽
음"과 "길"이 맺고 있는 관계이다. 시인과 "죽음"과의 조우에 결정적
계기를 제공한 것은 바로 "눈"과 "길"이다.

　한적한 겨울날 한 시골 마을에 내리는 눈은 주위의 존재하는 모든
사물들을 덮어버림으로써 "먼 산"마저 문득 "너무 가깝"게 느껴지도록
만든다. "이 세상" 사물들의 특성 및 개성은 눈에 의해 무화되어 버린
채 이질적인 존재로 현현하며 다가오는 것이다. 이렇게 낯선 사위의 모
습들 저편에서 시인은 죽음을 보게 된다. 즉 "눈"은 전혀 새로운 시각
으로 이 세상을 바라보도록 유도함으로써 드디어 감추어져 있던 죽음
의 실체가 드러나는 것이다.

　한편 "文義"는 시인이 죽음을 만나게 되는 시적 공간5)이다. 그리고
시인이 죽음을 접할 수 있도록 안내자의 역할을 한 것은 바로 "길"이
라 할 수 있다. 하지만 시인은 자신을 이끈 길이 "가까스로" "몇 갈래
의 길과" 다시 "만나는 것을" 목도하게 된다. 길은 시인 자신의 목표점

---

4) 실제로 고은이 그러한 목적으로 '文義'를 방문했는지는 확실하지 않지만, 주변
　인들의 장례에 마다하지 않고 '참여'했다는 점에서 '文義'는 그가 지인의 부음
　을 듣고 찾아간 곳이 아닐까 추측된다.
5) 이 글에서 사용하는 '공간'은 협의의 의미로는 작품 내에서의 구체적인 범위나
　장소를 지칭하며, 광의의 의미로는 작가가 사물을 추상적으로 인식하는 방식을
　가리킨다. 특히 후자의 것은 대상 사물을 전체적으로 파악하거나 연속성이 단
　절된 것으로 파악하려는 태도를 의미한다. 이 글에서는 전자의 경우에는 '시적
　공간' 등으로 후자의 경우에는 '공간성', '공간화' 등의 용어로 구분하여 사용
　하겠다.(이 글의 제2절 참조)

에 도달하기 위한 수단만이 아니며, 오히려 죽음은 길의 '과정적 경험'
에 불과할 뿐이다.

　여기서 주목되는 것은 죽음의 표출방식이다. 죽음이란 보통 시간적
의미로 이해된다. 생명체의 탄생 및 성장 그리고 종말이라는 계기적 질
서 끝에 죽음은 놓여 있다. 죽음의 한계를 넘어서고자 인간은 무한한
시간을 상상하며, 현실시간이 관계 맺고 있는 세계로부터 초월하고자
노력한다. 또 인간의 자의적 의식에 따라 시간적 단위가 설정되거나 계
측되므로 죽음이란 시간적 질서의 의미에 포함될 수밖에 없다.6) 「文義
마을에 가서」에서도 죽음은 길의 한 도정에서 만나게 되는 것이라는
점에서 일정 정도 시간적 계기성을 내포한 의미로 사용된 것처럼 여겨
진다. 하지만 위의 작품에 등장하는 '죽음'은 단지 계기적 시간 의미로
만 풀이될 수 있는 것은 아니다.

　"눈"에 의해 온 세상이 덮여버린다는 것은 사물이 지니고 있는 고유
한 특성이 사라져버림과 동시에 기존의 사물들에 의해 구성되었던 시
공간과는 다른 시공간이 전개됨을 뜻한다고 볼 수 있다. 다시 말해서
눈은 일종의 가치의 전복 혹은 가치의 무화를 가져온다. 왜냐하면 기존
의 시각으로 감지할 수 있었던 세계는 눈에 의해 잠시 시선에서 보류
되며 거리감마저 상실됨에 따라 실재하는 현실적 시공간 사이에서는
균열이 발생하기 때문이다. 눈에 의해 주위를 제대로 분간할 수 없는
상황에서는 시간의 흐름도 지각할 수 없어서 시간이 멈추어 버린 것이
아닌가 하는 착각을 일으키기에 충분하다. 실제로 이미 익히 알고 있는
사실들이 봉쇄되거나 소멸해 버린 공간은 그 내부에 가시적이며 지속
적인 활동이 여전히 존재한다고 할지라도 조용하고 생명이 없는 것처

---

　6) 시간을 상징하는 이미지를 대표하는 '물'이 죽음의 의미도 동시에 지니고 있다
　　는 점에서 죽음이 시간적 특성을 갖고 있음을 쉽게 이해할 수 있다.(아지자·올
　　리비에리·스크트릭 공저, 장영수 옮김, 『문학의 상징·주제 사전』, 청하, 1989,
　　147~158쪽 참조)

럼 여겨지며 시간의 지속을 파악하기가 어렵다.

그러므로 눈에 의해 함몰당한 "文義마을"은 현재하는 시공간과는 전혀 다른, 시인에게 가장 비일상적이며 낯선 시공간으로 전개된다. 그곳에서 시인이 "죽음"과 조우하게 되었다는 점을 상기할 필요가 있다. 결국 "죽음"은 모든 사물에서 익숙함이 제거되고 시간마저 지속되지 않는다고 느껴지는 상황 속에서 발견되고 있는 것이다.

이러한 시적 분위기는 역설적으로 시인에게 죽음이 낯설게 느껴지도록 만든다. "죽음"은 "삶"과 더불어 있으되 "인기척을 듣고"는 "저만큼" 달아나 버리며 "아무리" 애를 써도 영원히 도달할 수 없는 거리 속에 존재한다. 시인이 죽음으로부터 얻게 되는 거리감의 원인은 이와 같은 시간적 계기성의 단절과 비일상화된 주변의 정황에 기인한 것이다. 죽음은 시간의 계기적 질서의식 안에서 파악되는 것이 아니라 이미 그것은 "文義마을"이라는 현실적 시공간과 함께 정체되어 있을 뿐이다. 죽음 또한 눈에 덮여버린다는 점 역시 이를 잘 반증해 준다.

따라서 이 작품에서 죽음은 '시간의 한계성으로부터 해방된'[7] '공간화된 이미지'로서 드러나는바 사물을 시간적인 계기성으로부터 일탈시켜 인식하는 방법은 바로 공간적 인식에 다름 아니기 때문이다. 다시 말해서 죽음이란 원초적으로는 세계를 질서화하려는 인간의 시간의식에서 비롯된 것임에도 불구하고, 「文義마을에 가서」의 죽음은 비일상화된 주위의 사물들에 의해 계기적 시간성이 소거된 상황에서 나타나며, 이로써 작품을 구성하고 있는 기본적인 질서는 시간성에서 공간성으로 환치되어 버리는 것이다.

시간의 계기성과 연속성이 인간에게 강제되는 삶의 필연적 조건이며 어느 누구도 이를 거부하거나 이로부터 완전히 자유로울 수 없다는 것을 염두에 둘 때, 고은의 위와 같은 독특한 시공간의식은 시인의 내밀

---

7) 죠셉 프랭크, 「Spatial Form in Modern Literature」(오세영, 『문학연구방법론』, 이우출판사, 1988, 79쪽에서 재인용)

한 세계인식의 단면이 된다. 그리고 이는 단지 위의 작품에만 국한되는 것이 아니라 고은의 초기 시세계 전반에서 발견되는 특성이라 할 수 있다.

2. 현대시의 시공간적 구조 및 특성

근자에 들어 증가하고 있는, 현대 사회를 분석 이해하는 방법의 하나인 시간과 공간에 대한 관심은 현대 문학의 연구에도 폭넓은 시사점을 제공해 준다. 특히 우리 문학의 근대성 논의와 맞물리면서, 문학과 시간의 관계를 재조명해 보고 시간의식의 변화를 통해 근대의 특성을 탐색하고자 하는 노력이 여러 연구자들에 의해 이루어져 왔다.

하지만 공간성에 대한 관심은 상대적으로 시간에 대한 그것에 비해 적은 편이다. 그 이유는 아마도 모든 예술작품에 대한 이해방식에는ㅡ 그림을 감상하는 등의 공간적 이해에도ㅡ반드시 시간적 요소가 개입되기 때문일 것이다.[8] 그렇지만 공간성 역시 보다 근본적인 작가의 사유방식 및 문학적 형식기법을 밝히는 데 도움을 준다는 점에서 간과되기 어렵다.

공간[9]은 시간과 마찬가지로 비워낼 수 없는 체험의 여건들이며 세계

---

8) 프랭크 커머드, 조초희 옮김, 『종말의식과 인간적 시간』, 문학과 지성사, 1993, 66쪽 참조.

9) 공간(space)과 장소(place)는 구분해서 사용할 필요가 있다. 보통 공간과 장소는 일반적으로 살아 있는 세계의 기본 요소이며 공통된 경험들을 나타내는 익숙한 말들이다. 경험상 공간의 의미는 간혹 장소의 의미와 합쳐진다. 하지만 공간은 장소보다 훨씬 추상적이다. 공간은 분화되지 않으며, 우리가 그것을 잘 알게 되고 그것에 가치를 부여할 때 장소가 된다.(이-푸 투안, 정영철 옮김, 『공간

와 연관되어 있지만 시간이 비가역적인 데 비해 공간은 가역적이라는 점에서 차이가 있다.[10] 또 공간은 외적 감각의 형식을 갖는 반면 시간은 내적 감각의 형식이므로 우리는 공간적 구조형식과 시간적 계기의 형식에 의해 외부세계를 지각할 수 있게 된다. 따라서 공간과 시간은 지각의 선천적 범위들이며 세계 표상의 주관적 조건이라는 점에서 인간의 삶에서 필연적이다. 공간과 시간 없이는 인식 자체가 불가능하기 때문이다.[11]

이런 측면에서 볼 때, 현실에서 유추된 구체적인 사물과 대상을 통해 표현되는 문학작품에서의 시간과 공간은 현실사물에 대한 작가의 의식을 가늠할 수 있는 지침이 된다. 문학작품에 표현된 사물과 대상은 작가의 경험적 실재성뿐만 아니라 의식의 지향성을 함축하기 때문이다. 즉 인간이란 외부와의 접촉에 의해, 세계를 감성으로 포착하는 방법에 의해, 그리고 자신을 여러 사물이나 인간들과 연결하는 관계의 모습에 의해 규정되는데[12] 이를 잘 보여주는 것이 문학이다. 대상 세계에 대한 감정과 인식 및 미래에 대한 염원과 동경은 모두 작가의 내면의식에서 이루어진다. 이때 작가의 의식은 전적으로 시간 또는 공간 어느 하나에만 의지하는 것이라고는 볼 수 없다. 작가가 감각하고 인식하는 대상 및 세계의 여건은 시간과 공간에 의해 구성되어 있으며 인식의 방법과 수단 역시 이들을 통하지 않고서는 성립되기 어렵다. 따라서 문학작품 내에서 기능하는 시간과 공간은 철저히 상호 의존적인 관계로 파악되어야 하며, 그 어느 것에도 우선권이 주어지지 않는다는 점에서 시간의식은

과 장소』, 태림문화사, 1995 참조)

10) 앙드레 베르제즈·드니 위스망 공저, 이재형 옮김, 「공간과 시간」, 『철학강의』, 청하, 1987, 76쪽.

11) 칸트는 시공적 범위의 본질적 특성을 '선험적 관념성'이라고 보았다. 왜냐하면 그것은 지각의 주관적 형식에 불과하며 전 인식의 선천적으로 보편적·필연적인 하나의 요건이 되기 때문이다.(위의 책, 91~92쪽 참조)

12) J. P. 리샤르, 『Poésie et Profondeur』, Edition du Seuil, 1955.(김은자, 『현대시의 공간과 구조』, 문학과 비평사, 1988, 21쪽에서 재인용)

공간성이 밝혀질 때에 정당한 의미를 확보할 수 있을 것이다.[13]

또한 문학연구에 있어 공간적 측면에 대한 관심은 문학작품의 유기적 전체성을 해명하는 데 일조한다. 언제나 개별적이고 구체적인 작품들의 세계는 시간성의 개념이 고립되어 전개되지 않고 반드시 공간의 개념에 의하여 변증법적으로 발전한다.[14] 인간의 기억을 생생하게 하는 것은 시간이 아니며, 구체적인 지속을 발견할 수 있는 것은 공간에 의해, 공간 가운데[15]에서라는 점에서 그러하다. 우리가 과거를 회상한다거나 미래를 꿈꾼다고 할 때 이들은 각각 시간의 진행과정에 따라 순차적으로 분류 배열되는데 회상과 몽상은 어떠한 의미에서건 공간의 도움을 받지 않고는 전혀 불가능하다. 시간의 이러한 특성은 기본적으로 작품의 내적 공간을 형성하여 끊임없는 작가적 현실과의 길항관계 속에서 이를 유지시켜 간다.

한편, 현대 문학의 문학적 구현방식에 있어서의 특성을 '공간화의 지향'에서 찾기도 한다. 현대 문학이 소위 '공간적 형식(spatial form)'을 수용한다는 것은 단순한 시각적 재생이라는 뜻보다는 언어에 내재하고 있는 시간적 원리를 부정하고 사물을 시간의 지속성에서가 아니라 한 순간에 총체성을 드러내는 것으로 파악하려는 시도를 말한다.[16] 이는 파운드가, 이미지를 돌연히 일어난 자유에 대한 지각, 시간의 한계성으로부터 돌연히 해방되는 지각 등을 순간적으로 제공하는 지적 복합체

---

13) 시간과 공간의 상호 의존성에 관한 논의는 바흐찐에게서 찾아볼 수 있다. 바흐찐은 문학형식에 있어 구성적 범주로서 크로노토프(시공성)를 "문학 속에 예술적으로 표현된, 시간과 공간이 본질적으로 지니고 있는 관계의 연관성"이라고 정의한다. 즉 시간과 공간은 서로 불가분의 관계를 맺고 있을 뿐만 아니라 둘의 결합형식에 따라 세계관의 차이가 발생하게 되며, 본질적으로 장르를 정의하는 기능을 담당하게 된다는 것이다.(김욱동, 『대화적 상상력』, 문학과 지성사, 1988, 208∼210쪽 참조)

14) 이승훈, 『문학과 시간』, 이우출판사, 1983, 13∼14쪽 참조.

15) 가스통 바슐라르, 곽광수 옮김, 『공간의 시학』, 민음사, 1990, 121쪽 참조.

16) 오세영, 『문학연구방법론』, 이우출판사, 1988, 77쪽.

라고 규정한 점에서 잘 드러난다. 파운드는 이미지의 본질을 시각적 재생이라는 제한성에서 파악한 것이 아니라, 보다 포괄적인 의미에서 공간성의 구축이라는 개념으로 확대시킨 것이다. 그러므로 그에게 있어서 이미지란 한순간에 제시된 사물의 여러 이질적인 관념이나 정서들을 공간적 관계로 통합하는 질서를 뜻하는 것이다. 엘리어트 역시 시인의 상상력 속에서만 가능한, 선후관계의 선적 진전이 아닌 이질적인 체험들의 동시적 통합을 '새로운 전체(new whole)' 혹은 '유기적 통합'이라고 규정한 것에서 시간이 정지된 상태의 공간적 복합성 또는 구조적인 배열에 주목하였다. 일상의 인간은 계기적 시간에 지배받기 때문에 여러 가지 다양한 사건을 한순간에 경험할 수 없지만 시인은 마음속에서 이들을 항상 '새로운 전체'로서 형성하게 된다는 것이다.17)

　따라서 문학작품 연구에 있어 시간성에 대한 이해는 공간성에 대한 분석 및 탐색이 보족적으로 이루어질 때 성취될 수 있다. 또한 대상과 세계를 구성하는 필연적 여건이 시간과 공간이라는 점에서, 세계를 지각하고 파악하려는 작가의 노력은 시간과 공간에 대한 인식으로 환원된다는 점에서 이들에 대한 연구는 지대한 성과를 보여줄 수 있다. 그러므로 개별 공간성에 대한 연구는 문학작품이 지니고 있는 작가의 의식의 지향성 및 정신적인 면모를 밝힐 수 있는 계기를 제공할 것이다.

3. 단절된 시간과 시간의 공간화

　일상생활에서 시간의 진행과정을 쉽게 알 수 있는 방법은 시계를 이

17) 위의 책, 78~79쪽 참조.

용하는 것이다. 시계는 일정한 지속을 체계화시킴으로써 인간에게 시간
을 실체인 것처럼 인식하게 만든다.[18] 이를 과학적인 견지에서 설명한
다면, 시간의 측정은 동일한 속도로 운동한다고 가정되는 동체가 편력
하는 공간, 즉 시곗바늘이 문자판 위에서 편력하는 공간을 측정하는 것
을 의미한다.[19] 이때 시간개념에서 중시되는 것은 '연속성'과 '반복성'
이라 할 수 있으며, 시간을 인식하는 행위 자체는 공간적 속성에 의지
하고 있다는 점을 알 수 있다.[20]

또 일상생활에서의 공간은 매우 흔하게 시간개념으로 이해되기도 한
다. 한 지점에서 다른 지점까지의 이동 거리는 보통 몇 시간 몇 분 등
의 시간 단위에 의해 파악 가능하다. 바꾸어 말하면 공간은 시간에 의
해 측정되며 그 역 또한 비일비재하다. 이와 같이 하나의 시간적 과정
을 하나의 공간적 대상으로 축약시킴으로써 '시간의 공간화'가 이루어
지며,[21] 공간은 시간 단위에 의해 시간은 공간 단위에 의해 인식될 수
있다.

문학작품에 나타나는 시간성을 대표하는 것 역시 '연속성'이라 볼 수
있다. 사건 및 인간 심리의 진행과정을 통해 드러나는 작품의 표면적
시간이 그것이다. 하지만 이러한 시간의 계기적 특성이 와해되는 경우
를 서사 장르나 극 장르에서 쉽게 찾아볼 수 있다. 과거의 회상 등을

---

18) 인간은 시계의 '똑-딱'거리는 반복과 연속을 통해서 시간을 감지하게 된다. 하
   지만 이 '똑-딱'거림 자체는 인간이 시계를 인간화한 것에 지나지 않는다. 즉
   시계로 하여금 인간의 언어를 말하게 하고 그 처음과 끝을 다르게 인식하고자
   하는 인간 의지의 소산인 셈이다. 따라서 인간이 공간적·시간적 대상에서 체
   계적인 형태와 리듬을 획득할 수 있다는 것은 일종의 환각인 것이다.(프랭크
   커머드, 위의 책, 57쪽 참조)
19) 앙드레 베르제즈·드니 위스망, 위의 책, 81쪽.
20) 예를 들어 시계를 통해서 10시 10분을 인식한다고 할 때 이것은 사실 시침과
   분침의 공간적 위치에 대한 인식에 지나지 않기 때문이다. 따라서 시계는 '시
   간의 공간화'가 이루어지는 대표적인 도구라 할 수 있다.(이진경, 「사회적 시간
   의 역사이론을 위하여」, 『근대성의 경계를 찾아서』, 새길, 1997, 61쪽 참조)
21) 이승훈, 위의 책, 190쪽.

통해서 작품의 시간적 흐름을 역전시키는 기법은 소설작품 등에서는
매우 고전적인 방식에 속한다. 그런데 이러한 기법은 일정 정도 작품의
공간적 구조를 강조하는 데 기여한다는 점에서 주목할 만하다.22)

  서정시는 시인이 자신의 순간적인 감정을 표현하는 장르이기 때문에
본질적으로 시간성을 파악하기가 앞의 장르들과 비교할 때 용이하지
않다. 서정시의 가장 두드러진 특징 중의 하나는 현재시제를 이용하는
것이지만, 이는 물리적 시간으로서의 현재가 아니라 가상적 현재, 허구
적 현재이므로, 작품 안에서 표현되고 있는 감정을 시인의 현재의 감정
인 것처럼 가장하는 시적 장치로 이해된다. 또 서정시에는 진리라든가,
이념, 또는 무의식의 세계나 영원, 법열의 순간같이 시간개념을 적용하
기 어렵거나 유한성을 초월한 시간의식이 등장하기도 한다.23) 따라서
서정시의 시간은 '현재'이거나 '무시간성'으로 논의된다.

  하지만 서정시의 '무시간성'은 시간개념만으로는 이해되기 어렵지만
시간개념을 완전히 배제한 상태에서도 파악하기 곤란하다.24) 시간은 변
화와 지속으로 체험되지만, 무시간성을 보여주는 작품에서의 시간은 일
상적인 시간에서부터 일탈한 것이거나, 시간량이 순간적으로 압축된 것
으로 보아야 하기 때문이다. 다시 말해 무시간성의 서정시에서는 시간
의 연속성이 '추방'된 것으로 보아야 하며 그러므로 작품이 제시하고
있는 의미는 시간적 지속성에서가 아니라 시간의 흐름이 단절된 공간
성에서 파악 가능할 수 있다.

---

22) 프루스트의 『잃어버린 시간을 찾아서』는 독특한 시간의식과 기법을 보여주는 작
   품으로 인정되어 왔다. 하지만 이러한 기법은 오히려 작품의 공간적 구조형식을
   드러내는 데 더 용이하게 이해될 수 있다.(조르쥬 뿔레, 조종권 옮김, 『프루스트
   적 공간과 존재의 변증법』, 동인 출판사, 1994 참조)
23) 김준오, 『시론』, 이우출판사, 195~208쪽 참조.
24) 이승훈은 무시간성이란 어떤 원리에 따르는 '질서의 부재'를 의미하며, '무분별
   한 자아'로의 퇴각을 의미하므로 시간과 무시간은 상호 배제적인 관념으로 취급
   되어서는 안 된다고 주장한다.(「문학적 시간의 이론」, 『인문론집』 1집, 한양대,
   1981, 100~102쪽 참조)

　이처럼 시간의 지속적 양상을 제거시키는 방식을 문학연구에서는 철
학적 개념을 빌려 '시간의 구조화' 또는 '시간의 공간화'라고 하는데,[25)]
이 '시간의 공간화'는 시간의식에 있어서 현실시간의 연속성을 거부하려
는 태도에서 비롯되었다는 점에서 주목을 요한다. 혹은 순간적으로 과거
및 현재 그리고 미래를 분열시키거나 통합시킴으로써 일상에 대한 관심
자체를 퇴거시키고자 하는 의도에서 출발한다는 점이 중요하다. 또한 일
상적 생활이나 시간에 대한 관심으로부터 고립되는 행위는 현실생활에서
는 발견될 수 없는 예지나 궁극적 초월로 이어지기도 한다. 이를 통해
삶에 대한 지각을 재발견하려는 작가의 목적하는 바가 성취되는 것이다.

　고은 초기 시에 나타나는 특징 중의 하나는 시적 화자가 외부세계 혹
은 현실세계와 격리된 시공간 속에 위치하고 있다는 점이다. 특히 시적
화자가 앓고 있는 병은 외부와의 단절을 가져오는 근본 요인이 된다.

　　누님이 와서 이마 맡에 앉고
　　외로운 파―스 하이드라지드瓶 속에
　　들어있는
　　情緖를 보고 있다.
　　뜨락의 木蓮이 쪼개어 지고 있다.
　　한 번의 기인 호흡이 창의 하늘로 삭아가버린다.
　　오늘 하루의 이 午後
　　肋骨에서 두근거리는 체온의 되풀이
　　머나먼 곳으로 간다.
　　지금은 틀거울에 담은 祈禱와
　　아래 얼굴,
　　모든 것은 이렇게 두려웁고나.
　　기침은 누님의 姦淫
　　언제나 실크빛 戀愛나

---

25) 이승훈(위의 책, 14쪽)과 오세영(위의 책, 88쪽) 참조.

나의 시달리는 홑이불의 日曜日을
누님이 보고 있다.
누님이 치마끝을 매만지며
化粧얼굴의 땀을 닦아 내린다.
             -「肺結核」

  따스한 봄날 어느 "일요일"에 시적 화자는 외롭게 "홑이불"을 덮은
채 누워 있다. 병마로 고통스러운 삶은 "목련"이 지는 창밖을 보며 한
숨을 내쉰다. "누님"은 이러한 "나"의 외로움에 기꺼이 동참하지만
"나"는 "누님"에 대한 "두려"운 상상에 시달릴 뿐이다.

  결핵은 전염성을 지니고 있기 때문에 치료과정에서 격리가 요구되는
병이다. 「肺結核」에서도 시적 화자는 혼자 외로이 방 안에 소외된 채
죽음에 대한 예감에 시달리고 있다. 죽음이란 본질적으로 개인적인 경
험에 국한될 수밖에 없으므로 시적 화자의 죽음에 대한 고통은 단절감
을 심화시킨다. 이때 누님의 존재는 시적 화자에게 유일한 삶에의 끈이
된다. 누님만이 외부와 유리되어 누워 있는 시적 화자에게 생명을 유지
시켜 주는 역할을 담당하고 있는 것이다.26) 누님이 시적 화자에게 생
명력의 근원으로 작용한다는 것은 시적 화자가 그녀를 성적 욕망의 대
상으로 삼고 있다는 점에서도 확인된다.

  기존의 논자들은 위의 작품을 누님과 시적 화자의 근친상간이라는
문제에 집중하여 평해왔다.27) 특히 고은 초기 시세계 전반에 나타나는
성적 욕망이 가장 잘 표출된 작품으로 「肺結核」을 거론하기도 한다.

---

26) 고은은 여러 편의 '누이시편'을 발표하였는바 「肺結核」과 주제 및 내용 면에서
   유사한, 「奢侈」와 견주어 봄으로써 이해될 수 있다. 「奢侈」에서의 '누님'은 시
   적 화자를 간호하다가 병을 얻어 시적 화자 대신 피를 토하며 죽고 만다. 즉
   '누님'은 죽음을 대신함으로써 시적 화자에게 생명을 주는 존재인 것이다.

27) 대표적인 논문으로 김현의 「시인의 상상적 세계」(『상상력과 인간』, 일지사 1973)
   와 최원식의 「고은, 서정시 30년의 역정」(『고은 문학의 세계』, 창작과 비평사,
   1993) 등이 있다.

하지만 위의 작품에서 두드러지는 것은 죽음에의 예감을 누님과의 근
친상간적 환상과 연결시키고 있는 시적 화자의 태도이며 그것이 내포
하는 함축적 의미이다.

　죽음과 성적 욕망은 모두 존재를 이어주는 연속성의 의미를 내포하고
있다.28) 죽음과 성적 욕망 모두 궁극적으로는 새로운 생명을 지향한다
는 점에서 그러하다. 죽음의 병을 앓고 있는 환자는 생명 연장에 대한
욕구가 어느 누구보다 강인할 수밖에 없다. 위의 작품에서 시적 자아는
기력이 쇠진한 채 방 안에 누워 죽음의 운명을 기다려야 하는 존재이다.
이때 성적 욕망을 갖는다는 것은 자신의 꺼져 가는 생명을 연속시키고
자 하는 욕망의 표출에 다름 아니다. 따라서 외부세계로부터 유폐되어
있는 시적 화자에게 있어서 누님은 다름 아닌 삶에의 욕망을 표출시킬
수 있는 매개체가 되는 셈이다. 그리고 이러한 삶에의 욕망은 외부와의
단절감으로 인해서, 죽어가고 있다는 절망감으로 인해서 더욱 은밀한 두
려움으로 시적 화자에게 다가온다. 결국 시적 화자가 감득하게 되는 '두
려움'의 실체는 '격리'와 '죽음'에 의해 가중되고 있는 것이다.

　「肺結核」에서 죽음은 외부와 단절되어 있는 시적 화자를 엄습해 오
고 시적 화자는 이를 누님과의 성적인 상상을 통해 탈출해 보고자 하
지만 궁극적으로 불가능하다. 성적 욕망이 실현될 수 없다는 점은 시적
자아가 죽음의 마력을 피할 수 없음을 반증해 준다. 게다가 위의 작품
은 시적 화자가 꿈꾸는 삶에의 소망이 외부 현실과의 유일한 소통 수
단인 누님과의 은밀한 근친상간적 환상으로 표출되고 있으며 그것이
작가의 독특한 공간의식을 통해 드러난다는 점을 주목할 수 있다.

　「肺結核」에서 죽음의 분위기를 조성하고 있는 것은 시적 화자가 위

---

28) 죠르쥬 바타이유는 생식과 죽음이 새로운 개체를 발생시키고 존재를 연속되게
　　하므로 친화적 관계로 이해될 수 있다고 설명한다. 또한 그가 존재와 생식 혹
　　은 성을 동일선상에서 인식하는 방식에는 금기와 위반 충동 등이 있다.(『에로
　　티즘』, 민음사, 1989 참조)

치해 있는 단절된 시공간이다. 시적 화자에게 생에의 갈망을 야기하는
것은 질병으로 인한 격리와 외부와의 소통 불가능성이며, 이 격리와 소
통 불가능성은 역설적으로 시적 화자를 죽음의 극단으로 내모는 주요인
이라 할 수 있는 것이다. 즉 위의 작품에서 시적 자아를 엄습해 오는
죽음의 공포는 단절과 유폐의 공간에 의해 심화되며 시적 자아가 시도
하는 생명 연속에의 욕망 또한 분리의 공간에 의해 가능해지는 것이다.
　이와 같이 현실세계와 단절되어 있는 상황에서 비롯되는 시적 화자
의 고립감은 나아가 시간의 지속성을 감각하지 못하거나 현실시간을
낯설게 인식하여 비일상화하기도 한다.

　　이것이 내가 앉아 있음인가.
　　바깥 나라에는 눈이 오는가.
　　문풍지를 재우고
　　한 마음 재우고

　　金剛般若波羅密經을 재운다.
　　　　　　　　　　－「겨울 端坐」전문

　'나'는 혼자 불경을 외우며 겨울방에 앉아 있다. '문풍지' 밖에는
'눈'이 내리고 마음은 한없이 고요해진다. 하지만 '-인가' '-는가'라
는 어미의 사용에서 짐작되듯이 시적 화자는 자신이 방 안에 앉아 있
는 정황과 바깥에 눈이 내린다는 사실에 관해 거의 감각하지 못한다는
인상을 준다. '재우다'라는 시어의 의미에서 그 이유를 얻을 수 있다.
'재우다'란 누군가를 잠들게 하다라는 뜻을 가진 동사이다. 위의 작품
에서 시적 화자가 잠들게 하려는 대상은 '문풍지'와 불경만이 아니라
'나' 자신까지 포함되어 있다. 따라서 극단적으로, 현실적 외계와 정신
적 지향세계는 물론 잠재우겠다는 자신의 의식마저도 시적 화자는 '재
우'고자 한다.

원래 잔다는 것은 외부적 현실을 잠시 소외시킨 채 자신만의 내면공간 속에 침잠하는 것이다. 잠을 자면서 꾸게 되는 꿈이 무의식의 발로라는 점을 상기할 때 이는 쉽게 이해된다. 따라서 일단 잠에 빠져들면 현실적 시간의 흐름을 감지하기 어렵게 되며, 잠이란 현실적·일상적 시간과 견주었을 때 낯선 시간경험이자 현실시간의 연속성이 존재하지 않는 공간이다. 자신의 의식을 지배하는 현실시간은 잠에 빠져듦으로 인해서 단절되고 감각할 수 없는 대상이 되며 오히려 일상생활에서 지각하지 못했던 상이한 시간이 전개되는 것이다. 결국 잠이란 현실에서의 자아의 부재를 허용함으로써 인간을 일상의 시간의 바깥으로 안내한다. 잠을 통해서 인간은 현실의 모든 사물들로부터 잠시 은둔할 수 있을 뿐만 아니라, 현실적인 고통이나 염려 그리고 나아가 자기 자신마저도 비워버릴 수 있다. 그러므로 잠을 자고자 하는 바는 자신의 의식에 내리는 일종의 권유, 외부를 인식 판단하는 모든 것으로부터의 퇴거의 권유인 셈이다.[29]

잠이 현실생활로부터의 잠정적 유예를 가져온다는 점은 시적 화자의 태도가 현실시간을 지속적이거나 계기적으로 파악하려 하기보다는 이를 단절적으로 인식하고자 함을 설명해 준다. 잠을 청함으로써 현실시간은 시적 화자의 의식 안에서 정지되며, 비현실적이고 비일상적인 시간만이 시적 화자의 내면을 차지하게 되는 것이다. 따라서 작품 내의 시간은 공간적으로 구조화되어 나타나며, 이는 현실시간의 연속성을 부정하고자 하는 시인의 현실 대응방식에서 기인하는 것이라 할 수 있다.

그렇다면 시인이 현실로부터 자신을 적극적으로 은둔시키고자 하는

---

29) 하지만 이러한 '권유'는 본질적으로 현실로부터의 도피를 의미하지는 않는다. 잠은 중심과의 내밀성이며, 인간은 잠을 통해 분산되는 것이 아니기 때문이다. 인간은 인간이 있는 '이곳'에 온통 집약되며 이 지점이 바로 인간의 궁극적 자리인 것이다. 즉 인간은 자신이 잠자는 곳에 자신의 위치를 고정시키며, 세계를 고정시키는 것이다.(모리스 블랑쇼, 박혜영 옮김, 「잠과 밤」, 『문학의 공간』, 책세상, 1990, 365~368쪽 참조)

이유는 무엇일까. 인식과 판단 자체를 모두 '퇴거'시키고자 하는 소망
은 아마도 현실을 낯설게 함으로써 현실 속의 자신의 욕구나 욕망 등
을 모두 잠재워 버리고자 함일 것이다. 그렇다면 결국 현실과 거리를
둠으로써, 일상이나 속세의 모든 연으로부터 초탈하고자 하는 욕망마저
도 부질없으며, 초월적 세계마저 여기에 의지해서는 도달할 수 없다는
것을 보여주고 있는 것은 아닌가. 고은이 승려생활을 청산하고 다시 현
실세계로 돌아오게 되는 사정을 위의 작품에서 엿볼 수 있다.

세월은 가는 것인가 가는 것인가.
내 혼자서 누워 있구나.

한 모금 담배 연기도 부끄럽게 지우는
이 晴曇의 病……

오늘 같은 날을 그냥 나는 누워 있을지라도
저 果實은 여물다 떨어지겠다.
그렇지만 여남은 나무 잎새가
내 마른 살을 쓸 듯
빈 가지에 남고,
만약 내가 어린애라면,
그대 젖 고동소리
얼마나 그리워하다 잠들었을까.

가을 수수밭 머리엔
아내를 내보냈다.
지금 아내의 마음
얼마나 차가울까.

아내를 내 곁에 태우고 떠나고 싶은데

지난날의 馬車 오는 길을 찾지 못한다.
내 귀 언저리에 사는 所願을 털지 않는다.

오직 어서 돌아와 주었으면, 돌아와 주었으면,
어디다 北部英國語같이 말해 보아도……

나 혼자 사는 마음으로
그대 아내와 산다

세월은 가는 것인가, 가는 것인가
내 혼자서 누워 있구나.
　　　　　　　　　－「가을 病吟抄」 전문

　시적 화자는 '병'을 앓으며 '혼자' 방 안에 누워 있다. 무기력하게
누워 있는 시적 화자와 대비되는 것은 바깥에 서 있는 '나무'의 익어가
는 '果實'이다. 시적 화자는 이렇듯 '나무'가 계절적 순환법칙에 의해
변해가는 것을 바라보며 자신이 '어린애'였으면 좋겠다고 상상한다. 그
러면서 쉽게 '잠들'지 못하는 스스로를 탄식한다.
　위의 작품에서 시적 화자가 위치하는 공간 역시 시간의 흐름이 단절
된 곳이라 볼 수 있다. 시간의 법칙에 순응하는 '나무'와는 달리 그는
'세월'의 변화를 무감각하게 느끼고 있을 뿐이다. 즉 시적 화자는 외부
현실의 시간적 흐름에 위배되는 자신만의 정지의 순간 속에서 하루하
루를 보내고 있는 것이다. 시적 화자가 이와 같은 상황에 놓이게 된
이유는 자신의 '晴曇의 病' 때문이기도 하지만 보다 근본적인 이유는
외부세계와의 교통의 수단인 '아내'와 함께 할 수 없는 탓에 있다. '아
내'는 자신을 남겨두고 '가을 수수밭'에 나간 채 아직 돌아오지 못한다.
왜냐하면 '아내'와 더불어 '떠'날 '지난날의 馬車'가 없기 때문이다. 따
라서 방 바깥의 '아내'와 방 안에 머물러 있는 '나'는 '北部英國語'처

럼 서로 소통하지 못하고 그러므로 시적 화자의 '병'은 더욱 깊어갈 수밖에 없다.

여기서 '나'가 위치하는 시공간과 '아내'가 위치하는 시공간이 서로 상이할 뿐만 아니라 공유되지 못한다는 점은 시적 화자가 경험하는 시간이 일상적 시간과는 다른 것임을 암시하는 데 충분하다. '아내'는 '果實'이 익어가는 가을날의 수수밭에 나가 수확에 힘쓰지만 시적 화자는 계절의 변화나 자연의 순리에 동화되지 못한 채 단지 방 안에 홀로 누워 있을 뿐이다. 아내가 일상적 현실적 시공간을 살아가고 있다고 한다면 시적 화자는 그 역이 되는 셈이다. 시적 자아의 행위에서는 '세월'의 변이조차 낯설게 느껴질 만큼 철저히 외부와 격리된 내면적 시간의식만에 침잠하여 존재하고 있다는 인상을 받을 수 있다. '어린애' 란 현실적 시간의 격류를 절실하게 감각해 내기 어렵기 때문이다. 그러므로 시적 화자는 방 안에서 바깥을 바라보며 '세월'의 흐름을 의식하고자 노력하지만 그에게 허용되는 시간은 방 안이라는 시적 공간 속에서 구조화되어 버린 시간에 불과하다.

이상에서 살펴본 바와 같이 외부의 현실시간과 단절된 시간은 공간화되어 나타나며, 이는 현실로부터 유리된 시적 화자의 의식을 잘 보여준다. 현실세계와 소통할 수 있는 수단이 상실되었기 때문에 시적 화자의 단절감은 심화될 수밖에 없다. 일상적 시간의 지속을 단절적으로 인식하거나 또는 현실적 시간의 흐름을 자신과 무관한 것으로 파악하는 시적 화자의 태도에는 일정 정도 일상적 시간이 지배하는 현실에 대한 부정적 인식이 내포되어 있다. 현실시간은 단조로운 삶을 강요하며, 화합의 작은 통로를 방해하고, 궁극적으로는 초월에 이를 수도 없다. 현실시간 속에서 시적 화자는 자신의 소망하는 바를 실현할 수 없는 것이다. 따라서 위의 작품들에 등장하는 시적 화자는 현실시간을 유예시켜 일상을 비현실화함으로써 이를 부정하려는 측면을 보여준다.

4. 연속성의 부정과 죽음의 공간화

고은의 초기 시가 소멸과 죽음을 시적 주제로 삼는다는 점은 앞서 밝힌 바 있다. '창조보다 소멸에 기여한다'는 시인 자신의 부언이나[30] '소멸에의 편애와 죽음에의 수락'[31]이라는 평가에서도 알 수 있듯이 시인의 의지는 소멸해 가는 존재들과 죽음을 탐닉 욕망하는 데 기울어 있다.

　그러면 떠나겠어요.
　새하얀 모래 한두줌 쥐어보며
　이 섬나라를 떠나가겠어요.
　봄이 오시는 민물가에
　아지랑이의 하늘이 내려오고,
　이제 헤어질 것이라고는 하나도 없이
　외로움을 털고 일어나는 봄의 마음으로야
　내 눈 눈물바람을 개어 주실가요.
　그러면 떠나가야겠어요.
　아주 작은 노를 저으며
　물 가림자 이루어 타 보내며
　구슬피 지는 노래도 될테지요.
　끝없었듯이 눈감고 떠나가겠어요.
　어느 갈매기 울음만큼이나 스치어 오며
　마침내 섬나라도 사라지지 않다가 사라져 가고.
　이제 눈감음은 눈 뜨는 바다와 같이,
　아 바다의 안에 와서는 노마저 놓아 헤어지고.
　내 감은 눈 영영 뜨지 않은 대로야

---

30) 고은, 『해변의 운문집』, 신구문화사, 1966.
31) 김윤식·김현, 『한국문학사』, 민음사, 1973, 276쪽.

그 눈으로 봄을 숨지게 하겠어요.
이 조각배는 잠을 싣고 어느 바다나 되겠지요.
                                    —「새 봄의 航行」 전문

　고은의 초기 시세계에 나타나는 죽음의식을 잘 보여준다. 시적 화자
는 '아지랑이' 피어오르는 봄날, '이제 섬나라'를 떠나겠다고 말한다.
'새하얀 모래 한두줌'을 흩뿌려보며 '이제 헤어질 것이라고는 하나도
없'기 때문에 이곳에 남은 미련이란 없다. 자신의 여정에 동참하는 것
은 오로지 자신의 '눈물'을 '개어주'는 '봄의 마음'과 '갈매기의 울음'
소리뿐이다. 시적 화자가 떠나고자 하는 이유는 위의 작품에서는 잘 드
러나지 않는다. 다만 죽음이 예고된 지극히 암담한 '바다'가 그의 최종
목적지일 뿐이다. 따라서 죽음을 향한 시적 화자의 태도는 맹목적이기
까지 하다.
　한편, 위의 작품은 어둡고 음울하기보다는 오히려 밝고 낭랑하다는
느낌마저 주는데 그 이유는 시적 화자가 지향하는 죽음이 종착지인
'바다'와 동일시되기 때문이다. '눈 뜨는 바다'는 떠나가고자 하는 목적
지이며 자신은 그것의 일부가 됨으로 죽음 자체는 미화되어 버린다. 곧
시적 화자는 죽음을 선택하였으되 '바다'가 자신을 품어 안음으로써 더
큰 생명의 공간으로 함입되어 간다는 것을 함축하여 죽음의 비극성을
씻어버리고 있는 것이다.
　이러한 '바다'는 고은의 초기 시세계에서 시인이 지향하는 죽음의 세
계를 잘 드러내 주는 시적 공간이자 이미지인데 다음 작품에서는 '강'
으로 변용되고 있다.

　오래, 새벽을 거닐어 간다.
　안개 속에 나오는
　다리 위를.

잠든 漢江이 안개에서 흐르기 시작하여
안개처럼 汝矣島로 사라져 간다.
안개에는 많은 그림자가 들어있나니
내가 돌 하나로 던진다.

한 점의 물소리가 나면
이어서 모여드는 고요,
還都후
누이가 이곳에서 빠진 소리였다.
세월에 씻기어 적어진 그 소리로야

더 흐르면
안남을 그 소리로야
비로소 이 곳이었나 보다
조름을 깨우는 누이의 울음이듯이,
새벽은 말하지 않는다.

드디어 와,
누이는 와서 내 앞에 비 맞은 빛같이야
빛나게 그치어 있다.

옛 시절의 약속에 못견디우듯
우는 입술,

그러나 새벽이어
더 뚜렷이도 닥아드는
내 누이의 낯선 모습을 아느냐.
　　　　－「橋上祈禱」 부분

시적 화자는 '還都후' '누이'가 투신자살한 '한강'다리를 찾아간다.

멀리 어슴푸레하게 보이는 '여의도'는 새벽녘의 '한강'에 쓸쓸함과 황량함을 더해 주며 '새벽 안개'가 자욱한 강물은 죽은 '누이'를 비춰주지만 그녀의 모습은 낯설기만 하다.

'한강'은 본질적으로 시적 화자에게 극도의 긴장감을 유발시키는 현실적 공간이다. 죽은 '누이'를 추모하기 위하여 찾아간 '한강'에서 시적 자아는 마치 과거 투신하던 당시의 '누이'가 경험하였을 삶과 죽음에의 전율감을 느낀다. 그리고 이곳에서 시적 화자는 자신에게도 예비된 죽음을 담담히 받아들인다. 이러한 측면에서 본다면 '한강'은 과거와 현재를 공유하는 단일한 현실적 공간이라고 볼 수 있다.

하지만 엄밀히 말해 시간적 격차는 공간상의 변이를 수반할 수밖에 없다. 과거의 '한강'은 '누이'의 죽음을 지켜보고 그녀의 죽음 자체를 포용한 공간이었지만 이제는 시적 화자가 살아 숨쉬는 삶의 공간이다. '누이'의 죽음 이후의 시간은 시적 화자의 삶의 시간으로 이어지는 것이다. 또 '한강'은 모든 것이 잠들어 있는데도 죽음을 맞이하기 위하여 유일하게 깨어 있는 공간이기도 하다.[32]

이러한 시공간은 시적 화자의 행위에 의해 질적으로 전이된다. '강물'에 '돌'을 던짐으로써 현재하는 시공간의 질서가 파괴되는 것이다. 즉 시적 화자가 '강물'에 '돌'을 던져 새벽의 정적을 깨뜨리고 '강물'에 파문을 일으키는 행위와 '누이'가 죽음을 위해 몸을 던진 행위는 현실의 시점에서 동일시된다. '누이'의 익사 순간 파문을 이루며 흩어지던 물결과 연이은 강물의 침묵은 시적 화자가 던진 '돌'이 연출하는 장면에 의해 재현되는 것이다. 이로써 과거의 '누이'가 경험했던 시공간과 현재 시적 화자가 경험하는 시공간은 연속적 질서를 파괴하고 한순간에 겹쳐지게 된다. 여기서 시적 화자는 현실적 시간의 부재를 일시적으로 체험한다.

---

32) 이후의 개작과정을 참조 바람.

　앞서 설명했듯이 죽음도 역시 인간 의식에서 비롯된 시간개념으로 이해된다고 할 때 그리고 시간은 본질상 연속적 계기적으로 진행된다고 할 때, 위의 작품에서 살펴본 바와 같이 '누이'의 죽음의 시간이 현재화되고 현재 '나'의 삶의 시간이 과거 '누이'의 죽음의 시간으로 환치되는 것은 시간의 전도를 의미하며 죽음의 시간의 공간화를 뜻한다고 풀이될 수 있다. 이러한 시간의 전도 양상은 '누이'의 죽음에 대한 시적 화자의 슬픔과 비극적 인식을 극화시키는 시적 장치로 파악될 수 있지만 자신이 위치한 현실마저도 포기하고픈 시인의 심정 또한 잘 대변해 준다. '다리' 위에서 물결에 휩쓸리며 '솟아 오는 깊음을 보는/ 내 소름'과 '누이'가 가져간 '나의 기도'는 시적 화자의 죽음에 대한 징후인 것이다.

　이와 같이 고은의 초기 작품세계를 대표하는 것은 삶의 곳곳에서 발견되는 죽음과 이에 기꺼이 동참하고자 하는 시인의 태도이다. 시인에게 죽음이 달가운 이유는 삶이 그 의미를 상실해 버렸기 때문이다. 다음 작품에서 우리는 왜 시인이 그토록 줄기차게 죽음에 집착하게 되는지 그 까닭을 읽어낼 수 있다.

　　지나 왔다. 아무도 만난 일이 없다.
　　이따금 螢石빛 濕氣 속으로
　　젖은 개똥벌레를 만나고
　　먼 바다에서 十二音의 배들이 죽어서 불빛이 된다.
　　기다리는 것은 未知의 親戚들,
　　그러나 그들을 만난 일이 없다.
　　차라리 잠든 세상에서 잠들지 않은 竊盜가 된다.
　　이 밤 세 時와 네 時 사이를
　　마시던 술잔은 그대로 놓여있는 住宅을 찾는다.
　　그리고 임자가 바뀔 改良種子의 밭들을 찾는다.
　　이제 나는 찾았다. 온갖 絶交의 靜寂을

그리고 지나 왔다.
아무도 만난 일이 없다.
밤 네時의 國道에는
여름철의 말 끝들이 남아 있다.
「까」「요」「다」「요」……
어둠 속에서 疑問符가 없어지고
전해진 뜻이 없어진 채 남아서 빛나고 있다.
지나왔다. 수레가 지나간 뒤,
말오줌 자국이 적셔진 곳을.
그리하여 가장 취할 鎭靜劑를 발견했다.
나는 그것을 주어서 던졌다.
어떤 뜻밖의 언덕에 가까스로 명중했느냐,
바다가 내 흉터를 모조리 빼앗아 갈 때
아직 새벽은 멀고 말끝들이 남아 있다.

이윽고 바다가 죽은 漁夫들을 부른다.
새벽이다. 「까」「요」「다」「요」
나는 지친 모자를 벗어 干潮의 머리카락을 뿌린다.
새벽 배는 비어 있을 뿐,
지나왔다. 배들이 죽었다. 나는 말 끝처럼 하얗게 죽으리라.

—「國道」 전문

　　위의 작품에서도 작품 전체를 통어하는 시적 분위기는 팽배한 죽음에의 예감으로 귀결된다. 죽어버린 '배'들과 '임자가' 바뀐 '改良種子', 그리고 세상과의 '絶交'가 가져다주는 '靜寂', '내' 삶의 흔적들의 씻김, '뜻이 없어진 채 남아' 있는 '말 끝'은 모두 소멸해 버린 것들과 죽어버린 것들에 대한 시적 화자의 비극적 정서를 보여준다. 위의 작품에 등장하고 있는 시적 대상들은 서로 연관성이 부족하여 이미지들의 결합이 비약적으로 이루어지며, 내포성이 떨어지는 편이다. 이러한 「國

道」에 나타나는 이질적인 이미지들의 병치는 사물들이 순간적으로 포착됨으로써 이들이 객관적인 시간질서에 복속되지 않은 채 공간적으로 배열되고 있음을 효과적으로 표현해 준다. 이는 사물들의 동시적인 현존성을 의미한다기보다는 사물들이 자신들만의 소멸의 자리에 유폐되어 있음을 보여주는 것이다.[33]

또 「國道」에서 주목되는 것은 이러한 소멸해 버린 존재들 사이에서 시적 화자에게 발견되는 '여름철'이 남기고 간 '말 끝'들이다. '전해진 뜻이 없어'졌어도 아직 '남아서 빛나고 있'는 언어들은 죽음을 탐닉하는 시적 화자에게 쉽사리 포착된다. 언어가 일정한 지시 대상을 통해서 의미를 전달하려는 목적에 의해 사용된다는 점을 감안하면, 자신의 본래 기능을 상실한 채 남겨진 '말 끝'에서도 소멸감은 동일하게 얻어진다. 그리고 의사소통을 목적으로 할 뿐만 아니라 인간의 의식을 대변해 주는 중요한 도구라는 점에서 그 본질적 기능을 잃은 '말 끝'들은 존재의 의미조차 탈각시킨 것이라 할 수 있다.

그런데 여기서 언어의 특성들 가운데 빼놓을 수 없는 것이 바로 언어는 그 사용에 있어서 인간적 시간과 결부된다는 점이다. 한번 발설된 언어는 기록하지 않는다면 다시 돌이킬 수 없다. 또 언어의 단위를 순차적으로 진행시키지 않는다면 인간은 그 내용을 이해할 수조차 없다. 그러므로 선적으로 파악되는 일상적인 언술행위는 연속성과 경과성을 지니고 있는 것이다. 하지만 위에서 그 본질적 대상을 잃어버린 언어는 인간적 시간의 흐름에 대응해 나가기 어렵다. 다만 공간 속을 부유하는 형해일 뿐이다.

문제는 「國道」에서 '말 끝' 즉 언어는 시적 화자의 눈에 비친 소멸의 대상들을 대표하는 것이라고 볼 수 있지만, 의미가 소거된 언어는 그것이 지니고 있는 시간적 지속성을 정지시킴으로써 궁극적으로는 죽

---

33) 박정희, 위의 논문, 17쪽.

음의 시간성마저 단절시킨다는 점이다. 그러므로 시간의 연속적 의미가 제거된 죽음은 철저히 공간화되어 버리는데, 이러한 시간의 지속성을 부정하는 기법은 시간이 지니고 있는 특질을 파기함으로써 현실에 내재해 있는 삶의 본질적 의미상실을 파악해 내고자 하는 시인의 의도라 할 수 있다. 언어의 발화는 전적으로 인간의 몫이다. 인간만이 언어의 주인이며 그 기능을 수행하고 의미를 이해할 수 있다. 「國道」의 언어가 일상적 발화행위에서 일탈하여 본질적 의미를 상실한 채 파편적으로 부유한다고 할 때, 이미 인간은 자신의 목소리를 잃어 할 말을 하지 못하며 생각과 정신마저도 표현해 낼 수 없는 지경에 이르게 된다. 언어의 기능을 상실한 인간이 삶을 제대로 지탱해 나갈 수 없음은 두말할 나위가 없다. 결국 시적 화자에게 비친 삶의 언저리들은 궁극적 의미를 잃은 사물들로 가득 차 있고 상실된 의미는 삶의 존재 이유를 찾을 수 없게 하는 주요한 원인이 되는 것이다.

5. 맺는말

문학작품에 나타는 시간의식은 변모하는 작가의 의식을 파악하는 데 중요한 실마리를 제공한다는 점에서 간과될 수 없다. 이때 시간은 혼자 독립해서 존재하는 것이 아니라 공간과 결부되어 인식된다. 대상과 세계는 시간과 공간에 의해 구성되며 이를 지각하고 이해하려는 작가의 노력은 시간과 공간에 대한 인식으로 환원되는 것이다. 따라서 문학작품에 반영된 작가의 정신적 지향을 살펴보기 위해서는 시간성에 대한 연구와 공간성에 대한 연구가 함께 이루어져야 할 필요가 있다.

여기서의 공간성이란 단지 현실적 공간이나 존재적 공간만을 의미한다고 볼 수는 없다. 문학작품에서 연구될 수 있는 공간이란 작가의 정신이 팽창 확대되는 의식의 공간까지 포함되어야 한다. 그러므로 현대 문학작품의 시간성 연구는 시간에 대한 공간적 구조화나 공간에 대한 의식이 어떻게 변형되고 있는가를 살펴봄으로써 온전한 의미를 얻을 수 있을 것이다.

특히 죽음의 영원성과 초월성을 통해 인간의 한계를 극복하고 내면 세계를 열어보이고자 했던 고은의 초기 시는 시간과 공간에 대한 작가의 독특한 태도를 잘 보여준다. 고은의 초기 시세계에는 현실시간, 또는 외부로부터 유리되어 있는 시적 화자의 고립된 내면이 표현되어 있다. 이러한 단절의식은 외부 현실을 객관화시켜 시적 화자가 소속되어 있는 시간을 공간화하고 죽음에 대한 이미지마저 공간화하고 있는데, 이는 그의 시간의식이 일정 정도 공간적 구조화의 방식에 의존하고 있음을 보여주는 것이라 할 수 있다.

이 같은 고은의 시공간의식이 특기할 만한 것은 시인의 독특한 기법이 삶의 존재 의미를 얻지 못하는 현실에 대한 부정적 태도와 그에 대한 대응방식을 담아내고 있다는 점에 있다. 외부와 유리된 현실을 시적 화자가 적극적으로 극복해 내려 하지 않은 채 이를 자신의 숙명적 여건으로 받아들이고 있는 것이나 주위를 압박해 오는 죽음에의 예감을 담담히 감내하는 시적 화자의 태도 등에서 이를 쉽게 알 수 있다. 이렇듯 범박하게 보아 부정적 현실에의 대응 양상은 「文義마을에 가서」에서 죽음의 길이 삶의 길과 맞닿아 있음을 발견하게 됨으로써 극적인 전환을 이루게 되며, 이 작품은 고은의 초기 시에 나타나는 연속성이 부정된 시간의식 및 단절적인 현실인식이 이후 시세계에서 폭압적이며 죽음과도 같은 현실을 맞서가는 시인의 역사의식으로 변모해 가는 과정을 설명하는 데 단초를 제공한다.

한편, 고은 초기 시에 두드러지는 시간의 공간화 기법 등은 현대 문학의 특성 중 하나인 모더니즘의 기법과도 무관하지 않다. 모더니즘이란 바로 현대에 대한 분열적인 인식의 흐름과 단절의식을 뛰어넘고자 하는 시도를 담고 있기 때문이다. 하지만 이 글에서는 앞에서 지적한 부분에 관해서 고찰을 시도하지 못하였다. 시간의 공간화와 죽음의 공간화 기법이 모더니즘의 정신적 지향 및 기법과 어떻게 연결되는가에 대한 자세한 연구는 다음 과제로 남겨둔다.

이인영(李仁英)

연세대학교 국어국문학과 및 동대학원 졸업.
현재 한국교원대, 경인교육대 강사.

주요 논문으로
「김춘수와 고은 시의 허무의식 연구」
「전쟁, 기억, 여성정체성」
「동·서양신화의 '반인반수테마' 연구」
「가상인간과 육체」 등이 있다.

현대시의 허무와 시간

- 초판 인쇄   2007년 6월 11일
- 초판 발행   2007년 6월 11일

- 지 은 이   이인영
- 펴 낸 이   채종준
- 펴 낸 곳   한국학술정보㈜
  경기도 파주시 교하읍 문발리 526-2
  파주출판문화정보산업단지
  전화 031) 908-3181(대표) · 팩스 031) 908-3189
  홈페이지 http://www.kstudy.com
  e-mail(출판사업팀사업부)   publish@kstudy.com
- 등   록   제일산-115호(2000. 6. 19)
- 가   격   29,000원

ISBN   978-89-534-6681-   0 (Paper Book)
       978-89-534-6682-1 98810 (e-Book)